UWE LAUB

BLAUES GOLD

DER KAMPF UMS WASSER BEGINNT

THRILLER

WILHELM HEYNE VERLAG
MÜNCHEN

MIX
Papier | Fördert
gute Waldnutzung
FSC® C014496

Penguin Random House Verlagsgruppe FSC® N001967

Originalausgabe 03/2024

Redaktion: Thomas Brill
Umschlaggestaltung: DAS ILLUSTRAT, München,
unter Verwendung der Motive von Shutterstock (Anatoli Styf, NatalyFox)
Satz: Satzwerk Huber, Germering
Druck und Bindung: GGP Media GmbH, Pößneck
Printed in Germany
ISBN: 978-3-453-42845-4

www.heyne.de

PROLOG

JULI 2020

MITTELMEER, MALTA, FÜNF SEEMEILEN VOR DER NORDKÜSTE

Der Sturm erreichte die *Hercules* mit voller Wucht. Am Himmel fegte die schwarze Wolkenwand über das sechzehn Meter lange Arbeitsschiff hinweg, während trommelartiger Regen herniederging und auf das Deck und Steuerhaus prasselte. Schlagartig fiel die Temperatur und die Umgebung verdunkelte sich. Die hoch aufragenden Hotelburgen von Sliema und St. Julian's an der Nordküste Maltas, ebenso wie die imposante Kuppel der Karmelitenkirche in Valletta, die Leonie Vargas noch vor wenigen Minuten am Horizont ausmachen konnte, verschwanden hinter einem dichten Regenvorhang. War der Seegang in der letzten Stunde schon grenzwertig gewesen, türmten sich die Wellen jetzt gefährlich auf. Ungestüm prallten sie gegen den Stahlrumpf der *Hercules*, wo sie zerbarsten und als Gischt vom pfeifenden Wind über das Deck geweht wurden. Das robuste

Schiff mit dem drei Meter hohen Stahlbügel am Heck hob und senkte sich bald im Sekundentakt. Um einen einigermaßen festen Stand auf Deck bemüht, hatte Leonie sich mit beiden Füßen zwischen der Reling und der mächtigen Winde vor dem Stahlbügel eingeklemmt. Ihr Regenponcho bot kaum Schutz. Längst war sie klatschnass. Hätte sie dem Wetterbericht doch nur ebenso viel Aufmerksamkeit geschenkt wie der Kapitän der *Hercules*, der ihr vor dem Ablegen am frühen Morgen geraten hatte, geeignetes Ölzeug mitzunehmen. Stattdessen hatte Leonie in den strahlend blauen Himmel geschaut und lächelnd mit den Achseln gezuckt. Das hatte sie nun davon. Jetzt zitterte sie nicht nur vor Kälte, es fiel ihr auch zunehmend schwer, den wasserdichten, aufgeklappten Laptop in ihren Händen zu balancieren. Wahrscheinlich sah ihr der erfahrene Kapitän mit dem wettergegerbten Gesicht in diesem Augenblick vom trockenen Steuerhaus aus zu und grinste über die junge, eigensinnige Frau, die zwar einen Masterabschluss in Geomatics Engineering aufweisen konnte, dafür aber keine Ahnung vom Wetter auf See hatte.

Eine weitere Welle ließ den Rumpf der *Hercules* erzittern und wieder klatschte Gischt in Leonies Gesicht. Wasserschlieren auf dem Display des Laptops machten es mittlerweile unmöglich, die stetig eingehenden Messdaten abzulesen. Leonie fluchte. Sie hatte das Schiff für eine Woche gechartert und heute war der letzte Tag. Ihr Budget, das ihr vom GEOMAR-Institut für dieses Projekt zur Verfügung gestellt worden war, war bis auf den letzten Cent aufgebraucht. Sie konnte nicht einfach abbrechen und es morgen oder vielleicht übermorgen erneut versuchen. *Jetzt oder nie*, sagte sie sich und biss die Zähne zusammen.

Wasser tropfte von ihrer Nasenspitze, während sie sorgenvoll einen Blick auf das Schleppkabel warf, das von der Winde ausgehend über den mächtigen Bügel geführt wurde und einige Meter hinter dem Heck im aufgewühlten Meer verschwand. Am anderen Ende des Kabels, in rund dreißig Metern Tiefe und somit nur knapp über dem Meeresgrund, hing die Messsonde, die Daten über ein Verbindungskabel an Leonies Laptop übertrug. Die kreisrunde Sonde wog etwas weniger als dreißig Kilogramm, was für das Kabel unter normalen Umständen kein Problem darstellte. Sorgen bereitete Leonie allerdings das zunehmende Auf und Ab der *Hercules*. Die Wellen wurden höher, die Wellentäler tiefer. Sollte die Sonde gegen den Meeresgrund stoßen, würde sie verfälschte Daten senden. Nicht gänzlich auszuschließen war auch, dass sich die Sonde an einem Hindernis verfing, von denen es hier in diesem Seegebiet leider viel zu viele gab. Im Zweiten Weltkrieg war Malta einer der wichtigsten britischen Marinestützpunkte gewesen und somit ein strategisches Ziel der Achsenmächte Italien und Deutschland. Während einer Seeblockade zwischen 1940 und 1942 flogen deren Luftwaffen permanent Angriffe, mit dem Ergebnis, dass heute rund um Maltas Küsten unzählige Schiffs- und Flugzeugwracks auf dem Meeresgrund verrosteten. Für gewöhnlich erkannte das Echolot der *Hercules* derlei Hindernisse rechtzeitig, doch ob das auch bei diesem Wellengang zuverlässig funktionierte, konnte Leonie nicht abschätzen. Beim Gedanken an das Echolot fiel ihr Kaiden Farrugia ein. Er war Geomorphologe, arbeitete am Zentrum für Physikalische Ozeanografie der Universität Malta und war Leonie von GEOMAR als projektbegleitender Partner zur Seite gestellt worden. Wie er wohl in der kleinen Kabine unter Deck vor seinen Bildschirmen mit diesen Bedingungen zurechtkam? Sie arbeiteten erst seit zwei Wochen zusammen, und obwohl sie sich gut verstanden, kannten sie sich bislang nur oberflächlich.

Soweit Leonie wusste, war auch Kaiden nicht gerade ein gestandener Seemann.

Eine Breitseite ließ die *Hercules* beängstigend weit nach Backbord kippen, bevor sie sich wieder aufrichtete. Leonie kämpfte mit dem Gleichgewicht. Der Kinnriemen ihres Schutzhelms schnitt in ihre Haut, doch um nichts in der Welt hätte sie auf ihn verzichten wollen. Schon bei normalem Seegang stieß sie sich an Bord dieses Schiffes ständig an. Kein Tag verging, an dem sie nicht mit einem neuen blauen Fleck an Armen, Oberschenkeln oder am Hintern in ihr Apartment kam. Heute würden garantiert noch welche dazukommen. Durch den heulenden Wind gedämpft, hörte sie jetzt jemanden rufen. Ein Mann kam über das schwankende Deck auf sie zu. Es war Kaiden. Er trug einen Regenponcho mit eng geschnürter Kapuze, doch auch sein Gesicht war klatschnass.

Erneut rief er ihr durch Wind und Regen etwas Unverständliches zu, während er Leonie gleichzeitig zu sich winkte.

»Was?«, entgegnete sie, so laut sie konnte. »Ich kann dich kaum hören.«

Er kam bis auf zwei Meter an sie heran, hielt sich mit beiden Händen am Stahlbügel fest und rief: »Der Kapitän sagt, du musst jetzt reinkommen. Es wird zu gefährlich. Wir brechen ab.«

»Ich brauche höchstens noch eine halbe Stunde. Sag ihm das.«

»Hab ich schon versucht. Er lässt nicht mit sich reden. Er meint, du hast zwar für sein Schiff bezahlt, aber sein Leben und das seiner Matrosen kannst du nicht kaufen.«

»Nur eine halbe Stunde. Mehr verlange ich nicht.«

»Keine Chance. Kapitän Ahab hat das Sagen. So ist das nun mal. Und ganz ehrlich, mir wird das hier auch zu wild.«

»Wir geben jetzt nicht auf. Nicht so kurz vor dem Ziel.«

Kaiden wischte sich nasse Strähnen aus dem Gesicht und grinste. »Wer sagt denn, dass wir unser Ziel nicht längst erreicht haben?«

»Wie meinst du das?«

»Du solltest dir die neuesten Daten auf meinem Rechner ansehen.« Sein Grinsen wurde breiter. »Ich sag nur: Jackpot.«

Leonie riss die Augen auf. »Verarschst du mich?«

Kaiden schüttelte den Kopf.

»Ist es tatsächlich das, was wir uns erhofft haben?«, hakte Leonie mit klopfendem Herzen nach.

»Das und noch viel mehr. Komm und sieh selbst.«

»Ist das ein Trick? Willst du mich nur von hier weglocken, damit wir abbrechen?«

Kaiden lachte. »Das würdest du mir zutrauen?«

»Um an Land zu kommen, würdest du mir im Augenblick vermutlich alles erzählen.«

Kaiden lachte lauter. »Niemals.«

Unweit von ihnen fuhr ein Blitz ins Wasser, kurz darauf grollte Donner. Leonie zuckte zusammen.

»Hol endlich die Sonde ein und schwing deinen Hintern unter Deck«, befahl Kaiden. Er drehte sich um und tapste über das schwankende Deck zurück zum Niedergang, der zur Kabine führte, wo er seine Computer und Monitore aufgebaut hatte.

Ein Gefühl von Euphorie durchströmte Leonie. Wind, Regen und Kälte waren mit einem Mal vergessen. Konnte es wahr sein? Hatten sie tatsächlich gefunden, wonach Leonie seit Monaten suchte? Hatten sie endlich einen Beweis für ihre Theorie? Falls ja, so war das nichts weniger als eine Sensation. Leonies Herz schlug schneller. Ihr Blick fiel auf das Schleppkabel, das hinter der *Hercules* im stürmischen Meer verschwand. Nachdenklich kaute sie auf ihrer Unterlippe. Sollte sie, bei aller Euphorie, die Sonde wirklich schon einholen? Sobald diese an Bord und gesichert war, würde der Kapitän unverzüglich den Kurs ändern und den Hafen von Valletta ansteuern. Doch was, wenn Kaiden sich irrte? Was, wenn die Messdaten nicht so eindeutige Ergebnisse lieferten, wie er das offenbar glaubte? In diesem Fall wäre alles umsonst gewesen. Das durfte Leonie nicht riskieren. Besser, sie prüfte die Daten mit eigenen Augen. Das Ganze würde nicht länger als zehn, vielleicht fünfzehn Minuten dauern. Das Risiko war überschaubar. Obwohl die Vorschriften besagten, dass bei herabgelassener Sonde jederzeit eine Person an der Winde stehen und den Kabellauf überwachen musste, presste Leonie ihren Laptop fest gegen ihren Körper und folgte Kaiden in dessen Kabine.

Tief im Bauch der *Hercules* spürte Leonie den Seegang zwar immer noch, aber nicht mehr ganz so unangenehm wie an Deck. Mit beiden Händen stützte sie sich auf dem am Boden festgeschraubten Holztisch ab, während ihr Blick zwischen Kaidens Monitoren hin- und hersprang. Sie brauchte nicht einmal fünf Minuten, um zu erkennen, dass ihr Kollege die Daten richtig analysiert und gedeutet hatte. Ungläubig starrte sie auf die Messdaten, Diagramme sowie die Abbildung der Sedimentschichten unterhalb des Meeresbodens, die bis in mehrere Hundert Meter Tiefe reichten. Sowohl Leonie als auch Kaiden trieften vor Nässe, doch keinem der beiden kam in den Sinn, sich mit einem der Handtücher abzutrocknen, die hinter ihnen an einer Hakenleiste hingen.

»Ich fass es nicht«, murmelte Leonie.

»Sag ich doch: Jackpot!« Freundschaftlich boxte Kaiden ihr gegen den Oberarm. »Glaub mir zur Abwechslung doch mal was.«

Sie sah ihn an. »Ist dir klar, was das bedeutet?«

»Wir feiern heute Abend mit Champagner und du bezahlst?«

Leonie lächelte. »Vielleicht mache ich das sogar. Das hier ist … es ist mehr, als ich mir je erträumt hatte.«

»Du hast es deinen Kritikern gezeigt. Sie werden sich vor dir in den Staub werfen und um Vergebung betteln.«

»Quatschkopf.« Sie lachte, dann wurde sie ernst. »Wir haben noch einen weiten Weg vor uns. Das hier ist nur ein Anfang. Wir brauchen noch viele Monate, vielleicht Jahre, bis wir eine aussagekräftige Kartierung vorliegen haben.«

»Immerhin dürften uns frische Fördergelder sicher sein. Dein Projekt hat die erste Hürde genommen.«

»In der Tat. Rettung in letzter Sekunde.«

Eine kräftige Welle krachte gegen die Bordwand, woraufhin Leonie zusammenzuckte.

»Dann können wir ja endlich von hier verschwinden«, sagte Kaiden mit bangem Blick und schob sich an ihr vorbei zur Tür. »Ich gebe Kapitän Ahab Bescheid.«

»Warte.« Leonie hielt ihn am Arm zurück. »Zuerst muss ich die Sonde einholen.«

Kaidens Augen weiteten sich. »Sie ist noch im Wasser? Ohne Aufsicht? Bist du verrückt?«

»Jaja, ich weiß.« Sie rückte ihren Regenponcho zurecht. »Gib mir zehn Minuten, dann kannst du …«

Ein heftiger Ruck fuhr durch die *Hercules*, als wäre das Schiff gegen ein Hindernis geprallt oder würde unvermittelt aufstoppen. Leonie und Kaiden wurden gegen die Tür geschleudert. Schmerzhaft stieß Leonies Hüfte gegen den Knauf. Ein weiterer blauer Fleck. Sie berappelten sich und sahen sich an.

»Was war das?«, fragte Kaiden.

»Hat sich nicht nach einer Welle angefühlt.« Plötzlich lief es Leonie eiskalt den Rücken hinunter. »Die Sonde!«

»*Madonna*«, flüsterte Kaiden.

Ohne ein weiteres Wort zu verlieren, hastete Leonie die Stufen hinauf, dicht gefolgt von Kaiden. Kaum hatte sie die Außentür geöffnet, schlug ihr Regen ins Gesicht. Um einen festen Stand bedacht, betrat sie das glitschige und schwankende Deck. Sie erkannte es sofort. Das Schleppkabel, an dessen Ende die Messsonde gehangen hatte, war knapp über der Meeresoberfläche gerissen.

Mit bebenden Lippen starrte Leonie auf das ausgefranste Ende des Kabels, das in weitem Bogen von einer Seite zur anderen schwang. Es war geschehen. Die Sonde war unwiederbringlich verloren. Leonie schluckte. Nicht nur war dieses Hightechgerät eine Einzelanfertigung, die es so nirgendwo zu kaufen gab; die Sonde war auch sündhaft teuer gewesen. Beinahe die Hälfte des Budgets hatten alleine Konstruktion und Material verschlungen. Die Euphorie über ihre heutige Entdeckung wich tiefer Niedergeschlagenheit. Leonie war den Tränen nahe. Das war nicht fair! Keine zehn Minuten war sie unter Deck gewesen. Wie hoch war die Wahrscheinlichkeit für solch ein Desaster? Wie viel Pech konnte man haben? Für diese Nachlässigkeit würde Professor Frentzen, Mitglied des Direktoriums von GEOMAR, sie kreuzigen. Ergebnisse hin oder her. Plötzlich stellte sich nicht mehr die Frage, wann Leonie frische Fördergelder für ihr Herzensprojekt erhalten würde, sondern ob überhaupt.

1

AUGUST 2026

HANSESTADT ANKLAM, LANDKREIS VORPOMMERN-GREIFSWALD

Deutschland brannte. Vom hohen Norden über den Osten bis tief hinein in den Süden der Republik wüteten die schlimmsten Waldbrände seit über einem Jahrhundert. Auch weite Teile Europas standen in Flammen. Die außergewöhnliche Dürre, die den Kontinent seit nunmehr vier Jahren heimsuchte, sorgte für staubige Erde, verdorrte Felder, verkohlte Wälder und austrocknende Flussläufe. Binnenschifffahrt war seit Wochen vielerorts unmöglich geworden; der letzte Sargnagel für eine ohnehin angeschlagene Wirtschaft. Und jetzt ging Europa auch noch das Trinkwasser aus.

Chris Kellermann hockte auf seinem Mofa und fuhr nördlich von Anklam von der wenig befahrenen Bundesstraße 109 ab. Nach einer lang gezogenen Kurve gab er wieder Gas und knatterte mit der vierzig Jahre alten Zündapp über die Anklamer

Chaussee seinem Ziel entgegen. Die gut ausgebaute Landstraße führte inmitten karger Felder und brauner Wiesen schnurgerade nach Norden. Dort am Horizont sah Chris schwarze Rauchwolken aufsteigen. Bei Karlsburg brannte der Wald mitsamt dem Buddenhagener Moor seit Tagen lichterloh. Die lokalen Nachrichten waren voll davon. Straßen waren gesperrt und Anwohner evakuiert worden. Die Behörden hatten sogar einen Badesee abgeriegelt, damit Hubschrauber daraus Löschwasser aufnehmen konnten, um die Brände von oben zu bekämpfen. Am Boden gab sich derweil die Feuerwehr alle Mühe, sah sich aber mit großen Schwierigkeiten konfrontiert. Trockene Moore fingen leicht Feuer, und brannten sie erst einmal, waren sie extrem schwer zu löschen. Doch damit nicht genug. Vor zwei Nächten hatte der Wind aufgefrischt und fachte die Feuersbrunst seitdem zusätzlich an. Als hätten sie in Anklam und Umgebung nicht schon genug Probleme. Allen voran er selbst.

Obwohl der Ort des Geschehens über fünf Kilometer entfernt lag, trug der Wind immer wieder Rauchschwaden herüber. Der beißende Qualm kroch hinter Chris' Sonnenbrille und reizte seine Augen. Sein Respekt vor den Feuerwehrmännern und -frauen wuchs mit jeder neuen Schreckensnachricht, die es dieser Tage leider zuhauf gab.

Noch im Frühjahr hatte Chris sich nicht sonderlich für Meldungen dieser Art interessiert. Wenn er seinerzeit abends mit den Jungs im Anklamer Eck bei Pils und Korn Skat gespielt hatte, während draußen ein eiskalter Wind um die Häuser pfiff, waren Fußball und Frauen die beherrschenden Gesprächsthemen gewesen. Zwar gehörte beides nicht gerade zu Chris' Stärken, darüber philosophieren ließ sich dennoch vortrefflich. Themen wie Klima, Wetter und Umwelt waren am Stammtisch erst in letzter Zeit aufgekommen. Am Anfang hatten sie noch Späße über die *Klimahysterie* der Medien und über so manche Aktion kompromissloser Umweltschützer gemacht. Doch die Stimmung war längst gekippt. Mit jedem weiteren Tag ohne Regen, jedem weiteren Waldbrand, jeder weiteren Evakuierung, jedem weiteren Tag, an dem der private Wasserverbrauch stärker eingeschränkt wurde, war ihnen die Lust am Witzereißen vergangen. Eine permanente Wasserversorgung in den Sommermonaten gab es nicht mehr. Drehte man den Hahn nachts auf, geschah nichts. Die Sorge in der Bevölkerung wuchs, dass es bald weitere Einschränkungen und Reglementierungen geben würde. Und es war definitiv ein Unterschied, ob ab und zu für einige Stunden das WLAN ausfiel oder aus den Wasserhähnen, Duschköpfen und Toilettenspülungen nur röchelnde Geräusche kamen.

Am Ende der Straße sah Chris jetzt die Umrisse von Onkel Radis Gehöft. Es wurde auch Zeit, denn die Zündapp machte ihrem Namen alle Ehre und knallte alle paar Sekunden. Für einen neuen Roller fehlte Chris jedoch die Kohle, und wie die Dinge aktuell standen, würde sich das auch nicht so schnell ändern. Die Lebenshaltungskosten, vor allem für Energie, stiegen scheinbar ungebremst. Und als wäre das nicht schon schlimm genug, explodierten seit diesem Jahr auch noch die Wasserpreise. Das Geld reichte längst vorne und hinten nicht mehr aus.

Chris drosselte das Tempo und bog auf eine kiesbedeckte Zufahrt ab. In Schrittgeschwindigkeit holperte er auf das in die Jahre gekommene Gehöft zu. Radolf Kellermann, der für ihn von Kindesbeinen an nur Onkel Radi war, betrieb eine bei Einheimischen wie Touristen beliebte Alpakafarm. Zweiundzwanzig der knuffigen Tiere hielt er hier. Mit ihnen als Begleitung bot er Spaziergänge über die Felder an, Picknicke sowie Kindergeburtstage, Stallabende und Hofführungen. Bei größeren Gruppen rief er Chris an, der dann vorbeikam, um zu helfen. Heute allerdings suchte Chris seinen Onkel aus einem anderen, wesentlich unerfreulicheren Grund auf.

Während er sich dem alten Bauernhaus und den beiden windschiefen Ställen näherte, warf Chris einen Blick auf die Koppel. Für gewöhnlich grasten die Alpakas dort tagsüber. An manchen Tagen interessierten sie sich nicht die Bohne für sein Auftauchen, an anderen liefen sie ihm am Zaun entlang hinterher, um sich dann am Hals streicheln zu lassen. Dies ließen sie gerne zu, wohingegen sie es überhaupt nicht mochten, an Kopf oder Beinen getätschelt zu werden. Vor allem die Hengste sahen darin eine Art Kampfhandlung, weil sie es gewohnt waren, sich bei Machtkämpfen gegenseitig in die Beine zu beißen. Heute waren jedoch weder streitende noch grasende Tiere auszumachen. Wohin Chris auch blickte, erkannte er einzig braune Wiesen. Sicher hielten sich die Tiere unter den schattenspendenden Unterständen beim Hof auf. Chris lächelte matt. Hätte er es sich aussuchen können, läge er bei dieser Hitze auch lieber im Freibad oder am See. Nur waren die Freibäder wegen Wassermangels geschlossen und der See wegen der Löscharbeiten gesperrt.

Kurz darauf entdeckte Chris seinen Onkel beim Brunnen, der sich inmitten der Koppel befand. Radolf Kellermann hatte ihn zeitgleich mit der Anschaffung seiner ersten Alpakas bohren lassen, um ein Stück weit autarker zu werden. Früher waren landwirtschaftlich genutzte Betriebe häufig von Entgelten für Wasserentnahmen ausgenommen gewesen, weshalb immer äußerst großzügig bewässert worden war. Doch diese Zeiten waren vorbei. Mittlerweile berechneten sämtliche Bundesländer den Wasserverbrauch in der Agrarwirtschaft, abgesehen von Grundwasserentnahmen auf privaten Grundstücken bis zu dreitausend Kubikmeter pro Jahr. Ein weiterer Anreiz für Radolf Kellermanns Entscheidung war der großzügige finanzielle Zuschuss, den er dafür aus einem Förderprogramm der Landesregierung erhalten hatte. Längst hatte sich der hübsche, aus Eisen gefertigte Brunnen mit der kunstvoll geschwungenen Schwengelpumpe als segensreiche Anschaffung erwiesen. Zwar bezweifelte Chris, dass sein Onkel sämtliche Wasserentnahmen vorschriftsmäßig meldete, aber das ging ihn nichts an.

Als Chris auf den Brunnen zusteuerte, sah er auch endlich die Alpakas, die sich wie vermutet im Schatten dreier offener Unterstände vor der Sonne verbargen. Sie drehten ihre flauschigen Wuschelköpfe in seine Richtung, wirkten allerdings nicht sonderlich interessiert. Die Hitze setzte ihnen zu. Vielleicht mochten sie auch den Rauch nicht, der hier draußen auf der Koppel wesentlich intensiver zu riechen war als in der Stadt.

Radolf Kellermann schienen die Temperaturen nichts auszumachen. In einem langärmeligen weinroten Flanellhemd und einer Jeanslatzhose, deren Enden er in grüne Gummistiefel gestopft hatte, stand er neben der Pumpe, umgeben von mehreren Eimern. Sein schütteres weißes Haar war glatt nach hinten gekämmt, Schweiß stand ihm auf der Stirn. Der verkniffene Gesichtsausdruck verriet Chris, dass sein Onkel wegen irgendetwas verärgert war.

»Du solltest einen Hut aufsetzen«, begrüßte Chris ihn. »Einen Sonnenstich kannst du dir nicht leisten. Für morgen steht ein Geburtstag mit fünf Erstklässlern im Terminkalender.«

»Der ist im Augenblick mein geringstes Problem«, entgegnete Radolf Kellermann und zeigte auf den Brunnen. »Dieses verdammte Ding will nicht mehr.«

Chris bemerkte, dass die Eimer allesamt leer waren. Er musterte die Pumpe. »Woran liegt's? Schon eine Idee?«

Radolf Kellermann schnaubte und bewegte den Schwengel auf und ab. Für gewöhnlich kam das Wasser bereits nach dem zweiten Pumpen, heute aber ertönte nur ein hohles, röchelndes Geräusch. »Hörst du das, Junge? Klingt nicht gut.«

»Vielleicht ein defekter Dichtungsring?«

Sein Onkel schüttelte den Kopf. »Ich fürchte, es gibt kein Wasser mehr. Der Brunnen ist versiegt.«

»Wie kommst du darauf?«

»Zwei Nachbarn, den Borcherts und den Deters, denen ging es diese Woche genauso. Da kam von heute auf morgen auch kein Tropfen mehr. Jetzt ist es also passiert. Der Grundwasserpegel ist weiter abgesunken, als dieser Brunnen tief ist.«

»Und jetzt?«

»Was kann man da schon machen? Das war's wohl vorerst mit kostenlosem Wasser.« Er zeigte auf die Alpakas. »Durch die Hitze sind sie dehydriert. Sie müssen trinken, bevor sie mir noch kollabieren.«

»Ich hatte mich schon gewundert, warum sie mich nicht begrüßen.«

Radolf Kellermann griff sich vier der leeren Eimer und sagte: »Schnapp dir die restlichen Pützen und komm mit.«

Während sie die Eimer zum Hof trugen, donnerte ein Hubschrauber über die beiden hinweg. Er scheuchte die Alpakas auf, die kreuz und quer über die Koppel jagten, nur um sich danach zurück in den Schatten zu flüchten.

»Das geht schon seit gestern so«, sagte Radolf Kellermann verärgert. »Löschhubschrauber der Polizei, die zum Buddenhagener Moor unterwegs sind. Fliegen jede halbe Stunde hier drüber. Die Tiere drehen jedes Mal durch.«

»Die Armen«, entgegnete Chris. »Mich wundert nur, dass der Küchensee noch genügend Wasser hat. Selbst die Peene ist ja nur noch ein Rinnsal.«

»Frag mich nicht, Junge. Ich weiß nur, dass die Einschläge immer näher kommen.«

»Einschläge?«

»Gestern haben sie Buggow evakuiert, nachdem vorgestern schon alle Einwohner aus Rubkow fortgebracht wurden. Der Borchert sagt, dass wir die Nächsten sind, wenn sich das Feuer weiter in unsere Richtung frisst.«

»Scheiße«, kommentierte Chris.

Radolf Kellermann blieb stehen und sah ihn mit entschlossener Miene an. »Ich sag dir, Junge, mich kriegen sie in keine Turnhalle, in der ich mit dreihundert Fremden die Nächte verbringen soll. Außerdem muss ich mich um die Tiere kümmern.«

»Wenn es tatsächlich so weit sein sollte«, überlegte Chris, »werden sie die Tiere auch in Sicherheit bringen. Und wenn das geschieht, werden wir bei ihnen bleiben. Wir werden sie auf keinen Fall allein lassen.«

»Wir?«

»Na klar. Ich liebe diese Fellknäuel genauso sehr wie du. Das weißt du.« Chris meinte das vollkommen ernst. Sollte die Situation es erfordern, würde er mit den Tieren sogar gemeinsam in einem Stall übernachten. Damit hatte er kein Problem, denn entgegen der landläufigen Meinung rochen Alpakas trotz ihrer dichten Wolle keineswegs unangenehm. Ihr Geruch erinnerte Chris vielmehr an frisches Popcorn.

Radolf Kellermann lächelte. »Bist ein guter Junge. Ach ja, warum bist du überhaupt hier? Heute steht kein Termin im Kalender …«

Chris zögerte. Das war der Moment, um auf das heikle Thema zu sprechen zu kommen, das ihn seit einiger Zeit plagte. Schließlich gab er sich einen Ruck. »Ich wollte etwas mit dir besprechen.«

»Schieß los.«

Sie setzten ihren Weg fort.

»Du weißt, dass ich immer gern hierher zu dir rausfahre und dir helfe …«

»Aber?«

»Nichts aber. Nur eine Bitte.«

»Ich ahne, was jetzt kommt. Raus damit.«

»Na ja … als du mit den Alpakas angefangen hast, da hast du mich ab und zu mal am Wochenende gebraucht. Dann lief es besser, du hast weitere Tiere gekauft, hattest mehr Buchungen und mehr Gäste. Irgendwann hast du mich immer öfter auch unter der Woche angerufen. Während der Pandemie war es dann zwar ruhiger, aber mittlerweile bin ich wieder jeden zweiten oder dritten Tag hier. An den Wochenenden praktisch ständig.«

»Und dafür bekommst du ja auch was bar auf die Kralle.«

Sie erreichten den Stall und stoppten vor dem Wasseranschluss, der aus der Wand ragte. Chris stellte einen der Eimer darunter und drehte den Hahn auf. Gurgelnd begann das Wasser zu fließen.

»Die Sache ist die«, sagte Chris. »Ich habe vielleicht einen Job in Aussicht. Als Malergehilfe. Ist nichts Besonderes, aber die zahlen gut. Nun ja, zumindest für einen ungelernten Arbeiter wie mich. Und du weißt, dass Mama und ich seit der Sache mit Papa finanziell echt zu kämpfen haben. Die Bank macht langsam Probleme. Wir brauchen das Geld.«

»Du willst mir also sagen, dass du nicht mehr kommst?«

»Wenn ich den Job ablehne, können Mama und ich die Raten für das Haus nicht mehr zahlen.«

»Verstehe.«

Der Eimer war fast vollgelaufen und Chris wechselte ihn gegen einen leeren aus. Dann sah er seinem Onkel in die Augen. »Tut mir echt leid, Onkel Radi. Mir bleibt keine Wahl. Es sei denn ...«

»Was?«

Chris holte tief Luft. »Ich hab immer vermieden, dich nach mehr Geld zu fragen, weil ich weiß, dass du auch nur gerade mal so über die Runden kommst. Versteh mich bitte nicht falsch. Du drückst mir jeden Monat ein paar Hundert Euro in die Hand. Dafür bin ich dir auch echt dankbar. Nur reicht das eben nicht mehr aus. Die Sache mit Papa hat uns kalt erwischt.«

»Ich versteh schon, Junge. Das ist für uns alle nicht leicht. Du willst also mehr Geld?«

»Nicht wollen. Brauchen.« Er sah seinem Onkel erneut in die Augen und bemerkte die tiefe Traurigkeit in ihnen. »Hör mal, Onkel Radi. Unter der Woche wirst du dir jemand anderen suchen müssen. Aber an den Wochenenden werde ich weiter für dich da sein. Okay?«

»Was bleibt mir anderes übrig? Aber ich versteh dich, Junge. Mach dir keinen Kopf deswegen.«

»Danke.« Trotz der Enttäuschung im Gesicht seines Onkels fühlte Chris sich erleichtert, dass es nun endlich raus war. Zu lange schon hatte er sich vor diesem Gespräch gedrückt.

Aus heiterem Himmel begann der Wasserhahn zu stottern und zu klopfen. Der Strahl gluckerte und ebbte ab, bevor mit einem leisen Zischen und Spucken die Leitung erstarb. Ein letzter Tropfen platschte in den halb vollen Eimer.

Radolf Kellermann stieß einen derben Fluch aus.

»Was ist denn jetzt los?«, fragte Chris.

»Man hat uns das Wasser abgestellt.«

»Woher willst du das wissen?«

»Die neuesten Sparmaßnahmen. Haben sie im Radio gebracht. Erst haben sie uns das Autowaschen verboten, dann das Blumengießen und das Befüllen von Swimmingpools. Nicht, dass mich Letzteres interessieren würde, aber jetzt treiben sie es eindeutig zu weit. Unsere tolle Regierung ist mal wieder überfordert und weiß sich nicht anders zu helfen.«

»So ein Mist.« Chris wischte sich über den verschwitzten Nacken. »Die haben doch erst vor ein paar Wochen diese Nachtregelung eingeführt. Seitdem ist das Wasser doch sowieso zwischen zehn Uhr abends und sechs Uhr morgens abgestellt. Wird das jetzt etwa weiter verschärft?«

»Scheint so. Der Borchert sagt, dass einige Gemeinden inzwischen über Rationierungen tagsüber nachdenken. Ist das zu fassen? Wir leben in einem der reichsten Länder der Welt, und trotzdem stehen wir wie die Idioten vor einem trockenen Wasserhahn. Eine Schande!«

»Na ja, die Wasserverbände drehen uns den Hahn sicher nicht zum Spaß ab. Die Wasserknappheit muss dramatischer sein, als man uns sagt.«

»Ich könnte wetten, dass sie den Megafabriken rund um Berlin den Hahn *nicht* zudrehen«, echauffierte sich Radolf Kellermann. »Dabei verbraucht jede einzelne von denen hundertmal so viel Wasser im Jahr wie ganz Anklam. Wusstest du, dass die Unternehmen dort auf ihren Grundstücken ihre eigenen Brunnen bohren dürfen und kostenlos Wasser fördern, und zwar ohne Mengenbegrenzung und ohne Genehmigung des Landesumweltamts? Das haben denen ein paar unfähige, vielleicht auch korrupte Politiker vor einigen Jahren zugesagt. Hauptsache, die Wirtschaft brummt. Und ob meine Viecher hier verrecken, da geben die einen Scheiß drauf!«

Chris legte ihm beruhigend die Hände auf die Schultern. »Jetzt komm mal wieder runter. Wenigstens haben wir zweieinhalb Eimer. Damit füllen wir die Tränke auf. Das sollte für den Augenblick genügen. Danach klemmen wir uns hinters Telefon und versuchen, jemanden im Rathaus oder beim Wasserwerk zu erreichen, der uns weiterhelfen kann. Vielleicht schicken sie uns einen Tankwagen, wenn wir ihnen die Situation erklären.«

»Tankwagen?«

»Kannst du seit einigen Tagen bei uns im Landkreis anfordern, wenn du eine gute Begründung hast. In Frankreich und Italien ist das in etlichen Gemeinden längst an der Tagesordnung. Überall da, wo es kein fließendes Wasser mehr gibt. In Spanien sind in einigen Regionen riesige Tankschiffe unterwegs, die täglich dieselben Routen abfahren und Trinkwasser liefern. Die Schweiz macht das sogar mit Armeehubschraubern. Krass, oder?«

Radolf Kellermanns Schultern sackten nach unten. »Egal wie, wir brauchen Wasser.«

Chris zwang sich zu einem Lächeln. »Wir kriegen das hin.«

»Du bist wirklich ein guter Junge.«

»Du, Onkel Radi, da wäre noch eine Sache …«

»Was?«

»Ich hab dich vor zwei Wochen schon darauf angesprochen, und …«

»Und ich habe Nein gesagt.«

»Du weißt doch noch gar nicht, was ich …«

»Das weiß ich sehr wohl.« Radolf Kellermanns Augen verengten sich. »Hat mein Bruder dir aufgetragen, noch mal zu fragen?«

»Papa weiß nicht mal, dass ich mit dir darüber rede.«

»Die Antwort lautet Nein.«

»Onkel Radi …«

»Nein! Niemals.« Damit drehte er sich um und stapfte davon.

Enttäuscht blickte Chris ihm hinterher. Es war abzusehen gewesen, dass sein Onkel über sein Anliegen nicht begeistert sein würde, aber mit so einer heftigen Reaktion hatte er nicht gerechnet. Seine letzte Hoffnung, den Super-GAU noch abzuwenden, der ihm drohte, löste sich soeben in Rauch auf. Jetzt stand er vor einem echten Problem. Und ihm blieb nicht mehr viel Zeit, um eine Lösung für sein Dilemma zu finden.

2

OSTSEE, GREIFSWALDER BODDEN, ACHT SEEMEILEN VOR DER KÜSTE RÜGENS

Der Bell-407-Transporthubschrauber hatte seine reguläre Flughöhe verlassen und bewegte sich nun mit zweihundertzehn Stundenkilometern seinem Ziel entgegen. Bis zur *Greifswald*, der weltweit ersten Offshore-Förderplattform für Süßwasser, waren es keine zehn Minuten mehr. Trotz der dicken Kopfhörer konnte Leonie Vargas das Wummern der Rotorblätter sowie die brüllenden Triebwerke hören. Sie saß neben der Pilotin und sah durch die Frontscheibe hinaus. Es herrschte ideales Flugwetter. Weder trübten Wolken die Sicht, noch zerrten Winde an der Bell 407. Einhundert Meter unter ihnen schimmerte die Ostsee in einem tiefdunklen Blau, dazwischen glitzerten Schaumkronen in der Dünung, während die tief im Westen stehende Sonne den Horizont glutrot färbte. Noch vor wenigen Wochen hätte dieser Anblick Leonies Herz berührt und unweigerlich romantische Gefühle in ihr hervorgerufen. An jenem schicksalhaften 30. April jedoch war ihr Herz zerbrochen und Romantik zu einem Begriff geworden, mit dem sie seitdem nichts mehr anzufangen wusste. Nicht einmal die offizielle Eröffnung der *Greifswald*, die morgen mit reichlich Prominenz und großem medialen Getöse stattfinden würde, vermochte Leonies Laune zu heben. Dabei hatte die Förderplattform ihr Leben in den letzten beiden Jahren maßgeblich geprägt. Deren Planung sowie die Begleitung der Bauleitung waren zu ihrer Lebensaufgabe geworden, aus der sie tiefe Zufriedenheit gezogen und zugegebenermaßen auch ein wenig Stolz dabei empfunden hatte. Nun sollte der krönende Abschluss einer Geschichte folgen, die im Sommer 2020 auf Malta begonnen hatte und die rückblickend betrachtet nicht skurriler hätte verlaufen können. Doch dann war der Morgen des 30. April angebrochen; der Tag, der Leonies Leben in einen Scherbenhaufen verwandelt hatte. Ein Happy End würde es bei der Eröffnungsfeier für sie nicht geben. Zu allem Überfluss würde sie dort auch noch auf Ethan Holloway treffen, ihren Chef, der ihr seit geraumer Zeit aus dem Weg ging. Natürlich konnte sie sich denken, weshalb Holloway sie ignorierte, nur machte das die Sache nicht besser. Im Gegenteil. Zwischenzeitlich hatte sich auf beiden Seiten so viel aufgestaut, dass bei der Feier ziemlich sicher die Fetzen fliegen würden. Gut möglich, dass Leonie danach – am Ende desjenigen Tages, der eigentlich den Höhepunkt ihrer bisherigen beruflichen Laufbahn markieren sollte – ohne Job dastand.

Mit einem Fingertippen aktivierte sie das Mikrofon ihres Headsets und sah die Pilotin an. »Können wir heute ausnahmsweise eine Extrarunde um die Plattform drehen, bevor wir landen?«

Hinter ihrer verspiegelten Sonnenbrille verzog die Pilotin keine Miene. »Heute ist wegen der vielen anreisenden Gäste mächtig was los in der Luft. Das hier ist mein vierter Anflug seit der Mittagspause. Aber ich kann anfragen, wie unser Slot für die Landung aussieht, wenn Sie darauf bestehen.«

»Fragen Sie«, bat Leonie.

Während die Pilotin Funkkontakt mit der *Greifswald* aufnahm, erklang eine vertraute Stimme in Leonies Kopfhörern. »Hast du dich an deinem Baby noch nicht sattgesehen? Wie oft bist du die *GW* dieses Jahr angeflogen? Dreißig Mal mindestens, oder?«

Umständlich drehte sie sich in ihrem Sitz nach hinten um. Jüri Kallas, der estnische Wissenschaftler und seit über einem Jahr Leonies Kollege und enger Vertrauter, saß gemeinsam mit zwei weiteren Forschern in der hinteren Kabine der Bell 407 und grinste sie an. Seine extravagante Frisur glich einem Irokesenschnitt, und wegen der kahl rasierten Seiten sahen die dicken Kopfhörer an ihm aus wie Micky-Maus-Ohren. Obwohl Kallas etwas kleiner als Leonie war, brachte er locker über einhundert Kilogramm auf die Waage. In seinem grauen, leicht abgewetzten Anzug wirkte er wie die sprichwörtliche Wurst in der Pelle. Leonie hatte ihn nie zuvor in einem Anzug gesehen und schätzte, dass er dieses Kleidungsstück seit vielen Jahren im Schrank hängen und einzig dem morgigen Anlass geschuldet herausgekramt hatte. Es entbehrte nicht einer gewissen Komik, wie Kallas zusammengepresst im Mittelsitz zwischen zwei deutlich schlankeren und größeren Kollegen hockte. Er stammte aus Tartu, einer Universitätsstadt in Estland, und war einer der renommiertesten Geoelektroniker Europas. Zudem war er einer der zehn Experten, die von einem EU-Konsortium für die Überwachung und Erstellung wissenschaftlicher Expertisen des *Greifswald*-Projekts bestellt worden waren. Im Gegensatz zu vielen Kollegen und Kolleginnen, mit denen Leonie meist nur auf beruflicher Ebene kommunizierte, hatten sich mit Jüri Kallas im Laufe der Zeit auch persönliche Gespräche entwickelt. Leonie mochte seine offene, herzliche Art und seinen Humor.

»Dreißig Anflüge reichen nicht«, antwortete sie. »Ich war sicher doppelt so häufig auf der *GW* wie du. Einer musste ja die ganze Arbeit machen.«

»Latte Macchiato schlürfen und Leute durch die Gegend scheuchen ist keine Arbeit«, entgegnete Kallas augenzwinkernd.

Leonie streckte ihm die Zunge raus.

»Aber mal ehrlich«, sagte er. »Muss die Zusatzrunde sein? Für manche von uns ist dieser Flug heute nicht sonderlich bequem.« Er ließ seine Augen von links nach rechts rollen, sah dann an sich herab und zog eine Schnute.

Damit brachte er Leonie zum Lachen.

»Ist nicht unsere Schuld«, sagte Anton Reitmayr, der österreichische Kollege, der rechts neben Kallas saß. »Hättest heute vielleicht das Frühstück ausfallen lassen sollen.«

»Für den Rückflug empfehle ich vorher eine Session auf dem Laufband im Fitnessraum«, stieg Torben Jepsen in das Geflachse ein. Jepsen war Däne und saß links von Kallas.

Die beiden Männer grinsten sich über Kallas' Kopf hinweg an. Der fragte: »Es gibt auf der *GW* einen Fitnessraum?«

Leonie lachte erneut. Still und heimlich dachte sie allerdings, dass auch ihr ein wenig Kardiotraining durchaus guttun würde. Seit der Sache mit Gabrijel hatte sie sich zu keinem Work-out mehr aufraffen können. Mittlerweile war sie an ihrem Gürtel beim äußersten Loch angelangt und auch der Blick auf die Waage sprach Bände. Doch das hatte Zeit bis nach der Eröffnungsfeier. Sie wandte sich wieder nach vorne und sagte: »Seid lieb zueinander. Ihr müsst es nur noch zwei Tage miteinander aushalten.«

»Kann es kaum erwarten, nach Hause zu kommen«, erwiderte Kallas brummend. »Im Gegensatz zu euch freut sich mein Sohn wenigstens, wenn er mich sieht.«

»Steht ein Papa-Wochenende an?«, fragte Leonie.

»In zwei Wochen.«

»Freut mich für dich.« Leonie wusste, wie sehr Kallas seinen Sohn liebte, den er seit seiner Scheidung viel zu selten sah. Sie wusste aber auch, wie sehr Kallas für die *Greifswald* brannte. Sie beide glaubten aus tiefster Überzeugung an die Technologie der Plattform und an den Wohlstand, den sie damit Menschen auf der ganzen Welt bringen konnten.

»Man hat unseren Slot um fünf Minuten erweitert«, erklärte die Pilotin. »Aktuell sind keine weiteren Helis vor Ort in der Luft. Ein schneller Rundflug vor der Landung wäre also möglich.«

»Dann machen wir das«, entschied Leonie.

»Du bist so herzlos«, sagte Kallas.

»Ach was. Ich spendiere dir morgen ein Eis.«

»Ich nehme zwei Kugeln Schokolade. Mit Sahne.«

»Geht klar.«

Das Gespräch verstummte.

In einiger Entfernung entdeckte Leonie jetzt einen hellen Fleck inmitten der blauen See. Sie näherten sich der Plattform. Der Anflug von guter Laune, den das kleine Geplänkel mit Kallas in ihr hervorgerufen hatte, wich erneuter Besorgnis. Kallas wusste nichts von dem Zerwürfnis zwischen ihr und Ethan Holloway. Weder hatte sie ihm von ihrem Streit erzählt, noch welche Dimensionen dieser angenommen hatte. Kallas hatte nicht die geringste Vorstellung davon, wie tief der Graben zwischen ihr und Holloway mittlerweile war. Wie also sollte er ahnen, dass Leonie befürchtete, die *Greifswald* heute zum letzten Mal anzufliegen?

Kurz darauf erreichten sie die weltweit erste Offshore-Förderplattform für Süßwasser, die inmitten des Greifswalder Boddens in die Höhe ragte – zwölf Seemeilen südlich der Insel Rügen, getragen von Dutzenden massiver Betonstelzen, deren Fundamente fünfunddreißig Meter tief im Meeresgrund verankert waren. Aus einiger Entfernung konnte man dieses beeindruckende stählerne Konstrukt durchaus für eine herkömmliche, wenn auch überdimensionale Ölbohrplattform halten. Wären da nicht die gigantischen Solarfolien gewesen, die sich im Halbrund um die gesamte nördliche Seite der Plattform sechzig Meter hoch in den Himmel erhoben. Der Anblick der violett schimmernden Folien erinnerte Leonie immer an die Tribünen amerikanischer Baseballstadien. Sie waren Ethan Holloways Idee gewesen. Sie bestanden aus organischen Kohlenstoffverbindungen, die auf Folien aufgedampft wurden und im Vergleich zu herkömmlichen Solarzellen tausendmal dünner waren. Außerdem benötigte ihre Produktion weder Silizium, Aluminium, Blei noch sonstige Schwermetalle oder Rohstoffe, die oft unter fragwürdigen Bedingungen abgebaut wurden. Die Folien trugen nicht nur maßgeblich zur energetischen Unabhängigkeit der Plattform bei, sondern schützten die Deckarbeiter gleichzeitig vor stürmischen Winden, die hier häufig aus nördlichen Richtungen wehten. Ein weiterer Baustein, der einen Beitrag zur Autarkie der *Greifswald* leistete, waren die Meeresströmungskraftwerke. An sämtlichen Betonstelzen waren in zehn Metern Wassertiefe frei schwenkende Turbinen angebracht, mit deren Hilfe aus der jeweils vorherrschenden Meeresströmung Elektrizität gewonnen wurde.

Während die Pilotin den Hubschrauber einmal langsam rund um die Plattform flog, betrachtete Leonie ihr Baby heute zum vielleicht letzten Mal. Da war zuallererst das schiere Ausmaß der *Greifswald*, deren einzelne Abschnitte und Module sich über eine Fläche erstreckten, die zwölf Fußballfeldern entsprach. Und das auf gleich drei Ebenen. Demzufolge stand reichlich Platz für die Module mit den Büros, den Kontroll- und Überwachungsstationen, den Aufenthaltsräumen, den Kombüsen sowie den Unterkünften der Ingenieure, Wissenschaftler und Arbeiter zur Verfügung. Auf den Dächern der drei Wohnquartiere befanden sich Hubschrauberlandeplätze. Unweit davon, auf dem Hauptdeck sechsunddreißig Meter über dem Meer, glänzten fünf orangefarbene Freifallrettungsboote in schräg nach unten gerichteten Halterungen in der untergehenden Sonne. Der knapp einhundert Meter hohe Förderturm markierte das Zentrum der Plattform. Um ihn herum bildeten gewaltige Pumpen und Aggregate einen Halbkreis, dem ein Gewirr aus dicken Rohren und Pipelines entsprang, die scheinbar zufällig in alle Himmelsrichtungen verliefen. Einige von ihnen verschwanden im Boden, um das geförderte Süßwasser zur Aufbereitung und Qualitätskontrolle in die entsprechenden Module der unteren Ebenen zu leiten. Dort wurde es in Trinkwasser mit einwandfreier Qualität verwandelt und über drei großvolumige Pipelines zur Verteilerstation in Lubmin gepumpt, die für die bedarfsgerechte Verteilung des Wassers in die einzelnen Bundesländer und Gemeinden verantwortlich war. In Vorbereitung der offiziellen Eröffnungsfeier war die gesamte Plattform mit bunten Fähnchen dekoriert, die in der sanften Brise flatterten. Von allen vier Ecken der Plattform bis hinauf an die Spitze des Förderturms verliefen Bänder mit bunten Wimpeln. Auch sie flatterten und glitzerten in der Sonne. Die Außenseiten der Wohnquartiere waren mit Flaggen aller Herren Länder bedeckt. Auf dem für gewöhnlich freien Platz vor dem Förderturm war die Bühne aufgebaut, auf der Shakira und J.Lo ihre legendäre Performance der Superbowl-Halbzeit-Show von 2020 wiederholen würden. *Typisch Ethan*, dachte Leonie. Ständig musste alles noch eine Spur größer und glamouröser werden.

Während die Pilotin nun den ihnen zugewiesenen Landeplatz ansteuerte, dachte Leonie an ihre erste Begegnung mit Ethan Holloway zurück. Damals hatte er sie mit seiner Vision der Aqua Citys – vollständige und autarke Städte auf dem Meer – regelrecht überfahren. Am Anfang hatte Leonie ihn noch für einen Spinner mit zu viel Geld gehalten, aber ohne die Fähigkeit, seine Zukunftsträume wahr werden zu lassen, wäre Holloway nicht zu solch einer schillernden Persönlichkeit geworden. Von einer vollständigen Stadt auf dem Meer war die *Greifswald* zwar noch ein gutes Stück entfernt – schließlich handelte es sich bei dieser Plattform um den Prototyp –, doch Holloways Vision nahm unbestreitbar Gestalt an. Und Leonie hatte einen maßgeblichen Anteil daran.

Gemeinsam waren sie über beinahe vier Jahre hinweg ein unschlagbares Team gewesen. Nur hatte Holloway sich in den letzten Monaten sehr verändert. Am schlimmsten wog, dass er sein Versprechen gebrochen hatte, mit dem er Leonie damals auf Malta geködert hatte. Ihr kam es vor, als hätten sich seine Ansichten um hundertachtzig Grad ins Gegenteil dessen verkehrt, was Holloway früher stets verkörpert hatte. Oder was er vorgegeben hatte zu verkörpern. Das war auch der Grund für die Distanz zwischen ihnen. Doch morgen konnte er Leonie nicht entfliehen. Sie würde ihn endlich zur Rede stellen. Zumindest nahm sie sich das fest vor.

3

Auf der untersten Ebene der *Greifswald*, sechsundzwanzig Meter über der Meeresoberfläche, beugte sich Atticus über einen Stahlträger und sah nach oben. Obwohl der Wind durch die nach allen Seiten offene Anlage pfiff, hatten seine Ohren ihn nicht getäuscht. Ein Hubschrauber befand sich im Anflug; eine Bell 407. Atticus warf einen Blick auf seine Taucheruhr am Handgelenk. Sofern sich an den eingereichten Flugplänen nichts geändert hatte, musste dies der Hubschrauber sein, in dem Leonie Vargas saß. Bislang lief alles nach Plan. Seine Informationen – vor allem einige sicherheitsrelevante Details, die er erst vor wenigen Stunden erhalten hatte – stimmten bis jetzt ausnahmslos mit den tatsächlichen Gegebenheiten hier vor Ort überein. Es konnte losgehen. Er wandte sich den Männern zu, die in diesem nicht einsehbaren Abschnitt der Plattform ihre Ausrüstung überprüften; in erster Linie die Funktionsfähigkeit ihrer Schusswaffen. Mit Argusaugen musterte Atticus die Truppe.

Sie waren zu zwölft. Alle trugen schwarze Kampfmonturen, schusssichere Westen, schwere Stiefel und an ihren Gürteln hingen wasserdichte DMR-Handfunkgeräte. Keiner war älter als dreißig, jeder einzelne Mann von ihm handverlesen. Sie waren motiviert, verlässlich, und auch wenn Atticus nicht allen ein gesteigertes Maß an Intelligenz bescheinigte, so gab es unter ihnen doch zumindest keinen vollkommenen Schwachkopf. Ein paar der Männer besaßen sogar erstaunliche Fähigkeiten, die selbst Atticus ein anerkennendes Nicken abrangen. Allen gemein war, dass sie denselben, einzig wahren Gott anbeteten: Geld. Bald schon würden sie darin schwimmen, wie Dagobert Duck in seinem Geldspeicher.

Atticus grinste, während er in die entschlossenen Mienen der Männer blickte. Sie alle wussten um das Risiko, diesen Ort womöglich nicht lebend zu verlassen. Dennoch vertrauten sie ihm. Und Atticus würde sie nicht enttäuschen. Lediglich in einem Punkt war er seinen Männern gegenüber nicht vollkommen ehrlich, denn seine Motivation unterschied sich von der ihren in einem ganz entscheidenden Punkt. Atticus verfolgte seinen eigenen Plan, an dessen Ende mehr als nur Reichtum auf ihn wartete.

»Noch dreißig Minuten«, informierte er die Runde. Als Reaktion erhielt er vereinzeltes Nicken.

Er trat neben Kristos, einen jungen schmächtigen Griechen und IT-Experten. Kristos saß auf einer Metallkiste, balancierte einen aufgeklappten Laptop auf seinen dünnen Oberschenkeln und fixierte das Display mit starrem Blick. Ebenso wie die hochwertigen Waffen, die Atticus aus offiziell *verloren gegangenen* Beständen der israelischen Armee besorgt hatte, gehörte auch der Laptop zu den leistungsstärksten Geräten seiner Klasse. Das schützende Gehäuse war stoßfest und wasserdicht bis fünfzig Meter. Falls der Laptop wider Erwarten beschädigt werden sollte oder eine Funktionsstörung erlitt, befand sich in der Metallkiste unter Kristos' Hintern ein zweites Modell mit identischer Konfiguration und Software. In den letzten Wochen hatte Atticus das Szenario hundertfach durchgespielt, jedes noch so unwahrscheinliche Risiko identifiziert, analysiert und durch entsprechende Maßnahmen minimalisiert.

»Status?«, fragte er.

»Läuft«, antwortete Kristos, ohne die Augen vom Display abzuwenden. »Die Passwörter und Zugangsdaten funzen bis jetzt alle. Dein geheimnisvoller Kontaktmann ist seine Kohle wert.«

Du hast ja keine Ahnung, dachte Atticus. Er entfernte sich einige Schritte von der Gruppe und fummelte sein Smartphone hervor, das er sich zwischen seinen Kampfanzug und die eng anliegende, schusssichere Weste geklemmt hatte. Noch war die Meldung, auf die er wartete, nicht eingegangen. Seinem Kontakt blieben achtzehn Minuten, um das vereinbarte Codewort zu übermitteln. Atticus grinste diabolisch. Hätten die Männer geahnt, um wen es sich bei dieser Person handelte, wären einige von ihnen vielleicht in letzter Minute ausgestiegen. Doch so gab es für niemanden Anlass zur Sorge. Zumal die Mission bislang nach Plan verlief.

Mit gefälschten Personalausweisen und originalgetreuen Zugangskarten von Sharpwater LLC waren sie an der Verteilerstation in Lubmin an Bord eines der Versorgungsschiffe gelangt, die die *Greifswald* regelmäßig anfuhren. Neben Lebensmitteln, Getränken und weiteren Gütern des täglichen Bedarfs transportierten diese Schiffe auch Ersatzteile und Werkzeuge sowie Öl und Benzin für die Notfallaggregate, die zum Einsatz kamen, falls die regenerative energetische Versorgung der Plattform aus irgendeinem Grund zusammenbrechen sollte. Auf der Rückfahrt nahmen die Schiffe dann aufbereiteten Müll und chemische Abfälle mit, die nicht recycelt werden konnten. Mit ihren gültigen Zugangskarten und in ihren Arbeiteroveralls hatten Atticus und seine Truppe keinen Verdacht erregt. Auf der

Greifswald hatten bereits drei Metallcontainer auf sie gewartet, in denen sich die Kampfmonturen, Waffen sowie weitere Ausrüstung befanden. Die Anlieferung der Container eine Woche zuvor war eine der größeren Herausforderungen dieser Mission gewesen. Atticus' Kontakt hatte dafür alle Register ziehen müssen und ein Schmiergeld in geradezu obszöner Höhe an zwei Mitarbeiter des Sicherheitsdienstes bezahlt. Tja, um Geld zu machen, musste man es erst einmal ausgeben. Das hatte Atticus schon als Jugendlicher auf der Straße gelernt, wo er Marihuana vertickt hatte, das er zuvor von einem wesentlich älteren Dealer einkaufen musste. Für einen Zwölfjährigen hatte Atticus damals ziemlich gut verdient. Er zog den rechten Lederhandschuh ein Stück weit nach unten und betrachtete die verblasste, dilettantische Tätowierung auf seinem Handrücken. Sie zeigte einen Holzstab, auf dessen oberes Ende ein Widderkopf gesteckt war. Atticus hatte sich das Tattoo im Alter von vierzehn Jahren mithilfe von schwarzer Tinte und heißen Nadeln selbst gestochen. Damals war er sich wie ein echter Gangster vorgekommen. Obgleich er heute darüber lächelte, hatte sich an der Bedeutung des Tattoos für ihn nichts geändert. Außer ihm gab es nur einen einzigen Menschen auf der Welt, der diese Bedeutung kannte. *Bald werden sie verstehen*, dachte er.

Die Wartezeit zog sich in die Länge. Im Westen ging bereits die Sonne unter und dunkle Schatten krochen über die unterste Ebene der Plattform. Die Beleuchtung sprang an, farbige Positionslichter an der Außenfassade der Stahlkonstruktion begannen zu blinken. Dann endlich vibrierte sein Smartphone und der Code erschien auf dem Display.

Atticus trat in den Kreis seiner Männer. »Brüder! Es ist so weit. Der Ziegenfisch ist bereit zu fliegen.«

4

HANSESTADT ANKLAM

Chris tunkte den Pinsel in den Farbeimer mit der Aufschrift *Weiß Seidenmatt* und fuhr dann mit den Borsten über das Abtropfgitter. Während die überschüssige Farbe zurück in den Eimer tropfte, betrachtete er seine Hände, die über und über mit weißen Farbspritzern besprenkelt waren. An den Fingern seiner rechten Hand war die Haut gerötet und es hatten sich sogar zwei Blasen gebildet. Er half zum ersten Mal im Malerbetrieb seines Kumpels Hans aus und Chris war weder das Halten der Pinsel gewohnt noch die ständigen Streichbewegungen aus dem Handgelenk.

Rauf. Runter. Rauf. Runter. Rauf. Runter.

Seit den Mittagsstunden ging das schon so, unterbrochen einzig von einer viel zu kurzen Kaffeepause. Trotz Sonnenuntergang war an Feierabend nicht zu denken. Hans hinkte seinem selbst gesetzten Zeitplan hinterher. Er hatte versprochen, die dreistöckige Villa binnen einer Woche zu streichen. Diese gehörte einem alten, missmutigen Knacker, der mehrmals am Tag vorbeikam, um zu kontrollieren, wie die Arbeiten voranschritten. Seiner Meinung nach viel zu langsam, weshalb er Hans gestern auch damit gedroht hatte, eine andere Firma zu beauftragen. Also hatte Hans als Verstärkung Chris mit ins Boot genommen. Für den war das die perfekte Gelegenheit, um schnell und unkompliziert an Geld zu kommen. Schwarz, versteht sich. Doch so froh Chris darüber auch war, hatte er es mit der Arbeit eigentlich nicht gleich dermaßen übertreiben wollen. Von Blasen an den Fingern war nicht die Rede gewesen. Nur blieb Chris nach der erneuten harschen Abfuhr seines Onkels am Vormittag nichts anderes übrig. Chris brauchte Geld; möglichst viel und möglichst schnell.

»Schlaf nicht ein«, knurrte Hans, der neben ihm auf einer Leiter stand und mit der Stuckdecke beschäftigt war. »Ich bezahl dich nicht fürs Nixtun. Wenn du noch länger vor dich hin starrst, trocknen die Borsten aus.«

»Soll ich nun Farbe sparen oder nicht?« Chris schaute ihn vorwurfsvoll an. Weiße Farbsprenkel überzogen Hans' Gesicht und Haare. Chris dämmerte, dass er ziemlich sicher genauso aussah. Selten hatte er sich mehr auf eine Dusche gefreut. Hoffentlich schaffte er es nach Hause, bevor die Wasserwerke über Nacht routinemäßig die Versorgung einstellten.

»Machen wir mal kurz Pause?«, fragte Chris. »Ich hab seit dem Mittag nichts mehr gegessen.«

»Wir ziehen das jetzt durch. Sind nur noch zwei Zimmer. Dann sind wir mit dem zweiten Stock fertig.«

»Dafür brauchen wir mindestens drei Stunden. Bis dahin bin ich verhungert.«

»Stell dich nicht so an. Oder willst du, dass ich mir jemand anderes suche?«

»Schon gut«, brummte Chris und nahm die Arbeit wieder auf. In gebückter Haltung strich er mit gleichförmigen Bewegungen über die Raufasertapete bis hinunter zum mit Abdeckfolie geschützten Parkett. Die Blasen an seinen Fingern brannten.

Ein paar Minuten später sagte Hans unvermittelt: »Die Farbeimer gehen uns aus. Ich fahr schnell zum Baumarkt, bevor der schließt, und besorg neue. Kleb du derweil schon mal das Esszimmer ab. Folie und Tape sind noch genug da.«

Chris runzelte die Stirn. »Ich dachte, ich hätte vorhin im Transporter noch ein paar Eimer gesehen.«

»Hast vielleicht ’nen Knick in der Optik.«

»Na gut. Bring was zu essen mit.«

»Ich fahr zum Baumarkt. Nicht zum Italiener.«

»Irgendwelche Schokoriegel wird’s da an der Kasse schon geben.«

»Ich schau mal.« Hans klopfte ihm auf die Schulter und verschwand.

Missmutig ging Chris ins Esszimmer und griff sich eine Rolle Abdeckfolie und Tape. Doch da sein Magen knurrte und ihm keine Ruhe ließ, zog es ihn zuerst zum Mineralwasserkasten. Viel trinken sollte ja angeblich gegen Hunger helfen. Natürlich waren sämtliche Flaschen leer. In einem Nebenraum hörte Chris den Alten umherschleichen und ging zu ihm.

»Entschuldigung«, sagte er, »uns ist das Mineralwasser ausgegangen. Dürfte ich bitte ein oder zwei Flaschen mit Leitungswasser auffüllen? Wir haben heute noch eine Menge Arbeit vor uns.«

»Das wär ja noch schöner«, polterte der Alte los. »Hast du eine Ahnung, was Wasser kostet? Und noch dazu die Filterkartuschen? Hab ich ein Vermögen zu verschenken? Ist nicht mein Problem, wenn ihr jungen Leute nicht haushalten könnt.«

Chris schluckte einen bissigen Kommentar hinunter. Er ging zurück ins Esszimmer, riss die Folie von einem der Fenster ab, öffnete es und streckte seinen Kopf hinaus. Vielleicht konnte er Hans noch abfangen, bevor der davonbrauste. Er lehnte sich vor, sah nach unten und vor Überraschung blieb ihm der Mund offen stehen.

Hans stand auf dem Gehweg, neben seinem grauen Transporter mit der Aufschrift *Malerbetrieb Hans Smolarek.* Die Seitentür war geöffnet. Im Innern des Transporters konnte Chris zwei weiße Farbeimer ausmachen. Hans gegenüber stand dessen Freundin. Die beiden quatschten und lachten, während sie zwischendurch herzhaft in Döner bissen, die sie in ihren Händen hielten. Chris spürte seinen Blutdruck steigen. Er kam sich vor wie im falschen Film. Hans hatte ihn wegen der Farbe belogen, weil er eine Ausrede gesucht hatte, um mit seiner Freundin in aller Ruhe einen Döner zu futtern. Warum hatte Hans nicht gesagt, dass seine Freundin auf dem Weg hierher war? Sie hätte einfach Döner für alle mitbringen können und alles wäre bestens gewesen. Chris war drauf und dran, seinen Kumpel lautstark als egoistisches Arschloch zu beschimpfen. Allerdings besann er sich darauf, dass er auf das Geld aus diesem Job angewiesen war, und schloss wortlos das Fenster. Ebenso wütend wie enttäuscht stapfte er in die Küche, hielt eine der leeren Flaschen unter den Wasserhahn an der Spüle und füllte sie auf. Es war ihm gleich, ob der Alte das nun mitbekam oder nicht.

Chris löschte seinen Durst, dann fläzte er sich in einen Stuhl in der Ecke und nahm eine der Zeitschriften in die Hand, die auf einem Stapel auf dem runden Beistelltisch lagen. Keinen Finger würde er mehr krumm machen, solange Hans sich da draußen den Bauch vollschlug und sich mit seiner Freundin amüsierte. Chris begann, in der Zeitschrift zu blättern. Eine Reportage über die bevorstehende Eröffnungsfeier einer neuen Förderplattform für Süßwasser in der Greifswalder Bucht weckte seine Aufmerksamkeit. Davon gehört hatte er schon, aber was es mit dieser Plattform tatsächlich auf sich hatte, war ihm bis heute nicht klar geworden. Offenbar war ein global agierender Konzern namens Sharpwater LLC auf direktem Weg, den Weltmarkt für Trinkwasser zu revolutionieren und zu beherrschen. Gefördert wurde dieses Wasser aus riesigen natürlichen Reservoiren, die sich angeblich vor den Küsten aller Kontinente einige Hundert Meter tief unter dem Meeresgrund befanden. Chris' Interesse an der Story wuchs rapide, als er den Namen des Mannes las, der hinter Sharpwater steckte: Ethan Holloway.

Holloway war einer der reichsten Menschen dieses Planeten und bekannt für seine vielfältigen Vorstellungen einer besseren und nachhaltigeren Welt. Kaum ein Tag verging, an dem er seine vielen Millionen Follower auf allen möglichen Social-Media-Kanälen nicht mit irgendwelchen Neuigkeiten über sich selbst, seine Unternehmen oder seine Zukunftsvisionen versorgte. Tweets von ihm konnten Aktienkurse nach oben schießen oder nach unten rauschen lassen. Nun also träumte Holloway von ganzen Städten auf dem Meer, die er Aqua Citys nannte und in denen die Menschen nicht nur arbeiteten, sondern auch dauerhaft mit ihren Familien lebten – inklusive Kitas, Schulen und Freizeitangeboten wie Kneipen, Kinos, Bowlingbahnen und sogar Sportplätzen. Die offizielle Eröffnungsfeier des Prototyps – die *Greifswald* – weckte weltweites mediales Interesse. Kein Wunder, glaubte man dem Verfasser des Artikels. Seiner Einschätzung nach würde es sich schon in naher Zukunft kaum eine Nation leisten können, auf das lebenswichtige Wasser aus Offshore-Vorkommen zu verzichten. Sogar die EU war mit einem Konsortium an Wissenschaftlern und großzügigen

Fördergeldern an dem Projekt beteiligt. Kritiker hingegen monierten, dass Sharpwater schon bald die Kontrolle über einen Großteil aller Wasservorräte dieses Planeten erlangen könnte. Und wer über die Verteilung von Trinkwasser entschied, so Holloways Kritiker, der beherrschte die Welt.

Chris musste an Onkel Radi und dessen Schimpftirade über die Gigafabriken rund um Berlin denken. Die klimatischen Veränderungen mit immer häufigeren und ausgeprägteren Dürreperioden ließen in ganz Deutschland das Grundwasser kontinuierlich absinken. Gleichzeitig siedelten sich im Großraum Berlin dank großzügiger Subventionen immer mehr internationale Unternehmen an, deren riesige Produktionsstätten gewaltige Mengen Wasser verbrauchten. Schon vor Jahren hatten mehrere Wasserverbände deswegen warnend den Zeigefinger erhoben, doch offensichtlich zählten Arbeitsplätze mehr als planschende Kinder in Freibädern. Wie groß das Ausmaß der Wasserknappheit werden würde und wie schnell dies passierte, damit hatte die Politik allerdings nicht gerechnet. Zusätzlich zu all den Beschränkungen hinsichtlich des Wasserverbrauchs in Privathaushalten, die seit zwei Jahren schrittweise eingeführt wurden, hatte man erst vor einem Monat den erlaubten Pro-Kopf-Verbrauch pro Tag nochmals um ein Drittel reduziert. Dies hatte zu einem empörten Aufschrei der Bevölkerung geführt, der unter dem Strich jedoch weniger laut ausgefallen war, als Chris erwartet hätte. Die meisten Menschen schienen überraschenderweise Verständnis für diese drastischen Maßnahmen aufzubringen. Chris vermutete, dass den wenigsten Bürgern und Bürgerinnen bewusst war, wo ihr kostbares Wasser tatsächlich abblieb – nämlich in den Fabriken und Unternehmen.

Am Ende des Artikels wurde es noch einmal besonders interessant. Sharpwater suchte nach wie vor händeringend nach Leuten, die bereit waren, in einem Zwei-Wochen-Rhythmus offshore zu arbeiten. Die Zwölf-Stunden-Schichten auf der Plattform bei Wind und Wetter verlangten den Arbeitern alles ab, andererseits wurden dafür auch weit überdurchschnittliche Löhne gezahlt. Zwei Wochen Maloche, danach zwei Wochen Urlaub … das hörte sich fraglos super an, kam für Chris aber wegen der Betreuung seiner Eltern eigentlich nicht infrage. Allerdings brachte ihn das Ganze auf eine Idee.

Noch während er diese im Geiste durchspielte, kehrte Hans zurück. Kurz entschlossen riss Chris die vier Seiten mit der Reportage aus der Zeitschrift heraus, faltete sie zweimal und steckte sie in die Tasche seines Overalls. Dann legte er die Zeitschrift zurück auf den Stapel und ging ins Esszimmer, wo Hans gerade dabei war, die beiden Farbeimer abzustellen.

»Was für ein Verkehr«, sagte Hans und stöhnte theatralisch. Eine Wolke aus Zwiebelgeruch und Knoblauchsoße hüllte Chris ein. »Ich hab's gerade noch vor Ladenschluss in den Baumarkt geschafft.«

»Na so ein Glück aber auch«, entgegnete Chris.

5

OSTSEE, ZWÖLF SEEMEILEN VOR DER KÜSTE RÜGENS

Leonie saß mit angezogenen Knien am Rand der inzwischen menschenleeren Plattform, auf der sie vor einer halben Stunde mit der Bell 407 aufgesetzt hatten. Ihre Kollegen waren unmittelbar nach der Landung in ihren Quartieren verschwunden und kurz darauf hatte der Hubschrauber wieder in Richtung Festland abgehoben. Leonie hingegen war geblieben. Mit der Stirn gegen den Schutzzaun gelehnt, der die Plattform umgab, betrachtete sie den Sonnenuntergang. Es war ein traumhafter Anblick, wie der glutrote Ball im Westen im Meer versank, während die letzten Sonnenstrahlen des Tages die Schleierwolken im Osten in ein Gemisch aus lila und violetten Farbtönen tauchten. Dann glomm der hauchdünne rote Streifen am Horizont ein letztes Mal auf, bevor sich überraschend schnell Dunkelheit über die *Greifswald* legte wie ein undurchdringbares schwarzes Gewand. Bald schon verrieten einzig die blinkenden Positionslichter sowie die hell beleuchteten Decks und Fenster der Büros und Wohnquartiere, dass sich hier, inmitten des Greifswalder

Boddens, ein gewaltiges achthundert Tonnen schweres Bauwerk befand. Das Lichtermeer spiegelte sich in den Solarfolien wie in einem surrealen Gemälde. *Was für ein Anblick*, dachte Leonie nicht zum ersten Mal.

Sie liebte es, hier oben zu sein. Sie liebte auch die Stille. Das stete Brummen der Aggregate und Pumpen, das auf dem Hauptdeck allgegenwärtig war, drang lediglich als Hintergrundgeräusch bis hierher, obwohl am Förderturm geschäftiges Treiben herrschte. Die Arbeiter der Tagschicht wurden gerade von der Nachtschicht abgelöst. Von hier oben aus betrachtet wirkten die stattlichen Männer überraschend klein. An der geschmückten Bühne, die man vor dem Förderturm eigens für das morgige Event aufgebaut hatte, blieb Leonies Blick hängen. Im Gegensatz zur restlichen Plattform war die Bühnenbeleuchtung ausgeschaltet. Die riesigen Lautsprecherboxen sahen wie unheilvolle Monolithen aus einem Stanley-Kubrick-Film aus. Sobald die ersten Beats der Show erklingen würden und Shakira und J.Lo ihre Hüften schwangen, würde sich die Plattform in ein Tollhaus verwandeln. Die Deckarbeiter … ach was … alle Männer auf der *Greifswald* würden kollektiv ausrasten. Ziemlich sicher auch einige der Frauen. Unwillkürlich musste Leonie lächeln. Man konnte über Ethan Holloway sagen, was man wollte, aber er wusste, wie man Aufmerksamkeit erregte. Der Hashtag *#aquacity* würde morgen in den sozialen Netzwerken trenden. Holloway würde sich feiern lassen und die Presse würde einmal mehr seine unermüdlichen Ambitionen würdigen, eine bessere, nachhaltige Welt zu erschaffen. Tatsächlich war dies eine Eigenschaft, die Leonie an Holloway lange Zeit bewundert hatte. Von Anfang an, schon bei ihrer ersten Begegnung auf Malta, hatte er sie mit seiner Vision eines weltumspannenden Netzes von

Aqua Citys in seinen Bann gezogen. Das Problem mit Ethan Holloway war nur, dass er nicht derjenige war, für den die Öffentlichkeit ihn hielt. Holloway besaß zwei Gesichter, wie Leonie leidvoll erkennen musste. Und sein zweites Gesicht konnte er sehr gut verbergen.

Sie seufzte. Eigentlich hätte sie es Jüri Kallas und den anderen gleichtun und sich für die bevorstehende Abendveranstaltung frisch machen sollen. Doch der Gedanke, Ethan Holloway im Kreis seiner Vorstände und wichtigsten Investoren gegenüberzutreten, schreckte sie ab. All diese Männer und Frauen waren ihm treu ergeben. Mehr noch, sie glichen Jüngern, geblendet von Holloways fragwürdigem Heiligenschein, dem sie bedingungslos folgten. Was sie nicht sahen oder vielleicht auch nicht sehen wollten, war Holloways dunkle Seite. Leonie hatte sie im Laufe der letzten Monate zu Gesicht bekommen. Mittlerweile glaubte sie, sein wahres Wesen erkannt zu haben. Und das hatte rein gar nichts mit dem eines Messias zu tun. Auch deswegen hatte sie es vorgezogen, den Sonnenuntergang hier oben alleine zu genießen. Vermutlich war es ihr letzter auf der *Greifswald*. Eine sanfte Brise kam auf und ließ Leonies Haare flattern. Mit Einsetzen der Nacht verflog die Hitze des Tages und Leonie schlüpfte in ihre gefütterte Jacke, die neben ihr auf dem Boden lag.

Das bevorstehende Zusammentreffen mit Holloway lag ihr schwer im Magen. Würde sie es schaffen, angesichts der anwesenden Presse gute Miene zum bösen Spiel zu machen? Das war zumindest ratsam. Wie die meisten Menschen hielt ihn auch die Presse überwiegend für einen Idealisten und Philanthropen. Nicht wenige sahen in ihm einen Erlöser, der eines Tages wie aus dem Nichts erschienen war, um diese Welt zu einem besseren Ort zu machen. Und Sharpwater – Holloways jüngstes Techunternehmen in einem wahrlich beeindruckenden Firmenportfolio – trug maßgeblich zu diesem Ruf bei. Die Erforschung und Erschließung von Offshore-Süßwasservorkommen vor den Küsten sämtlicher Kontinente, um damit die gesamte Menschheit für die nächsten einhundert Jahre mit lebensnotwendigem Wasser zu versorgen, klang wie ein wahr gewordener Traum. Niemand wusste das besser als Leonie. Holloways Aqua Citys versprachen nichts weniger als die Behebung sämtlicher Wasserprobleme auf der ganzen Welt. Jederzeit ausreichend verfügbares und bezahlbares Süßwasser in Trinkqualität für alle Menschen; ökologisch unbedenklich gewonnen und darüber hinaus nachhaltig. Das Konzept klang perfekt. Und das hätte es auch sein können. Wenn, ja wenn Holloway dies auch tatsächlich ernsthaft gewollt hätte.

Leonie merkte, dass sie mit den Zähnen knirschte. Ihre Kiefermuskulatur war schon ganz verspannt. Kein Wunder, dass sie auf den Empfang, der in diesen Minuten einige Stockwerke unter ihr begann, keine Lust verspürte. Holloway war längst nicht mehr der Mann, der ihr damals auf Malta eigenhändig dabei geholfen hatte, ihr *Schwein* wiederzubeschaffen, und der später nach Thibault Morels schrecklichem Unfall eine Gedenkfeier in der Kappella ta' San Gorg abgehalten hatte. Nein, Ethan Holloway hatte Leonie von Anfang an belogen und das konnte sie nicht einfach so hinnehmen.

Plopp! Plopp! Plopp!

Drei rasch aufeinanderfolgende Knallgeräusche rissen Leonie aus ihren Gedanken. Was war das denn? Neugierig sah sie nach unten, zum hell erleuchteten Platz rund um den Förderturm. Ein paar Arbeiter standen scheinbar lustlos herum, mehr konnte sie dort nicht erkennen.

Plopp! Plopp! Plopp!

Da war es erneut. Angestrengt versuchte Leonie, das Knallen mit irgendeinem Aggregat oder einer Pumpe in Verbindung zu bringen, doch ihr fiel kein Gerät ein, das derartige Geräusche verursachte. Vielleicht ein Defekt am Förderturm? Leonie stand auf und streckte ihre Beine durch, die vom langen Sitzen steif geworden waren. Besser, sie ging nach unten und schaute nach dem Rechten. Sollte es tatsächlich ein technisches Problem geben, mussten sie es unbedingt beheben, bevor sich morgen die Augen der ganzen Welt auf die *Greifswald* richteten.

Sie wollte sich gerade vom Zaun abwenden, als unweit des Förderturms vier dunkel gekleidete Gestalten aus dem Schatten eines Containers traten und mit nach vorne ausgestreckten Armen auf die noch immer seltsam teilnahmslos dastehenden Deckarbeiter zuliefen. In ihren Händen hielten sie Gegenstände, die Leonie auf die Entfernung nicht erkennen konnte. Im hellen Scheinwerferlicht kam es zu einem mit ausladenden Gesten begleiteten Wortgefecht zwischen den beiden Gruppen. Zwar konnte Leonie kein Wort verstehen, doch es war offensichtlich, dass es sich um eine Auseinandersetzung handelte. Ohne Vorwarnung gingen zwei Personen aufeinander los. Im folgenden Gerangel stürzte eine der schwarz gekleideten Gestalten zu Boden. Der über ihr stehende Deckarbeiter hob seine Faust, da richtete eine zweite Gestalt in Schwarz einen länglichen Gegenstand auf ihn.

Plopp! Plopp! Plopp!

Der Deckarbeiter wurde mit Wucht nach hinten geschleudert und blieb regungslos liegen.

Leonie riss die Augen auf. Schlagartig wurde ihr klar, was diese Knallgeräusche zu bedeuten hatten und worum es sich bei den länglichen Gegenständen handelte. Dort unten wurde geschossen! Die schwarz gekleideten Gestalten zielten mit Gewehren auf die Deckarbeiter. Aber das war unmöglich. Waffen jeglicher Art, insbesondere Schusswaffen, waren auf der Plattform streng verboten. Woher kamen diese Gewehre? Wie waren sie durch die Kontrollstellen in Lubmin gekommen? Leonie schauderte.

Die Kameraden des nach wie vor am Boden liegenden Deckarbeiters standen fassungslos um ihn herum. War der Mann etwa tot? Leonie wurde übel. Was zum Henker ging dort unten vor sich? Wer waren diese schwarz gekleideten Gestalten?

Leonie hatte genug gesehen. Sie eilte über die Landeplattform dem Aufzug entgegen, um der Sache auf den Grund zu gehen. Ihr Puls ging schnell. Sollte der Deckarbeiter tatsächlich erschossen worden sein, würde sie höchstpersönlich dafür sorgen, dass man den Täter festsetzte und gleich morgen der Polizei in Lubmin übergab. Sie schritt gerade über das übergroße aufgemalte H in der Mitte der Plattform, als am anderen Ende der *Greifswald* die Lichter erloschen.

Wie vom Donner gerührt blieb Leonie stehen.

Die komplette Beleuchtung in Abschnitt F fiel aus; direkt unterhalb der Solarfolien, wo die regenerative Energiegewinnung und -versorgung stattfand. Von jetzt auf gleich versank der gesamte Abschnitt in Dunkelheit. Doch das war erst der Anfang. Nacheinander fiel nun auch die Beleuchtung in den angrenzenden Abschnitten E, D und C aus, als würde jemand einfach nacheinander mehrere Schalter umlegen.

Unmöglich, schoss es Leonie durch den Kopf. Ein derart umfassender Stromausfall konnte aufgrund der mannigfaltigen Sicherheitsvorkehrungen unmöglich geschehen. Und dennoch passierte es direkt vor ihren Augen.

Binnen weniger Sekunden lag die halbe Plattform im Dunkeln. Einzig die Positionslichter in den betroffenen Bereichen blinkten unbeirrt weiter. Deren Stromversorgung lief über separate Notsysteme. Leonie eilte zurück an den Rand der Landeplattform, krallte ihre Finger in den Schutzzaun und zählte die Sekunden. Jeden Moment musste in den betroffenen Abschnitten die Notbeleuchtung anspringen. Doch nichts dergleichen geschah. Im Gegenteil. Zu Leonies Entsetzen fiel jetzt auch das Licht in sämtlichen anderen Modulen aus.

Nacheinander versanken die Abschnitte B, A sowie der Bereich rund um den Förderturm in Dunkelheit. Die Deckarbeiter, die nach wie vor rund um ihren Kollegen versammelt waren, wurden von der Nacht verschluckt. Anschließend fiel die Beleuchtung in den Wohnquartieren und Verwaltungsgebäuden aus. Wie hypnotisiert sah Leonie dabei zu, wie Fensterreihe um Fensterreihe dunkel wurde. Zuletzt gaben auch die Flutlichter der Landeplattformen den Geist auf. Schlagartig wurde es stockduster.

Schwer atmend versuchte Leonie, das Unbegreifliche zu verstehen. Wie in aller Welt konnten sämtliche redundanten Sicherheitsvorrichtungen gleichzeitig versagen? Und warum zum Teufel sprang die Notbeleuchtung nicht an? Eine derartige Panne *konnte* schlichtweg nicht geschehen. Dazu die schwarz gekleideten, bewaffneten Gestalten, die vermutlich einen Deckarbeiter erschossen hatten. Man musste kein Genie sein, um zu erkennen, dass hier etwas ganz und gar nicht stimmte. Fieberhaft überlegte Leonie, was sie nun tun sollte, doch sie konnte keinen klaren Gedanken fassen. Der Schock saß tief. Und was dann folgte, stürzte Leonie in regelrechte Verzweiflung: Die blinkenden Positionslichter, die selbst unter widrigsten Umständen

Tag und Nacht in Betrieb waren, erloschen. Die *Greifswald* verschmolz endgültig mit der finsteren Nacht.

Spätestens jetzt erkannte Leonie in aller Deutlichkeit, dass sie, ihre Kollegen und einfach alle auf der Plattform in verdammt ernsten Schwierigkeiten steckten.

6

Der Konferenzraum im achten Stockwerk des Verwaltungsgebäudes der *Greifswald* platzte aus allen Nähten. Um für die vielen elegant gekleideten Männer und Frauen Platz zu schaffen, die mit Getränken und Fingerfood in den Händen herumstanden, Small Talk hielten und gelegentlich zu laut lachten, hatte man die übliche Einrichtung entfernt und durch einige wenige Stehtische ersetzt. Aus den Deckenlautsprechern erklang leise Klaviermusik – eine der Nocturnes von Chopin, wie Jüri Kallas wohlwollend registrierte. Er stand alleine in einer Ecke des Raums, die breite Glasfront mit dem herrlichen Ausblick auf die hell erleuchtete Plattform im Rücken. An jedem anderen Tag hätte Kallas diese Aussicht genossen. Nicht so heute. Die Prominenz zu beobachten, die nach und nach eintraf, sich vom Kellner ein Glas Champagner in die Hand drücken ließ und sich danach mit aufgesetztem Lächeln überschwänglich begrüßte, war wesentlich interessanter. Beim Gedanken daran, dass sie alle in wenigen Minuten unweigerlich an seinen Lippen hängen würden, trat er unruhig von einem Bein auf das andere. Er betastete den Funksender in der rechten Hosentasche. Ein Knopfdruck, und es konnte losgehen. Kallas wartete nur noch auf das verabredete Zeichen.

Noch ließ Ethan Holloway auf sich warten. Abgesehen von ihm war mittlerweile der gesamte Vorstand von Sharpwater eingetroffen. Sogar Frédéric LeBlanc, der gebräunte, weltmännische Franzose mit den wallenden silbernen Haaren, einer der reichsten Männer Europas, war aus seiner Sommerresidenz in Antibes angereist und hatte dem Anlass entsprechend ausnahmsweise seine Golfklamotten gegen einen Smoking getauscht. Gemeinsam mit seiner eher unscheinbaren Ehefrau Delphine hielt er einen Plausch mit Scarlett Connelly, der einzigen Frau im Vorstand von Sharpwater. Die blasshäutige Connelly trug ein langes schwarzes Kleid und lächelte tapfer, während LeBlanc sie vermutlich mit einer seiner Golfgeschichten langweilte. Leonie hatte Kallas einmal anvertraut, dass Holloway und LeBlanc die Schottin nur in den Vorstand berufen hatten, um dem Vorwurf einer ungenügenden Frauenquote in Führungspositionen bei Sharpwater zuvorzukommen. Es galt als sicher, dass sie Holloway höchst ergeben und in die Klüngeleien und Ungereimtheiten verwickelt war, die es im Genehmigungs- und Bauprozess dieser Förderplattform mutmaßlich gegeben hatte. Von groß angelegten Bestechungen war die Rede, die es mit Connellys Hilfe gegeben haben sollte. Aber was wusste Jüri Kallas schon darüber? Er war Wissenschaftler. Sharpwaters Finanzen interessierten ihn nicht, Politik noch weniger. Wobei selbst er spürte, dass im Vorstand von Sharpwater nicht alles Gold war, das glänzte. Vor allem die Beziehung zwischen Holloway und LeBlanc gab ihm Rätsel auf. Vordergründig erweckten sie den Eindruck, als wären sie beste Freunde, doch laut Leonie verband die beiden Männer seit ihrem ersten Aufeinandertreffen auf Malta eine Art

Hassliebe. Ihre jahrelange Rivalität hatten sie stets mit harten Bandagen geführt. Dies hatte sich erst geändert, nachdem Leonie ihnen eines Nachmittags auf LeBlancs Luxusjacht *Bonaparte* klargemacht hatte, dass sie ihr Jahrhundertprojekt nur gemeinsam stemmen konnten. Details hatte Leonie wegen ihrer Verschwiegenheitsklausel nie ausgeplaudert. Kallas fragte sich, wo sie so lange blieb. Ihr Fehlen besorgte ihn, denn sie war eine der Hauptpersonen des heutigen Abends.

Endlich betrat Ethan Holloway den Raum, an seinem Arm eingehakt seine bezaubernde Partnerin Anastasia Eremenko. Unter den Gästen brach Jubel aus.

Holloway trug einen weißen Smoking, seine schwarzen Schuhe glänzten. Obwohl er von schlanker Statur war, zeigte sich unter der Weste und dem Frackhemd der Ansatz eines Wohlstandsbauchs. Seine schütteren Haare fielen ihm in die Stirn und reichten ihm bis in den Nacken, sein pausbäckiges Gesicht wirkte aufgedunsen. Er grinste und winkte den Anwesenden mit der freien Hand zu wie der König von England, der vom Balkon des Buckingham Palace seine Untergebenen grüßte. Er drehte eine Willkommensrunde, schüttelte überschwänglich Hände und ließ sich feiern wie ein Popstar. Seine Bodyguards, die ihn ansonsten ständig umgaben, waren nirgendwo zu sehen. Vermutlich fühlte Holloway sich angesichts der handverlesenen Gäste, der strengen Sicherheitsvorkehrungen und der abgelegenen Location sicher. Während er grinsend Hände schüttelte, wich Anastasia Eremenko ihm nicht von der Seite. Sie war mindestens zehn Jahre jünger als er, gertenschlank, ihre goldgelben Haare fielen über ihre Schultern und ihre gebräunte Haut war makellos. Sie trug ein atemberaubendes, schulterfreies Kleid, besetzt mit schwarzen glänzenden Pailletten, dazu goldfarbene

Stilettos. Ihre Karriere hatte Eremenko als Model begonnen, parallel dazu hatte sie sich als Influencerin betätigt. Zunächst mit mäßigem Erfolg. Erst die Liaison mit Ethan Holloway hatte ihren Bekanntheitsgrad über Nacht in neue Sphären katapultiert. Seitdem sie mit ihm um die Welt jettete und ihr Leben dabei in den sozialen Medien inszenierte, bezeichnete der Boulevard sie als It-Girl. Offenbar gefielen ihr das Nachtleben und die Nobelclubs dieser Welt auch deutlich besser als der nüchterne Konferenzraum, denn ihr Lächeln wirkte aufgesetzt. Sie schien sich in der Gesellschaft der meist deutlich älteren Männer und Frauen nicht wohlzufühlen. Kallas hatte kein Mitleid mit ihr. Eremenko hatte sich für ein Leben an Holloways Seite entschieden, das ihr mehr Luxus bot, als sich die Tochter ukrainischer Auswanderer jemals erhoffen durfte. Da konnte sie sich ja gefälligst mal für einen Abend zusammenreißen.

Kallas nippte an seinem Glas Wasser und betastete einmal mehr den Funksender in seiner Hosentasche. Gleich würde Holloway eine kurze Ansprache halten, danach würde er selbst das Zeichen für seinen großen Auftritt bekommen. Ihm fiel auf, dass Leonie noch immer fehlte. Auch Anton Reitmayr und Torben Jepsen glänzten durch Abwesenheit. Was war da los? Gerade als er sich fragte, ob er nach seinen Kollegen sehen sollte, ging ein Raunen durch die Anwesenden.

Irritiert stellte Kallas fest, dass sich immer mehr Männer und Frauen zu ihm umdrehten und ihn mit großen Augen anstarrten. Sofort brach ihm der Schweiß aus. Was sollte das? Stimmte mit ihm etwas nicht? Er brauchte einen Moment, um zu realisieren, dass die Leute gar nicht ihn anstarrten, sondern etwas, das hinter seinem Rücken geschah. Er drehte sich um und sah nun ebenfalls durch die Fensterfront hinaus.

In Abschnitt F gab es einen Stromausfall. Der gesamte Bereich lag im Dunkeln. Doch das war erst der Anfang. Binnen weniger Sekunden erloschen die Lichter in den Abschnitten E, D und C. Kallas stockte der Atem. *Unmöglich*, dachte er. Und warum sprang die Notbeleuchtung nicht an? Schließlich erreichte der Blackout die restlichen Abschnitte mitsamt dem Förderturm. Kurz darauf erlosch das Licht im Konferenzraum.

Ein kollektiver Aufschrei ging durch die Gäste. Kallas schluckte trocken. Er konnte seine eigene Hand nicht mehr vor Augen erkennen. Angsterfülltes Gemurmel erhob sich, eine ältere Frau rief panisch nach ihrem Ehemann. Plötzlich riefen alle durcheinander. Holloway übertrumpfte alle, indem er die Kellner lautstark anherrschte, *doch gefälligst das beschissene Licht wieder anzuknipsen*. Kallas blieb, wo er war, und wischte sich mit dem Ärmel seines Sakkos über die verschwitzte Stirn. Ein derart umfassender Stromausfall war technisch unmöglich. Was konnte die Ursache dafür sein?

Jemand kam auf die Idee, ein Smartphone als Taschenlampe zu benutzen, und weitere Gäste folgten diesem Beispiel. Lichtkegel huschten über die Gesichter verängstigter Männer und Frauen. Gerade als Holloway die Anwesenden lautstark bat, Ruhe zu bewahren, flog krachend die Tür auf.

Im Schein der Taschenlampen sah Kallas mehrere schwarz gekleidete, mit kurzläufigen Gewehren bewaffnete und vermummte Männer in den Raum stürmen. Erschrocken wichen die Gäste zurück, ein paar Frauen kreischten auf. Auch Kallas drückte sich tiefer in die Ecke. Sein Verstand weigerte sich zu akzeptieren, was seine Augen sahen. Die bewaffneten Männer postierten sich vor der einzigen Tür, dann brüllte einer von ihnen auf Englisch: »Ruhe! Alle sofort die Schnauze halten!«

Da seine Aufforderung ungehört verhallte und das aufgeregte Gemurmel unter den Gästen nicht abebbte, richtete der Redeführer den Lauf seiner Waffe nach oben und feuerte eine kurze Salve ab. Die Gäste schrien auf, Kallas zuckte zusammen, Putz rieselte von der Decke.

»Ruhe!«, brüllte der Mann erneut, und diesmal gehorchten alle. Er wartete einen Moment, dann sagte er: »Wir werden jetzt das Licht in diesem Raum wieder einschalten. Niemand rührt sich vom Fleck. Wer auch nur zuckt, wird es bitter bereuen.«

Einen Wimpernschlag später sprangen die Leuchtstoffröhren an der Decke flackernd an. Ein rascher Blick über seine Schulter zeigte Kallas, dass die restliche Plattform nach wie vor im Dunkeln lag. Wie die Eindringlinge das technisch anstellten, wusste er nicht. Jetzt musterte er sie.

Jeder Einzelne von ihnen war groß und kräftig, trug einen Kampfanzug, darüber eine schusssichere Weste. Zusätzlich zu den Gewehren in ihren Händen hingen weitere Waffen an ihren Gürteln, darunter Messer und Pfefferspray. Sturmhauben verbargen ihre Gesichter. Während sie mit ihren Waffen die Gäste in Schach hielten, trat der Redeführer vor.

»Ladies and Gentlemen«, verkündete er laut vernehmlich. »Wie Sie ohne Zweifel bemerkt haben, gibt es im Ablauf des heutigen Abendprogramms eine kleine Änderung. Anstelle von Champagner und Hummer werden Sie mit mir vorliebnehmen müssen. Ich bin Atticus, Ihr neuer Gastgeber. Wer mich anspricht, ohne zuvor von mir dazu aufgefordert zu werden, der macht Bekanntschaft mit dieser Schönheit hier.« Er hob demonstrativ sein Sturmgewehr in die Höhe. »Haben das alle verstanden?«

Vereinzelt nickten Köpfe. Ein paar Frauen fingen leise an zu weinen.

»Einige von Ihnen«, fuhr Atticus fort, »halten ein Smartphone in den Händen. Wir werden jetzt einen Seesack herumreichen, in den Sie sämtliche Smartphones werfen. Sie nutzen Ihnen sowieso nichts. Wir haben auf der Plattform Störsender angebracht, die jegliche Kommunikation mit dem Festland unterbinden. Selbstverständlich sind auch die WLAN-Router offline. Kooperieren Sie in Ihrem eigenen Interesse.«

Während der Seesack weitergereicht wurde, warfen die Anwesenden wie befohlen ihre Smartphones hinein. Wohin Kallas auch blickte, er sah in vollkommen verängstigte Gesichter. Er fragte sich, weshalb dieser Atticus die Geräte einsammelte, wenn sie angeblich sowieso nutzlos waren. Entweder wollte er vermeiden, gefilmt oder fotografiert zu werden, oder er log, und es gab überhaupt keine Störsender. Die Frage aller Fragen jedoch lautete: Was bei allen Heiligen geschah hier?

Einer der Eindringlinge drückte Atticus schließlich den prall gefüllten Seesack in die Hand, der diesen achtlos hinter sich zu Boden warf. Aus irgendeinem Grund nahm Kallas an, Atticus würde nun seine Sturmhaube vom Kopf ziehen und ihnen sein Gesicht präsentieren, doch das tat er nicht.

Stattdessen verkündete er: »Ladies and Gentlemen, bitte nehmen Sie zur Kenntnis, dass die *Greifswald* unter unserer Kontrolle steht. Sie alle, und damit meine ich nicht nur die Anwesenden hier im Raum, sondern ausnahmslos alle Männer und Frauen auf dieser Plattform, sind ab sofort unsere Geiseln. Kooperieren Sie, dann wird Ihnen nichts geschehen.«

Ein Raunen ging durch die Anwesenden. Kallas' Hände begannen zu zittern, als ihm schlagartig bewusst wurde, dass er sich zusammen mit einigen der reichsten und einflussreichsten Menschen der Welt auf einer abgelegenen Förderplattform mitten auf dem Meer befand, in der Gewalt von offenbar exzellent organisierten Terroristen. In wenigen Stunden sollte die seit Wochen fieberhaft erwartete Eröffnungsfeier der *Greifswald* live in Dutzende Länder übertragen werden. Holloway hatte maximale Aufmerksamkeit für sein Projekt gewollt. Die erste Aqua City sollte weltweit Wellen schlagen. Wie es aussah, würde Holloway sein Ziel erreichen. Wenn auch anders als geplant. Diese Geiselnahme würde einen medialen Tsunami auslösen.

7

… acht … neun … zehn.

Leonie öffnete ihre Augen.

Nein, es war kein böser Traum. Die *Greifswald* lag nach wie vor in vollkommene Dunkelheit gehüllt da, dazu herrschte eine ungewöhnliche Stille. Das stete Brummen, Stampfen und Hämmern der Pumpen und Aggregate war vollständig zum Erliegen gekommen. Einzig der auffrischende Wind pfiff leise durch die stählernen Streben des Förderturms. *Ein Desaster*, dachte Leonie.

Allmählich gewöhnten sich ihre Augen an die mondlose Nacht und sie konnte die Umrisse der Gebäude sowie des Förderturms erkennen. Das genügte ihr. Sie kannte die Plattform in- und auswendig und traute sich zu, selbst unter diesen Umständen den Weg in die Zentrale zu finden. Dort wollte sie gemeinsam mit den Technikern nach der Ursache des Blackouts suchen und die Stromversorgung wiederherstellen. Vor allem aber musste sie so schnell wie möglich das Festland kontaktieren und die Polizei in Lubmin über diesen Vorfall informieren. Leonie war fest davon überzeugt, dass es sich bei diesem Blackout um bewusst herbeigeführte Sabotage handelte. Dafür sprachen vor allem die schwarz gekleideten, bewaffneten Gestalten sowie das Totalversagen sämtlicher redundanten Sicherheitssysteme. Leonie musste auf ihrem Weg in die Zentrale also äußerst aufmerksam bleiben.

Während sie über die Landeplattform zu den Aufzügen eilte, ärgerte sie sich darüber, dass sie ihren Reisetrolley von einem Angestellten in ihr Zimmer hatte bringen lassen. Ihr Smartphone befand sich in dem Trolley. Kurz bevor sie die Aufzüge erreichte, fiel ihr ein, dass diese ohne Strom nicht funktionierten, weshalb sie sich dem Treppenhaus zuwandte. Ihre Hand lag bereits auf dem Türgriff, als sie auf der benachbarten Landeplattform laute, hektische Rufe vernahm. Eine Frau kreischte. Alarmiert hielt Leonie inne.

Vier nur schemenhaft zu erkennende Personen taumelten aus dem Treppenhaus der etwa siebzig Meter entfernten Plattform. Eine von ihnen stolperte und stürzte. Im Freien angelangt, schlugen sie die Tür hinter sich zu und standen dann unschlüssig herum. Leonie hatte nicht die leiseste Ahnung, was dort drüben vor sich ging, aber die Dinge auf der *Greifswald* liefen anscheinend stärker aus dem Ruder, als sie angenommen hatte.

Mit einem Mal flog auf der Nachbarplattform die Tür mit einem lauten Knall auf. Zwei schwarz gekleidete Gestalten mit langläufigen Waffen in den Händen stürmten aus dem Treppenhaus. Ihre hellen Taschenlampen erfassten die vier Personen, bei denen es sich um je zwei Männer und Frauen der Gebäudereinigung handelte, wie ihre grauen Arbeitsoveralls verrieten. Einer der Angreifer hielt seine Taschenlampe weiter auf die Gruppe gerichtet, während sein Kumpan mit dem Gewehr im Anschlag hinter sie trat. Er bellte einen Befehl, fuchtelte mit seiner Waffe herum und dirigierte die Gebäudereiniger zurück ins Treppenhaus. Trotz der Dunkelheit presste Leonie sich eng gegen die Wand, um nicht entdeckt zu werden. Schlagartig kehrte wieder Ruhe ein.

Leonie atmete tief durch und versuchte, sich auf all das einen Reim zu machen. Wer waren diese Angreifer? Welches Ziel verfolgten sie? Und wie viele von ihrer Sorte waren noch auf der Förderplattform unterwegs? Leonie blies die Backen auf. Irgendetwas Großes war hier im Gange.

Trotz dieses Schocks musste Leonie unbedingt mehr darüber herausfinden. Sie öffnete die Tür zum Treppenhaus. Ihr Blick fiel in einen stockdunklen Flur. Sie zögerte. Da drin würde sie nicht einmal die Hand vor Augen erkennen. Plötzlich horchte sie auf. Tritte schwerer Stiefel hallten durch das Treppenhaus und kurz darauf huschten einige Stockwerke unter ihr Lichtkegel über Wände und Stufen. Leonie unterdrückte einen Aufschrei. Rasch schloss sie die Tür so leise wie möglich und sah sich fieberhaft um. Die Landeplattform bot keinerlei Versteck oder Sichtschutz. An Flucht war nicht zu denken. Leonies Herz schlug kräftig in ihrer Brust. Sie war geliefert.

Keine Minute später hörte sie laute Männerstimmen aus dem Treppenhaus. Die Angreifer waren da. Geistesgegenwärtig drückte Leonie sich direkt hinter dem Eingang ganz eng gegen die Stahlwand. Da flog die Tür auch schon krachend auf. Leonie konnte von Glück sagen, dass der im Boden eingefasste Stopper die stählerne Tür wenige Zentimeter vor ihrer Nasenspitze gerade noch rechtzeitig abfing.

Zwei Männer stürmten auf die Plattform. Hinter der Tür verborgen konnte Leonie sie nicht sehen, nur die Lichtkegel ihrer Taschenlampen, mit denen sie die Landeplattform ableuchteten. Leonie wagte nicht zu atmen. Schließlich setzte einer der beiden per Walkie-Talkie eine Meldung in einer arabisch klingenden Sprache ab, die Leonie nicht verstand. Sie tippte auf den Nahen Osten. Aus dem Walkie-Talkie plärrte umgehend eine Antwort und die Männer machten sich vom Acker. Leonie war nie gläubig gewesen, doch jetzt dankte sie Gott für die mondlose Nacht. Nur ein wenig mehr Helligkeit, und die beiden hätten sie vermutlich entdeckt. So war die unmittelbare Gefahr vorerst gebannt.

Mit wackeligen Knien ließ Leonie sich an der Wand entlang nach unten gleiten, wo sie die nächsten Minuten mit angezogenen Beinen dasaß und versuchte, das soeben Erlebte zu verarbeiten. Unvermittelt begann sie am ganzen Körper zu zittern. Der Schock traf sie zeitversetzt und sie flüchtete sich in Gedanken zu Gabrijel. Sie vermisste ihn mehr als je zuvor. Sie brauchte ihn, sehnte sich nach seiner Umarmung. In seinen starken Armen hatte sie stets Geborgenheit gespürt. Dafür hätte sie in diesem Moment alles gegeben. Sie hatte sich eingeredet, dass sie seinen tragischen Tod überwinden könnte, wenn sie sich wieder in die Arbeit stürzte. Doch das war ein Irrglaube gewesen. Jetzt kehrten die Trauer und Sehnsucht nach Gabrijel mit einer Wucht zurück, die Leonie die Tränen in die Augen trieb.

Sie legte ihren Kopf in den Nacken. Ohne die übliche Lichtumgebung sah Leonie zum ersten Mal von der *Greifswald* aus den Sternenhimmel. Doch der Anblick spendete keinen Trost. Leonie fühlte sich so einsam wie noch nie. Genauso gut hätte sie in diesem Moment mutterseelenallein auf einem dieser Sterne sitzen können. Aus dem Portemonnaie in der Innentasche ihrer Jacke fummelte sie ein Passfoto ihres verstorbenen Verlobten hervor. Gabrijel hatte es kurz vor seinem Unfall machen lassen, es aber nicht für seinen Passantrag verwenden können, weil er darauf lachte. Obwohl Leonie in der Dunkelheit sein Gesicht nicht erkennen konnte, spendete das Foto in ihren Händen ihr Trost. *Malika. Meine Königin.* So hatte er Leonie immer genannt, wenn sie sich geliebt hatten. Und wie sehr hatte sie es genossen, danach mit ihren Fingern seine Locken zu durchkämmen, während er schon am Einschlafen war. *Malika.* Nie wieder würde jemand Leonie so nennen. Sie steckte Gabrijels Foto wieder ein, wischte sich die Tränen aus den Augen und erhob sich.

Vorsichtig öffnete sie die Tür und streckte ihren Kopf ins stockfinstere Treppenhaus. Kein Stiefelgetrampel, keine Lichtkegel. Dennoch zögerte Leonie. Ohne Beleuchtung würde sie sich Tritt für Tritt und stets mit einer Hand am Geländer nach unten entlanghangeln müssen. Sollte sie nicht lieber ausharren, bis der Strom zurückkehrte? Nur was, wenn die Angreifer den Strom die ganze Nacht über nicht mehr einschalteten? Abwarten war keine Option. Leonie musste unbedingt herausfinden, was hier vor sich ging. Je eher, desto besser. Sie nahm all ihren Mut zusammen und betrat das Treppenhaus.

8

HANSESTADT ANKLAM

Obwohl Chris es nicht für möglich gehalten hatte, kletterten die Temperaturen am nächsten Tag auf ein neues, rekordverdächtiges Niveau. Unter der knallenden Mittagssonne eilte er quer über den Pferdemarkt zu seinem Termin. Nervös und schwitzend warf er einen Blick auf die gebrauchte Casio an seinem Handgelenk, die er vor Kurzem für neun Euro online ersteigert hatte. Er war zu spät. Wie so oft. Diesmal schob er die Schuld auf Hans, der ihn erst gegen Mitternacht nach getaner Arbeit in der Villa hatte gehen lassen. Nur wegen ihm hatte Chris verschlafen. Zumindest redete er sich das ein.

Er kam am Springbrunnen in der Mitte des Platzes vorbei, aus dem für gewöhnlich eine hüfthohe Fontäne kristallklaren Wassers sprudelte. Heute jedoch war der Brunnen außer Betrieb. Gerne hätte Chris seinen Kopf unter die Fontäne gehalten oder zumindest seinen Nacken mit Wasser benetzt, um sich etwas Abkühlung zu verschaffen. Stattdessen zupfte er an seinem langärmligen Leinenhemd sowie an der schwarzen Bundfaltenhose herum, die beide an seinem Körper klebten. Dieses für ihn ungewohnte Outfit war nicht nur unbequem, er kam sich darin vor wie ein kurz vor der Rente stehender Oberkellner. Auch seine Füße ächzten in den abgewetzten Halbschuhen, die er gefühlt das letzte Mal zu seiner Kommunion getragen hatte. Er konnte es kaum erwarten, nach dem Gespräch mit dem Bankfuzzi auf direktem Weg nach Hause zu eilen und sich umzuziehen. Nicht auszudenken, sollte ihn einer seiner Kumpels in diesen Klamotten sehen. Spott und Häme wären beim nächsten Stammtisch im Anklamer Eck garantiert.

Am Eingang zur Sparkasse nahm er sich einen Moment, um durchzuatmen. Durch die Glastüren sah er zwei Bankangestellte hinter den Serviceschaltern und ein schaler Geschmack breitete sich in seinem Mund aus. Heute würde sich entscheiden, ob es für ihn und seine Eltern als Familie unter einem gemeinsamen Dach weitergehen würde. Die im Vorfeld von der Bank angeforderten Unterlagen hatte er vor einer Woche abgegeben. Egal wie das gleich folgende Gespräch verlaufen sollte, Chris nahm sich vor, höflich und ruhig zu bleiben. Er musste abliefern, denn einen Plan B hatte er nicht in der Tasche.

Beim Betreten der Filiale schlug ihm klimatisierte, kühle Luft entgegen. Es tat gut, der Hitze zu entfliehen. Er schloss die obersten beiden Knöpfe seines Hemdes und trat vor einen der Serviceschalter. Er nannte einer älteren Dame seinen Namen sowie den Grund seines Besuchs, woraufhin er gebeten wurde, auf einem der Ledersessel neben der Eingangstür Platz zu nehmen und zu warten.

Die Minuten verstrichen, Kunden kamen und gingen, nur Chris hatte man anscheinend vergessen. Je mehr Zeit verstrich, desto nervöser wurde er. Warum dauerte das so lange? Mittlerweile meldete sich seine Blase. Er suchte die Toiletten im Untergeschoss auf, aber dort angekommen stand er vor verschlossenen Türen. Zunehmend genervt stapfte er die Treppen wieder nach oben und fragte die Dame am Serviceschalter nach dem Schlüssel.

»Tut mir leid«, sagte sie. »Momentan gibt es im gesamten Gebäude kein fließendes Wasser. Wahrscheinlich haben wir irgendwo einen Wasserrohrbruch oder so.«

Chris fiel der ausgetrocknete Springbrunnen ein, und er fragte: »Können Sie abschätzen, wie lange es bei mir noch ungefähr dauert?«

»Der Herr Becker müsste jeden Moment von seiner Mittagspause zurück sein.« Sie lächelte routiniert.

»Er ist zu Mittag? Aber wir haben für 11:30 Uhr einen Termin.«

»Da müssen Sie nachher mit dem Herrn Becker reden, ob da vielleicht ein Missverständnis vorliegt.«

Obwohl Chris absolut sicher war, dass sie halb zwölf vereinbart hatten, ließ er es dabei bewenden. Schließlich konnte die Dame am Schalter nichts dafür. Zerknirscht ließ er sich wieder in den Ledersessel im Wartebereich fallen. Hätte es eines allerletzten Beweises bedurft, wie sehr diesem Bankfuzzi die existenziellen Probleme seiner Eltern am Arsch vorbeigingen, dann hatte Chris diesen Beweis soeben erhalten.

Endlich kam ein untersetzter Mann in einem braunen Anzug und ockerfarbener Krawatte auf ihn zu. Chris schätzte ihn auf Ende fünfzig. Seine Haare waren grau meliert und er trug einen sorgfältig gestutzten Schnauzer. »Angenehm, Becker. Schön, dass Sie es heute einrichten konnten, Herr Kellermann.«

»Klar«, erwiderte Chris. Als hätte er eine Wahl gehabt.

»Bitte mir nach«, sagte Becker und ging voraus in einen fensterlosen Besprechungsraum. »Bitte entschuldigen Sie die kleine

Verzögerung. Aber meine Mutter ist gerade zu Besuch und sie pflegt immer etwas früher zu Mittag zu essen. Sie wissen ja, wie das mit Müttern so ist.« Er grinste, als hätte er einen großartigen Witz gerissen. Und als wüsste er nicht ganz genau, dass es für Chris und dessen Mutter in den nächsten Minuten buchstäblich um alles ging.

9

SPANDAU, BERLIN

Anne Hagen griff mit einer Hand in die Duschkabine, drehte den Wasserhahn auf und schloss dann von außen die Kabinentür. Obwohl das Mietshaus, in dem sie seit vier Jahren in einer unscheinbaren Zweizimmerwohnung lebte, erst kürzlich renoviert worden war, benötigte das Wasser immer noch eine gute Minute, bis es endlich warm wurde. Sie nutzte die Zeit, zog ihre Satinunterwäsche aus und warf sie auf die Waschmaschine. Dann band sie ihre langen glatten Haare zu einem Dutt, den sie mit einer Haarklammer fixierte. Nach Haarewaschen stand ihr heute nicht der Sinn. Anne Hagen plagten ganz andere Sorgen.

Sie betrachtete sich nackt im Spiegel und im Grunde war sie mit dem Anblick durchaus zufrieden. Trotz ihrer zweiundvierzig Jahre konnte sich ihr zierlicher Körper dank regelmäßigem Zumba-Training sehen lassen. Ihre bronzefarbene Haut war glatt und Cellulite nur etwas, worüber andere Frauen in ihrem Alter jammerten. Was das betraf, hatte Anne Hagen die guten Gene ziemlich sicher ihrer vietnamesischen Mutter zu verdanken. Doch nachdem sie vor zwei Wochen im Rahmen einer gynäkologischen Routineuntersuchung eine unerwartete Schockdiagnose erhalten hatte, wusste sie, dass äußere Schönheit nicht zwingend mit innerer Gesundheit einherging.

Während im Hintergrund das Duschwasser plätscherte, fuhr sie sich mit beiden Händen über den Unterleib. Prüfend drückte sie an einigen Stellen dagegen, doch sie spürte keinen Schmerz. *Noch nicht*, hatte ihre Gynäkologin gemeint und dann betont optimistisch hinzugefügt, dies sei ein gutes Zeichen. Der Eierstockkrebs, der in Anne Hagen wucherte, befand sich noch in einem frühen Stadium. Zwar musste sie in letzter Zeit öfter Wasser lassen als sonst, darüber hinaus machte sich diese heimtückische Krankheit bei ihr bislang aber nicht negativ bemerkbar. Damit das so blieb – und natürlich, um wieder vollkommen gesund zu werden –, hatte sie für heute einen Termin in einer onkologischen Klinik vereinbart.

Sie trat in die Duschkabine und genoss mit geschlossenen Augen das angenehme Gefühl warmen Wassers auf ihrem Körper. Ohne Hast seifte sie sich vom Hals abwärts ein, als urplötzlich das Wasser versiegte. Irritiert musterte sie den Duschkopf. Ein paar letzte Tropfen fielen herab, schließlich kam nichts mehr. Sie drehte den Wasserhahn hin und her, jedoch ohne Erfolg. Sie fluchte. In diesem Haus verging kaum eine Woche ohne irgendwelche Probleme. Doch ausgerechnet heute? In weniger als zwei Stunden musste sie in der Klinik sein, die am entgegengesetzten Ende von Berlin lag, in Köpenick. Der Verkehr um diese Uhrzeit war nicht zu unterschätzen und sie wollte keinesfalls zu spät kommen. Je eher sie die notwendige Operation durchführen ließ, umso besser standen ihre Überlebenschancen.

Da das Wasser weiterhin ausblieb, stieg sie aus der Duschkabine und prüfte den Wasserhahn am Waschbecken. Auch er röchelte nur und gab keinen Tropfen her. Sie seufzte und rieb sich mit einem Handtuch die Seife vom Körper. Danach schlüpfte sie in ihren grauen Jogginganzug, da im Infoblatt der Klinik ausdrücklich bequeme Kleidung empfohlen wurde. Ein letzter Schluck kalten Matetees, dann machte sie sich auf den Weg.

Hinter Spandau fuhr sie mit ihrem Dienstwagen, einem dunkelblauen Audi A6, auf die A 113 und weiter auf die A 100. In Gedanken war sie längst bei den Voruntersuchungen, die sie heute über sich ergehen lassen musste. Sofern die Ergebnisse nichts Gegenteiliges anraten ließen, würde man sie morgen schon operieren. Man würde ihr beide Eierstöcke entfernen, die Eileiter, die Gebärmutter und vermutlich Teile ihres Bauchnetzes und Bauchfells. Falls es dem Chirurgen während der Operation notwendig erscheinen sollte, würde er ihr auch Teile des Darms entfernen, um den Tumor vollständig zu beseitigen. Doch darüber wollte sie nicht nachdenken. Selbst im besten Fall würde sie mehrere Wochen benötigen, um sich von dieser Tortur zu erholen. Daher hatte sie kurzfristig ihren gesamten Jahresurlaub genommen, von dem sie glücklicherweise bislang noch keinen einzigen Tag vergeudet hatte. Ihrem Vorgesetzten, Staatssekretär Doktor Peter Mertens, hatte sie gesagt, dass sie durch Vietnam reisen wolle. Sie wolle sich auf die Spuren ihrer Großeltern mütterlicherseits begeben, hatte sie geflunkert. Mertens hatte keinen Verdacht geschöpft. Weshalb auch? Kaum jemand arbeitete so gewissenhaft und zuverlässig in seinem Job wie Anne Hagen.

Im Alter von sechs Jahren war sie nach der Verabschiedung ihres Vaters als Botschafter in Vietnam mit ihrer Familie nach Deutschland zurückgekehrt. Dort wurde die kleine Anne wenig später eingeschult und vom ersten Tag an wegen ihrer zierlichen Statur und ihren »komischen« Augen gehänselt. Kinder konnten grausam sein und nach vier langen Grundschuljahren hatten die ständigen Hänseleien in ihrer Psyche Spuren hinterlassen. Ihre mandelförmigen Augen blieben ihr Schwachpunkt, den mitleidlose Kinder schnell ausnutzten. Das wiederkehrende Mobbing jedoch spornte sie an, nur noch härter und gründlicher zu lernen. Die Belohnung folgte viele Jahre später, als sie die Karriereleiter in einem erstaunlichen Tempo emporkletterte. Was umso bemerkenswerter war, wenn man das männerdominierte Arbeitsumfeld bedachte, in dem sie sich bewegte. Ihr war bewusst, dass man sie innerhalb der Abteilung hinter vorgehaltener Hand nur »die Kleine« nannte, aber niemand würde es je wagen, ihr das ins Gesicht zu sagen. Und schon gar nicht würde es heute noch irgendjemand wagen, einen dummen Spruch über ihre Augen zu reißen.

Sie hatte die halbe Strecke zur Klinik zurückgelegt, als ihr privates Smartphone auf dem Beifahrersitz klingelte. Das Display zeigte *Peter Mertens* an. Anne Hagen stutzte. Sie konnte sich nicht daran erinnern, von Mertens jemals unter ihrer privaten Rufnummer kontaktiert worden zu sein. Außerdem wusste er, dass sie ab heute im Urlaub war. Dennoch nahm sie den Anruf über die Freisprecheinrichtung entgegen.

»Herr Staatssekretär? Was kann ich für Sie tun?«

»Zum Glück erwische ich Sie noch«, hörte sie Mertens' erleichterte Stimme. »Ich hatte schon befürchtet, Ihr Flug nach Vietnam sei bereits gestartet.«

Für einen Moment musste Anne Hagen überlegen, was genau sie ihrem Vorgesetzten über den zeitlichen Ablauf ihrer angeblichen Reise erzählt hatte. »Ich bin auf dem Weg zum Flughafen. Was ist los? Ist etwas passiert?«

»Das können Sie laut sagen. Hier ist die Hölle los. Frau Hagen, mir ist bewusst, dass Sie auf dem Weg in Ihren wohlverdienten Urlaub sind, aber ich brauche Sie hier.«

Sie fluchte lautlos. Sie kannte Staatssekretär Mertens lange genug, um an seiner Stimmlage den Ernst der Situation zu erahnen. Zudem würde er sie niemals aus dem Urlaub zurückbeordern, wenn es nicht unbedingt sein musste.

»Worum geht es?«, fragte sie.

»Nicht am Telefon. Diese Leitung ist nicht abhörsicher.«

»Mein Diensthandy liegt in meinem Safe zu Hause. Ich bin nicht davon ausgegangen, dass ich es im Urlaub benötigen würde.«

»Natürlich. Im Augenblick nur so viel: Wir haben es mit einer ernsten Bedrohungslage zu tun. Eine genaue Einschätzung steht noch aus. Allerdings wurde das GTAZ vorsichtshalber benachrichtigt. Eine technische Einsatzgruppe sowie eine Verhandlungsgruppe wurden ebenfalls angefordert.«

Anne Hagens Puls stieg. »Eine Geiselnahme also. Wo? Radikalislamischer Hintergrund?«

»Keine Details am Telefon«, erinnerte Mertens sie.

»Die Neuner?«

»Sind ebenfalls angefordert und bereits auf dem Weg zum Einsatzort.«

Sie fuhr sich mit der Zunge über die Lippen. Sobald die Neuner ins Spiel kamen – wie die Grenzschutzgruppe 9 der Bundespolizei in Anne Hagens Kreisen genannt wurde –, konnte man sicher sein, es mit einer sehr ernsten Bedrohungslage zu tun zu haben. Allzu häufig kam das nicht vor.

»Wie kann ich helfen?«, fragte sie.

»Ich brauche Sie für die Koordinierung der einzelnen Behörden und Stellen. Ich möchte, dass Sie den Krisenstab für diese

Operation leiten. Sie besitzen die nötige Erfahrung.« Er machte eine kurze Pause. Als er ihr Zögern bemerkte, fügte er wie beiläufig hinzu: »Ich kann natürlich auch den Kollegen Wepper mit dieser Aufgabe betrauen, wenn Sie auf Ihren Urlaub bestehen …«

Hinter dem Lenkrad lächelte Anne Hagen grimmig. Mertens' Manöver war so durchsichtig wie billig. Er wusste um die Konkurrenz zwischen ihr und ihrem Stellvertreter Klaus Wepper, der nur auf eine solche Chance wartete, ihren Posten einzunehmen, und dass sie die Leitung einer derart wichtigen Operation niemals freiwillig an Wepper abtreten würde. Insofern hatte er die richtige Karte ausgespielt. Blieb einzig die Tatsache, dass in ihrem Unterleib ein tödlicher Tumor wucherte, der so schnell wie möglich entfernt gehörte. Wenn sie den Termin in der Klinik jetzt kurzfristig absagte, konnte es Wochen dauern, bis sie einen neuen bekam.

»Frau Hagen?«, fragte Mertens. »Ich brauche eine Entscheidung von Ihnen. Jetzt.«

»Ich bin in einer Stunde in der Zentrale«, hörte sie sich sagen.

»Sehr gut. Bis gleich.« Er legte auf.

Einige Sekunden lang starrte Anne Hagen gedankenverloren durch die Frontscheibe, ohne den Verkehr um sich herum wahrzunehmen. Dann rief sie in der Klinik an und sagte ihren Termin unter dem Vorwand ab, sie fühle sich heute grippig. Nachdem dies erledigt war, wechselte sie auf die rechte Spur und nahm die nächstbeste Ausfahrt, nur um sogleich in der entgegengesetzten Richtung wieder auf die A 100 aufzufahren, zurück zu ihrer Wohnung. Sie benötigte ihr Diensthandy, ihren Laptop sowie ihren Dienstausweis. Abgesehen davon konnte sie unmöglich in einem Jogginganzug in der Zentrale auftauchen.

Der Respekt ihrer männlichen Kollegen, den sie sich über so viele Jahre hart erarbeitet hatte, würde binnen Sekunden in sich zusammenfallen wie ein Kartenhaus. Auf eine solche Chance, sich zu beweisen, hatte sie lange gewartet. Wenn diese Sache wirklich so groß war, wie Mertens am Telefon angedeutet hatte, würde sie diesmal behördenübergreifend zeigen können, was »die Kleine« zu leisten imstande war. Es gab nur ein Problem, das sie dringend aus ihrem Kopf bekommen musste: diesen verdammten Krebs, der sich mit jedem Tag ein kleines Stück weiter in ihren Körper fraß.

10

HANSESTADT ANKLAM

Der Besprechungsraum der Sparkasse war nüchtern eingerichtet. Ein schmuckloser Holztisch, vier Stühle, ein Sideboard, darauf ein Telefon, kleine Fläschchen mit Mineralwasser, Apfelsaft und Cola sowie vier auf dem Kopf stehende Gläser. Vor Becker lagen zwei prall gefüllte Aktenordner auf dem Tisch. Chris warf einen Blick auf die Getränke. Er hatte Durst, traute sich aber nicht, seinen Berater nach einer Cola zu fragen. Der schien auch nicht die Absicht zu haben, seinem Kunden etwas anzubieten, denn er kam sofort zur Sache.

»Unschöne Geschichte, die wir heute zu klären haben, Herr Kellermann. Ich habe Ihrem Wunsch nach einem allerletzten Gespräch zugestimmt, obwohl ich nicht sehe, was das an der Faktenlage ändern sollte. Sie dürfen mir glauben, dass ich mit Ihnen und Ihren Eltern mitfühle, aber ich muss mich an die mit uns abgeschlossenen Darlehensverträge halten. Mir sind da leider die Hände gebunden.«

Chris saß vornübergebeugt da und knetete, für Becker unsichtbar, unter dem Tisch seine Finger. Er nahm diesem Mann dessen angebliche Betroffenheit keine Sekunde ab. Schließlich war es Becker selbst gewesen, der seinen Eltern eine Anschlussfinanzierung für ihr Reihenmittelhaus verwehrt und vor wenigen Tagen per Einschreiben die Zwangsvollstreckung angedroht hatte.

»Wie Sie wissen«, begann Chris, »waren die letzten Jahre nicht einfach für uns. Der Schlaganfall meines Vaters, das dadurch weggefallene Gehalt, die Kosten für die Pflege ... das alles hat uns den Boden unter den Füßen weggezogen. Mir ist bewusst, dass wir mit den Darlehensraten etwas hinterherhinken, aber ...«

»14.260 Euro«, fiel Becker ihm ins Wort. »Sie sind mit exakt zehn Raten zu je 1 426 Euro im Rückstand, zuzüglich aufgelaufener Zinsen. Das ist bei Ihren familiären Einkommensverhältnissen keine Kleinigkeit. Und dennoch fragen Sie nach einer Anschlussfinanzierung. Ich sehe einfach nicht, wie das funktionieren sollte.«

»Wir haben Ihnen mehrere Vorschläge unterbreitet, wie das für uns machbar wäre. Und wegen der ausstehenden Raten ...« Chris zögerte.

»Ich höre«, sagte Becker.

Chris beugte sich halb über den Tisch und gab sich verschwörerisch. »Also, das muss jetzt unter uns bleiben, aber ich habe einen neuen Job. Mein Kumpel hat einen Malerbetrieb und ich helfe ihm da auf dem Bau. Schwarz. Da bleibt jetzt endlich gut Kohle über. Es wird ein paar Monate dauern, aber Sie bekommen jeden Cent zurück. Darauf haben Sie mein Wort.«

Becker musterte ihn mit hochgezogener Braue. Dann nahm er den obersten Aktenordner, schlug ihn auf und blätterte darin herum. Ohne aufzusehen, sagte er: »Was soll ich mit dieser Information anfangen, Herr Kellermann? Ich kann meinem Vorgesetzten schlecht darlegen, dass Sie die ausstehenden Darlehensraten Ihrer Eltern mit Schwarzgeld bezahlen wollen. Wie stellen Sie sich das vor?«

»Na ja, vielleicht müssen Sie es im Kreditvertrag ja nicht unbedingt exakt so reinschreiben.«

»Unmöglich«, wiegelte Becker entschieden ab. »Außerdem ist das ja nur ein Teil des Problems. Ihr Vater ist seit drei Jahren bedauerlicherweise ein Pflegefall. Das ist für Ihre Familie gewiss ein furchtbarer Schicksalsschlag. Leider kann mein Institut darauf keine Rücksicht nehmen. Fakt ist: Sie und Ihre Eltern sind mit den Zahlungen im Rückstand. Und zwar erheblich. Sämtliche Fristen und Zahlungsaufforderungen haben Sie verstreichen lassen. Außerdem besteht in Anbetracht der aktuellen und zukünftigen Einkommenssituation unseres Erachtens nach keine Chance, dass eine Anschlussfinanzierung termingerecht und in vollem Umfang bedient werden kann.«

»Deswegen bin ich ja heute hier«, erwiderte Chris. »*Ich* werde ab sofort die Raten bezahlen. Tragen Sie mich als zusätzlichen Kreditnehmer ein oder meinetwegen als Bürgen. Um mehr bitte ich Sie nicht.«

»So einfach ist das nicht.«

»Warum? Bei meinem Kumpel Jörg läuft das auch so. Weil er für seine Eltern bürgt, haben die eine Finanzierung bekommen. Hat er zumindest erzählt. Ich würde ja nicht nur bürgen, sondern wie gesagt sogar die Ratenzahlungen übernehmen.«

»Mit Schwarzgeld?« Becker lehnte sich zurück und faltete die Hände über dem Bauch. »Lassen Sie uns offen sprechen. Aus den Unterlagen, die Sie eingereicht haben, geht hervor, dass Sie Ihre Ausbildung zum Kfz-Mechaniker nicht abgeschlossen haben und sich seitdem mit Gelegenheitsjobs über Wasser halten. Wenn ich das mal so salopp formulieren darf. Würden Sie nicht im Haus Ihrer Eltern wohnen, würde Ihr derzeitiges Einkommen nicht einmal für Ihren eigenen Lebensunterhalt ausreichen. Wie wollen Sie da noch zusätzlich Raten abzahlen?«

»Also erstens«, warf Chris ein, »habe ich meine Ausbildung nicht hingeschmissen. Der Betrieb, der mich ausgebildet hat, musste Insolvenz anmelden. Das ist nicht meine Schuld. Leider fand sich hier in der Umgebung keine Werkstatt, die Kapazitäten gehabt hätte, mich als zusätzlichen Azubi aufzunehmen. Zweitens habe ich meinen Eltern auch bisher jeden Monat Miete überwiesen, die für einen Teil der Tilgungen verwendet wurde.«

»Ich habe nicht behauptet, Sie hätten Ihre Ausbildung hingeschmissen.«

»Hat sich für mich aber so angehört.« Chris bemerkte ein abfälliges Zucken in Beckers Mundwinkel und mahnte sich zur Zurückhaltung.

»Sie haben einen Bruder und eine Schwester«, wechselte Becker das Thema.

Chris versteifte sich. »Was ist mit den beiden?«

»Nun, beide sind volljährig und verfügen im Gegensatz zu Ihnen über ein regelmäßiges Einkommen. Ihr Bruder ist, soweit ich weiß, sogar Arzt. Ich frage mich offen gesagt, warum Sie hier nicht zu dritt erscheinen? Drei Bürgen, und die Sachlage würde sich deutlich zugunsten Ihrer Eltern verändern.«

Chris starrte einen Moment an Becker vorbei ins Leere, bevor er antwortete. »Meine Geschwister müssen wir da raushalten. Die beiden … also, die haben ihre eigenen Familien und ihre eigenen Probleme.«

»Mit anderen Worten, weder Ihr Bruder noch Ihre Schwester sind zu einer Bürgschaft bereit.«

Chris erwiderte nichts. In den letzten Wochen hatte er Peggy und Marc mehrmals buchstäblich auf Knien darum gebeten, in eine Bürgschaft einzuwilligen. Beide lehnten dies rundheraus ab. Jedes ihrer Gespräche hatte im Streit geendet, weil an irgendeinem Punkt gegenseitige Vorwürfe erhoben wurden, die scheinbar nicht aufzulösen waren. Bei Geld hörte nicht nur die Freundschaft auf, offenbar galt das auch für den Familienzusammenhalt. Unweigerlich dachte Chris an seinen Onkel. Auch ihn hatte Chris mehrfach auf eine Bürgschaft angesprochen. Zuletzt erst gestern, als sie gemeinsam Wassereimer für die Tränke der Alpakas geschleppt hatten. Auch hier Fehlanzeige. Doch so leicht gab Chris nicht auf. Wenn er eines beim Kartenspielen gelernt hatte, dann war das bluffen. Er griff in seine Hosentasche und fummelte die Seiten mit dem Artikel über die *Greifswald* hervor, die er in der Villa des alten Knackers aus einer Zeitschrift herausgerissen hatte.

»Was, wenn ich Ihnen sage, dass ich einen äußerst gut bezahlten Job in Aussicht habe?« Chris faltete die Seiten auseinander und hielt sie Becker hin. »Hier.«

Der Bankberater warf einen Blick darauf. »Von dieser Plattform habe ich gehört. Und *Sie* haben da einen Job in Aussicht?«

»Ja.«

»In welcher Position? Und ab wann?«

»Deckarbeiter«, antwortete Chris wie aus der Pistole geschossen. Gott sei Dank hatte er den Artikel heute früh ein zweites Mal gelesen, weil er mit Nachfragen Beckers gerechnet hatte. »Für den Job als Deckarbeiter braucht man keine Vorkenntnisse. Vierzehn Tage Arbeit, vierzehn Tage frei. Super Bezahlung. Und in meiner freien Zeit kann ich zusätzlich bei meinem Kumpel Hans arbeiten. Wann ich anfangen kann, steht noch nicht fest, aber ich schätze in zwei oder drei Wochen.«

»Bruttogehalt?«

Für einen Wimpernschlag geriet Chris ins Schleudern, dann sagte er voller Überzeugung: »Fünftausend. Brutto. Mit Zulagen vielleicht sogar mehr.« Sein Herz schlug kräftig und er hoffte inständig, Becker würde nicht weiter nachhaken.

»Soso.« Der Berater schien nachzudenken.

Unter dem Tisch knetete Chris seine Finger so fest, dass es wehtat. Mit dieser Lüge, und nichts anderes war es, lehnte er sich sehr weit aus dem Fenster. Doch ihm blieb nichts anderes übrig. Becker hatte seinen Standpunkt deutlich gemacht. In wenigen Wochen würden sie das Haus verlieren. Es sei denn, Chris konnte womöglich einen Job auf dieser Förderplattform ergattern. Sollte Becker ihm diesbezüglich positive Signale senden, würde er sich tatsächlich bei Sharpwater bewerben.

Einmal mehr blätterte Becker in dem Aktenordner. »In den von Ihnen zuletzt eingereichten Unterlagen sehe ich nirgendwo einen Hinweis auf diesen Job. Warum haben Sie das nicht aufgeführt?«

»Hat sich erst gestern ergeben.«

Becker klappte den Aktenordner zu und lehnte sich zurück. Quälend lange musterte er Chris. Es war offensichtlich, dass der Berater ihm die Lüge nicht abkaufte. Schließlich sagte er: »Ich erkenne Ihre Bemühungen durchaus an, Herr Kellermann. Nicht jedes Kind ist dazu bereit, für die Eltern einzustehen. Das sieht man ja an Ihren Geschwistern. Aber die Fristen und den gesetzlichen Ablauf der anstehenden Zwangsversteigerung kann ich nicht so einfach stoppen. Wobei …« Er senkte seine Stimme.

»Hören Sie mir jetzt gut zu. Aktuell fehlt auf einem Dokument noch eine letzte Unterschrift von mir. Die wollte ich eigentlich direkt nach unserem Gespräch vornehmen, damit die Akte an unsere Juristen gehen kann, die dann die Vollstreckung einleiten. Jedoch werde ich ab morgen mit meiner Frau auf einem Kegelausflug unterwegs sein. Ganze drei Tage lang. Vor lauter Vorfreude darauf werde ich *vergessen*, besagtes Dokument heute noch zu unterzeichnen. Wenn Sie mir bis nächsten Montag einen gültigen Arbeitsvertrag vorlegen – oder zumindest eine valide Absichtserklärung vom Betreiber dieser Offshore-Plattform – mit einem Bruttogehalt in der von Ihnen genannten Höhe, werde ich mich dafür einsetzen, dass wir die laufende Zwangsversteigerung stoppen und Sie diese Anschlussfinanzierung doch noch bekommen. Falls nicht …«

Er musste den Satz nicht beenden.

»Danke. Vielen Dank.« Chris war klar, dass dies das Maximum dessen war, was er heute von Becker erwarten durfte. Es war nicht viel mehr als ein Hoffnungsschimmer, aber er hatte diese eine letzte Chance bekommen, die er sich gewünscht hatte.

11

OSTSEE, ZWÖLF SEEMEILEN VOR DER KÜSTE RÜGENS

Leonie schreckte aus dem Schlaf. Um sie herum war es stockdunkel, dazu irritierend still. Wo war sie? Sie kauerte auf einem harten Boden, den Oberkörper gegen eine kalte Stahlwand gelehnt. Getrockneter Speichel hing ihr im Mundwinkel. Einige Augenblicke lang war sie vollkommen desorientiert. Dann kehrten die Erinnerungen zurück und Adrenalin schoss durch ihren Körper. Mit einem Mal war sie hellwach. Mit dem Handrücken wischte sie sich den Sabber aus dem Mundwinkel und rappelte sich mühsam auf. Sie hatte einen schalen Geschmack im Mund, furchtbaren Durst, ihr Rücken schmerzte, ihre Gelenke waren steif. So also fühlte man sich, wenn man die Nacht in einem Treppenhaus verbrachte. Sie rekapitulierte den letzten Abend.

Nachdem sie den bewaffneten Männern auf der Landeplattform nur knapp entwischt war, hatte sie eigentlich vorgehabt, die Sicherheitszentrale aufzusuchen, um dort per Funk Kontakt mit dem Festland aufzunehmen. Doch diesen Plan hatte sie rasch verworfen. Im Treppenhaus war es dermaßen finster gewesen, dass Leonie befürchtete zu stolpern. Ein verstauchter Knöchel oder ein gebrochenes Bein wären in dieser Situation verheerend gewesen. Außerdem hatten die Angreifer garantiert auch die Zentrale unter ihre Kontrolle gebracht. Leonie hätte dort nichts ausrichten können. Also war sie aus Angst, doch noch entdeckt zu werden, an dem Ort geblieben, der ihr in diesem Moment als der sicherste erschienen war: das oberste Stockwerk des Treppenhauses. Die Wahrscheinlichkeit, dass die Männer ein zweites Mal dort nach ihr suchen würden, hatte sie als gering eingeschätzt. Verkrochen in der hintersten Ecke, hatte sie sich bis zum Morgengrauen den Kopf darüber zerbrochen, wer diese Männer sein mochten und was sie bezweckten. Vergeblich. Irgendwann musste sie vor lauter Erschöpfung eingeschlafen sein.

Jetzt dehnte Leonie ihre steifen Glieder und tastete nach der Tür, die irgendwo in ihrer Nähe sein musste. Ihre Finger fanden die Türklinke und sie trat hinaus auf die Landeplattform. Es war bewölkt, der Wind hatte über Nacht aufgefrischt. Die *Greifswald* lag still und scheinbar verlassen da – eine einsame Insel aus Stahl inmitten der Ostsee. Doch der Schein trog. Irgendwo dort unten lauerten die Männer in ihren schwarzen Kampfanzügen. Vermutlich hatten sie Geiseln genommen, darunter höchstwahrscheinlich Ethan Holloway mitsamt dessen prominenten Gästen. Leonie musste irgendetwas unternehmen. Nur was?

Sie kehrte zurück ins Treppenhaus. Obwohl sie die Tür weit offen stehen ließ, drang nur wenig Licht hinein. Eine Hand am Geländer, nahm Leonie sukzessive Schritt für Schritt die Stufen nach unten. Einzig die auf jeder Etage vorhandenen Hinweisschilder auf Notausgänge, die dank einer speziellen Fluor-Lumineszenz-Pigmentierung ein leuchtendes Grün abstrahlten, sorgten für Orientierung. Während ihre Finger über den kühlen Handlauf glitten, ging sie ihre Optionen durch. Die logische Anlaufstation, die Zentrale mit ihren zahlreichen Kommunikationsmöglichkeiten, konnte sie vergessen. Dort würde sie den Angreifern direkt in die Arme laufen. Doch vielleicht musste sie dieses Risiko gar nicht eingehen. Falls es ihr gelang, den Notstromkreislauf in Betrieb zu nehmen, würde ihr das die Möglichkeit eröffnen, sich in die firmeneigene Satellitenkommunikation einzuwählen und darüber Hilfe zu rufen. Dafür musste sie nur an ihren Laptop kommen, der in ihrer Kabine lag. Aber ein Schritt nach dem anderen.

Auf der dritten Etage angelangt, blieb Leonies Blick an dem leuchtend grünen Hinweis *Notausgang* hängen. Es erschien ihr ratsam, den regulären Ausgang im Erdgeschoss zu meiden. Zu leicht würde man sie dort entdecken können. Die Notausgänge hingegen führten zu einer Feuertreppe im rückwärtigen Bereich der Gebäude, die nicht einsehbar war. In der Zentrale würde beim Öffnen eines Notausgangs zwar eine violette LED auf einem der Überwachungsmonitore aufblinken, doch ohne Strom konnte Leonie diese Gefahr vernachlässigen. Kurz entschlossen entriegelte sie die schwere Stahltür, stemmte sich dagegen und drückte sie auf. Sie trat hinaus ins Freie auf eine rundum vergitterte Treppe mit feuerverzinkten Stufen. Sofort schmeckte die Luft salziger. Leonies trockene Kehle brannte. Trinken konnte sie noch früh genug. Sie hastete die Treppe hinab.

Unten angekommen schlich sie am Gebäude entlang bis zu einem vergitterten Tor. Sie hielt ihre Zugangskarte vor einen Scanner und schüttelte noch im selben Augenblick den Kopf über sich selbst. Die Macht der Gewohnheit. Umständlich entriegelte sie das Tor manuell und betrat Abschnitt B, wo sie dem Verlauf dreier übereinanderliegender Pipelines folgte. Diese führten über mehrere Ecken und Abzweigungen zum Förderturm. Die ganze Zeit hielt Leonie sich dabei eng im Schatten der Rohre. Sie war angespannt und äußerst wachsam, um möglichen Angreifern nicht in die Arme zu rennen. Etwa auf halber Strecke bemerkte sie, dass die Positionslichter der *Greifswald* wieder zu blinken begannen. Der Strom war zurück. Weshalb gerade jetzt? Egal, Leonie war dankbar darüber. Ein Problem weniger.

Sie spähte um die Ecke. Gute dreißig Meter entfernt befand sich der mit flatternden bunten Fähnchen dekorierte Förderturm. Davor stand die Bühne für die große Eröffnungsfeier, die – und da musste man kein Hellseher sein – garantiert ins Wasser fallen würde. Auf dem Bühnenboden saßen zwei Männer. Sie trugen schwarze Kampfanzüge, darüber schusssichere Westen, rauchten und unterhielten sich. In Griffweite neben ihnen lagen ihre Waffen sowie Sturmhauben. Einer der beiden besaß ein südländisches Äußeres, mehr war auf die Entfernung nicht zu erkennen. Vereinzelt trug der Wind Gesprächsfetzen zu Leonie herüber, doch verstehen konnte sie kein Wort. Für einen Moment kämpfte sie gegen den Impuls an, umzukehren und abzuhauen. Aber wohin hätte sie fliehen sollen? Auf ewig würde sie sich auf dieser Plattform sowieso nicht verstecken können. Da die rauchenden Männer nicht den Eindruck erweckten, als würden sie in den nächsten Minuten aufbrechen, entschied Leonie, sie noch ein wenig im Auge zu behalten.

Zum wiederholten Male fiel ihr auf, wie still es auf der Plattform war. Das Quietschen und Reiben der Bohrgestänge am Förderturm fehlte, ebenso das ständige sonore Brummen der Pumpen. In Anbetracht des gestrigen Blackouts war das zunächst einmal nicht ungewöhnlich, da die Systeme nach einem erzwungenen Notstopp nicht einfach von alleine hochfuhren.

Zuvor musste eine genau festgelegte Checkliste abgearbeitet werden, um zu verhindern, dass Schäden am Bohrgestänge oder den sündhaft teuren Spezialmembranen auftraten. Leonie bezweifelte jedoch, dass die Eindringlinge die Absicht hatten, die Wasserförderung wieder aufzunehmen. Nur was genau hatten sie überhaupt im Sinn?

Fieberhaft dachte sie nach. *Was würde Gabrijel in dieser Situation tun?* Er war ein Mann der Tat gewesen, frei von jeglicher Angst. *Man muss die Spinne töten, wenn man das Spinnennetz loswerden will.* So lautete ein maltesisches Sprichwort, das Gabrijel ihr beigebracht hatte. Es bedeutete, dass man Probleme nur lösen konnte, indem man deren Ursache beseitigte. Leonie kam ein Gedanke. Sie sah zur Bühne. Eine bessere Chance, die Angreifer zu belauschen, würde sich so schnell vermutlich nicht ergeben. Wenn sie etwas über deren Motive oder Pläne erfahren wollte, blieb ihr keine Wahl, als jetzt zu handeln. Vielleicht hatte sie ja Glück und die Männer machten die eine oder andere unbedachte Äußerung.

Im Schutz der Pipelines trat sie zunächst den Rückzug an, bis sie an eine Abzweigung kam. Von dort ausgehend beschrieb sie einen weiten Bogen um den Förderturm und näherte sich ihm von der anderen Seite. Auf leisen Sohlen schlich sie bis direkt hinter den schweren Vorhang, der am rückwärtigen Teil der Bühne bis knapp über den Boden herabhing. Dort ging sie in die Hocke und spitzte die Ohren. Einer der Männer hustete und Leonie erschrak. Sie war näher an ihnen dran, als sie geglaubt hatte. Der Gestank filterloser Zigaretten hing in der Luft. Leonies Herz schlug schnell, während sie im Laufe der nächsten Minuten eine Unterhaltung belauschte, die sie zu Stein erstarren ließ.

12

HANSESTADT ANKLAM

Kaum hatte Chris das Sparkassengebäude verlassen, schlug ihm die Mittagshitze entgegen. Er öffnete die obersten beiden Knöpfe seines Hemdes und bemerkte, dass der Springbrunnen auf dem Pferdemarkt nach wie vor außer Betrieb war. Der Wasserrohrbruch, von dem die Dame am Serviceschalter gesprochen hatte, schien also noch nicht behoben zu sein. Chris wollte auf direktem Wege nach Hause und raus aus diesen unbequemen Klamotten. Außerdem musste er mittlerweile wirklich dringend pinkeln. Er nahm den Bus, in dem die Luft trotz gekippter Fenster stand. Nach kurzem Ringen mit sich selbst zog er sein Smartphone aus der Hosentasche und wählte die Nummer seines Bruders. Marc ging nach dem dritten Klingeln ran.

»Was willst du, Chris?«

»Hey, Marc. Alles klar?«

»Was willst du? Ich hab keine Zeit zum Quatschen. In der Klinik ist die Hölle los. Es gibt kein fließendes Wasser. Anscheinend in der ganzen Stadt nicht. Hier sind alle am Rotieren. Also mach schnell.«

Chris atmete tief durch. »Okay, du erinnerst dich vielleicht … heute hatte ich ja ein Gespräch mit diesem Becker von der Sparkasse …«

»Geht es wieder um die Bürgschaft?«, fiel Marc ihm ins Wort. »Vergiss es. Ich mach da nicht mit. Diese Anschlussfinanzierung, die du dir in den Kopf gesetzt hast, wird nicht funktionieren. Das weiß nicht nur dieser Becker, das wissen auch Peggy und ich. Über kurz oder lang werden dich die Schulden auffressen.«

»Werden sie nicht.«

»Doch, Chris, das werden sie. Lieber ein Ende mit Schrecken als andersrum. Wie oft denn noch?«

»Herrgott, Mama und Papa werden ihr Haus verlieren! Das Haus, in dem wir aufgewachsen sind. Wir reden hier über unsere Eltern. Willst du wirklich, dass sie auf der Straße landen?«

»Das haben wir doch schon tausendmal durchgekaut«, entgegnete Marc. »Mum und Dad können bei mir in meinem Haus wohnen. Es ist groß genug.«

»Das ist nicht dasselbe. Hast du dich nie gefragt, wie die beiden sich dabei fühlen?«

»Sie werden froh sein, ein Dach über dem Kopf zu haben, und zwar ohne die ständigen Geldsorgen, die sie jetzt haben.«

»Sie werden sich schuldig fühlen. Das werden sie.«

»So ein Quatsch.« Marc schnaubte. »Aber was ist mit dir?«

»Was meinst du?«

»Mal ehrlich, Chris. Du willst diese Bürgschaft doch nur, damit *du* weiter für lau im Haus wohnen kannst.«

»Für lau?«, stieß Chris laut aus und zog damit abschätzige Blicke der Fahrgäste auf sich. Er senkte die Stimme. »Du weißt genau, dass ich die Hälfte meines Geldes abgebe, um damit die

Raten zu zahlen. Außerdem bin ich es, der sämtliche Besorgungen für die beiden macht, der alles mit der Kranken- und Pflegekasse regelt, der sich ständig mit irgendwelchen Ämtern und dem Pflegedienst herumschlägt und der ganz nebenbei auch noch das Haus in Schuss hält. Und du, Marc? Wie hast du die beiden in den letzten Jahren unterstützt?«

»Ich arbeite Tag und Nacht in der Klinik. Ich werde den beiden demnächst ein Zuhause geben, für das sie rein gar nichts bezahlen müssen. Nicht das Geringste. Und jetzt beende ich dieses Gespräch.« Marc legte auf.

»Arschloch«, knurrte Chris und widerstand dem Impuls, sein Telefon gegen das Fenster zu schleudern. Derartige Gespräche hatten sie in letzter Zeit häufig geführt. Keiner konnte oder wollte den Standpunkt des anderen verstehen. Jeder beharrte auf seiner Sichtweise. Sie drehten sich im Kreis. Marc sah die Sache nüchtern und bot einen Lösungsvorschlag an, der vordergründig betrachtet praktikabel erschien, jedoch vollkommen außer Acht ließ, wie ihre Eltern sich dabei fühlten. Der Verlust ihres Hauses, in dem sie über dreißig Jahre ihres Lebens verbracht hatten, würde einen tiefen seelischen Schmerz verursachen. Ganz zu schweigen von dem schlechten Gewissen, das ihre Mutter jeden Tag plagen würde, weil sie ihrem Sohn, dem hoch angesehenen Arzt, zur Last fiel. Dies hatte sie Chris eines Abends bei einem Glas Wein offenbart – ein weiterer Grund, weshalb er nach wie vor händeringend nach einer anderen Lösung suchte.

Sein Smartphone klingelte. Es war seine Mutter. *Gedankenübertragung*, dachte er.

»Chris! Gott sei gedankt, dass ich dich erreiche.«

»Ist was passiert?«, fragte er alarmiert.

»Das Fräulein vom Pflegedienst ist gerade da und will deinen Vater waschen. Aber es gibt kein Wasser. Also aus dem Hahn kommt nichts. Nicht im Bad, nicht in der Küche. Was sollen wir machen?«

»Es gibt anscheinend einen Rohrbruch irgendwo in der Stadt«, erklärte Chris. »Das ist jetzt blöd, aber ich fürchte, da könnt ihr gar nichts machen. Verschiebt das doch auf morgen.«

»Meinst du?«

»Ja.«

»Okay, ich gebe das der Pflegerin so weiter.« Sie legte auf.

Erleichtert, dass seine Mutter ihn nicht nach dem Termin mit Becker gefragt hatte, ließ Chris das Telefon sinken. Noch blieb ihm eine knappe Woche. Verdammt, er würde einen Job auf dieser Förderplattform ergattern. Vollkommen egal, was er dafür tun musste.

Erneut klingelte sein Smartphone. Chris verdrehte die Augen. Was war heute denn nur los?

»Hi, Peg«, begrüßte er seine Schwester. »Lange nichts mehr gehört von dir.«

»Du, Chris, ich hab ein Problem«, sagte Peggy. Sie klang außer Atem und im Hintergrund schien es laut zuzugehen.

»Was ist los? Wo bist du?«

»Im Waschsalon. Du weißt schon, da beim Getränkemarkt, etwa hundert Meter von unserer Wohnung die Straße runter.«

»Seit wann gehst du in einen Waschsalon?«

Peggy stöhnte. »Unsere Waschmaschine hat vor ein paar Tagen den Geist aufgegeben. Die neue wird erst übermorgen geliefert und so lange kann ich nicht warten. Noel und Yannick haben keine sauberen Sachen mehr und ich kann die beiden schlecht mit dreckigen Klamotten in die Kita bringen.«

Der Gedanke an seine Neffen brachte Chris zum Lächeln. Er liebte die Zwillinge sehr. Leider sah er sie viel zu selten, obwohl er sich immer wieder als Babysitter anbot. An Peggy lag es nicht. Vielmehr war es ihr idiotischer Ehemann, Herbert, der sich querstellte. Wenig verwunderlich war es auch er, der Peggy strikt verbot, bei der Bürgschaft mitzumachen.

»Chris?«, fragte sie. »Bist du noch dran?«

»Sorry, ich war abgelenkt.«

»Also, die Sache ist die … ich hab hier Wäsche in drei Maschinen, die alle gerade stillstehen. Im ganzen Salon geht nichts mehr. Hier sind alle mega genervt.«

»Ja, es gibt wohl aktuell kein Wasser.«

»Das Problem ist, dass ich eigentlich längst losmüsste, um die Kids von der Kita abzuholen. Die Wäsche kann ich aber nicht einfach so halbfertig mitnehmen und sie unbeaufsichtigt im Salon lassen geht ja wohl auch nicht. Und ich hab keine Ahnung, wann die verdammten Maschinen wieder anlaufen.«

»Versteh schon«, sagte Chris. »Ich hol die Zwerge gern für dich ab.«

»Die Kita wird dir die Kids nicht mitgeben. Nur ich oder Herbert dürfen sie abholen. Ich wollte dich fragen, ob du vielleicht in den Salon kommen und auf die Wäsche aufpassen kannst, während *ich* die Kids hole. Geht das?«

Chris verdrehte erneut die Augen. »Na klar. Sehe ich die Zwerge heute dann wenigstens mal wieder? Ist lange her …«

»Das geht nicht. Ich muss die beiden direkt nach Hause bringen, weil Herbert ihnen heute Kino versprochen hat. Die beiden können es kaum erwarten.«

War ja klar, dachte Chris. »Du hast Glück, Peg. Ich fahr sowieso gerade in deine Richtung. In zehn Minuten bin ich da.«

»Du bist der Beste«, sagte seine Schwester und beendete die Verbindung.

Während der Bus am Steintor vorbeifuhr, dem Wahrzeichen der Hansestadt Anklam, und am darauffolgenden Kreisverkehr in die Friedländer Straße einbog, schaute Chris nachdenklich aus dem Fenster. Warum rief Peggy ihn immer nur dann an, wenn sie in Schwierigkeiten steckte? Warum lud sie ihn nie in ihre Wohnung ein, damit er seine Neffen zumindest hin und wieder mal sehen konnte? Ihre Ausrede, als so junge Mutter überfordert zu sein, ließ er nicht gelten. Das alles lag nur an Herberts Einfluss. Der war echt ein Arsch. Wie bitte sollte Chris eine vernünftige Beziehung zu den Zwergen aufbauen? Er dachte an Onkel Radi und daran, dass er es mit seinen Neffen eigentlich besser machen wollte.

Der Bus fuhr an der Polizeiinspektion vorbei. Chris spitzte die Ohren. Sirenen heulten. Mehrere Streifenwagen mit eingeschalteten Blaulichtern und Martinshörnern schossen vom Innenhof des Gebäudes vor dem Bus auf die Straße. Der Busfahrer bremste scharf ab. Die Streifenwagen rasten die Friedländer Straße entlang bis zur ersten Kreuzung, wo sie sich in alle Richtungen verteilten.

Ruckelnd fuhr der Bus wieder an.

Was hatte dieses Aufgebot zu bedeuten? In Anklam geschah selten etwas Aufregendes. Hatte das etwas mit dem Rohrbruch zu tun? Nahm diese Sache womöglich doch größere Dimensionen an? Praktisch jeder in Chris' Familie war schon jetzt, nach gerade mal zwei Stunden ohne fließendes Wasser, in irgendeiner Art und Weise davon betroffen. Vor welche Probleme mochten sie erst gestellt werden, falls sich diese Situation länger hinzog? Was, wenn es irgendwo in der Stadt brannte?

Die Wassertanks der Löschzüge waren begrenzt. Unvermittelt kam Chris in den Sinn, dass auch die Toiletten im Waschsalon ziemlich sicher nicht funktionierten. Und seine Blase drückte weiterhin gewaltig.

13

OSTSEE, ZWÖLF SEEMEILEN VOR DER KÜSTE RÜGENS

Mucksmäuschenstill hockte Leonie hinter dem schweren Vorhang der provisorischen Bühne, die auf dem Platz vor dem Förderturm aufgebaut worden war. In geduckter Haltung und bereit, jederzeit wegzurennen, belauschte sie die zwei Männer, die auf dem Bühnenboden saßen und sich eine Raucherpause gönnten. Der Qualm ihrer filterlosen Zigaretten drang bis hinter die Bühne und kroch in Leonies Nase. Diese rührte sich nicht und atmete, so flach sie konnte. Die Männer durften sie unter keinen Umständen bemerken. Nicht auszudenken, was sie mit ihr anstellen würden. Beide sprachen deutsch; einer jedoch mit südländischem Akzent, der Leonie an die Italienurlaube in ihrer Kindheit erinnerte.

»Alles in allem«, sagte der Deutsche gerade, »war es ja wirklich ein Kinderspiel. Der Wachdienst ist ein Witz. Insgesamt nur drei Tote. Ist 'ne gute Bilanz, wenn du mich fragst.«

»Ich hätte auch mit mehr Widerstand gerechnet«, meinte der Italiener.

»Tja, im Vorfeld hatte ich ja insgeheim so meine Zweifel, aber der Boss hat uns echt keinen Scheiß erzählt.« Der Deutsche erlitt einen kurzen, aber heftigen Hustenflash.

»Stimmt. Dieser *Stronzo* Atticus hat Eier. Das muss man ihm lassen.«

»Zumindest hat er wohl tatsächlich diese Insiderkontakte, mit denen er immer prahlt.«

»Wer von diesen Bonzen ist eigentlich die Ratte? Mir sagt ja keiner was …«

»Keine Ahnung«, knurrte der Deutsche. »Der Boss macht da ein Geheimnis draus. Ich hab ihm aber gesagt, dass ich es scheiße finde, nicht zu wissen, wer unser Kontaktmann ist. Weil, wenn's blöd läuft, knall ich den Typ aus Versehen noch ab. Man kann ja nie wissen.«

»Genau. Wär doch zu schade, oder?«

»Scheiß drauf.« Der Deutsche lachte heiser. »Nur ein toter Bonze ist ein guter Bonze.«

»*Amico*, dir ist schon klar, dass auch *wir* bald in Geld schwimmen?«

»Wir sind Söldner. Warum wohl machen wir den Scheiß hier?«

»Sicher nicht aus Nächstenliebe.«

Jetzt lachten sie beide.

Leonie nutzte die Gelegenheit und veränderte leicht ihre Position, da ihr angewinkeltes rechtes Bein einzuschlafen drohte. Weiterhin wagte sie kaum zu atmen. Es erschien ihr surreal, zwei bewaffnete und offenbar absolut skrupellose Söldner zu belauschen. Und doch tat sie in diesem Augenblick genau das.

Der Deutsche verfiel in neuerliches Husten, dann sagte er: »Inzwischen dürften die Wasservorräte aufgebraucht sein, die noch in den Tanks der Verteilerstation waren. Die ersten Städte und Gemeinden dürften langsam, aber sicher auf dem Trockenen sitzen. Bin gespannt, wie lange es dauert, bis sie einknicken und uns die Kohle rüberschieben, damit wir das Wasser wieder aufdrehen und die Bonzen freilassen.«

»Atticus rechnet mit mehreren Tagen. Vielleicht sogar Wochen.«

»Ich weiß. Na ja, wir werden sehen.«

»Bisher lag der Boss mit allem richtig.«

»Schon«, sagte der Deutsche, »aber jetzt mal im Ernst. Nimmst du ihm ab, dass er diese Aktion hauptsächlich aus – wie er behauptet – *humanitären* Gründen durchzieht?«

»Keine Sekunde glaub ich da dran. Dieser *Stronzo* ist genau wie wir nur auf Kohle aus. Da kann er noch so viel von Gerechtigkeit labern, wie er will.«

»Sehe ich genauso. Im Grunde ist mir das auch scheißegal, solange wir unseren Anteil bekommen.«

»Das werden wir, *Amico*. Wenn nicht, schneid ich dem Boss höchstpersönlich die Eier ab. *Non ci piove.*«

»*Was?*«

»*Ist so eine Redewendung bei uns. Will sagen, da kannst du Gift drauf nehmen.*«

Ein Walkie-Talkie knarzte und Leonie zuckte zusammen.

»Ja?«, meldete sich der Deutsche.

»Status?«, fragte eine elektronisch verzerrte Stimme.

»Paolo und ich sind an der Bühne. Alles ruhig.«

»Und die Frau?«

»Keine Spur von ihr.«

»Sucht weiter«, befahl die Stimme. »Atticus sagt, sie ist nicht unter den Gefangenen. Alle Kabinen und Räume sind gecheckt, die Ein- und Ausgänge der Gebäude gesichert. Sie muss also irgendwo da draußen sein.«

»Sicher, dass sie überhaupt auf diesem Schrotthaufen ist?«

»Leonie Vargas saß definitiv im letzten Hubschrauber, der die *Greifswald* gestern angeflogen hat. Sie ist hier. Also spar dir die blöden Sprüche und sucht gefälligst weiter! Ihr werdet nicht fürs Rauchen bezahlt.«

Mit einem weiteren Knarzen endete die Funkverbindung. Leonie hockte wie paralysiert hinter dem Vorhang. War da soeben tatsächlich *ihr* Name gefallen? Alles Blut schien aus ihrem Kopf zu weichen. Die Söldner hatten also bemerkt, dass sie noch frei herumlief. Dieser Atticus – der dem Gespräch der beiden Männer nach zu urteilen hier das Sagen hatte – besaß offenbar nicht nur ein vollumfängliches Wissen über die Sicherheitssysteme der Plattform. Er schien ebenso Zugriff auf vertrauliche Informationen und Dateien der IT-Systeme zu haben. Woher sonst sollte er wissen, wer in den Helikoptern gesessen hatte und sich aktuell hier aufhielt? Nur gut, dass sie das Treppenhaus vorhin durch den Notausgang verlassen hatte. Anderenfalls wäre Leonie den Söldnern wohl direkt in die Arme gelaufen.

»*Sucht gefälligst weiter*«, äffte der Deutsche die Stimme aus dem Walkie-Talkie nach. »So ein Arschloch. Dieser Bubi meint wohl, nur weil er der Liebling vom Boss ist, kann er uns rumkommandieren, wie es ihm passt.«

»Kristos gibt auch nur Befehle weiter.«

»Der Ton macht die Musik.«

»Wie du meinst. *Andiamo!* Die Zigarettenpause ist vorbei.«

Leonie hörte, wie sich die Männer erhoben und nach ihren Waffen griffen. Sollten sie zufällig hinter den Vorhang blicken, war Leonie geliefert. Hektisch sah sie sich nach einem Versteck um. Vergeblich. Jetzt galt es, nicht die Nerven zu verlieren und auf das Glück zu vertrauen.

Die Söldner entfernten sich.

Erleichtert atmete Leonie aus.

Plötzlich hörte sie Paolo sagen: »Warte. Ich muss pissen.«

»Wenn du vor mir deinen Schwanz rausholst, hau ich dir in die Fresse. Klar?«

»Ruhig Blut, *Amico*. Ich piss hinter die Bühne.«

Leonies Herz setzte einen Schlag aus. Paolo kam in ihre Richtung gelaufen. Sie saß in der Falle. In ihrer Verzweiflung hob sie den Vorhang ein Stück weit an, rollte sich darunter hindurch und ließ ihn zurück auf den Boden gleiten. Keine Sekunde zu früh. Paolo kam ums Eck. Unmittelbar vor ihr blieb er stehen. Durch einen schmalen Spalt zwischen Vorhang und Boden konnte Leonie seine Stiefelspitzen sehen; keine zwanzig Zentimeter vor ihrem Kopf. Sie hörte, wie Paolo seinen Reißverschluss öffnete.

Bitte nicht, dachte sie und schloss die Augen.

Paolo grunzte, dann prasselte es oberhalb von Leonie gegen den Vorhang. Urin lief an dem schweren Stoff herab und tropfte von der Unterkante auf den Boden, wo er eine Lache bildete, die sich kreisförmig ausbreitete. Ein bitterer Gestank stieg Leonie in die Nase. Sie musste ihre ganze Willenskraft aufbringen, um nicht zu würgen. Der Drang, tiefer unter die Bühne zu rutschen, war enorm, doch würde Leonie dabei unweigerlich Geräusche verursachen, die Paolo dazu veranlassen würden, einen Blick hinter den Vorhang zu werfen. Das hier musste sie jetzt also wohl oder übel einfach ertragen. Die Lache erreichte den Ärmel ihrer Jacke und der Stoff sog den Urin auf. Leonies Mundwinkel zuckten voller Abscheu, doch sie rührte sich keinen Millimeter.

Endlich zog Paolo mit einem neuerlichen Grunzen seinen Reißverschluss hoch und stapfte davon.

Der Impuls, aufzuspringen und sich die Jacke vom Leib zu reißen, war beinahe übermächtig. Aber Leonie war umsichtig genug, abzuwarten. Erst als sie sicher war, dass die Söldner fort waren, robbte sie von der Urinlache fort und dann unter dem Vorhang hindurch. Sie sprang auf und sog frische Luft in ihre Lungen. Angeekelt schlüpfte sie aus ihrer Jacke und warf sie achtlos zu Boden. Die Ostseebrise war frisch, aber Leonie würde eine andere Jacke auftreiben. Sie wusste auch schon, wo. Darüber hinaus würde sie dort weitere Gegenstände finden, die ihr womöglich noch nützlich sein konnten.

14

INSEL RÜGEN, REGIONALFLUGPLATZ

Der Airbus-Helikopter H135 der Bundespolizeifliegerstaffel *Blumberg* setzte zur Landung an. Anne Hagen saß mittig hinter dem Piloten sowie dem Flugtechniker und krallte sich mit beiden Händen an deren Rückenlehnen fest. Obwohl sie weder unter Höhen- noch Flugangst litt, begegnete sie Hubschraubern mit Skepsis. Im Gegensatz zu Flugzeugen waren sie anfälliger für technische Probleme und stürzten deutlich häufiger ab. Noch dazu war es in Hubschraubern furchtbar laut. Immerhin, sagte sie sich mantraartig, war es gleich überstanden.

Der einzige Regionalflugplatz der Insel Rügen war kleiner als erwartet. Im Zentrum der Insel angesiedelt, war er aus einem ehemaligen Agrarflugfeld hervorgegangen, von denen es auf Rügen einst achtzehn Stück gegeben hatte. Eine neunhundert Meter lange Asphaltpiste durchschnitt saftig grüne Wiesen. Parallel dazu verlief eine zweite Rollbahn, daneben stand ein Abfertigungsgebäude mitsamt einem kleinen Tower. Hier waren die örtliche Flugschule untergebracht sowie Unternehmen, die Rundflüge über Rügen und die Halbinsel Darß anboten. Deren

Cessnas standen in zwei Reihen auf einem akkurat geschnittenen Rasenstück etwas abseits des Towers, wo sie auf zahlungskräftige Kundschaft warteten. Anne Hagen wusste, dass die Maschinen in den nächsten Tagen am Boden bleiben würden. Sie selbst hatte verfügt, dass der Regionalflugplatz Rügen bis auf Weiteres ausschließlich von Flugzeugen und Hubschraubern der Bundespolizei, der Marine sowie der Seenotrettung angeflogen werden durfte.

Während sich der H135 dem Boden näherte, richtete Anne Hagen ihren Blick auf den einzigen Hangar des Flugplatzes, dessen helles Wellblechdach die Sonnenstrahlen reflektierte, die in den letzten Minuten immer häufiger durch die aufbrechende Wolkendecke stießen. Die überdimensionalen Schiebetüren standen weit offen, es herrschte hektische Betriebsamkeit. Menschen gingen ein und aus, manche in Zivil, andere in Polizei- und Bundeswehruniformen. Paletten mit Ausrüstungsgegenständen wurden auf Hubwagen in den Hangar transportiert. Sie stammten aus einem olivgrünen Flugzeug, das mit geöffneter Luke am Ende der Landebahn parkte und dort von Soldaten entladen wurde. Die Einrichtung der provisorischen Einsatzzentrale schien rasch voranzukommen. Gut ausgestattet und koordiniert zu sein, war in einer derartigen Bedrohungslage unabdingbar. Und wenn Anne Hagen eines gut konnte, dann war das koordinieren. Sie selbst hatte den Hangar als Standort für die Einsatzzentrale ausgewählt, da sie sich hier nur wenige Kilometer Luftlinie von der von Terroristen besetzten *Greifswald* befanden. Von hier aus würde sie Operation AURORA leiten.

Die Landekufen des Helikopters setzten auf und ein Mann in einem dunklen Anzug kam herbeigelaufen. Er öffnete Anne Hagen die Tür. Mit eingezogenen Köpfen eilten sie unter fauchenden Rotorblättern in Richtung Hangar, während um sie herum Staub und frisch geschnittenes Gras aufgewirbelt wurde.

»Wir liegen im Zeitplan, Frau Hagen«, teilte der Mann im Anzug ihr mit. »In einer halben Stunde sollten wir für den Erstkontakt mit den Geiselnehmern bereit sein.«

»Und Sie sind?«, fragte Anne Hagen.

»Heiner Seibold. Ich bin auf Geheiß der Innenministerin hier. Sozusagen der direkte Draht zur Chefin.« Er grinste ein klein wenig zu überheblich für ihren Geschmack.

Sie musterte ihn. Er überragte sie um mindestens zwei Köpfe, war hager, und obwohl sie ihn auf Mitte vierzig schätzte, war von seinen Haaren kaum mehr als ein dünner grauer Kranz übrig geblieben. »Man hat Ihnen gesagt, Herr Seibold, dass die alleinige Entscheidungskompetenz für diese Operation bei mir liegt?«

»Und damit auch die Verantwortung.« Er hob abwehrend die Hände. »Hören Sie, niemand hat die Absicht, Ihnen in die Parade zu fahren. Ich bin hier nur Beobachter, aber wenn ich etwas für Sie tun kann, zögern Sie bitte nicht, zu mir zu kommen.«

»Ich wollte das nur geklärt wissen«, entgegnete Anne Hagen und setzte sich wieder in Bewegung. Gut möglich, dass ihre Worte schärfer geklungen hatten als beabsichtigt, aber nach so vielen Jahren in einer weitgehend testosterongeschwängerten Behörde wusste sie um die Notwendigkeit, Zuständigkeiten von Anfang an klarzustellen. Vor allem wenn es darauf ankam, gestandene Männer in ihre Schranken zu weisen. Denn diesen gefiel es oft nicht, Befehle von einer zierlichen Frau mit mandelförmigen Augen zu erhalten.

Im Innern des Hangars schlug ihr der Geruch von Öl und Kerosin entgegen. Es ging zu wie in einem Ameisenhaufen. Dort, wo üblicherweise die Cessnas gewartet wurden, standen nun mehrere Tische, aneinandergereiht zu einer langen Tafel. Darauf standen Dutzende Monitore, Keyboards sowie elektronische Geräte, deren Sinn und Zweck Anne Hagen nicht kannte. Techniker waren dabei, alle Komponenten mit den unter den Tischen befindlichen PCs und Servern zu verkabeln und in Betrieb zu nehmen. Im Hintergrund hatte man ein riesiges Clipboard aufgestellt, direkt daneben hing ein beeindruckender 150-Zoll-Bildschirm an einer dicken Eisenkette von der Decke. Noch war das Display schwarz, doch das würde sich in Kürze ändern.

Auf der gegenüberliegenden Seite des Hangars waren rund drei Dutzend Stühle in drei Reihen aufgestellt. Ebenso viele in schwarz gekleidete Beamte der Spezialeinheit GSG 9 hatten darauf ihre Ausrüstungsgegenstände abgelegt; darunter ballistische Helme, die fünfzehn Kilogramm schweren schuss- und stichfesten Schutzwesten sowie Atemmasken. Dahinter, in einem vergitterten Regal an der Wand, befanden sich ihre Waffen; die Glocks und Sig-Sauers, die Maschinenpistolen HK MP5 und HK MP7 sowie diverse Sturm- und Scharfschützengewehre, aber auch Kampf- und Mehrzweckmesser. Neben dem Regal standen Schutzschilde aufrecht gegen die Wand gelehnt. Die Neuner standen in kleinen Gruppen beieinander. Es wurde geredet und diskutiert, und vermutlich fragten die Männer sich, ob sie heute zum Einsatz kommen würden. Frauen sah Anne Hagen keine. Wenig verwunderlich, waren sie bei sämtlichen Spezialeinheiten doch deutlich unterrepräsentiert. Soweit Anne Hagen wusste, gab es in der gesamten GSG 9 aktuell nur fünf Frauen, die dort ihren Dienst verrichteten.

Seibold deutete auf das Kopfende des langen Tisches. »Ich habe mir erlaubt, Ihr Namensschild dort zu platzieren. So haben Sie einen perfekten Überblick über den Hangar, dazu einen direkten Blick auf den Hauptmonitor.«

»Danke. Ist der Kollege vom GTAZ schon eingetroffen?«

»Wir erwarten ihn in den nächsten Minuten.«

»Gut. Wer leitet die Verhandlungen?«

Seibold sah sich um und winkte einen korpulenten Mittfünfziger in einem schlecht sitzenden Anzug heran. Er war pausbäckig, seine krausen Haare standen wirr von seinem Kopf ab und seine Krawatte war zu kurz gebunden. Mit einem dampfenden Pappbecher in der Hand kam er zu ihnen.

»Eine Warnung«, sagte er zur Begrüßung. »Der Kaffee ist ungenießbar. Mit vier Stück Würfelzucker und einem ordentlichen Schuss Kondensmilch geht's aber.«

»Frau Hagen, das ist Doktor Mack«, sagte Seibold. »Er ist unser Verhandlungsführer. Doktor Mack ist ausgewiesener Experte im Umgang mit Extremisten und für Geiselnahmen psychologisch bestens geschult.«

»Gibt es denn Hinweise auf einen extremistischen Hintergrund?«, wollte sie wissen.

»Noch nicht«, entgegnete Seibold. »Es gab ja noch keinen Kontakt mit den Geiselnehmern, aber …«

»Dann lassen Sie uns keine voreiligen Schlüsse ziehen.«

Doktor Mack nickte eifrig. »Dem stimme ich zu. Eine Verhandlung muss man immer absolut unvoreingenommen beginnen. Man sollte niemals etwas Bestimmtes erwarten und doch mit allem rechnen.«

Seibold zog die Stirn kraus. »Sie haben den Kollegen vom GTAZ doch nicht grundlos herbeordert, oder?«

Anne Hagen deutete auf Doktor Mack. »Wie er sagt, wir müssen mit allem rechnen.«

Das *Gemeinsame Terrorismusabwehrzentrum*, von allen nur GTAZ genannt, war eine Koordinierungsstelle der Sicherheitsbehörden aller Bundesländer und des Bundes selbst. Es beschäftigte sich ausschließlich mit islamistischem Terrorismus und die im GTAZ gesammelten Informationen dienten einer besseren operativen Terrorismusbekämpfung. Rein gefühlsmäßig bezweifelte Anne Hagen, dass es sich bei der gekaperten Förderplattform um die Tat von Islamradikalen handelte. Diese suchten sich meist einfach erreichbare Ziele für ihre feigen, hinterhältigen Anschläge aus. Die *Greifswald*, zwölf Seemeilen vor der Küste, war alles andere als einfach zu erreichen. Neben der Logistik mussten die Kosten für eine solche Kaperung enorm sein. Undenkbar, dass ein einzelner durchgeknallter Extremist dies bewerkstelligen konnte. Selbst eine gut ausgebildete, einzelne Terrorzelle wäre nach ihrer Einschätzung dazu kaum in der Lage. Außerdem gab es da noch dieses Handyfoto sowie die SMS, die ihnen zugespielt worden waren und die sie den Anwesenden gleich präsentieren würde. Also nein, hinter dieser Geiselnahme steckte etwas anderes. Davon war sie überzeugt.

»Nun gut.« Seibold klatschte in die Hände. »Ich bin zum ersten Mal bei einer solchen Operation dabei. Wie ist der Ablauf? Was geschieht jetzt?«

»Jetzt«, antwortete Anne Hagen, »suche ich erst mal die Waschräume auf und mache mich frisch. Bevor die Technik nicht so weit ist und nicht alle Kollegen am Tisch sitzen, passiert gar nichts. Sobald ich zurück bin, möchte ich alle neuen Informationen auf meinem Platz vorfinden, die seit meinem Abflug in Berlin eingetroffen sind. Würden Sie sich bitte darum kümmern?«

»Äh, sicher«, antwortete Seibold irritiert, der es augenscheinlich nicht gewohnt war, den Handlanger zu geben.

Die Toiletten befanden sich in dem von Streifenpolizisten umstellten Hauptgebäude. Mit ihrem Dienstausweis verschaffte Anne Hagen sich Zutritt und schloss kurz darauf hinter sich die Tür zur Damentoilette. Sie klappte den Klodeckel herunter, setzte sich, schloss die Augen und atmete tief durch. Seit vielen Jahren arbeitete sie darauf hin, die Leitung einer groß angelegten Operation wie AURORA übertragen zu bekommen. Jetzt, da der Tag gekommen war und sie die vielen Kollegen, Experten, Polizisten sowie die eigens eingeflogenen Neuner gesehen hatte, die sich allesamt darauf verließen, dass sie, Anne Hagen, in den nächsten Stunden und Tagen die richtigen Entscheidungen treffen würde, überkam sie ein überwältigendes Gefühl der Unzulänglichkeit. Was, wenn sie *nicht* die richtigen Entscheidungen traf? Was, wenn ihretwegen Geiseln zu Schaden kamen? Was, wenn aufgrund ihrer Entscheidungen Neuner starben? Sie ballte ihre Hände zu Fäusten und hieb auf ihre Oberschenkel ein. Verflixt, sie musste unbedingt den Kopf frei bekommen. Anderenfalls würde sie nicht unvoreingenommen agieren und entscheiden können. Sie hatte das Zeug dazu, Operation AURORA zu leiten. Das wusste sie. Es wurde allmählich Zeit, dass dies auch ihr Unterbewusstsein begriff.

Bevor Anne Hagen die Toilette verließ, nutzte sie die Gelegenheit und gab zum x-ten Mal an diesem Tag ihrem steten Harndrang nach. Er erinnerte sie daran, dass nicht nur auf der *Greifswald*, sondern auch in ihrem Unterleib ein Kampf tobte, den sie unbedingt gewinnen musste. Sie presste die Lippen aufeinander. Eine Schlacht nach der anderen. Niemand konnte an zwei vollkommen gegensätzlichen Fronten erfolgreich sein. Sie verdrängte den Gedanken an den Krebs, wusch sich die Hände und kehrte zurück in den Hangar.

15

OSTSEE, ZWÖLF SEEMEILEN VOR DER KÜSTE RÜGENS

Jüri Kallas saß in sich zusammengesunken in einer Ecke auf dem Boden. Er hatte Schuhe und Jackett ausgezogen, den obersten Knopf seines Hemdes aufgemacht und die Ärmel hochgekrempelt. Im Konferenzraum war es viel zu warm und in der abgestandenen Luft hing der Geruch von Schweiß und feuchten Socken. Ohne Strom hatte weder die Klimaanlage noch die Luftumwälzung im Gebäude funktioniert. Mit rot geränderten Augen starrte Kallas auf die Krawatte in seinen Händen, die er irgendwann im Laufe der Nacht abgenommen hatte und mit der er seitdem herumspielte. Es war der einzige Zeitvertreib, der ihm blieb. Das und der Gedanke an seinen Sohn Taavi. In zwei Wochen sollte wieder Papa-Wochenende sein. Darauf freute er sich seit Tagen. Ob er Taavi jemals wiedersehen würde? Er machte sich Vorwürfe, weil er seinen Sohn gestern nicht wie versprochen angefunkt hatte. Doch wegen Leonies Extrarunde um die *Greifswald* waren sie später gelandet als geplant, und er hatte keine Zeit mehr dafür gefunden. Er rieb sich die trockenen, juckenden Augen. Das Warten, die Ungewissheit, die Angst vor dem, was ihm und den anderen Geiseln bevorstand, das alles zerrte an seinem Nervenkostüm. Die ganze Nacht über hatte er kaum ein Auge zugemacht. So war es fast allen Geiseln ergangen, die über die gesamte Fläche des Konferenzraums verteilt auf dem Boden kauerten, herumlagen oder sich ängstlich aneinanderdrückten. Viele der Männer hatten ebenfalls im Laufe der Nacht Jackett und Schuhe ausgezogen. Niemand sprach. Das hatte Atticus ihnen mit eindringlichen Worten verboten. Lediglich das leise Schluchzen einer Frau war irgendwo zu vernehmen. Längst war der Tag angebrochen, doch das Zeitgefühl war Kallas abhandengekommen. Da er keine Uhr am Handgelenk trug, konnte er nur schätzen, dass es in etwa Mittagszeit sein musste. Beinahe war es ihm peinlich, aber trotz der beklemmenden Lage, in der er sich befand, knurrte sein Magen. Er legte die Krawatte zur Seite und öffnete die Halbliterflasche mit stillem Wasser, die jede Geisel gestern Abend erhalten hatte. Er gönnte sich einen Schluck und verschloss die Flasche dann wieder. Noch war sie zu einem Drittel gefüllt. Der Durst brannte in seiner Kehle und hinter seiner Stirn pochte es; erste Anzeichen einer Dehydrierung. Da er aber nicht wusste, ob und wann er eine weitere Flasche bekommen würde, ging er sparsam mit dem kostbaren Wasser um. Überhaupt war die ständige Ungewissheit das Schlimmste. Nicht zu wissen, wie, wann und ob es überhaupt weitergehen würde, machte ihn fast verrückt. Warum sagte ihnen niemand etwas? Was hatte Atticus im Sinn? Von den beiden Wachen, die mit ihren Sturmgewehren vor der Brust die Tür versperrten, war keine Antwort zu erwarten. Sie sprachen kein Wort. Um sich von seinem knurrenden Magen abzulenken, ließ er seinen Blick umherschweifen.

Von den ursprünglich knapp einhundert Männern und Frauen, die sich gestern während der Geiselnahme in diesem Raum aufgehalten hatten, waren nurmehr zwanzig Personen übrig geblieben. Alle anderen hatte Atticus fortbringen lassen; darunter sämtliche Pressevertreter, Angestellte der gehobenen Managementebene sowie das Servicepersonal. Wohin man sie gebracht hatte, das wusste Kallas nicht. Anwesend waren – neben ihm selbst – Ethan Holloway und Anastasia Eremenko, Frédéric LeBlanc nebst Ehefrau Delphine, Scarlett Connelly sowie die weiteren Vorstandsmitglieder von Sharpwater mitsamt Partnerinnen; sozusagen die Crème de la Crème der *Greifswald*. Dazu gesellten sich vier von Kallas' Kollegen aus dem EU-Konsortium. Seltsamerweise fehlten immer noch Anton Reitmayr und Torben Jepsen, genau wie Leonie Vargas. Wo waren sie abgeblieben?

Holloway hockte im Schneidersitz da, die Miene grimmig, sein Blick ging ins Leere. Auch er hatte sein Smokingjackett ausgezogen und die Ärmel seines Hemdes hochgekrempelt. Unter seinen Achseln breiteten sich kreisrunde Flecken aus, Schweißperlen glänzten auf seiner Stirn. Was in seinem Kopf wohl vorgehen mochte? Seine Freundin, das Model, lag seitlich mit angezogenen Knien auf dem Boden, ihr Kopf ruhte auf einem von Holloways Oberschenkeln. Ihre Augen waren verheult, die Schminke verlaufen. Trotz ihres eleganten Kleides mit den glänzenden Pailletten wirkte sie wie ein Häufchen Elend. Frédéric LeBlanc saß mit dem Rücken zu Kallas. Mit einer Hand streichelte er beruhigend über den Nacken seiner Frau, die sich an ihn schmiegte und ihr Gesicht in seiner Armbeuge verbarg. Die blasshäutige Scarlett Connelly dagegen sah aus, als wollte sie auf der Stelle aufspringen und den Wachen eigenhändig an die Gurgel gehen. Sie schien die einzige Frau in diesem Raum zu sein, deren Augen nicht gerötet oder verquollen waren. Im Gegenteil. Ihr Blick war fest und geradezu kampfeslustig. Hoffentlich machte sie nichts Unüberlegtes. Bislang behandelte Atticus seine Geiseln den Umständen entsprechend gut. Niemand war geschlagen oder anderweitig misshandelt worden. Jüri Kallas hoffte inständig, dass das so blieb.

Ein paar Minuten später wurde die Tür geöffnet. Sofort fuhren alle Köpfe hoch. Zwei vermummte Geiselnehmer traten ein. Sie brachten Kartons mit frischen Wasserflaschen und in Plastikfolie eingewickelte Sandwiches.

»Sitzen bleiben!«, befahl einer von ihnen. Dann gingen sie reihum und verteilten die Rationen. Jede Geisel erhielt eine Flasche und ein Sandwich.

Als Scarlett Connelly an der Reihe war, verschränkte sie die Arme vor der Brust und schüttelte mit bitterböser Miene den Kopf. »Steck dir das Zeug sonst wo hin«, zischte sie.

Unbeeindruckt warf ihr der Mann ein Sandwich in den Schoß. »Früher oder später wirst du essen.«

»Eher verhungere ich.«

»Nicht mein Problem«, erwiderte der Mann und fuhr mit dem Verteilen fort.

Scarlett Connelly war jedoch nicht die Einzige im Raum, die auf Essen verzichten konnte, denn auch Anastasia Eremenko reichte ihr Sandwich mit angewiderter Miene an Ethan Holloway weiter. Der starrte einen Moment auf die zwei belegten Brote in seiner Hand, dann räusperte er sich und sagte laut: »Ich will mit Atticus reden.«

»Aber er nicht mit dir«, entgegnete eine Wache.

»Ich will mit ihm verhandeln«, beharrte Holloway. »Ihr wollt doch sicher Geld und ich habe Geld. Also lasst uns verhandeln.«

»Atticus bestimmt, wann die Zeit dafür gekommen ist. Und jetzt halt die Klappe!«

»Aber …«

»Schnauze!« Die Wache richtete den Gewehrlauf auf Holloway, der augenblicklich verstummte.

Ganz hinten in der Ecke sitzend war Kallas einer der Letzten, die an die Reihe kamen. Dankbar ergriff er die ihm dargebotene Ration. Dabei sah er, dass sich in dem Karton noch mehrere verpackte Sandwiches befanden.

»Könnte ich vielleicht noch eins haben?«, fragte er. »Ich habe gestern Abend nichts …«

»Du bist fett genug.«

»Aber …«

»Nein. Und auch für dich gilt: Klappe halten!«

Kallas hob beschwichtigend eine Hand. »Schon gut. Aber könnte ich wenigstens auf die Toilette?«

Der Mann verdrehte die Augen und wandte sich an die Wachen vor der Tür. »Hier muss einer pissen.«

Mit einem Wink bedeutete man Kallas aufzustehen. In Windeseile zog er seine Schuhe an und kurz darauf scheuchte ihn ein Wachmann einen langen, hell beleuchteten Flur hinunter. Sie kamen an mehreren Türen vorbei, die meisten waren geschlossen. Andere hingegen standen offen und gaben den Blick frei auf leer stehende Büros, in denen gespenstische Stille herrschte. Der Wachmann trieb ihn an, indem er ihm den Lauf seines Sturmgewehrs in den Rücken drückte. Doch Kallas hatte es nicht eilig. Er musste nicht wirklich pinkeln. Dazu hatte er in den letzten Stunden viel zu wenig Wasser getrunken und zu viel geschwitzt. Der Gang zur Toilette war nur ein Vorwand gewesen, um sich die Beine zu vertreten.

Kurz vor den Toiletten öffnete sich vor ihnen eine Tür. Kallas traute seinen Augen nicht, als sein Kollege Anton Reitmayr in den Flur trat. Kallas blieb stehen. Im Gegensatz zu ihm trug Reitmayr keinen Anzug, sondern Bluejeans und dasselbe weinrote Poloshirt, das er gestern schon im Hubschrauber angehabt hatte. Wie kam das? Nach ihrer Ankunft hatte Reitmayr angekündigt, dass er sich sofort für die Abendveranstaltung in Schale werfen wolle. Offensichtlich hatte er das nicht getan. Und warum war er nicht wie alle anderen bei der Feier gewesen, als die Geiselnehmer den Raum gestürmt hatten? Ihre Blicke trafen sich. Auch Reitmayr schien von dieser unerwarteten Begegnung überrascht zu sein. Er machte Anstalten, etwas zu sagen, doch hinter ihm trat ein vermummter Geiselnehmer aus dem Zimmer, und Reitmayr schwieg. Der Wachmann stieß Kallas einmal mehr den Gewehrlauf in die Rippen, woraufhin er sich wieder in Bewegung setzte. Stumm schoben er und Reitmayr sich im Flur aneinander vorbei.

Während Kallas unter den wachsamen Blicken seines Aufpassers vor dem Urinal stand und mit Mühe und Not ein paar Tropfen herauspresste, dachte er über diese seltsame Begegnung nach. Was wusste er eigentlich über Reitmayr? Sie waren zwar Kollegen, im Grunde aber kannten sie sich kaum. Kallas konnte nicht einmal sagen, ob Reitmayr verheiratet oder geschieden war. Vielleicht war er auch homosexuell, was Kallas nicht einmal gewundert hätte. Über private Dinge hatten sie selten geredet. Es war nicht viel mehr als ein vages Gefühl, aber er hatte den Eindruck, als wäre Reitmayr ihre Begegnung irgendwie peinlich gewesen.

Zurück im Konferenzraum schlurfte er in seine Ecke, setzte sich und wickelte das Sandwich aus der Plastikfolie. Es war mit Butter bestrichen und mit Schinken belegt. Immerhin. Ihm lief das Wasser im Mund zusammen und er biss hinein. Zu seiner Überraschung entdeckte er am anderen Ende des Raums Anton Reitmayr, der ihn mit zusammengepressten Lippen anstarrte. Kauend hielt Kallas seinem Blick stand. *Wo bist du die ganze Nacht über gewesen, Anton?*

Kurz darauf spülte er den letzten Bissen seines Sandwiches mit einem Schluck Wasser die Kehle hinunter. Er lehnte sich zurück und stellte sich auf weitere lange Stunden voller Ungewissheit ein, als sich erneut die Tür öffnete. Eine Wache führte Torben Jepsen in den Raum. Wie Reitmayr trug auch Jepsen Bluejeans, dazu ein dunkelblaues T-Shirt. Und wie zuvor bei Reitmayr war Kallas sich nahezu sicher, dass es sich um dasselbe Outfit handelte, das Jepsen gestern im Hubschrauber getragen hatte.

Alle Augen richteten sich auf den dänischen Geophysiker, der seine Arme um seinen Körper schlang und sich mit unsicherem Blick umsah. Schließlich stieg er mit hölzernen Bewegungen über einige der am Boden sitzenden Geiseln hinweg und setzte sich neben Reitmayr. Sein Kopf sank auf seine Brust und er starrte zu Boden. Kallas musterte ihn. Von allen Kollegen war Jepsen der umgänglichste. Ständig hatte er einen lockeren Spruch auf den Lippen und für jeden ein Lächeln übrig. Doch über Nacht waren die Fröhlichkeit und Unbekümmertheit in seinen Augen verschwunden. Was hatte Atticus mit ihm angestellt? Sichtbare Spuren von Misshandlungen gab es keine, zumindest nicht in Jepsens Gesicht. Warum trugen beide noch dieselben Klamotten wie gestern? Warum waren sie während der Geiselnahme nicht hier gewesen? Wo hatten sie die Nacht über gesteckt? Und warum brachte man sie ausgerechnet jetzt so kurz hintereinander hierher?

Auf keine dieser Fragen konnte Kallas sich einen Reim machen. Er hoffte, dass sich alles irgendwann aufklären würde. Eine Sache aber ließ ihn nicht los: Wo steckte Leonie Vargas? Sie war die Einzige aus dem Konsortium, über deren Verbleib er nichts wusste. Er schloss die Augen und betete, dass sie noch lebte.

16

Leonie eilte ihrem Ziel entgegen und hielt sich dabei so gut es ging im Schatten der Pipelines, die ihr zumindest etwas Sichtschutz boten. Sollte ein Söldner in diesen Minuten von einer der Hubschrauberplattformen heruntersehen, würde er sie mit hoher Wahrscheinlichkeit entdecken. Doch das war nicht zu ändern. Die Alternative hätte darin bestanden, den Weg durch die unterste Ebene der Plattform zu nehmen. Dort in den »Katakomben« gab es allerdings keinen Fluchtweg, falls man sie aufspürte. Und dass die Männer explizit nach ihr suchten, das hatte sie mit eigenen Ohren gehört. Während sie sich der E-Schleuse näherte, rekapitulierte sie die Unterhaltung zwischen dem Deutschen mit Raucherhusten und Paolo, dem Italiener.

Eine Gruppe von Söldnern, angeführt von einem Mann namens Atticus, hatte die *Greifswald* gekapert, Geiseln genommen und sämtliche Förderpumpen abgestellt. Dabei schreckten sie selbst vor Mord nicht zurück. Drei Tote hatte es offenbar schon gegeben. Das Ziel der Söldner erschien klar: Lösegeld erpressen. Davon konnten sie reichlich fordern, wenn man bedachte, wer sich seit gestern auf der Plattform befand. Ethan Holloway alleine war über zweihundert Milliarden schwer. Dazu kam Frédéric LeBlanc, der Holloway in Sachen Reichtum nicht viel nachstand. Zwei weitere Vorstandsmitglieder schafften es ebenfalls in die *Forbes*-Liste der fünfhundert reichsten Menschen der Welt. Ein Rekordlösegeld war den Söldnern praktisch garantiert. Sofern sie es klug anstellten und einen Weg wussten, die *Greifswald* unbemerkt wieder zu verlassen. Leonie konnte sich zwar nicht vorstellen, wie sie das im Zeitalter von Satelliten und Drohnen bewerkstelligen wollten, aber das war nicht ihr Problem. Ihr gab vielmehr zu denken, wie unglaublich gut Atticus über die Situation vor Ort informiert war. Sogar ihre Abwesenheit hatte er bemerkt. Vermutlich hatte er sämtliche Geiseln mit den Fluglisten abgeglichen, die er sich aus dem IT-System gezogen hatte. Sofern Leonie das Gespräch zwischen Paolo und dem Deutschen richtig gedeutet hatte, befand sich auf der *Greifswald* ein Verbündeter von Atticus. Jemand, der bestens über die Abläufe und die Sicherheitsvorkehrungen der Plattform Bescheid wusste. Jemand, der ein falsches Spiel spielte. Fieberhaft durchforstete Leonie ihre Erinnerungen nach Vorkommnissen oder Personen, die sich rückblickend betrachtet vielleicht verdächtig gemacht hatten. Doch ihr fiel niemand ein, der ihrer Meinung nach zu so einer Tat in der Lage gewesen wäre.

Sie umrundete den hoch aufragenden Komplex, der die Labore und Büros der Wissenschaftler beherbergte. Hinter den Fenstern der unteren Etagen waren keinerlei Bewegungen auszumachen. Auf der Rückseite des Gebäudes gelangte Leonie schließlich zur E-Schleuse. Dort befand sich der Zugang zu den Rettungsbooten, für den unwahrscheinlichen Fall einer Evakuierung der Plattform. Die Schleuse hielt neben Schutzkleidung und Handfunkgeräten auch einige weitere Gegenstände bereit, die Leonie unter Umständen nützlich sein konnten. Da der Notstromkreislauf wieder funktionierte, hätte sie das Tor mit ihrem Mitarbeiterausweis elektronisch öffnen können. Dies aber wäre zwangsläufig in der Zentrale registriert worden, da es sich bei der E-Schleuse um einen sicherheitsrelevanten Bereich handelte. Je nachdem, wie aufmerksam die Söldner die Monitore in der Zentrale überwachten, bestand die Gefahr, dass Leonie dadurch ihren Aufenthaltsort verriet. Also bückte sie sich, zog auf Höhe ihres Knies einen Sicherungsbolzen aus dem Metallrahmen und wiederholte das Ganze mit einem Bolzen auf Stirnhöhe. Beinahe wie von selbst schwang das gut geölte Tor auf. Leonie betrat die Schleuse. Ihr Blick wanderte über die fünf orangefarbenen, torpedoförmigen Freifallrettungsboote, die in Abständen von zwölf Metern in ihren schräg nach unten zeigenden Halterungen ruhten. Sechsunddreißig Meter darunter hob und senkte sich die Dünung der Ostsee in einem trägen Rhythmus.

Leonie zögerte. Ähnlich wie bei dem Tor war es unmöglich, eines der Boote zu betreten, ohne in der Zentrale eine akustische sowie optische Warnung auszulösen. Wenn sie diese Sache durchziehen wollte, dann schnell und effizient. Vom Einstieg bis zum Verlassen eines Bootes blieben ihr im schlechtesten Fall zwei, maximal drei Minuten, bevor die Angreifer auftauchen würden.

Sie entschied sich für das Rettungsboot, das dem Ausgang am nächsten lag, und musterte den Öffnungsmechanismus der Tür am Heck. Jede Person, die auf einer Offshore-Plattform arbeiten wollte, musste zuvor ein umfassendes, mehrtägiges Sicherheitstraining absolvieren. Dazu gehörte auch die Einweisung in den Ablauf bei Evakuierungen mittels der Freifallboote. Hauptsächlich wurde einem dabei erklärt, wie man die Haltegurte korrekt anlegte und die optimale Sitzhaltung einnahm. Wer hier nachlässig handelte, riskierte bei einem Auslösen des Freifalls aus derart großer Höhe lebensbedrohliche Verletzungen. Dank der Einweisung wusste Leonie, was zu tun war. Mit zwei raschen Handgriffen entriegelte sie die Tür, hebelte sie auf und tat einen großen Schritt hinein.

Die Ausstattung sowie die schräge Lage erinnerten Leonie an ein abtauchendes U-Boot. Das Öffnen der Tür hatte die Notbeleuchtung aktiviert, die das Innere in rotes Licht tauchte. Abgesehen von einer rechteckigen Luke über dem Steuerstand gab es keine Sichtfenster. Mit einer Hand stets an einem der zahlreichen Haltegriffe, ging Leonie um den Steuerstand herum. Dabei streifte ihr Blick das dort angebrachte Funkgerät. Doch um einen Notruf abzusetzen, fehlte ihr die Zeit. Außerdem wussten die Behörden sicherlich längst über die Lage auf der *Greifswald* Bescheid; nicht zuletzt angesichts der stillgelegten Pipelines. Endlich entdeckte sie, weshalb sie hergekommen war.

Sie trat neben einen der futuristischen Schalensitze, die allesamt verkehrt herum zur Fallrichtung angebracht waren. Aufgrund der hohen g-Werte, die beim Aufprall, Eintauchen und anschließenden Herausschießen des Bootes aus dem Wasser auftraten, war es für die Insassen körperlich weniger belastend, entgegengesetzt der Fallrichtung zu sitzen. Oberhalb des Sitzes befand sich ein Staufach mit der Aufschrift RESCUE/FIRST AID, daneben prangte ein weißes Kreuz auf einem grünen Quadrat. Leonie riss die Klappe auf und überflog den Inhalt. Da waren der obligatorische Erste-Hilfe-Kasten, eine Tabelle mit Notfallsignalen auf wasserfestem Papier, Flaschen mit Trinkwasser, Tabletten gegen Seekrankheit samt Spucktüten, Thermoüberlebensfolien, eine Schleppleine sowie ein Treibanker.

Das, was Leonie suchte, fand sie ganz unten im Fach. Eilig riss sie das schwimmfähige Sicherheitsmesser sowie die Taschenlampe aus ihren Halterungen und stopfte beides in ihre Hosentaschen. Dann griff sie sich zwei Signalraketen sowie zwei Handfackeln für Rauchsignale und zu guter Letzt eine Flasche Wasser gegen ihren brennenden Durst. Jetzt aber wurde es Zeit zu verschwinden.

Sie schnappte sich die gefütterte Regenjacke, die hinter dem Steuerstand hing, verstaute ihre Beute in deren Taschen und streckte den Kopf zur Tür hinaus. Angespannt blickte sie sich um. Die Plattform war menschenleer – zumindest der Bereich, den Leonie einsehen konnte. Sie kletterte aus dem Boot, schlüpfte in die Jacke und rannte los. Kaum hatte sie das Tor passiert, hörte sie in einiger Entfernung Männerstimmen. Leonie erstarrte mitten in der Bewegung. Die Stimmen wurden rasch lauter und dann kamen sie auch schon um die Ecke des Komplexes gestürmt. Sie waren zu zweit; maskierte Söldner mit Waffen in den Händen. Keine fünfzig Meter trennten sie von Leonie. Ihr brach der kalte Schweiß aus, denn die Männer versperrten ihr den einzigen Fluchtweg.

17

INSEL RÜGEN, REGIONALFLUGPLATZ

Im zur Einsatzzentrale umfunktionierten Hangar herrschte emsige Betriebsamkeit, die einen enormen Lautstärkepegel mit sich brachte. Prophylaktisch warf Anne Hagen sich eine Aspirin-Kautablette ein. Am Konferenztisch standen vier Männer zusammen, darunter Heiner Seibold vom Innenministerium und der korpulente Verhandlungsführer Doktor Mack. Die beiden anderen waren ihr unbekannt.

»Ah, Frau Hagen«, rief Seibold und winkte sie heran. »Kommen Sie. Wir haben Sie schon vermisst.«

»Anne Hagen, Einsatzleitung«, stellte sie sich vor.

Ein rotbärtiger Klotz in einem grauen Anzug streckte ihr die Hand entgegen. »Ronny Plagwitz, GTAZ.«

Der andere Mann war ein sportlicher Mittdreißiger mit kurz geschnittenen Haaren und stahlgrauen Augen. Er trug enge Bluejeans, die seine trainierten Oberschenkel zeigten, sowie ein schwarzes T-Shirt, unter dem sich beachtliche Brustmuskeln abzeichneten. »GSG 9?«, riet sie.

Der Mann nickte. »Yannick Fürst. Operativer Truppführer.«

Sein Bizeps spannte sich, während sie sich die Hand gaben. Sicher hätte er mit Leichtigkeit ihre Finger zerquetschen können.

Sie trat ans Kopfende des Konferenztisches, auf dem die Monitore mittlerweile leuchteten und Nachrichten sowie Informationen ausgetauscht wurden. Männer und Frauen mit Headsets beobachteten die eingehenden Meldungen und machten sich Notizen. Der riesige 150-Zoll-Bildschirm zeigte die *Greifswald* inmitten der blauen See, aufgenommen aus großer Höhe. Die schiere Größe der Plattform war beeindruckend. Details oder gar Personen waren allerdings keine auszumachen. Das Bild wurde live von einer MAV-Überwachungsdrohne der deutschen Luftwaffe übertragen, die vor einer halben Stunde gestartet war. Die beiden Piloten, die Drohne und Kamera per Fernsteuerung bedienten, befanden sich nicht im Hangar. Bei Bedarf gab es jedoch einen direkten telefonischen Draht zu ihnen.

Nachdem sich jeder auf seinen Platz begeben hatte, hob Anne Hagen die Hand. »Ruhe bitte! Alle mal herhören!«

Die Geräuschkulisse ebbte ab und sogar die Neuner am anderen Ende des Hangars stellten ihre Gespräche ein und traten näher.

»Damit wir alle auf dem gleichen Stand sind«, sagte sie mit fester Stimme, »fassen wir die aktuelle Lage zusammen. Vor vier Stunden, um exakt 9:48 Uhr, wurden uns ein Foto sowie eine Nachricht via SMS zugespielt. Es wurde bestätigt, dass beides von einem Server der *Greifswald* über einen privaten Kommunikationssatelliten des Konzerns Sharpwater Limited versandt wurde.«

Auf dem Display wich das Livebild der *Greifswald* einem Foto, das für kollektive Schnappatmung sorgte. Es handelte sich um eine Großaufnahme des bekannten Multimilliardärs Ethan Holloway, der mit weit aufgerissenen Augen panisch in die Kamera blickte. Seine Haare klebten verschwitzt an seinem Kopf. Eine schwarz behandschuhte Hand drückte ihm eine Pistole so fest gegen seine aufgedunsene Wange, dass der Lauf der Waffe regelrecht darin verschwand.

»Ich nehme an, Sie alle haben schon von Ethan Holloway gehört«, fuhr sie fort. »Er ist Gründer und CEO von Sharpwater. Gemeinsam mit weiteren Vorstandsmitgliedern, Angehörigen eines EU-Konsortiums sowie einem Dutzend Pressevertretern befindet sich Holloway seit gestern Nachmittag auf der *Greifswald*. Der Grund ist die offizielle Eröffnungsfeier, die heute stattfinden sollte. Dies gibt uns einen ersten Hinweis: Die Geiselnehmer sind also nicht nur sehr gut informiert und organisiert, sie haben die Kaperung zudem offensichtlich von langer Hand vorbereitet und sich exakt diesen Tag dafür ausgesucht.«

»Wissen wir«, fragte Seibold dazwischen, »ob Holloway das primäre Ziel ist? Ich meine, wenn jemand mehr Lösegeld als jeder andere Mensch auf diesem Planeten zahlen kann, dann er.«

»Solange keine Forderungen der Geiselnehmer eingehen, können wir nur spekulieren«, entgegnete Anne Hagen. »Die Tatsache, dass die Geiselnahme zu diesem Zeitpunkt erfolgt ist, lässt natürlich vermuten, dass man Holloway höchstpersönlich in die Finger bekommen wollte. Aber vergessen wir nicht, er ist nicht der einzige Milliardär, der sich aktuell dort aufhält. Ich denke, ihnen ist die Tragweite dessen bewusst. Die Augen der ganzen Welt sind auf die *Greifswald* gerichtet. Ursprünglich sollten sogar Shakira und J.Lo auftreten. Glücklicherweise konnten wir deren Managements rechtzeitig über die Situation informieren. Allerdings sind, wie gesagt, einige Pressevertreter vor Ort. Genaue Zahlen oder Namen hierzu liegen uns noch nicht vor.«

»Ist diese Sache schon an die Medien durchgesickert?«, fragte Seibold. »Ich meine, hat irgendein Presseheini bereits seine Redaktion informiert?«

»Nein. Wie gesagt, jeglicher Kontakt zur Plattform ist abgebrochen. Aber die Medien werden zu spekulieren beginnen, sobald klar wird, dass es keine Eröffnungsfeier gibt. Spätestens dann dürfte den Geiselnehmern maximale Aufmerksamkeit gewiss sein.«

»Sie sprachen von einer Textnachricht«, meldete Ronny Plagwitz vom GTAZ sich zu Wort. »Auf welchem Weg hat uns diese SMS erreicht und warum liegt sie uns noch nicht vor?«

»Dazu wollte ich gerade kommen. Genau genommen handelt es sich um vier SMS, welche die Pressestelle der Bundespolizei Berlin in Form von E-Mails erreichten. Der Grund dafür dürfte die Zeichenbegrenzung von einhundertsechzig pro SMS sein. Die komplette Nachricht lautet wie folgt ...« Auf dem Tisch vor Anne Hagen lag ein Computerausdruck. Sie las laut vor: »Die *Greifswald* befindet sich unter unserer Kontrolle. Alle auf der Plattform befindlichen Personen sind unsere Geiseln. Jeder Versuch, sich der *Greifswald* auf welchem Wege auch immer zu nähern, wird den Tod einer oder mehrerer Geiseln zur Folge haben. Über die gesamte Plattform verteilt wurde an exakt sieben neuralgischen Stellen C4-Sprengstoff angebracht. Die Mengen reichen aus, um die Strukturen der Plattform zum Einsturz zu bringen. Jeder Versuch, die *Greifswald* mit Spezialeinsatzkräften zu stürmen, wird die Sprengung und Versenkung der Plattform im Meer zur Folge haben – mitsamt allen darauf befindlichen Geiseln.«

Sie sah in die Runde. Für einen Moment herrschte Schweigen.

Schließlich fragte Yannick Fürst, der GSG-9-Truppführer: »Wurden Foto und SMS auf Echtheit überprüft?«

Anne Hagen nickte. »Sie sind echt. Was das Foto angeht, so können unsere Spezialisten keine nachträgliche Bearbeitung feststellen.« Sie zeigte auf den Hauptmonitor. »Wie Sie sehen, füllen Holloways Kopf und Schultern beinahe das gesamte Bild aus. Daher sind leider keinerlei Details oder Anhaltspunkte im Hintergrund zu entdecken, die Hinweise auf Zeit und Ort der Aufnahme geben könnten. Die Metadaten der Datei sind ebenfalls nicht manipuliert und zeigen, dass dieses Foto heute um 9:41 Uhr gemacht wurde.«

Doktor Mack räusperte sich. »Wenn ich etwas hinzufügen darf ... die Furcht in Herrn Holloways Augen erscheint mir echt. Dieser Mann hat große Angst um sein Leben.«

»Was wissen wir über die Pistole?«, fragte Yannick Fürst. »Sieht nach einer Beretta aus.«

»Korrekt.« Anne Hagen wandte sich ihm zu. »Es handelt sich um eine Beretta 92, Kaliber 9x19 mm, eine Seriennummer ist nicht zu erkennen. Leider ist dieses Modell weitverbreitet, sodass uns diese Information alleine erst mal nicht weiterhilft. Auch die Lederhandschuhe sind billige Dutzendware und bieten uns keinerlei Anhaltspunkte.«

»Das ist alles?«, fragte Seibold. »Mehr haben wir nicht?«

Sie schüttelte den Kopf. »Zu einem direkten Kontakt mit den Geiselnehmern kam es noch nicht. Tatsächlich ist aktuell jegliche Kontaktaufnahme zur *Greifswald* unmöglich. Wir gehen von einem massiven Einsatz von Störsendern aus. Aber das ist noch nicht alles.«

»Was denn noch?«, stöhnte Seibold.

»Bereits gestern Abend um kurz vor 20:00 Uhr kam die Süßwasserversorgung in der Verteilerstation in Lubmin zum Erliegen, da auf der *Greifswald* sämtliche Pumpen abgeschaltet wurden. Ein Versehen oder einen technischen Defekt schließen die Ingenieure von Sharpwater aus. Dies hat zur Folge, dass die Wasserversorgung in mehreren Regionen unseres Landes mittlerweile vollständig zum Erliegen gekommen ist. Grob gesagt betrifft der Wasserengpass große Teile von Mecklenburg-Vorpommern, Brandenburg und Berlin. Vor allem in der Hauptstadt könnte die Lage in einigen Bezirken rasch außer Kontrolle geraten.«

»Definieren Sie *rasch außer Kontrolle geraten*«, forderte Seibold.

»Schwer zu sagen. Wir befinden uns aber definitiv in einer Ausnahmesituation, die sich sehr schnell zu einer Notlage ausweiten könnte.«

Seibold zog die Stirn kraus. »Übertreiben Sie da jetzt nicht ein wenig?«

»Womit?«

»Nun, Sie reden von einer Ausnahmesituation nach nur einer Nacht? So wie Sie es darstellen, Frau Hagen, klingt es, als befänden wir uns bezüglich der Wasserversorgung in einer gewissen Abhängigkeit von der *Greifswald*. Sollte heute nicht erst die Eröffnungsfeier stattfinden? Das passt für mich nicht so recht zusammen. Was ist mit den guten alten Wasserwerken? Die sind ja schließlich auch noch da.«

Sie nickte verständig. »Die offizielle Eröffnung der *Greifswald*, meine Damen und Herren, ist nichts weiter als ein werbewirksames mediales Ereignis. Sharpwater und Ethan Holloway erlangen Aufmerksamkeit; unsere Politiker in Berlin sonnen sich in deren Glanz und lassen sich dafür feiern, Deutschland als

Standort für dieses prestigeträchtige Zukunftsprojekt gewonnen zu haben. Was aber die wenigsten Menschen wissen, ist, dass die *Greifswald* bereits seit Monaten Wasser fördert und liefert. Die Wahrheit ist, dass wir ohne dieses Wasser längst aufgeschmissen wären. Das wurde in den Medien bewusst nicht thematisiert, um die Bevölkerung nicht in Unruhe zu versetzen.«

»Tatsächlich?«, fragte Seibold skeptisch. »Davon ist mir nichts bekannt. Woher haben Sie Ihre Informationen?«

»Auf dem Flug hierher wurde ich darüber vom stellvertretenden Leiter des Bundesamts für Bevölkerungsschutz und Katastrophenhilfe in Kenntnis gesetzt. Im Innenministerium ist dies ebenfalls bekannt. Vielleicht reden Sie einmal mit Ihren eigenen Leuten?«

Sie sah Seibold an, dass sie ihn damit kalt erwischt hatte, und fuhr mit einem Gefühl von leichter Genugtuung fort: »Wir alle kennen die enormen Probleme, vor die uns der seit Jahren zunehmende Wasserstress stellt. Unser Grundwasser sinkt kontinuierlich ab und hat längst ein alarmierend niedriges Niveau erreicht. Die Spree führt jetzt im Sommer kaum Wasser. Die strengen Rationierungen, die unsere Landesregierungen eingeführt haben, kommen ja nicht von ungefähr. Um es kurz zu machen: Ohne die Wasserlieferungen der *Greifswald* sind wir gerade jetzt in den Sommermonaten aufgeschmissen.«

Aufgeregtes Gemurmel setzte ein. Wie für Seibold kam diese Information offenbar auch für die meisten anderen Anwesenden aus heiterem Himmel. Seibold fragte: »Können die ehemaligen Wasserversorger nicht einfach einspringen? Die Infrastrukturen sind schließlich noch vorhanden.«

»Ja, das sind sie.« Anne Hagen verzog den Mund. »Nur steckt da sehr viel mehr dahinter, als einfach einen Schalter umzulegen.

Erstens mangelt es an qualifiziertem Personal. Zweitens dürften einige der seit Längerem ungenutzten Zubringerleitungen innerhalb der Rohrnetze mit gesundheitsschädlichen Erregern kontaminiert sein. Es dauert im besten Falle mehrere Tage, bis diese Leitungen durch diverse Spülvorgänge wieder nutzbar sein werden. Aber das ist noch nicht einmal das Hauptproblem …«

»Sondern?«

»Wie gesagt, in vielen Regionen sind die Grundwasserpegel für Entnahmen zu niedrig. Die jahrelangen Dürreperioden und der exzessive Wasserverbrauch der letzten Jahrzehnte fordern ihren Tribut. Aus manchen Bezirken hören wir zudem, dass das dortige Grundwasser durch übermäßige Nitrateinbringung oder sonstige chemische Einbringungen der Großindustrie zu stark belastet ist.«

»Von wie vielen Tagen ohne Wasserversorgung reden wir?«, hakte Seibold nach.

»Schwer abzuschätzen. Mindestens eine Woche. Das hängt hauptsächlich von den Grundwasserpegeln ab. Dort, wo es möglich ist, haben wir jedenfalls die Inbetriebnahme der vorhandenen Trinkwassernotbrunnen veranlasst. Nur ist das buchstäblich ein Tropfen auf den heißen Stein.«

Seibold fluchte. »Kann man nicht einfach Wasser aus anderen Bundesländern in die betroffenen Regionen pumpen?«

»Theoretisch ja«, antwortete sie. »Uns stehen über einhundertzwanzig Verbundleitungen zwischen Wasserversorgungsunternehmen aus ganz Deutschland zur Verfügung, um die Versorgungssicherheit untereinander zu gewährleisten. Koordinationsgespräche finden bereits statt. Nur sehen wir bundesweit dieselben Probleme wie bei den Wasserversorgern aus Berlin und Umgebung. Bis Wasser fließt, wird es Tage, wenn nicht

Wochen dauern. Und selbst wenn, werden wir auch auf diesem Weg nicht ausreichend Wasser für alle heranschaffen können. Nicht einmal annähernd.«

Seibold sah unglücklich drein. »Keine guten Nachrichten.«

»In der Tat.« Sie blickte in die Runde. »Dazu kommen die drohenden sozialen Unruhen, die vor allem in Berlin zu erwarten sind. Dies ist aber nur *ein* Grund zur Eile. Die primäre Bedrohungslage vor Ort ist dringlicher. Die vorrangige Aufgabe von Operation AURORA ist es, die Geiseln zu befreien.«

»Dem kann ich nur zustimmen«, sagte Yannick Fürst.

Eine Beamtin mit Headset, die am anderen Ende des Tisches hinter einem der Monitore saß, hob ihren Kopf. »Eine eingehende Nachricht von Kapitän zur See Hans Asmussen, Kapitän der *Fulda* vom 3. Minensuchgeschwader Kiel. Die *Fulda* hat das Gesuch zur operativen Unterstützung von Operation AURORA erhalten sowie die Freigabe des Generalstabs, Kurs auf die *Greifswald* zu nehmen.«

»Sehr gut«, sagte Anne Hagen. »Übermitteln Sie der *Fulda*, dass sie in sicherer Entfernung kreuzen und auf weitere Befehle warten soll.«

Die Beamtin nickte und vergrub ihren Kopf wieder hinter ihrem Monitor.

Seibold sah Anne Hagen mit großen Augen an. »Sie haben die Marine eingeschaltet?«

»Die *Fulda* befindet sich nur siebzig Seemeilen nordöstlich der *Greifswald*«, klärte sie ihn und die anderen Anwesenden auf. »Wir verfügen zwar über Drohnenüberwachung, aber es schadet nicht, *echte* Augen und Ohren vor Ort zu haben. Zumal der Fluchtweg der Geiselnehmer per Boot über das Meer führen könnte. In diesem Fall könnte die *Fulda* sie abfangen.«

»Sehr gut«, lobte Yannick Fürst.

Sie gestattete sich ein knappes Lächeln in seine Richtung. Tatsächlich war sie selbst ein klein wenig stolz auf ihre Eingebung mit der Marine, die sie auf dem Weg hierher im Helikopter gehabt hatte. Schätzungen des Umweltbundesamtes gingen davon aus, dass in der Nord- und Ostsee noch immense militärische Altlasten auf dem Meeresgrund schlummerten. Man vermutete etwa 1,6 Millionen Tonnen konventionelle Munition und rund 5000 Tonnen chemische Kampfstoffe; Überbleibsel aus beiden Weltkriegen. Problematisch daran war, dass die Metallhüllen der Torpedos, Bomben oder Minen mit den Jahren korrodierten und dabei Phosphor und weitere giftige Schadstoffe ins Meer entwichen. Daher war es wichtig, diese Altlasten zu bergen und fachgerecht zu entsorgen. Die Deutsche Marine beteiligte sich an dieser Kampfmittelbeseitigung mit drei speziell ausgerüsteten Minenabwehrbooten, von denen eines, die *Fulda*, glücklicherweise in der Nähe kreuzte. Anne Hagen machte sich diesen Umstand zu Nutze. Lieber verzichtete sie später auf vorhandene Optionen, als leichtfertig nicht genutzten Optionen hinterherzuweinen.

»Lassen Sie uns auf die SMS zurückkommen«, sagte Seibold. »Woher wissen wir, ob das mit dem C4-Sprengstoff wirklich stimmt? Vielleicht ist das ja nur eine leere Drohung?«

»Stimmt, wissen wir nicht«, gab sie frei heraus zu. »Aber in Anbetracht der Tatsache, wie professionell die Geiselnehmer bislang vorgegangen sind, müssen wir davon ausgehen, dass alle Angaben in dieser SMS zutreffend sind. Führen Sie sich bitte vor Augen, dass es diesen Männern gelungen ist, eine Förderplattform zwölf Seemeilen vor der Küste zu kapern. Da sollten wir jedes einzelne Wort von ihnen absolut ernst nehmen.«

»Außerdem«, fügte Yannick Fürst hinzu, »geht die GSG 9 grundsätzlich vom denkbar ungünstigsten Szenario aus, sobald Geiseln im Spiel sind. Wir sind schließlich für deren Leben verantwortlich.«

Seibold rümpfte die Nase. »Ich würde eher sagen, diese verdammten Terroristen sind dafür verantwortlich.«

»Wie auch immer«, sagte sie. »Fakt ist, wir wissen nicht, mit wie vielen Geiselnehmern wir es zu tun haben und in welchen Abschnitten der Plattform sie sich aufhalten. Wir wissen weder, was dort momentan vorgeht, noch welches Ziel die Geiselnehmer verfolgen. Bislang wurden keine Forderungen gestellt. Wir gehen davon aus, dass die Geiselnehmer damit bis zur ursprünglich geplanten Liveübertragung der Eröffnungsfeier warten.«

»Und jetzt?«, fragte Seibold.

»Machen wir weiter unsere Arbeit.« Anne Hagen wandte sich an Plagwitz. »Hat das GTAZ irgendwelche Hinweise auf geplante islamische Terrorakte vorliegen?«

»Nichts, was sich in irgendeiner Weise mit dieser Scheiße hier in Verbindung bringen ließe. Wir wissen von einer kleinen Zelle, die in den letzten Wochen in Dresden aktiv geworden ist, aber die haben wir unter ständiger Beobachtung. Außerdem übersteigt das hier deren Möglichkeiten bei Weitem.«

Sie drehte sich zu Yannick Fürst um. »Wie ist Ihr Status? Ist Ihr Team einsatzbereit?«

Fürst straffte sich. »Im Prinzip ja. Allerdings fehlen uns noch die Konstruktions- und Notfallpläne der *Greifswald*. Ohne diese Pläne können wir unmöglich eine Geiselbefreiung in die Wege leiten. Viel zu riskant. Eine Einheit der Kollegen von der Bundespolizei sichert aktuell die Verteilerstation. Aber viel mehr, fürchte ich, können wir im Augenblick nicht tun.«

»Gibt es denn Neuigkeiten aus Lubmin?«

»Die Kollegen haben das gesamte Gelände nach Sprengstoff, verdächtigen Gegenständen sowie Hinweisen auf Fremdeinwirken abgesucht, aber nichts gefunden.«

»Was ist mit den IT-Systemen?«, wollte Anne Hagen wissen. »Lubmin dürfte mit der *Greifswald* vernetzt sein, oder?«

»Korrekt. Über das Kontrollzentrum der Verteilerstation könnten wir theoretisch auf die meisten Systeme zugreifen, was uns hinsichtlich einer eventuellen Erstürmung der Plattform extrem geholfen hätte. Leider haben diese Drecksäcke daran gedacht und die Systeme mithilfe einer Software getrennt. Hier kommen wir nicht weiter.«

»Also gibt es mindestens einen Softwareexperten in deren Reihen«, schlussfolgerte sie.

Fürst nickte. »Davon ist auszugehen. Prinzipiell ist die Verteilerstation funktionsfähig. Lubmin wartet nur darauf, dass auf der *Greifswald* wieder gefördert wird.«

Seibold winkte ab. »Wäre die Verteilerstation ein potenzielles Ziel der Terroristen, hätten sie gleich die Anlage zerstört. Oder die Pipelines am Meeresgrund, wie damals bei Nord Stream. Oder übersehe ich da etwas?«

Ausnahmsweise gab Anne Hagen ihm diesmal recht. »Und weil das so ist, Herr Kollege, gehe ich zumindest im Augenblick davon aus, dass nicht die Infrastruktur der *Greifswald* das primäre Ziel der Terroristen ist, sondern eine Person. Ethan Holloway.«

»Eine simple Geiselnahme also?« Seibold sah wenig überzeugt aus. »Sie denken, es geht nur um schnödes Lösegeld? Dafür dieser enorme Aufwand? An Holloway könnte man auch einfacher rankommen, denken Sie nicht?«

»Zum jetzigen Zeitpunkt halte ich alles für möglich«, stellte sie klar. »Außerdem ist an dieser Sache nichts, aber auch rein gar nichts *simpel*. Wir haben es mit gut ausgebildeten Profis zu tun, die genau wussten, wie und wann sie zuschlagen müssen, und dass sie uns mit dem Abschneiden von der Wasserversorgung direkt ins Mark treffen. Darüber hinaus ist Holloway an die zweihundert Milliarden schwer. *Schnödes* Lösegeld also? Nun, wir werden sehen …«

»Auf der Plattform tut sich was«, rief eine Beamtin.

»Drohne auf den Hauptmonitor«, befahl Anne Hagen.

Es erschien das Bild der *Greifswald* aus großer Höhe.

»Heranzoomen!«

Erstaunlich ruhig und gleichmäßig wurde die Plattform auf dem Monitor größer und größer. Bald schon waren erste Details wie der Förderturm zu erkennen und sogar die Bühne für die Eröffnungsfeier mitsamt den vielen bunten Fähnchen. Der Operator schwenkte die Kamera auf eine der Hubschrauberlandeplattformen. Darauf waren zwei Männer zu erkennen, die eine langläufige Geschützwaffe auf ein massives Stativ montierten.

»Kann jemand erkennen, was die da aufbauen?«, fragte sie.

»Könnte sich um eine HK GMW handeln«, meinte Yannick Fürst. »Ein Granatwerfer, Kaliber 40x53 mm oder 40x55 mm, feuert dreihundert Schuss pro Minute ab, Reichweite zwischen ein und zwei Kilometern. Kann verheerenden Schaden anrichten.«

»Also ist keine Annäherung von Luftseite möglich?«

»Nicht ohne einen Luft-Boden-Kampf zu riskieren. Zum jetzigen Zeitpunkt würde ich dringend davon abraten.«

Sie nickte. »Wir wissen ja noch nicht einmal, was da draußen wirklich los ist.«

»Wann stellen wir denn jetzt endlich Kontakt zu den Geiselnehmern her?« Seibold zeigte auf Doktor Mack. »Unser Verhandlungsführer ist bereit. Nicht wahr, Herr Doktor?«

Mack öffnete den Mund, um zu antworten, doch sie kam ihm zuvor. »Kontakt herstellen? Hören Sie mir überhaupt zu? Eine Kommunikation mit der *Greifswald* ist momentan unmöglich. Wir können da nicht einfach mal so anrufen.«

»Also warten wir einfach ab?«

»Was das betrifft, ja. Aber das bedeutet nicht, dass wir die Füße auf den Tisch legen.« Sie blickte reihum in die Augen der Anwesenden. »Wir sind jetzt alle auf dem gleichen Wissensstand. Noch Fragen? Niemand? Also gut, jeder Einzelne von Ihnen weiß, was er zu tun hat. Gehen wir es an.«

Köpfe nickten und die allgemeine Betriebsamkeit setzte wieder ein.

Innerlich atmete Anne Hagen durch. Sie fand, dass sie sich bei ihrer ersten Ansprache ganz ordentlich geschlagen hatte. Einzig Heiner Seibold nervte. Sie sah ihn sein Diensthandy zücken und aus dem Hangar gehen. Ziemlich sicher erstattete er der Innenministerin Bericht. Wie sie selbst dabei wohl wegkam?

Ein leichtes Ziehen in ihrem Unterleib ließ sie zusammenzucken. Es war nicht wirklich schmerzhaft, vielmehr unangenehm. Dennoch presste sie unwillkürlich eine Hand gegen ihren Bauch. Sie hatte in den letzten Wochen genug über Eierstockkrebs gelesen, um zu wissen, dass die Krankheit eine nächste Stufe erreicht hatte. Dieses Ziehen war ein eindeutiges Signal. Das Zeitfenster für den dringend notwendigen medizinischen Eingriff schloss sich schneller als erwartet.

18

HANSESTADT ANKLAM

Über dem aufgeheizten Asphalt des Parkplatzes im Süden Anklams flirrte die Luft. Die Nummernschilder der Autos verschwammen regelrecht vor Chris' Augen. Mit einer Hand schirmte er sie ab, während er auf den Waschsalon zuging, der sich in einem flachen Gebäude befand; eingeklemmt zwischen einer Apotheke und einem Getränkemarkt. Seine Blase drohte zu platzen, weshalb er so schnell wie möglich in den Getränkemarkt huschte. Es war ein Schuss ins Blaue, doch falls im Augenblick überhaupt irgendwo Toiletten funktionierten, dann in einem Geschäft dieser Größe.

Im Getränkemarkt ging es zu wie in einem Bienenstock. Menschen wuselten durch die Gänge und packten massenhaft Getränkekisten auf ihre Einkaufswagen. Einige waren so hoch beladen, dass sie Chris die Sicht versperrten. Unweigerlich kam es zu Rempeleien. Die Stimmung war gereizt. Zwei Männer stritten sich sogar allen Ernstes um die letzte Kiste Apfelsaftschorle. Ungläubig schüttelte Chris den Kopf. War diese Aggressivität der anhaltenden Hitze geschuldet, oder hatte sie vielmehr mit dem aktuellen Wasserengpass zu tun? Die Menschen erinnerten sich offenbar nur allzu gut an die bedrohliche Situation letzten Sommer, als mehrere Getränkeunternehmen mangels Quellwasser ihre Brunnen für mehrere Wochen außer Betrieb nahmen und Mineralwasser zeitweise nicht mehr lieferbar war.

Zu Chris' Leidwesen waren auch hier die Toiletten außer Betrieb und die Türen abgeschlossen. Er würde sich wohl oder übel anderweitig behelfen müssen, bevor er sich noch in die Hose machte. Zurück in der prallen Sonne eilte er eine Zufahrt entlang, hinein in eine Art Hinterhof. Hier boten ihm mehrere Reihen leerer, gestapelter Getränkekisten sowie eine Buchsbaumhecke Schutz vor neugierigen Blicken. Er stellte sich an die Hecke und verrichtete seine Notdurft. Dabei fragte er sich, wie die restlichen Bewohner Anklams wohl mit diesem Problem umgingen.

Kurz darauf betrat er den Waschsalon, in dem es nach Waschmittel und frischer Wäsche roch. Die Luft stand, es war dampfig und stickig. Die hintere Salonwand bestand aus aneinandergereihten Waschmaschinen, die Kopfseite aus einem halben Dutzend Trocknern, flankiert von einem Münzautomaten. Sämtliche Geräte standen still, hinter einigen Sichtfenstern konnte Chris nasse Wäsche ausmachen. In der Mitte des Raums befand sich ein langer Tisch, auf dem die fertige Wäsche gefaltet und in Körbe gepackt werden konnte. Am äußersten Rand, mit dem Rücken zu Chris, saß eine junge Frau und starrte mit gesenktem Kopf auf ihr Smartphone. Eine Seite ihrer nackenlangen Haare war blau gefärbt, die andere zu einem Undercut geschnitten. Unweit daneben saß Peggy auf einem Plastikstuhl. Sie sah Chris und sprang auf.

Seine zwei Jahre jüngere Schwester war einen Kopf kleiner als er und von schmaler Statur. Sie hatte kurze schwarze Haare, aufgemalte Augenbrauen, trug ein schwarzes Spaghettiträger-Shirt, Shorts und Flipflops. Sie hatte abgenommen, wie Chris sofort bemerkte. Ihre Schulterknochen standen erschreckend deutlich hervor.

»Na endlich«, begrüßte Peggy ihn.

»Ging nicht schneller.«

Sie umarmten sich halbherzig. Peggy mochte keinen engen Körperkontakt. Schon als Kind hatte sie Umarmungen möglichst vermieden; ein Verhalten, das sie bis heute beibehalten hatte.

»Wie geht es dir und den Zwergen?«, fragte Chris.

Peggy sah demonstrativ auf ihr Smartphone. »Du, ich bin echt spät dran. In der Kita warten sie schon. Lass uns später quatschen, okay?«

»Klar.« Er deutete auf die Waschmaschinen. »In welchen sind deine Sachen?«

Sie zeigte es ihm. »Falls die Wäsche fertig wird, bevor ich zurück bin, kannst du sie ja schon mal in die Trockner packen.«

»Klar.«

»Bist ein Schatz. Es dürfen aber nicht alle Klamotten in den Trockner. Schau vorher auf die Etiketten.«

»Klar.«

»Okay.« Sie schwang ihre Handtasche über die Schulter und huschte aus dem Waschsalon.

»So einen Bruder wie dich hätte ich auch gern«, hörte er eine Frauenstimme in seinem Rücken.

Er drehte sich um. Die junge Frau mit den blauen Haaren und dem Undercut saß jetzt mit überkreuzten Beinen auf dem Tisch und grinste Chris frech an. Er hatte das Gefühl, sie irgendwo schon einmal gesehen zu haben. Ihr Gesicht war schmal, an ihrem Nasenflügel glitzerte ein Brillant. Beide Augenbrauen waren mehrfach gepierct, ebenso ihre Ohren, die von unten bis oben mit Ringen durchstochen waren. Sie trug ein enges schwarzes T-Shirt und einen rot-schwarz karierten Minirock, unter dem ein Tattoo auf ihrem linken Oberschenkel hervorblitzte. Chris konnte gar nicht anders, als einen schnellen Blick zu riskieren. Das Tattoo war gut gestochen. Es zeigte ein rund um den Oberschenkel verlaufendes Strumpfband, hinter dem fünf Spielkarten klemmten – vier Asse und die Herzdame.

»Gefällt's dir?«, fragte sie.

Peinlich berührt schaute Chris hoch. »Äh, ja, klar. Sag mal, kennen wir uns? Du kommst mir irgendwie bekannt vor.«

»Kann schon sein.«

»Woher weißt du, dass Peg und ich Geschwister sind?«

»Peggy und ich kennen uns schon 'ne halbe Ewigkeit.«

»Ach ja?«

Ihr Grinsen wurde breiter und entblößte jetzt auch auf einem ihrer Schneidezähne einen Brillanten. »Du erinnerst dich echt nicht an mich, was? Na, macht ja nichts. Ist auch schon 'ne halbe Ewigkeit her. Ich hatte damals noch einen anderen Style und war ziemlich spießig.«

Fieberhaft kramte Chris in seinen Erinnerungen, doch vergebens. »Hilf mir auf die Sprünge.«

»Schule. Peggy und ich waren Klassenkameradinnen auf der Käthe Kollwitz. Wir hatten aber nie sonderlich viel am Hut miteinander.«

»Sorry, ist wirklich lange her …«

»Ich bin Roxy. Also eigentlich Roswitha, aber einen grausigeren Namen gibt's auf der ganzen Welt nicht.« Sie verdrehte die

Augen. »Wer mich nicht Roxy nennt, mit dem rede ich nicht. Na, klingelt's?«

»Roxy. Klar.« Chris hieb sich die flache Hand gegen die Stirn. »Da stand ich jetzt total auf dem Schlauch. Aber ich hab dich tatsächlich ganz anders in Erinnerung.«

Sie beugte sich neugierig vor. »Wie denn?«

»Etwas weniger …«, er machte eine vage Geste, »auffällig.«

Sie lachte. »Sag ich doch. In der Schule war ich ein Backfisch.«

»Das bist du definitiv nicht mehr.« Chris lächelte. »Also, was machst du so, Roxy? Beruflich, meine ich.«

Sie lehnte sich zurück und stützte sich mit den Händen auf dem Tisch ab. »Ich bin Journalistin beim *Anklamer Tagblatt.*«

»Journalistin? Wow.«

Sie zuckte mit den Achseln. »Na ja, eigentlich bin ich noch im Volontariat und schreib langweilige Artikel über alles Mögliche. Meistens passiert in diesem Kaff ja eh nicht viel. Entlaufene Hunde und Kühe und so 'nen Kram. Irgendwann geh ich nach Berlin oder Hamburg und schreib für ein richtig gutes Blatt, weißt du?«

»Wenn du es sagst.«

»Safe, Alter.«

»Und warum bist du nicht längst in der Großstadt?«

»Hat sich noch nicht ergeben. Aber nach dem Volontariat hau ich ab.«

Chris musterte sie. Abgesehen von einer nebulösen Erinnerung aus längst vergangenen Schultagen kannte er Roxy praktisch nicht. Er konnte unmöglich beurteilen, ob diese junge Frau tatsächlich das Zeug für eine journalistische Karriere bei einer renommierten Zeitung besaß oder nur Träumen nachjagte, die nie wahr werden würden. Gleichwohl tippte er auf Letzteres.

Die Konversation geriet ins Stocken. Die Luft stand, Chris schwitzte und es sah nicht danach aus, als würden die Waschmaschinen bald wieder anlaufen. Er fragte: »Irgendeine Ahnung, wie lange das hier noch dauert? Weißt du was über diesen Wasserrohrbruch? Vorhin sind eine ganze Menge Polizeiwagen ausgerückt. Über die Zeitungsredaktion kommst du doch sicher an Infos aus erster Hand, oder?«

Sie schürzte die Lippen. »Wer sagt denn, dass es irgendwo einen Rohrbruch gibt?«

»Gibt es nicht? Aber das Wasser …«

»… ist weg«, ergänzte sie seinen Satz. »Stimmt. Nur kann das viele Ursachen haben.«

»Ach ja?«

»Soll ich dir was verraten?« Mit einem Mal begannen Roxys Augen zu leuchten. »Wir hier in Deutschland denken ja trotz der Rationierungen immer noch, dass Wasser grundsätzlich da ist, wenn wir es brauchen. Das ist aber, wie man sieht, längst nicht mehr immer und überall der Fall. Kaum jemand weiß, wie dramatisch die Lage in einigen Regionen tatsächlich ist und wie heftig hinter den Kulissen darüber gestritten wird.«

»Hinter welchen Kulissen?«

»Es wird selten an die große Glocke gehängt, aber Streit um Wasser gibt's ständig. Zufällig habe ich zu dem Thema für einen Artikel recherchiert und in der *Juris*-Datenbank an die dreihundertfünfzig Urteile zu Gerichtsverfahren gefunden, bei denen es um Konflikte rund um Trinkwasser alleine in Deutschland ging.«

»Ich dachte, du schreibst nur über entlaufene Hunde und Kühe?« Er zwinkerte ihr schelmisch zu.

Sie lächelte. »Das wird meine erste richtige Reportage. Ist aber noch nicht ganz fertig.« Sie wurde wieder ernst. »Es gibt einen eindeutigen Trend zu Gerichtsverfahren um Wasser. Alleine in den letzten zehn Jahren hat sich die Anzahl solcher Verfahren verdoppelt.«

»Meinem Onkel haben sie gestern einfach so das Wasser abgedreht«, sagte Chris nachdenklich. »Wir mussten Wasser aus einem nahe gelegenen Weiher klauen, damit seine Alpakas nicht verdursten. Wir haben uns bei der Stadtverwaltung beschwert, aber gebracht hat es nichts.«

»Dein Onkel hält Alpakas?«

»Ziemlich cool, oder?«

Roxy nickte. »Mein Onkel hat 'nen stinkenden Krabbenkutter in Peenemünde. Alpakas wären mir definitiv lieber.«

Chris lachte. »Die riechen zumindest gut.«

»Also, dass Behörden den Wasserverbrauch stetig weiter rationieren, ist ja nichts Neues. Aber die Story mit den Alpakas ist krass. Darf ich das für meinen Artikel verwenden?«

Chris zuckte mit den Schultern. »Klar.«

»Weißt du, es gibt bei uns in Deutschland unzählige Konflikte um Wasser, die in der Öffentlichkeit weitgehend unbekannt sind. Meistens geht es um Unternehmen, die unfassbare Mengen an kostenlosem Wasser verbrauchen. Wir reden hier von vielen Millionen, teilweise Milliarden Litern pro Jahr.«

Überrascht zog Chris die Augenbrauen hoch.

»Kohletagebau«, erklärte Roxy, »Ölraffinerien, Chemiefirmen, Landwirtschaft und die Nahrungsmittelindustrie in Deutschland verbrauchen insgesamt viermal so viel Wasser wie alle Bürgerinnen und Bürger zusammen. Lacke, Düngemittel, Kunststoffe, künstliche Zusätze und Aromen für Fertignahrung … all diese Industrien entziehen unserem Grundwasser, unseren Flüssen und Seen jährlich viele Milliarden Liter kostbares Wasser. Oft kostenlos, wie gesagt, während wir privat immer mehr dafür berappen und uns gleichzeitig im Verbrauch beschränken müssen.«

»Klingt ziemlich unfair, finde ich.«

Roxy schnaubte. »Es wird noch krasser, wenn ich dir sage, dass sich alle diese Chemie- und Energiegiganten ihre spotbilligen Wasserentnahmerechte auf Jahrzehnte gesichert haben. Genauso wie die Mineralwasser- und Softdrinkhersteller, die das spottbillig geförderte Wasser mit einer Marge von über eintausend Prozent an uns verhökern.«

»So habe ich das noch gar nicht gesehen«, gab Chris unumwunden zu.

»Oder nimm die Landwirtschaft«, sagte Roxy, die jetzt augenscheinlich in Fahrt gekommen war. »Überall wird Wasser rationiert. Nur nicht in der Landwirtschaft. Weißt du, warum?«

Er zuckte mit den Schultern.

»Angeblich gehen nur rund zwei Prozent des deutschen Wasserkonsums auf das Konto der Landwirtschaft. Meinen Recherchen zufolge basiert diese Angabe aber einzig auf Selbstauskünften der landwirtschaftlichen Unternehmen. Unabhängig erhobene, valide Zahlen gibt es nicht. Nicht einmal das Bundeslandwirtschaftsministerium kennt den tatsächlichen Wasserverbrauch.«

»Du nimmst mich auf den Arm, oder?«

Wieder schnaubte sie abfällig. »Man könnte darüber lachen, wenn's nicht so traurig wäre. Die Behörden wissen nämlich ganz genau – und das ist der Witz an der Sache –, dass es bei Grundwasserentnahmen hohe Dunkelziffern gibt. Immer häufiger werden illegale Brunnen entdeckt oder Besitzer von Brunnen melden die Wasserentnahmen nicht korrekt an oder oft auch gar nicht.«

Ohne etwas dagegen tun zu können, spürte Chris, wie sein Gesicht rot anlief. Onkel Radi war einer dieser Brunnenbesitzer, gegen die Roxy wetterte. Radolf Kellermann würde eher tot umfallen, als den Behörden wöchentlich Meldungen zu übermitteln. Verlegen fuhr Chris sich durch die Haare, während er überlegte, wie er elegant das Thema wechseln konnte. Schließlich hockte er sich schwungvoll neben sie auf den Tisch und sagte: »Das mag alles sein, Roxy, aber etwas will mir nicht so recht in den Kopf. Jetzt im Sommer regnet es seltener, schon klar. Aber über das gesamte Jahr hinweg regnet es doch eigentlich genug, oder?«

»Eben nicht. Das ist ein populärer Irrglaube.« Sie sah ihn an. »Sagt dir die *Greifswald* etwas?«

»Diese Plattform im Meer, auf der Wasser gefördert wird?«

»Ganz genau. Warum, denkst du, hat unsere Landesregierung dieses Projekt mit hohen Fördergeldern subventioniert? Warum überschüttet man einen Multimilliardär wie Ethan Holloway mit Hunderten Millionen Euro aus der Landeskasse?«

»Weil wir das Wasser brauchen?«

»Ganz genau. Und zwar dringend. Mehr Industrie bedeutet eben nicht nur mehr Arbeitsplätze, wie Politiker uns immer mantraartig vorbeten. Mehr Industrie bedeutet auch einen höheren Wasserbedarf. Und das bei stetig sinkenden Grundwasserpegeln. Ist doch klar, dass man alles dafür tut, damit Ethan Holloway seine allererste Aqua City hier bei uns errichtet und nicht vor der Küste von Südafrika. Oder sonst wo. Und warum? Einzig des Geldes wegen. Deutschland ist reich und kann die horrenden Preise bezahlen, die Holloway für sein Wasser aufruft.«

Er seufzte. »Geld regiert die Welt.«

Sie nickte vielsagend.

Erneut stockte das Gespräch. Dann fiel Chris ein, wie sie auf das Thema gekommen waren, und er fragte: »Du hast angedeutet, dass es womöglich keinen Rohrbruch gibt?«

»Ganz genau.« Sie stieß sich vom Tisch ab, schlenderte zur Eingangstür und sah nachdenklich durch das trübe Glas nach draußen. »Wer bekommt noch Wasser, wenn es eines Tages knapp wird und nicht mehr für alle reicht? Das frage ich mich seit meinen Recherchen. Und weißt du was?« Sie wirbelte herum und hob ratlos die Schultern. »Ich habe darauf keine Antwort gefunden. Nirgendwo. In Deutschland gibt es dafür keine Regelungen. Theoretisch ist die öffentliche Wasserversorgung gesetzlich gesichert, doch nicht in allen Bundesländern hat die Trinkwasserversorgung absoluten Vorrang. Wenn also – wie heute – zu wenig Wasser im System zirkuliert, dann ist unklar, wer tatsächlich sparen muss. Verstehst du?«

»Nicht wirklich.«

Sie verdrehte die Augen. »Pass auf, es gibt auf Bundesebene zwar einen Entwurf für eine nationale Wasserstrategie, aber eine einheitliche Verteilungsregelung für den Fall, dass Wasser knapp wird, sucht man darin vergeblich.« Ihre Augen blitzten. »Und jetzt gib dir das: Obwohl es heute schon an allen Ecken und Enden brennt, möchte man sich erst ab dem Jahr 2030 um moderne Wasserversorgungskonzepte kümmern. Und sage und schreibe bis 2050 gibt sich unsere Regierung selbst Zeit, diese Konzepte umzusetzen. Also wenn das kein Skandal ist!«

»Krass. Aber worauf genau willst du hinaus?«

»Ist das nicht offensichtlich? Nur weil man uns hier in Anklam das Wasser abgedreht hat, ist noch lange nicht gesagt, dass dies auch für die großen produzierenden Unternehmen im Berliner Speckgürtel gilt.«

Chris wirkte überrascht. »Du denkst, man hat uns das Wasser *absichtlich* abgedreht, weil zu wenig für alle da ist?«

»Keine Ahnung.« Sie zuckte mit den Achseln. »Aber es wäre möglich. Du hast selbst gesagt, Geld regiert die Welt.«

»Offen gesagt«, meinte Chris zögerlich, »klingt das für mich ein klein wenig nach Verschwörungstheorie. Ich glaube, da gibt's einfach irgendwo einen technischen Defekt.«

Mit ernster Miene schüttelte sie den Kopf. »Du liegst falsch.«

»Was macht dich so sicher?«

Mit dem Daumen entsperrte sie ihr Smartphone und rief eine Nachrichtenseite auf. »Da. Lies selbst.«

Chris nahm ihr das Smartphone aus der Hand und überflog den Artikel, der keine zwanzig Minuten alt war und von einem Wasserrohrbruch südlich von Lubmin berichtete. »Hier steht, dass es sich um einen Rohrbruch handelt und die Wasserversorgung in ein paar Stunden wiederhergestellt sein wird.«

Sie deutete auf die rostige Uhr, die an der Wand über den Trocknern hing. »Die Waschmaschinen sind vor nicht einmal einer Stunde stehen geblieben. Und schon melden sich erste Politiker und sogar unsere Staatssekretärin für Wirtschaft und Infrastruktur, die uns allesamt beruhigen wollen. Für mich ist das der beste Beweis dafür, dass hier etwas faul ist, die auffällig vielen Statements, die uns in Sicherheit wiegen sollen.«

»Du denkst echt, die lügen uns an?«

»Aber so was von.«

Chris sah skeptisch drein, während er Roxy das Smartphone zurückgab. Ihre Ausführungen überzeugten ihn nicht. Er konnte sich keinesfalls vorstellen, dass die Verantwortlichen – wer auch immer das in diesem Fall sein mochte – Anklam absichtlich das Wasser abdrehten. Dieser Gedanke erschien ihm absurd.

»Du glaubst mir nicht«, stellte sie fest.

Chris zuckte mit den Achseln.

»Wirst schon noch sehen.« Trotzig setzte sie sich ans andere Ende des langen Tisches und beschäftigte sich wieder mit ihrem Smartphone.

Chris fand es schade, wie die Stimmung mit einem Mal gekippt war. Abgesehen von Roxys Hang zu Verschwörungstheorien fand er sie eigentlich ganz nett. Und ziemlich attraktiv, wie er sich eingestand. Während er überlegte, wie er das Gespräch wieder in Gang bringen konnte, klingelte sein Smartphone.

»Chris«, krächzte Radolf Kellermann.

»Onkel Radi, was gibt's?«

»Junge …«, er hustete trocken, »bist du zufällig gerade in der Nähe?« Seine Stimme klang schwach.

Chris war sofort alarmiert. »Was ist los?«

»Ich würde dich nicht anrufen, wenn es nicht …«

»Geht's dir gut? Du hörst dich komisch an.«

»Um ehrlich zu sein, habe ich mich schon besser gefühlt. Aber mach dir mal um mich keine Sorgen.« Er hustete erneut. »Die Tiere, Junge, die Tiere …«

»Was ist mit ihnen?«

»Sie sind apathisch. Kein Wasser … ich … ich kann … nicht mehr …« Seine Stimme brach.

Chris atmete tief durch. In so schlechter Verfassung hatte er seinen Onkel noch nie erlebt. »Ich komme, so schnell ich kann.«

Er beendete die Verbindung und warf einen Blick auf die Waschmaschinen, die auf unbestimmte Zeit stillstanden. Peggy verließ sich auf ihn, doch sein Onkel brauchte ihn jetzt sofort. Er sah Roxy an und fragte: »Würdest du mir vielleicht einen Gefallen tun?«

19

INSEL RÜGEN, REGIONALFLUGPLATZ

Im Hangar des Regionalflugplatzes war es mucksmäuschenstill. Sämtliche Augenpaare waren auf den Hauptmonitor gerichtet. Noch sah man dort das vergleichsweise unspektakuläre Livebild der *Greifswald*, übertragen von einer Aufklärungsdrohne, die hoch über der Plattform kreiste. In wenigen Augenblicken allerdings würde sich das ändern. Glaubte man der SMS, die wie die vorherige vor wenigen Minuten in Form einer E-Mail bei der Bundespolizei Berlin eingegangen war, stand der Erstkontakt mit den Geiselnehmern unmittelbar bevor. In dieser Nachricht kündigten die Geiselnehmer an, über eine asynchrone Videoübertragung mit der Einsatzleitung kommunizieren zu wollen. Offenbar legten sie keinen Wert auf ein Gespräch mit Anne Hagen, sondern wollten zumindest zu diesem Zeitpunkt lediglich ihre Forderungen übermitteln.

Anne Hagens Puls stieg. Unentwegt kaute sie auf ihrer Unterlippe, während Doktor Mack neben ihr den gefühlt zehnten Becher Kaffee hinunterstürzte. Haaransatz, Stirn und Nacken des Psychologen glänzten, der Kragen seines Hemdes war durchgeschwitzt. Es war schwer zu beurteilen, ob dem korpulenten Verhandlungsführer die Hitze zu schaffen machte oder ob er ebenso angespannt war wie sie. Einen nervösen Verhandlungsführer an ihrer Seite konnte sie nun wahrlich nicht gebrauchen.

Am anderen Ende des Tisches schaute die Beamtin mit dem Headset von ihrem Laptop auf. »Verbindung steht in drei … zwei … eins …«

Anne Hagen straffte sich.

Auf dem Hauptmonitor erschien ein Mann in einem schwarzen Kampfanzug und mit einer Sturmhaube auf dem Kopf vor einer weißen Wand. Der Bildausschnitt zeigte lediglich seinen Oberkörper. Mit dunkelbraunen Augen, die nicht zu blinzeln schienen, starrte er in die Kamera. Gleich zu Beginn überraschte er sie alle, indem er auf Englisch sprach.

»Seit gestern Abend befindet sich die *Greifswald* unter unserer Kontrolle. Sämtliche auf ihr befindlichen Personen sind unsere Geiseln. Zum jetzigen Zeitpunkt sind alle Geiseln wohlauf. Es liegt einzig an Ihnen, dass dies auch so bleibt. Sämtliche Kommunikation läuft einzig über mich. Nennen Sie mich Atticus.«

Seine Stimme war kräftig, seine Aussprache klar und gut zu verstehen. Auffällig war sein harter Akzent, den Anne Hagen im Nahen Osten verortete und der darauf schließen ließ, dass Englisch nicht seine Muttersprache war. Handelte es sich womöglich doch um radikalislamische Täter? Sie wechselte einen Blick mit Ronny Plagwitz vom GTAZ, der ebenfalls überrascht zu sein schien. Er zuckte mit den Schultern, um zu verdeutlichen, dass ihm der Name dieses Mannes nichts sagte.

»Wir haben Sie bereits darüber in Kenntnis gesetzt«, fuhr Atticus fort, »dass wir an sieben neuralgischen Stellen der Plattform ausreichend C4-Sprengstoff angebracht haben, um sie mit nur einem einzigen Sprengvorgang im Meer zu versenken. *Wir*, das sind *die Söhne des Enki*, eine Bruderschaft, die sich dem Kampf gegen die Unterdrückung durch die Eliten verschrieben hat. Lassen Sie es mich deutlich sagen: Jeder Versuch, die *Greifswald* mit Spezialeinsatzkräften einzunehmen, wird die Sprengung der Plattform zur Folge haben. Die zweihundert Menschenleben, die wir ohne zu zögern zu opfern bereit sind – darunter auch unsere eigenen –, stehen in keinem Verhältnis zu den vielen Hundert Millionen, denen wir mit dieser Mission ein menschenwürdiges Leben ermöglichen werden.«

Irritiert über diese recht seltsame Aussage, schaute Anne Hagen zu Doktor Mack, der weiterhin angestrengt auf den Monitor starrte. Neben ihm tippte sich Heiner Seibold mit dem Zeigefinger gegen die Stirn. Ihr erster Eindruck von Atticus war jedoch keinesfalls der eines durchgeknallten Irren. Ganz im Gegenteil. Abgesehen von den umfangreichen Planungen und der Logistik, die die Kaperung einer Förderplattform auf hoher See erforderten, waren seine Worte gut gewählt, sein Satzbau strukturiert. Er trug seine Ansprache frei heraus vor und las nicht ab. Man musste kein promovierter Psychologe sein, um zu erkennen, dass man diesen Mann keinesfalls unterschätzen durfte.

»Sauberes, stets verfügbares Trinkwasser«, fuhr Atticus fort, »ist seit dem Jahr 2010 ein verbrieftes Menschenrecht und unerlässlich für die Würde eines jeden Menschen. Wasser darf nicht zum Privileg einer reichen Elite werden. Doch es ist genau diese Elite, die dieses Recht mit Füßen tritt. Die Leidtragenden sind die Armen; diejenigen, deren Stimmen und Klagen regelmäßig ungehört verhallen. Auf ihren Rücken mehren Konzerne wie Sharpwater ihren Reichtum, indem sie Wasser zu einer Ware machen, die sie zunehmend kontrollieren. Sie setzen unverschämte Preise fest, die zu Machtungleichgewichten führen. Weltweit erleben wir, wie steigender Wasserbedarf, zunehmende Wasserknappheit und immer mehr Restriktionen beim Zugang zu sauberem Wasser dafür sorgen, dass knapp drei Milliarden Menschen ihren ohnehin eingeschränkten Zugang zu dieser lebensnotwendigen Ressource verlieren. *Drei. Milliarden. Menschen.* Hauptverantwortliche dafür sind global agierende Konzerne wie Sharpwater. Wir, die Söhne des Enki, werden dies nicht länger hinnehmen. Heute ist der Tag, an dem wir aufstehen und für Gerechtigkeit sorgen werden.«

Anne Hagens Brustkorb hob und senkte sich rasch. Die Richtung, in die sich Atticus' Ansprache entwickelte, gefiel ihr nicht. Seine Worte glichen einem Manifest. Eine derartige Rede aus dem Mund eines Terroristen zu hören, war immer ein schlechtes Omen, denn es deutete darauf hin, dass es den Geiselnehmern nicht nur um Geld ging. Wer waren die Söhne des Enki? Eine Gruppierung dieses Namens war ihr gänzlich unbekannt.

Hastig kritzelte sie »Söhne des Enki?« auf den vor ihr liegenden Notizblock und schob ihn über den Tisch hinweg zu Ronny Plagwitz. Der warf einen Blick darauf und zuckte einmal mehr mit den Schultern. Dann deutete er auf sein Smartphone. Vermutlich hatte er seine Leute beim GTAZ bereits darauf angesetzt.

Derweil proklamierte Atticus: »Wasser ist eine existenzielle Ressource, die längst zu einer Ware geworden ist, mit deren Handel unethisch agierende Konzerne wie Sharpwater und deren Investoren Milliarden generieren. Ein privatisierter, freier Wassermarkt, ohne staatliche Regulierung, wie wir es momentan fast überall auf der Welt erleben, führt uns direkt in die Katastrophe. Exemplarisch für die verbrecherische Vorgehensweise von Sharpwater werde ich nun einige Beispiele nennen.«

In den nächsten Minuten zählte er mehrere Projekte und Vertragsabschlüsse auf, die Sharpwater in den letzten Jahren mit Städten, Regionalverbänden und sogar ganzen Ländern über die Privatisierung der jeweiligen Wasserversorgung abgeschlossen hatte. Und er benannte die Folgen. In allen Fällen waren laut Atticus die Preise für Wasser exorbitant in die Höhe geschnellt. Häufig waren die im Gegenzug versprochenen Investitionen in neue Infrastrukturen jedoch nicht vorgenommen worden. Marode Leitungen wurden nur selten ersetzt, was dazu führte, dass enorme Mengen kostbaren Wassers auf dem Weg zum Endverbraucher einfach im Erdreich versickerten. Neue Staudämme, Kanäle oder Pipelines wurden nur dann gebaut, wenn Wasser aus ärmlichen ländlichen Regionen in kaufkräftige Metropolregionen umgeleitet werden sollte.

Anne Hagen hörte mit vor der Brust verschränkten Armen zu. Ob die Fakten stimmten, die Atticus voller Überzeugung vortrug, konnte sie nicht beurteilen. Was das betraf, würde sie einen Experten hinzuziehen müssen. Beeindruckt war sie allerdings von der Vehemenz und Sicherheit, mit der Atticus sprach. Nicht ein einziges Mal geriet er ins Stocken oder verhaspelte sich. Sämtliche Zahlen, Daten, Fakten – und davon gab es reichlich – kamen ihm mit Leichtigkeit von den Lippen. Dieser Mann schien wahrhaftig für seine *Mission* zu brennen. Das war typisch für Extremisten.

Heiner Seibold lehnte sich in Doktor Macks Rücken zu ihr herüber und fragte: »Was wird das? Worauf will er hinaus?«

»Abwarten und zuhören«, flüsterte sie.

»Wie lange will dieser Kerl noch um den heißen Brei herumreden? Wo bleiben die Forderungen?«

Sie erwiderte nichts. Sie hatte weder die Zeit noch die Nerven, Seibold zu erklären, dass jedes Wort von Atticus, jede Geste, jedes Blinzeln für die Einschätzung der Lage und somit das weitere Vorgehen wichtig sein konnten. Selbst wenn die Sturmmaske fast alle nonverbalen Signale effektiv verbarg.

»Sharpwater geht es einzig um Gewinnmaximierung«, sagte Atticus jetzt. »Regierungen, die Wasserwirtschaft privatisieren und Projekte wie die *Greifswald* vorantreiben, geht es einzig um Prestige und Wirtschaft. Die geplanten oder bereits im Bau befindlichen Aqua Citys werden als Entwicklungsprojekte bezeichnet, die vor allem der armen Bevölkerung nutzen. Tatsächlich zeigt ein Blick in die Vergangenheit, dass derartige Vorhaben meistens zu einer Verschlechterung der Lebenssituation der lokalen Bevölkerung führen. Das Konzept der Aqua Citys läutet eine neue Ära eines pervertierten kapitalistischen Marktes ein. Doch wie bereits dargestellt, ist der ausreichende Zugang zu Wasser ein Menschenrecht. Daher fordern die Söhne des Enki, dass Sharpwater zukünftig sämtliches gefördertes Süßwasser weltweit allen Menschen zum Selbstkostenpreis zur Verfügung stellt. Darüber hinaus muss Sharpwater sämtliche Technik und Patente, die mit der Förderung von Offshore-Wasservorkommen zusammenhängen, frei zugänglich und für alle kostenlos nutzbar machen. Jeder Nation muss das Recht eingeräumt und das Know-how zur Verfügung gestellt werden, um bei Bedarf Aqua Citys vor den eigenen Küsten zu errichten.«

Ein Raunen ging durch den Hangar. Diese Forderungen waren nicht zu erfüllen. Das war Anne Hagen sofort klar. Doch Atticus war noch lange nicht fertig.

»Weiter fordern wir, dass die fünfundsechzig Milliarden Dollar Gewinn, die Sharpwater seit Firmengründung mit der Privatisierung von Trinkwasser auf unethische Art und Weise erwirtschaftet hat, an die Menschen zurückbezahlt werden, denen man das Geld gestohlen hat. Nur so wird Gerechtigkeit geschaffen. Um unsere Forderungen durchzusetzen, werden wir die *Greifswald* so lange besetzen wie nötig. Unsere Mission erforderte umfangreiche Planungen und sehr viel Geld. Daher verlangen wir zusätzlich zehn Milliarden Dollar in unterschiedlichen Kryptowährungen als Aufwandsentschädigung für unsere Kosten und Mühen. Details dazu geben wir zu einem späteren Zeitpunkt bekannt. Sobald Sharpwater in sämtliche unserer Forderungen einwilligt, wird die *Greifswald* die Wasserförderung wieder aufnehmen und die Versorgung der Bevölkerung mit Trinkwasser wird wiederhergestellt.«

Seibold schnaubte. »Der Typ ist ja vollkommen irre.«

Anne Hagen schluckte trocken, als ihr schlagartig die ganze Tragweite der Situation bewusst wurde: Atticus stellte Forderungen an das Unternehmen Sharpwater. Wer aber traf rechtsverbindliche Entscheidungen im Namen eines Unternehmens? Natürlich dessen Vorstand. Und der von Sharpwater befand sich im Augenblick geschlossen in der Gewalt der Geiselnehmer. Viele der Vorstandsmitglieder waren darüber hinaus in Begleitung ihrer Ehepartner zur Eröffnungsfeier angereist. Man konnte sich ausmalen, dass die Vorstandsmitglieder eher früher als später auf sämtliche Forderungen eingehen würden, nur um zu überleben. Vollkommen egal, wie weitreichend, wie abgehoben, wie realitätsfremd die Forderungen der Söhne des Enki auch sein mochten. Seibold irrte. Atticus war keineswegs verrückt. Sein Vorgehen war wohlüberlegt und äußerst clever. Plötzlich fürchtete sie, dass sie diesem Gegner nicht gewachsen sein könnte. Mit einem Mal war auch das Ziehen in ihrem Unterleib wieder da.

»Bevor ich mich für heute verabschiede«, sagte Atticus, »möchte ich eine Sache nochmals in aller Deutlichkeit klarstellen: Jeglicher Versuch, die *Greifswald* zu stürmen, wird Konsequenzen nach sich ziehen. Wir werden nicht zögern, eine, mehrere oder alle Geiseln zu töten, falls man uns dazu zwingt. Sehen Sie her!«

Die Kamera schwenkte jetzt langsam durch den Raum. Atticus verschwand am linken Bildrand, während zwei weitere maskierte und bewaffnete Männer zu sehen waren. Je weiter sich die Kamera durch den festlich dekorierten Raum bewegte, desto mehr elegant gekleidete Männer und Frauen kamen ins Bild. Zusammengepfercht saßen sie auf dem Boden, mit verängstigten Blicken und teilweise verheulten Augen. Unter den Geiseln erkannte Anne Hagen Ethan Holloway, daneben seine Partnerin, die sich an seinen Arm klammerte. Neben ihr kauerte ein älterer Mann mit wallenden silbernen Haaren, der ihr ebenfalls bekannt vorkam. Bei ihm musste es sich um Frédéric LeBlanc handeln, Sharpwaters stellvertretenden Vorstandsvorsitzenden.

Sie nahm Blickkontakt zu einer Beamtin am Tisch schräg gegenüber auf. »Wo bleibt die Liste mit den Namen aller Personen, die sich in diesem Augenblick auf der *Greifswald* aufhalten?«

»Wir sind dran.«

»Ich brauche sämtliche geladenen Gäste, Wissenschaftler, Arbeiter, Pressevertreter … einfach alle.«

»Wir sind dran.«

Doktor Mack räusperte sich. »Indem Atticus uns seine prominenten Geiseln präsentiert, will er uns zusätzlich unter Druck setzen.«

Anne Hagen nickte.

Unvermittelt erklang Atticus' Stimme aus dem Off: »Ich gehe davon aus, Sie begreifen den Ernst der Lage. Ich melde mich wieder.«

Der Monitor wurde schwarz.

Für ein paar Augenblicke herrschte weiterhin Stille im Hangar. Dann gackerten alle durcheinander wie aufgescheuchte Hühner. Telefonhörer und Smartphones wurden an die Ohren gehalten, Vorgesetzte in Behörden informiert, Anweisungen erteilt. Anne Hagen befahl einem der Techniker, einen Mitschnitt des Videos ihrem Vorgesetzten, Staatssekretär Doktor Peter Mertens, zukommen zu lassen. Dann sank sie in ihren Stuhl. Wie sah ihr nächster Schritt aus? Sie spürte, dass ihr ein mentaler Blackout drohte. Das Gefühl einer überwältigenden Unzulänglichkeit kehrte mit Wucht zurück. *Selbst schuld*, schalt sie sich. Wie hatte sie nur annehmen können, dass sie eine Einsatzleitung dieser Größenordnung stemmen konnte, noch dazu in ihrer momentanen körperlichen Verfassung? Unter dem Tisch, verborgen vor sämtlichen Blicken, presste sie ihre flache Hand gegen ihren Unterbauch. Doch der Krebs durfte ihr nicht als Ausrede dienen. Sie hatte die Verantwortung gewollt, jetzt musste sie sich ihr stellen.

Sie stand auf und bat lautstark um Ruhe. Als alle Augen auf sie gerichtet waren, sagte sie: »Wir haben die Ansprache und die Forderungen gehört. Der Mann, der sich Atticus nennt, hat viel gesagt. Sehr viel. Aber …«, auffordernd sah sie in die Runde, »wem außer mir ist noch aufgefallen, was er *nicht* gesagt hat?«

20

OSTSEE, ZWÖLF SEEMEILEN VOR DER KÜSTE RÜGENS

Leonie war geliefert. Gerade eben noch hatte sie das Freifallboot guten Mutes verlassen, jetzt versperrten ihr zwei Söldner den einzigen Fluchtweg. In dem Wissen, dass sie in der Falle saß, verlangsamten die beiden ihre Schritte. Ängstlich wich Leonie zurück, bis sie mit dem Rücken gegen das Tor der E-Schleuse stieß. Einer der Männer befahl ihr in gebrochenem Englisch, sie solle sich hinknien und die Hände hinter dem Kopf verschränken. Leonie blieb stehen. Sie hatte nicht vor, sich einfach so ihrem Schicksal zu ergeben. Eine Welle Adrenalin jagte durch ihren Körper und ein bislang unbekanntes Gefühl purer Entschlossenheit ergriff von ihr Besitz. Leonies Überlebensinstinkt meldete sich.

Obwohl die Männer keine dreißig Meter mehr von ihr entfernt waren, drehte sie ihren Körper ein wenig zur Seite und zog unbemerkt eine der beiden Handfackeln aus der Jackentasche. Mit flinken Fingern schraubte sie die Schutzkappe ab, richtete die Fackel dann blitzschnell mit ausgestrecktem Arm auf die Angreifer und zog die Reißleine. Sofort quoll roter Rauch aus der Fackel, der vom sanften Wind getragen auf die Männer zutrieb. Binnen Sekunden war ihnen die Sicht auf Leonie versperrt und nur Augenblicke später waren sie in dichte Rauchschwaden eingehüllt. Zum Glück stand der Wind günstig.

Lautes Husten aus der Rauchwolke ließ Leonie grimmig lächeln. Allerdings hatte sie höchstens eine Minute gewonnen, denn exakt so lange brannten die Signalfackeln. Jetzt hieß es schnell nachlegen. Sie ließ die Fackel auf den Boden fallen, nahm die zweite in die Hand, zündete auch diese und platzierte sie zwei Meter neben der ersten. Die Sicht schmolz endgültig bis auf wenige Meter dahin. Das Husten der Männer wurde leiser, und Leonie nahm an, dass sie sich zurückzogen, um nicht zu ersticken. Doch was nun? Der Fluchtweg war nach wie vor versperrt und hinter ihr endete die Plattform an der Evakuierungsschleuse. Ein Gedanke, so aberwitzig wie verrückt, schoss ihr durch den Kopf. Sie wirbelte herum.

Nur wenige Meter entfernt ruhten die Freifallrettungsboote auf den schräg nach unten gerichteten Rampen. Die Tür am Heck des Bootes, aus dem Leonie die Ausrüstung gestohlen hatte, stand nach wie vor offen. Verzweifelt rieb sie sich die Schläfen. Sie war nicht scharf darauf, einen sechsunddreißig Meter tiefen Fall ganz alleine ohne fremde Hilfe zu riskieren. Unter gar keinen Umständen allerdings wollte sie gewaltbereiten, skrupellosen Söldnern in die Hände fallen, die wer weiß was mit ihr anstellten.

Sie hastete durch das Tor und kletterte zurück ins Boot. Während sie die Tür zuzog, sah sie, dass die Fackeln bereits den Geist aufgaben. Der Rauch verflüchtigte sich zusehends. Es wurde höchste Zeit zu verschwinden.

Die Tür schloss mit einem satten Geräusch. Leonie kurbelte wie wild an dem runden Schließmechanismus, bis die Tür wasserdicht verriegelt und das Boot für den Freifall bereit war. Doch jetzt stand sie vor einem Problem. Bislang hatte sie an Übungen immer nur als Passagierin teilgenommen. Zwar wusste sie theoretisch in etwa, was zu tun war, um das Boot aus der Halterung auszuklinken, dennoch zögerte sie. Ein einziger Fehler, und ein unkontrollierter Aufprall auf dem Wasser konnte sie das Leben kosten. Sie schwang sich in den Schalensitz hinter dem Steuerstand – den einzigen Sitz, der in Fahrtrichtung voraus zeigte –, schnallte sich an und überflog die Instrumente und Schalttafeln. Schließlich legte sie vorsichtig eine Hand auf den Hebel, der den Mechanismus für das Ausklinken des Bootes auslöste. Sie hob den Kopf und sah durch das schmale Sichtfenster nach draußen. Augenblicklich wünschte sie, dies nicht getan zu haben. Sechsunddreißig Meter tief unter ihr zogen die Wellen der Ostsee mit ihren schaumbedeckten Kämmen vorbei. Leonies Hand zitterte, das Herz schlug ihr bis zum Hals. Ihre Finger legten sich wie Krallen um den Hebel, doch sie konnte sich nicht überwinden, ihn zu ziehen. Plötzlich hörte sie polternde Geräusche am Heck, dann schlug jemand mit einem harten Gegenstand gegen das Boot. Unablässig bearbeiteten die Söldner die massive Stahltür. Leonie wusste, dass die Männer mit purer Gewalt nicht weiterkommen würden. Allerdings gab es einen Mechanismus, der es Rettungskräften im Notfall erlaubte, die Tür von außen zu öffnen. Wenn man wusste, wo man ihn fand und wie man ihn auslöste, war es ein Kinderspiel. Leonie hatte nicht vor, darauf zu warten. Sie schloss die Augen und riss den Hebel nach oben. Die Halterung klackte und gab das Boot frei.

Fast zeitgleich setzte es sich in Bewegung, angetrieben von der Schwerkraft, die das Boot mit Macht die Rampe entlang nach unten zog. Zuerst langsam, dann schneller werdend, rutschte es unaufhaltsam dem Abgrund entgegen. Hinter der Tür erklang panisches Gebrüll. Erneut polterte es, dann war Ruhe. Vermutlich waren die Söldner abgesprungen, um sich in Sicherheit zu bringen.

Das Ende der Rampe nahte. Für einen Augenblick hatte Leonie das entsetzliche Gefühl, im Wagen einer Achterbahn zu sitzen und zu entgleisen. Dann schoss das Boot über die Kante und ging in den freien Fall über. Leonie schrie.

21

HANSESTADT ANKLAM

Kaum eine Stunde nach Radolf Kellermanns Anruf stand Chris in dessen Schlafzimmer. Besorgt sah er hinab auf das fahle Gesicht seines Onkels, der schweißüberströmt und sichtlich erschöpft in seinem zerwühlten Bett lag. Trotz der Hitze trug er dasselbe weinrote Flanellhemd sowie die Jeanslatzhose, die er gestern schon angehabt hatte. Sogar seine verdreckten Gummistiefel hatte er angelassen. Der muffige Geruch im Zimmer ließ darauf schließen, dass Radolf Kellermann vom Konzept des Lüftens wenig hielt. Chris legte ihm eine Hand auf die Stirn. Sie glühte. Mit schwacher Stimme berichtete sein Onkel, wie er seit den frühen Morgenstunden praktisch ausschließlich damit beschäftigt gewesen war, ausreichend Wasser für die Alpakas zu besorgen. Aus den Leitungen kam nichts mehr und auch der Brunnen war versiegt. Ein Anruf bei der Stadt hatte nichts ergeben. Entweder gab es nicht genügend Wasser oder Tankwagen, um Radolf Kellermanns Hof zu beliefern, oder man betrachtete einen alten Mann mit ein paar Tieren nicht als oberste Priorität. Egal wie und warum, im Ergebnis lief es auf dasselbe hinaus. Eine Bestellung bei einem Getränkemarkt ergab ebenfalls keinen Sinn, da die Mengen, die man für die Alpakas brauchte, Unsummen kosteten. Außerdem wusste Chris aus eigener Erfahrung, dass auch den Getränkemärkten langsam, aber sicher der Vorrat ausging. Also war Radolf Kellermann in seiner Verzweiflung nichts weiter übrig geblieben, als Wasser aus dem benachbarten Weiher heranzuschaffen.

»Du warst beim Weiher hinter dem Borchert-Grundstück?«, fragte Chris ungläubig. »Da, wo wir gestern Wasser geholt haben?«

»Kennst du noch einen Weiher hier?«

»Aber das sind hin und zurück fast zwei Kilometer. Wie hast du das Wasser transportiert?«

»Eimer«, krächzte Radolf Kellermann. »Wie denn sonst?«

»Ohne Auto?«

»Ich hab einen Bollerwagen und zwei gesunde Füße.«

Chris machte große Augen. »Dein Ernst? Wie oft bist du die Strecke gelaufen?«

»Hab nicht mitgezählt. Vier oder fünf Mal.«

»In dieser Hitze?«

»Soll ich die Viecher etwa verrecken lassen?«, brauste Radolf Kellermann auf. Die Folge war ein sofortiger Hustenanfall, der den zerbrechlichen Körper des alten Mannes durchschüttelte. Chris hob dessen Kopf leicht an und wartete, bis der Hustenanfall abebbte. Dann hielt er seinem Onkel ein Glas Wasser an die Lippen und sah geduldig dabei zu, wie dieser daran nippte.

»Mensch, Onkel Radi, warum hast du mich nicht angerufen? Für solche Sachen bin *ich* doch da!«

»Erst gestern hast du mir erklärt, dass du keine Zeit mehr für mich hast.«

Chris sah betreten zu Boden. »So war das doch nicht gemeint.«

»Ich will niemandem zur Last fallen. Hast schon genug um die Ohren mit meinem Bruder und deiner Mutter.«

»Darüber reden wir, wenn du wieder auf dem Damm bist. Ich rufe jetzt Marc an. Wozu haben wir einen Arzt in der Familie? Er soll vorbeikommen und nach dir schauen.« Chris zückte sein Smartphone. Nach dem fünften Klingeln sprang die Mailbox an. »Hey, Marc. Onkel Radi geht's schlecht. Also richtig schlecht. Ich glaube, er hat einen Sonnenstich oder so was in der Art. Auf jeden Fall ist er dehydriert und ziemlich schwach. Bitte schau vorbei, sobald du kannst. Vielleicht kannst du ihm eine Kochsalzinfusion legen oder so? Ich bleibe so lange bei ihm. Danke.«

»Bist ein guter Junge«, sagte Radolf Kellermann leise und schloss die Augen.

Bin ich das wirklich?, fragte sich Chris. Offenbar hatten seine Worte seinen Onkel stärker gekränkt als gedacht. Chris sah zu, wie Radolf Kellermann in einen Dämmerschlaf verfiel. Sie würden darüber reden und die Sache klären. Nur war jetzt nicht der richtige Zeitpunkt. Chris zog ihm die Gummistiefel aus, öffnete ein Fenster, um wenigstens etwas Luft ins Zimmer zu lassen, und schlich sich anschließend hinaus.

Er fand die Alpakas auf der Koppel. Sie kauerten im Schatten der Unterstände, reckten neugierig ihre Köpfe in seine Richtung, machten aber keine Anstalten, ihm entgegenzulaufen. Die Hitze machte ihnen zu schaffen. Chris entdeckte Stella und Luna – zwei seiner Lieblinge – und ging zu ihnen. Ohne nennenswerte Reaktion ließen sie sich von ihm am Hals kraulen. Alle drei Wassertröge waren leer. Er verzog das Gesicht. Unter normalen Umständen benötigten die Tiere im Sommer kaum Wasser, weil sie dieses mit dem saftigen Wiesengras aufnahmen. In diesem Jahr allerdings war das Gras seit Wochen verdorrt, weshalb sein Onkel Heu zufüttern musste. Und um dieses Heu im Magen zu verarbeiten, benötigten die Tiere zwingend mehrere Liter Wasser pro Tag.

Chris stapfte zurück zur Hofeinfahrt und blieb vor dem Bollerwagen stehen, der vor dem windschiefen Jägerzaun stand. In der Wanne befanden sich sechs leere Plastikeimer. Chris packte den Griff und zog den Wagen zu seiner Zündapp, mit der er hergefahren war. Sein Onkel schlief und Marc würde vermutlich erst in einigen Stunden auftauchen. Zeit genug, um für Wassernachschub zu sorgen. Falls Marc wider Erwarten doch früher erscheinen sollte, wäre es vielleicht gar nicht mal schlecht, wenn er und Chris sich nicht über den Weg laufen würden.

In der Garage, die Radolf Kellermann als Werkstatt diente, fand Chris ein starkes Seil und zwei massive Eisenhaken. Damit verband er den Rahmen der Zündapp mit dem Griff des Bollerwagens. Im Gegensatz zu seinem Onkel hatte er nämlich nicht vor, die ganze Strecke zu Fuß zu gehen. Kritisch betrachtete er seine Konstruktion. Ob sie hielt, würde sich bald herausstellen.

Mit kaum mehr als Schrittgeschwindigkeit knatterte Chris über den Feldweg, den holpernden und quietschenden Bollerwagen hinter sich herziehend. Er musste höllisch aufpassen und die vielen Schlaglöcher umfahren, aber zu seiner eigenen Verwunderung funktionierte seine Idee. Nur für den Rückweg würde er sich etwas einfallen lassen müssen, damit das ganze Wasser unterwegs nicht hinausschwappte.

Bald darauf erreichte er den winzigen Weiher und trat an den Uferrand – beziehungsweise das, was einmal der Uferrand gewesen war, denn der Weiher war bis auf eine dünne Schicht trüben Wassers in der Mitte komplett verschwunden. Haufenweise Fußabdrücke im matschigen Schlick und ein zurückgelassener, kaputter Plastikkanister verrieten Chris, was der Grund dafür war. Er fluchte. Da hatten offenbar mehrere Leute denselben Gedanken gehabt wie sein Onkel. Zerknirscht kehrte Chris dem Schlammloch den Rücken. Sein neues Ziel war der Küchensee, der an ein kleines Waldstück westlich des Dorfes Murchin grenzte. Zwar war die Entnahme aus öffentlichen Gewässern streng verboten, doch was blieb Chris anderes übrig? Die Alpakas brauchten Wasser, anderenfalls würden sie bald kollabieren und vielleicht sogar sterben.

Über staubige Feldwege erreichte Chris sein Ziel gute zwanzig Minuten später. Das Ufer des Küchensees war beinahe durchgehend von dichter Vegetation und einem Gürtel aus Schilfgras umgeben. Das Ende eines Wanderwegs markierte die einzige Stelle, an der man das Ufer einigermaßen bequem erreichte. Chris stellte die Zündapp ab und blickte sich um. Der See führte ausreichend Wasser, weit und breit war keine Menschenseele zu sehen. Still und ruhig lag der See da; die Oberfläche in der Sonne glänzend. Der Moment hatte etwas Magisches, doch der Zauber verflog, als Chris ein sich näherndes Auto vernahm.

Ein Polizeiwagen kam den Weg entlang in seine Richtung gefahren. Kies und Steine knirschten unter den Rädern. Chris spürte, wie er rot anlief. Das durfte doch nicht wahr sein! Was hatten die Bullen denn hier zu suchen?

Einige Meter vor ihm kam der Wagen zum Stehen und zwei Polizeibeamte stiegen aus; ein älterer Mann und eine junge Frau. In einer beinahe synchronen Bewegung setzten sie ihre Mützen auf. Ihre Blicke wanderten von Chris zu seinem Mofa und dem Bollerwagen mit den leeren Eimern und wieder zu ihm zurück.

»Guten Tag«, begrüßte ihn der Beamte. »Dürfen wir fragen, was Sie hier tun?«

Ist das nicht offensichtlich?, dachte Chris und sagte: »Ich genieße die Natur.«

»Ja, ist herrlich hier draußen, nicht wahr?« Der Beamte wirkte freundlich, wenn auch reserviert. Er schaute sich um, als hätte er nie zuvor in seinem Leben einen Waldsee gesehen. »Man sollte viel öfter raus aus der Stadt. Die Luft schmeckt und riecht gleich viel besser. Nur das hier«, er deutete auf die Eimer, »das lassen wir lieber bleiben, nicht wahr?«

»Ich mach doch gar nichts«, entgegnete Chris halbherzig.

»Sie sind nicht der Erste, den wir heute hier erwischen.«

»Ich steh nur hier rum.«

Der Beamte bedachte ihn mit einem Blick, der weitere Worte überflüssig machte.

Seine Kollegin umrundete derweil die Zündapp und den daran befestigten Bollerwagen. »Sieht mir nicht wirklich verkehrstüchtig aus, was Sie da gebastelt haben. Außerdem scheint mir der Auspuff Ihres Mofas nachträglich angebracht worden zu sein.« Sie drehte sich zu Chris um. »Ich nehme an, der Auspuff ist korrekt eingetragen, und Sie sind im Besitz einer Allgemeinen Betriebserlaubnis?«

Chris erwiderte nichts. Sein Kopf glühte und vermutlich leuchtete er mittlerweile dunkelrot wie eine Tomate.

»Außerdem sehe ich nirgendwo einen Helm«, setzte die Beamtin noch einen drauf. »Sie fahren doch nicht etwa ohne?«

»Wir können diese Angelegenheit auf zwei Wegen regeln«, sagte der Beamte im Tonfall des Überlegenen. »Sie können jetzt auf Ihr Mofa steigen und nach Hause fahren, wobei wir Sie mit diesem Gespann nicht auf einer öffentlichen Straße sehen wollen. Oder wir führen erst mal eine Personen- und Fahrzeugkontrolle durch und schauen, was dabei rauskommt.«

»Hab schon verstanden«, entgegnete Chris kleinlaut.

Nur Augenblicke später tuckerte er mit gesenktem Kopf davon.

Er fuhr bis an den Waldrand, wo er sich hinter einem Stapel Baumstämme verbarg und wartete. Früher oder später würden die Bullen wieder verschwinden. Schließlich konnten sie nicht den ganzen Tag am Küchensee abhängen. Die Alpakas brauchten Wasser und Chris würde ihnen welches bringen. Nichts und niemand würde ihn davon abhalten.

22

INSEL RÜGEN, REGIONALFLUGPLATZ

In der Einsatzzentrale von Operation AURORA blickte Anne Hagen reihum in ratlose Gesichter, also fragte sie erneut: »Hat denn wirklich keiner bemerkt, was Atticus trotz seiner ganzen Ausführungen *nicht* gesagt hat?«

»Er hat uns kein Ultimatum gestellt«, antwortete Yannick Fürst.

»Ganz genau. Atticus hat uns nicht mitgeteilt, bis wann er seine Forderungen erfüllt sehen möchte. Das ist ungewöhnlich. Ihre Beurteilung, Herr Doktor Mack?«

Der Verhandlungsführer wirkte unschlüssig. »Bei einer derartigen Geiselnahme kann niemand vorhersehen, wie lange sie dauern wird. Das hängt von den Umständen, aber auch vom Täterprofil ab. Wir müssen davon ausgehen, dass die Geiselnehmer eine wochenlange Belagerung der *Greifswald* einkalkuliert haben. Da bleibt mehr als genug Zeit, um Forderungen zu erfüllen.«

»Sie gehen von mehreren Wochen aus?«, fragte Anne Hagen.

»Zu diesem frühen Zeitpunkt ist das unmöglich zu sagen. Zuerst muss ich die Gelegenheit für eine Unterhaltung mit Atticus bekommen. Lassen Sie es mich daher allgemein formulieren: Grundsätzlich ist Zeit immer ein wichtiger Faktor, der *uns* in die Hände spielt. Je mehr Zeit verstreicht, desto mehr emotionale Nähe wird aufgebaut; von allen Beteiligten. Aber wir müssen stets wachsam bleiben, denn irgendwann wird der Punkt kommen, an dem auf der *Greifswald* die Nerven blank liegen. Sobald die Geiselnehmer erschöpft und gereizt sind, werden Verhandlungen zusehends von Emotionen gesteuert. Und dann wird es brenzlig. Aber so weit sind wir noch nicht. Solange Atticus mit uns redet, wird er mit hoher Wahrscheinlichkeit niemanden umbringen.«

»Aber weshalb kein Ultimatum?«, hakte sie nach.

»Der Mistkerl will uns austrocknen lassen«, sagte Heiner Seibold. »Uns geht das Wasser aus. Er weiß, dass die Zeit für ihn läuft.«

»Vielleicht«, warf Doktor Mack ein, »verfügt Atticus aber auch über eine Information, die wir nicht haben. Vielleicht hat er es deswegen nicht eilig.«

Darüber dachte Anne Hagen nach. Informationen waren der Schlüssel für jede erfolgreiche Mission. Wie hatte Atticus all die Informationen bekommen, die zur Kaperung der *Greifswald* nötig gewesen waren? Offenbar kannte er sogar den Inhalt von diversen Verträgen, die Sharpwater im Rahmen von Wasserprivatisierungen mit Städten, Gemeinden und ganzen Ländern abgeschlossen hatte. Üblicherweise unterlagen derartige Vertragsinhalte einer strengen Geheimhaltung. Im Augenblick aber waren andere Fragen drängender.

»Ich würde gerne Ihre ersten Einschätzungen hören«, forderte sie die Anwesenden auf.

»Dieser Spinner hat nicht alle Latten am Zaun«, echauffierte sich Seibold. »Diese Forderungen sind unerfüllbar. Sämtliches

Wasser vergemeinschaften? Das ist selbst für Ökoterroristen ein ganz neues Level. Hält dieser Mistkerl sich für Robin Hood?«

»Auf die Forderungen kommen wir gleich zurück«, entgegnete sie und wandte sich an Ronny Plagwitz. »Was hat das GTAZ über die Söhne des Enki?«

Plagwitz sah unglücklich drein. »Nichts. Rein gar nichts. Bislang ist uns eine solche Gruppierung nicht bekannt. Meine Leute zapfen gerade ihre Kontakte im Nahen und Mittleren Osten an. Eine erste rasche Google-Suche hat Folgendes ergeben …« Er nahm sein Tablet in die Hand und las vor: »Enki ist ein alter sumerischer Weisheitsgott und Herrscher über einen Süßwasserozean namens Abzu. Auf vielen Abbildungen hält er in seinen Händen einen Stab mit einem Widderkopf sowie ein Gefäß, aus dem Wasser quillt. Daher wurde Enki auch als Gott der Leben spendenden Feuchtigkeit verehrt. Sein Symboltier ist ein Ziegenfisch.«

»*Ziegenfisch*«, schnaubte Seibold. »Was für eine gequirlte Kacke.«

Yannick Fürst räusperte sich. »In der frühen Astrologie nannte man das Sternbild der Eklipse ursprünglich Ziegenfisch. Erst die Römer haben daraus später das Sternbild des Steinbocks gemacht.«

Anne Hagen sah ihn überrascht an. »Interessant. Nur denke ich, dass Sternzeichen in diesem Fall keine Rolle spielen, sondern vielmehr die Tatsache, dass Enki als Herrscher über alles Süßwasser dargestellt wird. Vermutlich sieht Atticus sich in dieser Rolle. Würden Sie dem zustimmen, Herr Doktor Mack?«

»Durchaus möglich. Das könnte seinem Selbstverständnis nahekommen. Aber wie gesagt, ich konnte ja noch nicht mit ihm reden …«

»Spekulieren Sie«, forderte sie ihn auf.

Doktor Mack ließ sich Zeit mit einer Antwort. »Wir haben es zweifelsfrei mit einem Mann mit extremistischen Ideologien und daraus resultierenden unrealistischen Forderungen zu tun.«

»Die sumerische Götterwelt«, wandte Ronny Plagwitz ein, »spielt bei sämtlichen uns bekannten radikalislamischen Gruppierungen keine Rolle. Aber ich lasse das dennoch überprüfen.«

»Gut.« Sie nickte. »Bitte weiter, Herr Doktor.«

»Vorhin hat jemand Robin Hood erwähnt. Da würde ich gerne ansetzen. In der Psychologie gibt es Abhandlungen, die sich mit Menschen mit einem extrem ausgeprägten Gerechtigkeitssinn beschäftigen. Bei diesen steht meistens am Anfang eine Erkenntnis, typischerweise im Teenageralter: Diese Welt ist ein ungerechter Ort. Je mehr Ungerechtigkeit unser Teenager nun im Laufe der Zeit erfährt, häufig am eigenen Leib, desto mehr erwächst in ihm der Traum, die Gesellschaft gerechter zu machen. Unser Teenager sieht sich als potenzieller Retter. Zur Not auch mithilfe von Verbrechen gegen die wahrgenommene Ungerechtigkeit. Damit einhergehend wächst der Wunsch, als Held dazustehen.«

»Das ist ja schön und gut«, warf Seibold ein, »aber Atticus ist kein Kind mehr. Wie tickt er? Ist er imstande, seine Drohungen wahr zu machen? Würde er knapp zweihundert Menschen töten? Und sich selbst dazu?«

»Menschen wie Atticus«, erklärte Doktor Mack, »nehmen Ungerechtigkeit nicht einfach hin. Widrigkeiten halten diese Menschen nicht auf. Sie besitzen die Fähigkeit, Widrigkeiten einen Sinn zu geben, indem sie Bedeutung schaffen – für eine Sache, aber auch für sich selbst. Diese Geiselnahme ist in meinen Augen ein Beispiel für eine solche Sinnstiftung. Atticus hat das *für sich richtige* Ziel festgelegt. Das hat er uns in seiner Rede deutlich vermittelt. Für dieses Ziel tritt er mit allen Konsequenzen ein. Und ja, dafür würde er meiner Auffassung nach auch sterben.«

»Aber würde er auch zweihundert unschuldige Menschen mit in den Tod reißen?«, hakte Seibold nach.

»Ich denke, das hat Atticus uns sehr deutlich gesagt. Sehen Sie, die Bedeutung dessen, was er tut, korreliert mit der Anzahl der von ihm *berührten* Leben und der Schwere seiner Tat. Vereinfacht gesagt, er wägt ab. Zweihundert Menschenleben sind für ihn nichts im Vergleich zu den von ihm genannten drei Milliarden, die er – in seiner Gedankenwelt – retten möchte. Und ein obszön reicher Mensch wie Ethan Holloway, der für Atticus so etwas wie der fleischgewordene Antichrist ist, wäre vermutlich der Erste, der dran glauben muss. Also ja, ich denke, Atticus wird die *Greifswald* ohne zu zögern sprengen, sofern er nicht bekommt, was er verlangt.«

Anne Hagen wandte sich an Heiner Seibold. »Gibt es bezüglich der Forderungen der Geiselnehmer schon eine Reaktion aus dem Innenministerium?«

»Nein.« Seibold verzog den Mund. »Aber wir wissen doch beide, Frau Hagen, wie die Antwort aussehen wird. Die Regierung verhandelt nicht mit Geiselnehmern.«

»Und das weiß dieser Hurensohn natürlich«, knurrte Ronny Plagwitz. »Atticus interessiert es einen Scheiß, was die Bundesregierung denkt. Er wird direkt mit Ethan Holloway und den anderen verhandeln. Spätestens wenn Atticus die erste Geisel vor deren Augen erschießt, werden sie ihm alles geben, was er verlangt.«

Anne Hagen sah ihn an. »Also kommuniziert Atticus nur mit uns, um uns mit Drohungen auf Abstand zu halten, während er gleichzeitig Ethan Holloway und den restlichen Vorstand von Sharpwater weichklopft?«

Ronny Plagwitz nickte.

»Wäre denkbar«, stimmte Doktor Mack ihm zu.

Sie erwiderte nichts. Falls ihre Vermutung zutraf, verkomplizierte dies die Situation natürlich immens. Die üblichen psychologischen Verhaltens- und Verhandlungsmuster würden in diesem Fall nicht mehr gelten; für keine der Parteien. *Verdammt!*

Yannick Fürst hieb mit der flachen Hand auf den Tisch. »Ultimatum hin oder her. So wie sich das Ganze darstellt, werden wir über kurz oder lang nicht darum herumkommen, die *Greifswald* zu stürmen. Wir verlieren also besser keine Zeit mit der Planung.«

»Das sehe ich ganz genauso«, stimmte Seibold ihm zu.

»Okay«, sagte sie, »wir gehen wie folgt vor: Herr Plagwitz, Sie hängen sich ans Telefon und versuchen, an mehr Informationen über die Söhne des Enki zu kommen. Vielleicht hat einer Ihrer V-Männer diesen Namen schon einmal gehört. Jede noch so kleine Info kann bedeutsam sein.«

Ronny Plagwitz nickte.

Sie wandte sich Yannick Fürst zu. »Liegen Ihnen die Pläne für die Notfallszenarien der *Greifswald* mittlerweile vor?«

»Nein, und ohne diese Pläne können wir keine Geiselbefreiung vorbereiten.«

»Ich kümmere mich sofort darum«, versprach sie.

»Es gibt für solche Situationen Notfallpläne?«, fragte Seibold sichtlich erstaunt.

»Selbstverständlich«, antwortete sie. »Die gibt es für jede Offshore-Plattform in bundesdeutschen Hoheitsgewässern.«

»Für gewöhnlich ist der Aufbau aller Bohrinseln mehr oder weniger identisch«, erklärte Yannick Fürst. »Das gilt auch für die Sicherheitsvorkehrungen. Nur leider haben wir in diesem Fall das Problem, dass die *Greifswald* ein technisch vollkommen neues Konstrukt ist; mit teilweise grundlegend unterschiedlichen Sicherheitsmerkmalen zu herkömmlichen Bohrinseln. Wir können da unmöglich im Blindflug auf gut Glück einmarschieren.«

»Verstehe«, murmelte Seibold. »Was ist mit Drohnen? Wir haben eine Aufklärungsdrohne vor Ort in der Luft. Könnten wir nicht auch Kampfdrohnen einsetzen?«

»Um was zu tun?«, entgegnete Yannick Fürst aufgebracht. »Wollen Sie die *Greifswald* mit Luft-Boden-Raketen im Meer versenken?«

Seibold erkannte, wie wenig durchdacht sein Vorschlag war, und blickte betreten zu Boden.

»Ich würde noch gerne auf einen Widerspruch in Atticus' Rede eingehen«, sagte Anne Hagen zu den am Tisch Verbliebenen. »Einerseits präsentiert er sich uns im Deckmantel eines modernen Robin Hood, gleichzeitig möchte er sich mit einem Terrorakt selbst bereichern. Zehn Milliarden Euro in Kryptowährungen? Robin Hood würde sich im Grab umdrehen.«

Doktor Mack nickte heftig. »In der Tat ein widersprüchliches Verhalten. Ich denke, Atticus arbeitet mit Scheinzielen. Er stellt bestimmte Forderungen nur, um sie dann später im Laufe der Verhandlungen generös fallen zu lassen. Sie müssen sich das wie ein Zug-um-Zug-Geschäft vorstellen, Frau Hagen. Wir geben Atticus etwas, dafür gibt er uns etwas. So nähert man sich an. Das ist eine leider bewährte Strategie, mittels Schachzügen und Bluffs das eigentliche Ziel zu erreichen.«

»Und was wäre das eigentliche Ziel Ihrer Meinung nach?«, fragte sie.

»Ganz klar das Geld«, antwortete er im Brustton der Überzeugung.

»Also zahlen Ethan Holloway und seine reichen Freunde die gewünschte Summe und Atticus lässt sie frei? Und die *Greifswald* bleibt unbeschadet?«

»Es ist zu früh, das sicher sagen zu können, aber ich denke, die Chancen dafür stehen gut. Atticus zeigt uns sein Gesicht nicht. Das spricht dafür, dass er sich nicht primär auf einer Selbstmordmission sieht.«

»Okay.« Sie sah in die Runde. »Weitere Meinungen oder Anmerkungen?«

Niemand meldete sich.

»Dann an die Arbeit.«

Während um sie herum wieder hektische Betriebsamkeit einkehrte, stand Anne Hagen auf und verließ den Hangar. Der Himmel hatte sich zugezogen, der Wind aufgefrischt. Nachdenklich blickte sie in die Ferne. Der Widerspruch zwischen Atticus' Verhalten und seinen Forderungen ließ sie nicht los. Aus irgendeinem Grund überzeugten sie Doktor Macks Schlussfolgerungen nicht. Was übersah sie? Ging es Atticus tatsächlich um kostenloses Wasser für alle oder doch nur um Geld? Oder steckte vielleicht noch etwas ganz anderes dahinter? Besser, sie fanden es schnell heraus. Die Uhr tickte. Die ausbleibende Wasserversorgung führte bereits jetzt zu ersten Problemen in mehreren Regionen. Vor allem aus einigen Bezirken Berlins trafen erste beunruhigende Nachrichten ein. Die Erinnerung daran, wie sie heute Morgen nackt und eingeseift in der Dusche gestanden hatte, schoss ihr durch den Kopf. Herrgott, diese Geiselnahme konnte Wochen dauern! Wie viele Tage ohne Wasser würde es benötigen, bis die Situation in den Städten eskalierte?

Bei diesem Terrorakt ging es um mehr als nur um Geld. Vielmehr hatten sie es mit einem Angriff auf eine der wichtigsten Infrastrukturen Deutschlands zu tun, mit unabsehbaren Folgen.

Sie kehrte in den Hangar zurück. Sie sah Yannick Fürst mit dem Smartphone am Ohr telefonieren. Warum nur musste sie bei seinem Anblick an Atticus denken? Aus heiterem Himmel kam ihr eine Erkenntnis, die ihr eine Gänsehaut einjagte. Eiligen Schrittes ging sie auf Yannick Fürst zu. Er bemerkte sie und beendete das Telefonat.

»Ich kenne weder die Konstruktionspläne der *Greifswald*«, sagte sie, »noch die Notfallszenarien. Aber mir wurde gesagt, dass diese Plattform über vielschichtige, hochmoderne Sicherheitsvorkehrungen verfügt, die exakt solche Situationen verhindern sollen, wie wir sie jetzt erleben.«

»Davon ist auszugehen. Wir werden es erfahren, sobald uns die Pläne vorliegen.«

»Sehen Sie, das ist der Punkt. Ich frage mich nämlich, wie es Atticus gelungen ist, sämtliche dieser Sicherheitsvorkehrungen auszuschalten oder zu umgehen. Das beginnt schon bei der Logistik. Wie konnten die Söhne des Enki mitsamt ihrem Waffenarsenal und Sprengstoff auf die Plattform gelangen? Und wie konnten sie die einzelnen Abschnitte übernehmen, ohne Alarm auszulösen?«

Yannick Fürsts Augen verengten sich. »Worauf wollen Sie hinaus?«

»Ich bin überzeugt, dass Atticus über Insiderwissen verfügt. Vielleicht ist er sogar im Besitz der Pläne, die uns noch nicht vorliegen. Atticus muss einen oder mehrere Helfer haben und dafür kommen meines Erachtens nur Personen aus einem sehr überschaubaren, erlesenen Kreis von Sharpwater-Angestellten infrage. Und praktisch alle diese Personen befinden sich in diesem Augenblick auf der *Greifswald.*«

Yannick Fürst pfiff leise durch die Zähne. »Sie denken also …«

Anne Hagen nickte bedächtig. »Atticus hat uns vorhin seine wertvollsten Geiseln präsentiert. Eine davon spielt ein falsches Spiel. Vielleicht sogar mehrere.« Sie trat näher an Yannick Fürst heran und senkte ihre Stimme. »Ich glaube, Atticus und seine Männer sind Söldner. Und sie werden von jemandem bezahlt, der sich in diesem Augenblick auf der *Greifswald* befindet.«

»Wow.« Der muskulöse Truppführer der GSG 9 wirkte ratlos. »So eine Situation hatte ich in all den Jahren noch nie. Wie sicher sind Sie sich?«

»Sicher genug, um …«

»Frau Hagen!«

Sie hielt inne. Die Beamtin mit dem Headset, die für den Funkkontakt mit der *Fulda* vom 3. Minensuchgeschwader Kiel zuständig war, kam auf sie zugerannt.

»Frau Hagen!«, rief sie aufgeregt. »Kommen Sie. Schnell.«

Alarmiert eilte Anne Hagen ihr entgegen. »Was?«

»Wir haben Funkkontakt zur *Greifswald.*«

»Atticus?«

»Nein. Wie es scheint, gibt es dort draußen noch jemanden.«

23

OSTSEE, ZWÖLF SEEMEILEN VOR DER KÜSTE RÜGENS

Leonie saß am Steuerstand des Rettungsbootes und blickte durch das schmale Sichtfenster hinaus auf die Ostsee. Vorbeiziehende Wellen ließen das Boot sanft von einer Seite zur anderen schaukeln, während ein Scheibenwischer das Fenster von Gischt befreite. Abgesehen von Wasser und einem bedeckten Himmel war nichts zu erkennen. Leonie besaß weder Erfahrung im Führen eines Bootes noch in Navigation. In welche Richtung sie gerade im Schneckentempo fuhr, das wusste nur Gott. Doch egal, ob sie sich der Küste näherte oder tiefer in die Ostsee hinaus steuerte – Hauptsache, fort von der *Greifswald* und den Männern, die hinter ihr her gewesen waren. Leonie drückte den Gashebel noch ein Stück weiter nach vorne. Vergeblich. Rettungsboote waren dazu konzipiert, um Menschen sicher und zuverlässig aus Gefahrenzonen zu transportieren, nicht um Geschwindigkeitsrekorde aufzustellen. Entsprechend schwach motorisiert waren sie. Immerhin hatte Leonie den Freifall ohne Blessuren überstanden und es war ihr gelungen, den Motor zu starten und ihren Angreifern zu entfliehen. *Nicht schlecht für eine Wissenschaftlerin*, fand sie und gestattete sich ein Lächeln. Jetzt musste nur noch die Küstenwache auf ihren abgesetzten Notruf reagieren.

Sie warf einen Blick auf das Funkgerät am Steuerstand. Ebenso wie von Navigation hatte sie auch von UKW-Seefunkgeräten keine Ahnung. Allerdings wusste sie über den kleinen roten Knopf Bescheid, der sich standardmäßig auf allen Seefunkgeräten fand, meistens versteckt unter einer Plexiglaskappe. Vor einigen Minuten hatte sie diese Kappe entfernt, den roten Knopf fünf Sekunden lang gedrückt und somit einen DSC-Notruf abgesetzt. Dieser digital an sämtliche Küstenwachen und in der Nähe befindlichen Schiffe gesendete *DISTRESS*-Notruf übermittelte automatisch die maritime Identifikationskennung des in Notlage geratenen Gefährts, dessen aktuelle Position sowie die Zeit. Anhand der Kennung wussten die Rettungskräfte exakt, um welches registrierte Wasserfahrzeug es sich handelte. Nur welche Art von Notfall vorlag, das wussten sie nicht, da ein DSC-Notruf immer unspezifisch war. Für Leonie machte es keinen Unterschied. Was für eine Art Notfall hätte sie schon übermitteln sollen? Die Wahrheit hätte ihr sowieso niemand geglaubt. Hauptsache, die Küstenwache setzte in diesem Augenblick Himmel und Hölle in Bewegung, um so schnell wie möglich zu ihr zu gelangen. Danach würde Leonie ihre Geschichte erzählen und sie würden gemeinsam die Polizei kontaktieren, damit diese erfuhr, was sich auf der *Greifswald* abspielte.

Das Knarzen des Funkgeräts schreckte sie auf. Eine elektronisch verzerrte, weibliche Stimme bat darum, dass sich der Auslöser des DSC-Notrufs meldete. Leonie klinkte das Handmikrofon aus der Halterung und drückte die Sprechtaste. »Hallo?«

»Sie haben einen *DISTRESS*-Notruf abgesetzt«, sagte die Frau. »Identifizieren Sie sich.«

»Mein Name ist Leonie Vargas. Ist dort die Küstenwache?«

»Der Kennung Ihres Funkgeräts zufolge befinden Sie sich auf dem registrierten Rettungsboot *Rescue Five* der Offshore-Plattform *Greifswald*. Ist das korrekt?«

»Ja. Ich …«

»Sind Sie verletzt?«

»Nein.«

»Ist *Rescue Five* manövrierfähig?«

»Ja.«

»Wie viele Personen außer Ihnen befinden sich an Bord?«

»Ich bin hier allein. Hören Sie, ich …«

»Einen Augenblick. Bleiben Sie auf Stand-by.«

Für eine Weile herrschte Stille auf dem Kanal, dann meldete sich eine andere, ebenfalls weibliche Stimme. »Sie sagen, Ihr Name ist Leonie Vargas. Bitte nennen Sie uns Ihr Geburtsdatum.«

»26. Mai 1991.«

»Wie lautet Ihre aktuelle Meldeadresse?«

»Was?«

»Wo wohnen Sie?«

Leonie sagte es der Frau.

»Unter welcher Adresse waren Sie davor gemeldet?«

»Ich verstehe nicht, was das …?«

»Bitte beantworten Sie die Frage.«

Auch dieser Aufforderung kam sie nach. »Warum zum Teufel ist das von Interesse? Ich bin hier in ernsthaften Schwierigkeiten, verdammt!«

»Bitte beruhigen Sie sich, Frau Vargas. Wir müssen sicherstellen, dass Sie tatsächlich die Person sind, für die Sie sich ausgeben. Weshalb befinden Sie sich auf einem Rettungsboot der *Greifswald*? Und warum sind Sie die einzige Person an Bord?«

Leonie zögerte. Dieses Gespräch kam ihr äußerst merkwürdig vor. »Rede ich hier wirklich mit der Küstenwache?«

Jetzt zögerte die andere Frau. Dann sagte sie: »Mein Name ist Anne Hagen. Ich versichere Ihnen, dass Hilfe unterwegs ist. Aber ich muss Sie bitten, meine Fragen zu beantworten.«

»Sie würden mir ja doch nicht glauben.«

»Versuchen Sie es einfach.«

Leonie presste die Lippen aufeinander. Wer war diese Frau? Die Geheimniskrämerei passte ihr überhaupt nicht. Doch was nutzte es, in dieser Situation auf stur zu schalten? Sie brauchte dringend Hilfe und diese Anne Hagen war die Einzige, die auf den Notruf reagiert hatte. Verhalten begann Leonie zu erzählen, was sich auf der *Greifswald* zugetragen hatte, wobei sie in der zeitlichen Abfolge wild hin und her sprang. Anne Hagen hörte zu und stellte keine weiteren Fragen.

»Und jetzt?«, wollte Leonie wissen, nachdem sie geendet hatte. »Halten Sie mich jetzt für komplett durchgeknallt?«

»Keineswegs«, erwiderte Anne Hagen. »Uns liegt Bildmaterial einer Drohne vor, die rote Rauchschwaden über der Plattform zeigen. Wir hatten schon vermutet, dass es sich dabei um Signalfackeln handeln könnte.«

»Was für eine Drohne?«

»Das ist im Augenblick unwichtig.«

»Sie sagten, Hilfe sei unterwegs …«

»Korrekt. Etwa dreißig Seemeilen von Ihrer aktuellen Position kreuzt ein Minenräumboot der Deutschen Marine, die *Fulda*. Wir haben deren Kapitän bereits angewiesen, ein Schnellboot auszusetzen, das Sie aufnehmen und zu uns bringen wird.«

»Marine? Wer zum Henker sind Sie?«

»Sobald man Sie zu mir gebracht hat, werde ich Sie im Rahmen der Möglichkeiten aufklären, Frau Vargas. Zuvor habe ich allerdings noch einige Fragen.«

»Was möchten Sie denn wissen?«

»Ihre Schilderungen darüber, was Sie auf der *Greifswald* erlebt haben, waren etwas konfus. Lassen Sie uns gemeinsam versuchen, etwas Struktur in die zeitlichen Abläufe zu bringen, während wir auf die Ankunft der Marineeinheit warten. Einverstanden?«

»Meinetwegen.«

Die meisten Fragen konnte Leonie allerdings nicht beantworten. Sie hatte die Nacht in einem Treppenhaus verbracht. Einzig das belauschte Gespräch hinter der Bühne hatte ihr ein paar Informationen beschert. Daran schien Anne Hagen großes Interesse zu haben, denn sie hakte sofort nach. Plötzlich gab es einen dumpfen Schlag und das Rettungsboot begann zu wackeln, als wäre irgendetwas dagegen gestoßen. Leonie lauschte. Tatsächlich hörte sie jetzt Schritte am Heck. Dann klopfte es an der Tür und Leonies Herz hüpfte vor Freude. Ihre Retter waren da!

»Sie sind da«, informierte sie Anne Hagen. »Gott sei Dank.«

»Wer ist da?«

»Na, die Marine.« Leonie warf das Handmikrofon auf das Steuerpult, schälte sich aus ihrem Sitz, war mit zwei Schritten an der Tür und betätigte die Kurbel des Schließ- und Öffnungsmechanismus.

»So schnell?«, erklang Anne Hagens irritierte Stimme aus dem Lautsprecher. »Das kann nicht … einen Moment …«

Leonie ignorierte sie. Sie wollte endlich raus aus dieser Konservendose. Freudestrahlend drückte sie die massive Tür auf und … blickte in den Lauf eines Sturmgewehrs.

Leonie gefror das Lächeln im Gesicht. Vor ihr stand ein maskierter Söldner. Hinter ihm tanzte ein sechs Meter langes rotes Schlauchboot auf den Wellen. Die Bezeichnung *TTGW2* an der Seite verriet Leonie, dass es zum Inventar der *Greifswald* gehörte. Auf ihm befanden sich zwei weitere Söldner. Einer saß am Außenborder, der andere am Bug. Auch er zielte mit einem Sturmgewehr auf Leonie. Sie begriff und ihre Hände begannen zu zittern.

Mit einem Wink seiner Waffe bedeutete ihr der Mann, ins Schlauchboot zu steigen. Als sie sich weigerte, packte er sie grob am Arm und schleuderte sie regelrecht hinein. Ihr Fuß verfing sich an einem Haltegriff und sie fiel kopfüber ins Boot. Sie landete vor den Füßen des am Bug sitzenden Mannes und stieß sich die Stirn an dessen Knie. Er lachte. Sie wollte aufstehen, doch der Mann drückte sie zu Boden.

»Unten bleiben«, befahl er.

Leonie gehorchte. Sie zog die Beine an und umfasste ihre Knie mit beiden Händen. In einiger Entfernung sah sie schemenhaft die Silhouette eines größeren Schiffes. Das musste die *Fulda* sein. Für eine Sekunde keimte in Leonie Hoffnung auf, doch dann bemerkte sie, dass das Schiff abdrehte. Niemand würde kommen, um sie zu retten. Sie hatte sich bereits in Sicherheit gewähnt und jetzt das. Sie konnte ihre Tränen nicht mehr länger zurückhalten.

Die Männer bemerkten ihre Verzweiflung und lachten nur noch lauter, während sie das Schlauchboot wendeten und zurück zur *Greifswald* fuhren. Deprimiert vergrub Leonie ihren Kopf zwischen den Knien. Was würde sie auf der Plattform erwarten? Würde man sie wegen ihres Fluchtversuchs bestrafen?

Der Mann am Außenborder drehte am Gashebel und das Schlauchboot schoss über die Dünung. Leonies Haare flatterten im Wind, Gegenstände im Inneren des Boots hüpften auf und ab. Etwas schepperte und prallte gegen ihr Schienbein. Sie traute ihren Augen nicht und griff nach der leeren orangefarbenen Getränkedose. Ungläubig starrte Leonie auf den unverwechselbaren Schriftzug. *Kinnie.* Das letzte Mal, dass sie eine solche Dose in ihren Händen gehalten hatte, lag vier Jahre zurück. Und ausgerechnet hier und jetzt wieder? In dieser Situation? Das konnte kein Zufall sein. Zumal es dieses Getränk in Deutschland praktisch nicht zu kaufen gab. Nachdenklich drehte Leonie die leere Dose in ihren Händen hin und her. Mit einem Mal wurde ihr Kopf mit Erinnerungen geflutet, die sie längst vergessen gewähnt hatte. Erinnerungen an die Zeit, in der alles begonnen hatte.

24

JUNI 2022

MITTELMEER, MALTA, VIER SEEMEILEN VOR DER NORDKÜSTE

Die sanfte Dünung hob die *Hercules* sachte in die Höhe, nur um sie unmittelbar darauf wieder nach unten ins nächste Wellental zu ziehen. Die Sonne brannte von einem wolkenlosen Himmel, eine sanfte Meeresbrise umwehte Leonies Nase. Sie stand am Heck des langsam dahintuckernden Schiffes, eine Hand an der Reling, in der anderen Hand ein Walkie-Talkie. Unter der Schwimmweste war ihr T-Shirt durchgeschwitzt, dafür saß der Kinnriemen ihres Schutzhelms deutlich lockerer als vor zwei Jahren während dieses denkwürdigen Sturms, der zum Verlust von Leonies erster Messsonde geführt hatte. Noch einmal würde ihr so ein Malheur nicht passieren. Hinter ihrer Sonnenbrille beobachtete sie mit Argusaugen das Schleppkabel, das von der Winde in der Mitte des Bootes ausgehend über den drei Meter hohen Stahlbügel geführt wurde und etwa eine Bootslänge hinter dem Heck der *Hercules* in deren Kielwasser im Meer versank. Am anderen Ende des Kabels hing das *Schwein*, das in Schrittgeschwindigkeit über den Meeresboden gezogen wurde. Das Schwein war der technisch versiertere Nachfolger von Leonies erster Messsonde. Im Gegensatz zu dieser war das Schwein nicht rund, sondern torpedoförmig, und es besaß einen Mechanismus, der bei einer Berührung mit einem Hindernis binnen einer Zehntelsekunde Alarm schlug. Die Gefahr, an einem Unterwasserhindernis hängen zu bleiben, war für das Schwein somit deutlich geringer. Den Spitznamen hatte Leonie ihrer Sonde eines Abends aus einer Laune heraus verpasst. Gemeinsam mit Kaiden Farrugia hatte sie die Fertigstellung der Sonde gefeiert, und nach zwei Gläsern Rotwein hatte Leonie gemeint, eine abstrakte Ähnlichkeit zwischen dem torpedoförmigen Metallzylinder und einem Schwein zu erkennen. Obwohl das sehr weit hergeholt war, hatten Leonie und Kaiden herzhaft gelacht, und der Spitzname war geblieben. Das Schwein hatte die Aufgabe, grundwasserführende Gesteinsschichten aufzuspüren, die die beiden damals vor Maltas Nordküste entdeckt hatten. Dies geschah mithilfe elektromagnetischer Wellen, die vom darunterliegenden Gestein reflektiert und von Empfängern wieder eingefangen wurden. Die Daten, die dabei generiert wurden, gaben Auskunft darüber, ob in dem von Poren durchzogenen Kalkgestein Salz- oder Süßwasser gespeichert war. Selbstverständlich hofften alle an diesem Projekt Beteiligten auf reichlich Süßwasser. Malta, Europas wasserärmstes Land, litt seit jeher unter Wassermangel. Längst konnten die natürlichen Grundwasserressourcen den Bedarf der stetig wachsenden Bevölkerung nicht mehr decken, weshalb Malta auf kostenintensive und ökologisch bedenkliche Entsalzungsanlagen angewiesen war. Etwa sechzig

Prozent allen Trinkwassers auf Malta stammte aus solchen Anlagen. Sollten diese eines Tages wegen einer Umweltkatastrophe den Betrieb stoppen müssen, würde der Bevölkerung schon am dritten Folgetag das Trinkwasser ausgehen. *Kein Wunder*, dachte Leonie, *dass Kaiden mit so viel Herzblut bei der Sache ist.*

Aus den Augenwinkeln sah sie ihn auf der anderen Seite der Winde auf einem dickbauchigen Fender sitzen. Kaidens drahtiger Körper schwang im Rhythmus der Dünung wie ein Pendel hin und her, und Leonie fragte sich, wie der Geomorphologe es schaffte, konzentriert an seinem Laptop zu arbeiten, ohne dabei vom Fender zu rutschen. Als würde er ihren Blick spüren, hob er den Kopf und streckte ihr grinsend den erhobenen Daumen entgegen. Sie erwiderte die Geste und konzentrierte sich wieder auf das Schleppkabel. Der Verlust einer weiteren Messsonde käme einer Katastrophe gleich. Wieder einmal war das Budget für Leonies Projekt MAGREX fast aufgebraucht, und während des letzten Onlinemeetings mit Professor Frentzen hatte dieser klar zum Ausdruck gebracht, dass eine Aufstockung nicht infrage kam. Zwischen den Zeilen hatte sie herausgehört, dass man im Direktorium von GEOMAR allmählich bezweifelte, dass MAGREX vernünftig auswertbare Resultate liefern könnte. Zu lange schon wartete man in Kiel darauf. Zudem hatte Frentzen an den kostspieligen Verlust der ersten Messsonde erinnert. Nach dem Meeting war Leonie ziemlich geknickt gewesen.

Ein Matrose mit tätowiertem Hals und Nacken kam aus dem Steuerhaus und brachte ihnen eiskaltes Kinnie. Angesteckt von Kaidens Begeisterung für diese Mischung aus Bitterorange und Kräutern, hatte sich mittlerweile auch Leonie in dieses Getränk verliebt. Die Erfrischung tat gut. Leonie spürte, dass sie dehydriert und unterzuckert gewesen war. Wenn man den ganzen

Tag an Bord eines Schiffes verbrachte, umgeben von Meerwasser und salziger Luft, vertieft in die Arbeit, konnte das schnell geschehen. Leonie leerte die Dose zur Hälfte und rollte sie dann langsam über Wangen und Stirn.

Fünf Stunden später neigte sich der Tag seinem Ende entgegen. Leonie fühlte sich erschöpft. Auf der *Hercules* waren Achtzehn-Stunden-Arbeitstage keine Seltenheit. *Zeit ist Geld.* Nirgendwo wurde einem der Wahrheitsgehalt dieses Spruchs so deutlich vor Augen geführt wie bei den horrenden Charterraten für Jachten und Arbeitsschiffe. Kaiden klappte seinen Laptop zu und streckte sich, während Leonie dem tätowierten Matrosen das Walkie-Talkie in die Hand drückte und ihn bat, ein Auge auf das Schleppkabel zu haben. Sie musste dringend pinkeln.

Wenige Minuten danach stieg sie den Niedergang hinauf. Noch bevor sie das Deck erreichte, hörte sie bereits den Tumult. Zwei Männer schrien sich an. Alarmiert betrat Leonie das Deck. Doch die Katastrophe war nicht mehr aufzuhalten.

Ein Ruck ging durch die *Hercules*, ähnlich wie vor zwei Jahren während des Sturms. Leonie verlor das Gleichgewicht, landete auf dem Hintern und rappelte sich wieder auf. Ihr Blick schoss nach achtern. Das Schleppkabel war zum Zerreißen gespannt. Ihre Augen weiteten sich. *Bitte nicht schon wieder!*

»Maschinen stopp!«, brüllte sie. »Sofort aufstoppen!«

Mit einigen schnellen Schritten war sie bei Kaiden und dem Matrosen, die beide vor der Winde standen. »Stoppt doch endlich die Winde, Herrgott!«

»Sie reagiert nicht«, entgegnete Kaiden. Er hieb mit der flachen Hand auf den Notausknopf. Nichts geschah. Die Winde arbeitete weiter, versuchte unbeirrt das Schleppkabel einzuholen.

»Wieder ein Unterwasserhindernis?«, fragte Leonie mit wachsender Panik in der Stimme.

»Sieht so aus.« Kaiden zeigte auf den Matrosen. »Der Kerl hat gepennt.«

Die Spannung auf dem Kabel nahm zu, die Winde begann zu knirschen.

»Kabel geben!«, befahl Leonie. »Wir müssen Zug rausnehmen.«

»Dieses Scheißding reagiert nicht«, erinnerte Kaiden sie.

Die Winde knirschte laut, dann riss das Kabel mit einem ohrenbetäubenden Knall.

Wie eine Peitsche schoss das abgerissene Kabel auf Leonie und die beiden Männer zu – viel zu schnell, um reagieren zu können. Nur um Haaresbreite verfehlte es Leonie und den Matrosen. Kaiden dagegen hatte weniger Glück. Das faustdicke Kabel traf ihn am Kopf, riss ihm den Schutzhelm herunter und mit ihm ein Ohr. Kaiden brüllte auf, presste beide Hände auf die blutende Wunde und sank vor Schmerzen brüllend zu Boden.

Leonie eilte sofort zu ihm. Er war blass im Gesicht, zwischen seinen Fingern quoll Blut hervor. Viel Blut. Einen Meter hinter ihm lag sein Schutzhelm, daneben ein Fetzen rosafarbenes Fleisch. *Kaidens Ohr*. Leonie wurde übel. Nur mit Mühe unterdrückte sie den Impuls, über die Reling zu speien. Sie wies den hilflos dastehenden Matrosen an, den Erste-Hilfe-Kasten zu holen, dann ging sie neben Kaiden auf die Knie und wiegte ihn in ihrem Arm. Mehr konnte sie nicht tun, während sie auf das Verbandsmaterial wartete.

25

Am Tag danach besuchte Leonie ihren Kollegen im Krankenhaus Mater Dei, direkt neben der Universität von Malta. Leonie war eine der ersten Besucherinnen, die morgens durch die Türen der Klinik traten, und sie blieb über eine Stunde. Man hatte Kaiden in einem Zweibettzimmer untergebracht, wobei das andere Bett nicht belegt zu sein schien. Es roch nach Desinfektionsmitteln und die Lamellen vor dem Fenster waren zugezogen, um die Sonnenstrahlen davon abzuhalten, das Zimmer im Laufe des Tages in einen Glutofen zu verwandeln. Kaidens Kopf war dick mit Mullbinden umwickelt und er wirkte geschwächt. Ein Ärzteteam hatte ihm das abgerissene Ohr wieder angenäht, das Leonie geistesgegenwärtig mit spitzen Fingern aufgehoben, in ein Taschentuch gewickelt und in die Kühltruhe zu den eiskalten Kinnie-Dosen und Wasserflaschen gepackt hatte. Die Ohrmuschel würde voraussichtlich wieder anwachsen und dank Kaidens Locken würde man schon sehr genau hinsehen müssen, um die Narben zu erkennen. Ob er auf diesem Ohr jemals wieder hören können würde, das stand zum jetzigen Zeitpunkt noch in den Sternen. Zu Leonies großer Erleichterung gab er ihr keine Schuld an dem Unfall. Zum Abschied umarmten sie sich und Leonie verdrückte eine Träne.

Auf dem Weg in das von GEOMAR angemietete Apartment saß Leonie auf dem Rücksitz eines Taxis und starrte aus dem Fenster. Sie fuhren über eine der verkehrsreichen zweispurigen Ausfallstraßen, die in die vielen Vororte Vallettas mit so unaussprechlichen Namen wie Għargħur, Ta'Xbiex oder Gwardamanġa führten. Zum Glück sprach die einheimische Bevölkerung überwiegend Englisch. Es grenzte an ein Wunder, dass es der nach Knoblauch riechende Taxifahrer unfallfrei durch die verstopften, von unzähligen Baustellen versperrten Straßen schaffte.

Zwanzig Minuten später betrat Leonie das Apartment mit der schmucklosen Einrichtung. Weiß gestrichene Wände, an denen Farbdrucke mit abstrakter Kunst hingen, der Boden weiß gefliest, ein billiger Tisch mit vier Stühlen, ein unbequemes Schlafsofa mit braunem Stoffbezug, das nach abgestandenem Zigarettenrauch stank. Immerhin funktionierte die Klimaanlage. Leonie streifte ihre Halbschuhe ab und ging barfuß über die kühlen Fliesen in die Küche, wo sie sich ein Kinnie aus dem Kühlschrank holte. Ihr Blick fiel auf ihren Laptop auf dem Esstisch. Sie seufzte. Es half alles nichts. Sie musste ein Gespräch führen, von dem sie schon jetzt ahnte, wie es ausgehen würde. Nämlich alles andere als gut.

Sie startete die Videokonferenz-App. Nach kurzer Wartezeit erschien Professor Frentzens Gesicht vor dem Hintergrund eines Bücherregals. Frentzen gehörte dem erweiterten Direktorium des GEOMAR-Instituts an und war maßgeblich für die Beschaffung der Fördergelder für MAGREX zuständig. Er war Mitte fünfzig, hager und hatte schütteres Haar. Sein Blick war streng, selbst wenn er lächelte, was selten vorkam.

»Ich habe gleich ein Treffen mit Doktor Meinhard vom Kuratorium«, sagte Frentzen zur Begrüßung. Sein Tonfall war frostig. »Sie haben mich um eine Unterredung gebeten, Frau Kollegin. Sie haben fünf Minuten.«

»Danke, dass Sie sich Zeit nehmen«, entgegnete Leonie, die sich vornahm, freundlich zu bleiben, egal wie das Gespräch verlaufen würde. Schließlich wartete sie mit schlechten Nachrichten auf.

»Sie sagten, es sei dringend …«

»Wir haben die Sonde verloren«, sagte Leonie frei heraus. »Das Schleppkabel hat sich an einem Unterwasserhindernis verfangen. Wir konnten nicht schnell genug reagieren. Das Kabel ist gerissen. Doktor Farrugia wurde am Kopf verletzt und befindet sich aktuell im Krankenhaus. Aber es geht ihm den Umständen entsprechend gut.« Angespannt hielt sie die Luft an, während sie Frentzens Reaktion beobachtete.

Der Professor ließ sich Zeit. Seine Miene war undurchschaubar. Schließlich sagte er: »Nur um sicherzugehen, dass ich Sie richtig verstanden habe: Ihre Sonde – die *neue* Sonde – liegt irgendwo vor Malta auf dem Meeresgrund?«

»Ich fürchte ja.«

»Sie wollen mir also allen Ernstes sagen, dass Sie auch die zweite Sonde verloren haben? Die Sonde, die uns letztes Jahr eine knappe sechsstellige Summe gekostet hat?«

»Ich selbst bin darüber am allermeisten untröstlich. Das dürfen Sie mir glauben.«

»Hmm …« Mit Daumen und Zeigefinger massierte er sich die Nasenwurzel, als bereitete ihm das soeben Gehörte enorme Kopfschmerzen. Und vermutlich war es auch so. »Frau Vargas, Ihnen ist bewusst, dass das Budget von MAGREX begrenzt ist und ganz sicher keine dritte elektromagnetische Sonde vorsieht?«

»Ja.«

»Und Doktor Farrugia im Krankenhaus …« Theatralisch schüttelte Frentzen den Kopf. »Das hat uns gerade noch gefehlt. Jetzt muss ich mich mit der Versicherung herumschlagen. Verstehen Sie mich nicht falsch, Frau Vargas, der Kollege von der Universität Malta hat mein Mitgefühl. Aber dass so etwas passiert, wundert mich offen gesagt nicht. Malta Groundwater Exploration stand von Anfang an unter keinem guten Stern.«

»Wie meinen Sie das?«

»Wenn wir uns die Historie des Projekts einmal ansehen und die Kosten in Relation zu den bisherigen Ergebnissen betrachten, dann ist MAGREX ehrlich gesagt eine herbe Enttäuschung.«

Leonie erwiderte nichts. Sie ahnte Böses. Diese gnadenlose Direktheit war selbst für Frentzens Verhältnisse ungewöhnlich.

»Mit dem Verlust der Sonde«, sagte er, »verzögert sich der Projektplan um Monate. Bis die Versicherung für Ihre Nachlässigkeit aufkommt – falls sie das tut –, haben wir unser Budget längst überzogen. Und wie ich während unseres letzten Gesprächs bereits angedeutet habe, steht eine Aufstockung aktuell nicht zur Disposition. Im Kuratorium teilt man diese Ansicht.«

»Das alles ist mir bewusst. Deswegen habe ich auch nicht vor zu warten, bis die Versicherung zahlt. Wir haben eine Funkboje an der Stelle ausgebracht, an der wir das Schwei…, ähm, die Sonde verloren haben. An dieser Stelle ist das Meer etwa dreißig Meter tief. Ich plane einen Tauchgang, um die Sonde zu bergen.«

Frentzen schürzte die Lippen. »Geschätzte Kosten?«

»Kann ich noch nicht sagen.«

Er machte eine wegwerfende Handbewegung. »Nun, spielt im Grunde auch keine Rolle. Die Kosten für eine Bergungsfirma würden das Budget so oder so sprengen. Vom Zeitrahmen einmal abgesehen.«

»Und genau deswegen habe ich vor, den Tauchgang selbst durchzuführen. Ich traue mir das zu und hier in Valletta gibt es genügend Taucher, die ich für kleines Geld als Unterstützung anheuern kann.«

»Abgelehnt. Viel zu riskant.«

»Ich bin eine erfahrene Taucherin.«

»Sie sind für derartige Unternehmungen nicht versichert.«

»Sie immer mit Ihrer Versicherung«, platzte es aus ihr heraus. »Ich unterschreibe gerne, dass ich diesen Tauchgang auf eigenes Risiko unternehme. Sind Sie dann zufrieden?«

Frentzen hob beide Augenbrauen und Leonie bedauerte ihren Wutausbruch auf der Stelle.

»Bitte entschuldigen Sie, Herr Professor. MAGREX ist mein Baby. Und das wissen Sie. Süßwasser ist die wichtigste Ressource der Menschheit. Wenn es uns gelingt, Offshore-Süßwasserquellen zu finden und diese anzuzapfen, leisten wir einen enorm wichtigen Beitrag zur Sicherung unserer Zukunft. Ich kann offen gesagt nicht verstehen, wieso wir angesichts dieser riesigen Chance, die sich uns hier bietet, überhaupt über Budgets diskutieren müssen. Die EU sollte deutlich mehr Fördergelder lockermachen, anstatt sie zu begrenzen.«

Er hob eine Hand und stoppte ihren Redefluss. »Ursprünglich hatte ich vor, es Ihnen nach Ihrer Rückkehr nach Kiel schonend beizubringen, Frau Vargas, aber die Tragik der aktuellen Ereignisse lässt mir keine andere Wahl …«

Leonies Herz schlug schneller.

»MAGREX wird eingestellt. Direktorium und Kuratorium bedauern diesen Entschluss, sind sich jedoch darin einig, dass es keine Aussicht auf weitere öffentliche Fördergelder gibt. Weder auf EU- noch auf Bundesebene. Die bislang gesammelten Daten werden wie vorgesehen ausgewertet. Sollten sich dabei die Hinweise auf relevante Süßwasservorkommen vor Maltas Küste verdichten, können Sie gerne einen neuen Antrag auf Wiederaufnahme des Projekts stellen. Es tut mir leid, Frau Vargas.«

Leonie starrte wie versteinert in Frentzens ausdruckslose Visage. Es hatte ihr buchstäblich die Sprache verschlagen. Tausend Gedanken wirbelten gleichzeitig durch ihren Kopf, zu fassen bekam sie keinen einzigen.

Frentzen schien das zu bemerken. »Sie brauchen Zeit, um das zu verarbeiten. Das verstehe ich.« Demonstrativ hob er seine Hand und sah auf seine Armbanduhr. »Ich für meinen Teil möchte Herrn Doktor Meinhard nicht länger warten lassen. Wir sprechen uns nach Ihrer Rückkehr.«

»Das kann es doch nicht einfach so gewesen sein.«

Frentzen seufzte sichtlich genervt. »Ich verstehe Ihre Enttäuschung. Aber ohne Fördergelder keine Projekte. Sie kennen das Prozedere.«

Leider wusste Leonie nur allzu gut, wie das System funktionierte. Professor Frentzen neigte zu Arroganz und es fehlte ihm eindeutig an Empathie, aber er würde niemals ein von ihm persönlich abgesegnetes Projekt willentlich stoppen oder kampflos aufgeben. Das war undenkbar, alleine schon weil es für ihn ein Eingeständnis einer Fehleinschätzung bedeutete. Wenn Frentzen also behauptete, alles versucht zu haben, um MAGREX zu retten, dann musste Leonie ihm wohl oder übel glauben. Ihre Schultern sackten nach vorn.

Sie wollte schon den Laptop zuklappen, als Frentzen sagte: »Es gibt da noch etwas, das ich Ihnen in Anbetracht der Situation nicht vorenthalten möchte. Eine Information, die … nun ja, ich weiß auch nicht so recht, was ich davon halten soll.«

»Ich höre.«

»Auf meinem Schreibtisch habe ich eine Anfrage eines privatwirtschaftlichen Unternehmens liegen, das sich für Ihre Forschungen interessiert.« Seine Augen huschten suchend über den Tisch vor ihm. »Ich finde den Telefonvermerk im Augenblick nicht, leite ihn aber heute Nachmittag gerne an Sie weiter. Auf jeden Fall besteht offenbar Interesse an einem Treffen mit Ihnen.«

»Wozu?«

»Ich weiß es nicht.«

»Wie heißt das Unternehmen?«

»Der Name ist nicht das Entscheidende.«

»Sondern?«

»Wem dieses Unternehmen gehört.«

Jetzt hatte Frentzen es geschafft, Leonie neugierig zu machen. Sie tat ihm den Gefallen und fragte: »Und wem gehört es?«

»Ethan Holloway.«

26

Zwei Tage später stand Leonie vormittags mit einer Tasse Instantkaffee in der Hand in der Küche. Sie trug eine weiße Bluse mit kurzen Ärmeln und lange Bluejeans, sah gedankenverloren zum Fenster hinaus und wartete auf das Taxi, das sie zum Hafen bringen sollte. Der Himmel war einmal mehr strahlend blau. Unter normalen Umständen hätten sie und Kaiden heute mit der Detailanalyse der Messdaten begonnen. Stattdessen stand sie nun mit einem furchtbar schmeckenden Gebräu in ihrer winzigen Küche und wusste nicht, wohin mit sich. Es fiel ihr schwer, angesichts des vor ihr liegenden Treffens einen klaren Gedanken zu fassen.

Ein Tanklaster mit Trinkwasser fuhr vor dem Fenster vorbei. Ein alltägliches Bild auf Malta. Wegen des chronischen Süßwassermangels auf der Insel waren Lieferungen per Tanklastwagen an Hotels und Ressorts sowie Fabriken an der Tagesordnung. Gleich mehrere Firmen waren in dieser Branche tätig und das Wasser stammte aus Entsalzungsanlagen. Es gab strenge Rationierungen und nicht selten fanden solche Lieferungen auch illegal statt. Mit genügend Geld konnte auch auf Malta jeder seinen

Swimmingpool füllen. Leonie verzog den Mund. Ihre Forschungen hätten das Potenzial gehabt, Malta in einigen Jahren von all diesen Sorgen zu befreien. Und nicht nur Malta. Wenn auch nur die Hälfte der vermuteten globalen Offshore-Süßwasserreserven existierte, wären die Wasserprobleme der Menschheit mindestens bis ins nächste Jahrhundert gelöst. Wieso gab Frentzen sich nicht mehr Mühe, öffentliche Fördertöpfe anzuzapfen? Leonie war außerstande, diese Ignoranz zu begreifen.

Ein Taxi hielt vor dem Apartment und Leonie stellte ihre Tasse ab. Es war an der Zeit.

Eine halbe Stunde später betrat sie Steg D der Vittoriosa Yacht Marina. In der prallen Sonne schwitzte sie in ihren Bluejeans. Sie trug eine Sonnenbrille, dazu ihre blaue Baseballkappe mit dem GEOMAR-Logo. Dem Anlass entsprechend hatte sie zum ersten Mal seit Wochen ein dezentes Make-up aufgetragen. Ein martialisch anmutendes Schnellboot fuhr in die Marina ein und legte am Steg an. Der blau schimmernde, kantige Rumpf ging nahtlos in einen Aufbau mit getönten Scheiben über, der Leonie an Stealth-Flugzeuge der US-Armee erinnerte. Am Bug stand in schwarzen Buchstaben *Tender to Mars II*, im Maschinenraum blubberten kräftige Motoren. Ein Bootsmann winkte Leonie heran. Zögerlich ging sie auf ihn zu. Sie hatte angenommen, dass sie auf eine Jacht eingeladen war, die fest vertäut hier im Hafen lag. Die Tatsache, dass ihr Gastgeber sie mit einem Beiboot abholen ließ, verwirrte sie. Noch dazu mit einem, das beinahe so lang wie die *Hercules* war. Grundgütiger, wie groß musste dann erst die Jacht sein?

Mit mäßiger Geschwindigkeit fuhren sie durch die Hafenanlagen hinaus ins offene Meer. Kaum hatten sie den lang gezogenen Wellenbrecher mit dem Leuchtturm am Ende umrundet, schob der Steuermann die beiden Gashebel nach vorne. Die Motoren heulten auf und das Boot schoss über die Wellen. Leonie musste ihre Baseballkappe festhalten, damit der Fahrtwind sie ihr nicht vom Kopf riss. Bald steuerten sie eine weitläufige Bucht an, in der die größte Jacht vor Anker lag, die Leonie jemals gesehen hatte. Vier strahlend weiße Decks erhoben sich geschätzt dreißig Meter über das Meer. Am Bug parkte ein Helikopter, am Rumpf prangte der Name der Jacht in goldenen Lettern: *Mars II*. Unruhig rutschte Leonie auf ihrem Sitz hin und her. All dies ließ sie nicht unbeeindruckt. In wenigen Minuten würde sie tatsächlich Ethan Holloway gegenüberstehen. Einmal mehr fragte sie sich, was einer der bekanntesten und reichsten Männer der Welt ausgerechnet von ihr wollte.

Sie legten an einer am Heck befindlichen Schwimmplattform an, von wo aus ein Steward Leonie über lange Treppen aufs zweite Deck führte. Sie betraten das Innere der Jacht und gingen durch einen holzvertäfelten Flur bis zu einem Aufzug, der sie auf die dritte Decksebene brachte. Dort befand sich ein klimatisierter Salon, der die gesamte Breite der Jacht einnahm, inklusive einer verspiegelten, gut ausgestatteten Bar sowie cremefarbener Ledersofas und Armsessel. Inmitten des Raums stand ein mit dunkelgrünem Stoff bezogener Spieltisch, darauf verstreut Karten und bunte Jetons. Rundumlaufende Fenster boten eine fantastische Aussicht auf die karge felsige Küste Maltas sowie auf das dunkelblaue Meer, auf dessen Oberfläche weiße Schaumkronen glitzerten.

»Darf ich Ihnen einen Drink anbieten, während Sie warten?«, fragte der Steward.

Leonie bat um ein Glas stilles Wasser. Er brachte es ihr und verschwand dann durch eine Tür.

Gemächlich schlenderte sie mit dem Glas in der Hand durch den Salon, betrachtete die Einrichtung, fuhr mit den Fingern über das weiche Leder der Sessel und fragte sich, welche Berühmtheiten wohl schon mit Ethan Holloway an dessen Spieltisch gesessen haben mochten. Ihr wurde klar, dass sie und Holloway zwar auf demselben Planeten lebten, gleichzeitig aber in vollkommen unterschiedlichen Welten. Holloway war ein Selfmademilliardär, der mit mehreren innovativen Hightechunternehmen im Silicon Valley ein Vermögen gemacht hatte. Der exzentrische Mittdreißiger war weltweit bekannt für seine vielfältigen Visionen einer besseren und lebenswerteren Welt. Der Boulevard interessierte sich sehr für seinen extravaganten Lebensstil, zu dem auch Holloways Partnerin gehörte. Sie war Ukrainerin, Model und erfolgreiche Influencerin, deren Name Leonie jedoch partout nicht einfallen wollte. Die Welt der Schönen und Reichen war ihr vollkommen fremd, auch von sozialen Medien hielt sie nicht viel. Den Hype um die meist weiblichen Influencerinnen konnte sie nicht im Ansatz nachvollziehen. Was konnte es Langweiligeres geben, als seine kostbare Zeit mit dem Ansehen von Videos zu vergeuden, in denen wildfremde Menschen überwiegend wenig Interessantes zu berichten hatten.

»Eintausend Dollar für Ihre Gedanken.«

Erschrocken fuhr Leonie herum. Dabei schwappte Wasser aus ihrem Glas und platschte auf das Parkett. Vor ihr stand Ethan Holloway. Er war kleiner als erwartet. Auf Fotos und im Fernsehen wirkte er größer. Er war barfuß, trug gelbe Shorts und ein schwarzes T-Shirt, darauf Dagobert Duck, der einen Goldtaler polierte. Der Ansatz eines Bäuchleins wölbte sein T-Shirt. An seinem Handgelenk prangte eine fette Uhr, die garantiert mehr gekostet hatte, als Leonie in einem Jahr verdiente. Seine Arme und Beine waren behaart, der dunkle Schopf hingegen schütter. Sein pausbäckiges Gesicht wirkte aufgedunsen, die Augen verschwanden beinahe hinter den vollen Wangen. Er lächelte Leonie an und ihr wurde bewusst, dass sie ihn anstarrte.

»Bitte entschuldigen Sie«, sagte sie und deutete auf das verschüttete Wasser. »Gibt es hier vielleicht ein Handtuch oder ein Spültuch? Dann wische ich das sofort weg.«

Holloway lachte laut und entblößte dabei perfekte, blitzweiße Zähne. Er zeigte mit dem Finger auf Leonie. »Sie sind witzig.«

Leonie wusste nicht, was daran witzig gewesen sein sollte, erwiderte jedoch nichts.

»Kommen Sie«, sagte er und ging an ihr vorbei in Richtung der Glastüren am Ende des Salons. »Ich habe einen Bärenhunger.«

Unsicher blickte sie ihm nach. In diesem Moment betrat ein Steward mit einem Wischmopp den Raum. Mit einem Kopfnicken bedeutete er ihr, Holloway zu folgen.

Die breiten Glastüren fuhren auseinander und sie gingen hinaus auf die Terrasse. Sofort schlug Leonie wieder die Mittagshitze entgegen. Vor einem reich gedeckten Tisch im Schatten eines übergroßen Sonnenschirms blieb Holloway stehen.

»Also?«, fragte er und sah Leonie dabei verschwörerisch an.

»Also was?«

»Woran haben Sie vorhin gedacht? Eintausend Dollar, wenn Sie es mir verraten.«

»Warum interessiert Sie das?«

»Ich liebe es, in die Köpfe anderer Menschen einzudringen. Ganz besonders von Menschen, die ich eben erst kennenlerne.«

Unsicher, was sie von diesem Mann halten sollte, versuchte sie, ihm auszuweichen und dem Gespräch eine andere Wendung zu geben. »Mr. Holloway, ich fühle mich von Ihrer Einladung sehr geehrt, aber ich frage mich offen gesagt, warum ich hier bin.«

»Ethan. Bitte nennen Sie mich Ethan. Mr. Holloway nennen mich nur meine Investoren und meine Ex-Frau vor Gericht.«

»Äh, okay. Ich heiße Leonie.«

»Ich weiß. Ich hoffe, Sie haben Appetit mitgebracht.«

»Normalerweise esse ich mittags nichts.«

»Dann werden Sie mir wohl zusehen müssen. Ich habe gerade ein EMS-Work-out hinter mir und muss meine Energiespeicher auffüllen.« Ungeniert klopfte er sich mit der flachen Hand auf den Bauch. Dann ließ er sich in einen der Stühle fallen und deutete auf einen freien Platz gegenüber.

Leonie setzte sich. »Ich will nicht indiskret sein, aber darf ich fragen, was EMS ist?«

»Haben Sie noch nie von elektronischer Muskelstimulation gehört?«

Sie schüttelte den Kopf.

»Da werden Sie in eine Spezialweste gesteckt und Ihre Muskeln werden mit kleinen Stromstößen gereizt und so zur Kontraktion gezwungen«, erklärte er. »Ist super anstrengend. Dafür dauert eine Trainingseinheit nur zwanzig Minuten. Zeit ist kostbar. Aber wenn ich jetzt so darüber nachdenke, stehe ich im Grunde auch ohne EMS ständig unter Strom.« Er lachte über seinen Witz und Leonie lächelte höflich. »Wenn Sie später Lust haben, können Sie gerne eine Trainingseinheit mit meinem Privattrainer Raoul absolvieren.«

Lächelnd winkte Leonie ab. »Danke, sehr freundlich, aber ich glaube nicht, dass das was für mich ist.«

»Raoul wird Ihnen gefallen. Er hat einen Waschbrettbauch.«

»Nein, wirklich nicht. Danke.«

»Ihre Entscheidung. Ich bin der Ansicht, man sollte nie vor neuen Erfahrungen zurückschrecken. Wo bleibt denn da die Aufregung und der Spaß im Leben?«

»Aufregung hatte ich diese Woche schon genug«, entgegnete Leonie.

»Ich weiß.«

Sie sah ihn verdutzt an.

»Ich habe vom Unfall Ihres Kollegen und der Panne mit diesem Messgerät gehört. Wie nennen Sie es noch gleich? *Schwein*?« Er grinste. »Das gefällt mir. Ich sagte doch, Sie sind witzig.«

Sie starrte ihn mit offenem Mund an. »Woher wissen Sie davon?«

»Ich bitte Sie. Denken Sie, ich setze mich mit jedem an den Tisch? Apropos, mit leerem Magen redet es sich schlecht über Geschäftliches.« Er langte in eine Obstschale und klaubte ein paar Trauben heraus. Er ließ mehrere von oben in seinen Mund fallen und sagte kauend: »Na los, greifen Sie zu.«

Leonies Blick wanderte über die Platten mit Gambas, Hummer und Jakobsmuscheln sowie einer beachtlichen Käseauswahl. Die kunstvoll arrangierten Speisen ließen ihr das Wasser im Mund zusammenlaufen, und obwohl sie noch vor einer Minute keinen Hunger verspürt hatte, packte sie von allem etwas auf ihren Teller. Holloway begnügte sich derweil mit den Trauben aus der Obstschale.

»Ich dachte, Sie wären hungrig«, sagte Leonie, während sie eine Jakobsmuschel mit der Gabel aufspießte und in ihren Mund schob. Das Fleisch war zart und schmeckte köstlich.

»Der Fruchtzucker im Obst putscht mich auf«, erklärte Holloway. Er griff sich ein Stück Mango und lutschte daran. »Was möchten Sie trinken? Champagner? Was ist Ihre Lieblingsmarke? Wir haben alle an Bord.«

»Kein Alkohol, danke. Ich bleibe beim Wasser.«

»Gute Entscheidung. Champagner wird sowieso überbewertet. Ich kann dieser Blubberbrause nichts abgewinnen. Meine Ex-Frau hat nichts anderes getrunken. Von allem nur das Beste und davon viel.«

Leonie erwiderte nichts.

»Wissen Sie«, fuhr er schmatzend fort, »diejenigen, die behaupten, dass man sich mit Geld kein Glück erkaufen kann, haben noch nie für eine Scheidung bezahlt.« Wieder grinste er, und Leonie fragte sich, ob er womöglich bekifft war. »Waren Sie jemals verheiratet?«, fügte er an.

»Nein.«

»Lässt Ihr Job Ihnen zu wenig Privatleben?«

»Woher wissen Sie von MAGREX und unserem Rückschlag?«, fragte Leonie. Nicht die Tatsache, dass er Informationen gesammelt hatte, überraschte sie. Für ihre Anwesenheit hier musste es schließlich einen Grund geben. Vielmehr erstaunte Leonie, wie erschreckend gut Holloways Informationen waren. Nur wenige Menschen wussten, wie sie ihre Messsonde liebevoll nannte.

»Sie haben Fragen«, stellte er fest, »aber erzählen Sie mir zuerst etwas über Ihre Arbeit. Weshalb interessieren Sie sich gerade für Offshore-Süßwasservorkommen?«

»Das ist nicht in einem Satz zu erklären.«

»Für Sie, Leonie, nehme ich mir alle Zeit der Welt.«

27

»Wasser«, sagte Leonie, »ist ein überaus faszinierendes, geradezu seltsames Molekül, das aus wissenschaftlicher Sicht noch immer nicht vollständig verstanden ist. Die meisten Menschen sehen die Existenz von Wasser auf der Erde als selbstverständlich an, aber im Grunde ist es ein noch größeres Wunder als unsere Erde an sich. Jedes Kind lernt früh, dass Wasser verschiedene Aggregatzustände annehmen kann, aber kaum jemand weiß, dass es über zwanzig verschiedene Variationen von Eis annehmen kann, darunter das extrem rätselhafte amorphe Eis. Dazu kommt die Eigendissoziation, die …«

»Vielleicht haben Sie mich missverstanden«, unterbrach Holloway sie. »Ich möchte wissen, warum speziell Offshore-Süßwasser?«

Leonie deutete mit ihrer Gabel auf das Glas vor ihr. »Wasser ist neben Sauerstoff die existenziellste Ressource auf unserem Planeten. Bereits nach einem Tag ohne Wasser dehydrieren wir gefährlich, binnen drei Tagen ohne Wasser sterben wir. Weltweit leiden mehr als zwei Milliarden Menschen unter schwerer Wasserknappheit. Bevölkerungswachstum und Industrialisierung gehen einher mit einem stark wachsenden Verbrauch. Dazu kommen Übernutzung, Degradation von Böden sowie die Folgen des Klimawandels. All das lässt unsere globalen Süßwasserressourcen zunehmend schwinden. Aber das alles wissen Sie sicher längst.«

Er schmunzelte. »Das Recht auf sauberes Trinkwasser und Sanitärversorgung ist nicht umsonst seit 2010 als Menschenrecht verbrieft.«

»Was nutzen Worte und gute Absichten? Fragen Sie doch die unzähligen Menschen, die um ihre tägliche Wasserration kämpfen müssen, was die von diesem Menschenrecht halten.«

»Und Sie denken, Trinkwasser aus Offshore-Vorkommen könnte eine Lösung für unser Wasserdilemma sein?«, fragte Holloway, der weiterhin vollkommen ungeniert an seiner Mango lutschte. Saft lief ihm über das Kinn und tropfte auf seinen Teller.

»Möglicherweise. Obwohl die Erde zu zwei Dritteln von Wasser bedeckt ist, sind nur weniger als drei Prozent davon trinkbar. Und diese drei Prozent sind zudem sehr ungleich verteilt. In Afrika, Lateinamerika, dem Nahen Osten und selbst Asien ist die Wasserknappheit vielerorts dramatisch. In Kalifornien droht die Wasserversorgung für über vierzig Millionen Menschen zusammenzubrechen. Schon jetzt importiert man dort Wasser mittels Hunderte Kilometer langer Pipelines. Nur was, wenn es bald nichts mehr zu importieren gibt? Oder betrachten wir einzelne Großstädte. Kapstadt zum Beispiel stand in den letzten Jahren gleich mehrfach vor dem Wasserkollaps. Nur durch strenge Rationierungen konnten bislang humanitäre Katastrophen abgewendet werden, aber das Problem hat man damit nicht gelöst. Wie auch, wenn einfach kein Wasser mehr da ist?«

»Ich hörte davon.« Holloway ließ die zerfledderte Mango auf seinen Teller fallen und griff mit klebrigen Fingern erneut nach den Trauben.

»Was Sie vielleicht nicht wissen«, fuhr Leonie fort, »ist die Tatsache, dass die ungleiche Verteilung von Grundwasser sogar Einfluss auf unsere Erdachse hat.«

Zum ersten Mal wirkte Holloway erstaunt.

»Die Erdachse verschiebt sich«, erklärte Leonie, »und das haben zum Teil wir Menschen zu verantworten. Wir leeren die Grundwasserreservoire unseres Planeten immer weiter, wodurch sich die globale Massenverteilung ändert. Unser stetig wachsender Wasserbedarf lässt die Pegel in den Aquiferen fallen. Nun geht Wasser ja nicht verloren, aber das entnommene Wasser verteilt sich anderswo auf der Erde. Regionen mit ausgebeuteten Aquiferen werden leichter, während Meere und Atmosphäre durch das verdunstende oder abfließende Wasser an Masse hinzugewinnen. Dies sorgt für eine messbare Unwucht in der Erdrotation, durch die sich die Erdachse allein in den letzten zwanzig Jahren um knapp achtzig Zentimeter verschoben hat.«

»Interessant«, kommentierte er. »Also können Süßwasseraquifere in den Tiefen der Meeresböden unsere Trinkwasserprobleme nun lösen oder nicht?«

»Um diese Frage zu beantworten, ist es viel zu früh. Zuerst müssen wir herausfinden, wie viele solcher Aquifere es vor den Kontinentalküsten tatsächlich gibt. Dann müssen wir erforschen, wie viel Süßwasser in den jeweiligen Aquiferen enthalten ist. Alleine dafür werden wir Jahre, wenn nicht Jahrzehnte benötigen. Aber das ist noch nicht alles.«

Holloway stopfte sich jetzt Macadamianüsse in den Mund und bedeutete ihr mit dicken Backen fortzufahren.

Sie überlegte, wie sie es ihm in einfachen Worten erklären konnte. »Lassen Sie uns gedanklich auf Malta bleiben. Zwar haben mein Kollege und ich vor zwei Jahren unweit von hier tatsächlich ein signifikantes Süßwasseraquifer entdeckt, doch das bedeutet noch lange nicht, dass man dieses Wasser problemlos fördern kann.«

Neugierig beugte er sich vor. »Warum nicht?«

»Weil die Aquifere unter dem Meeresboden mit dem Grundwasser an Land verbunden sein könnten.« Sie zeigte auf die Küste, die an diesem Abschnitt steil ins Meer fiel. »Auch wenn es vielleicht so aussieht, aber die Insel hört da drüben ja nicht auf. Der Kontinentalschelf geht unter dem Meer weiter. Sollten die Grundwasserleiter auf der Insel mit einem Offshore-Aquifer verbunden sein, gibt es eine Wechselwirkung. Wenn es an Land regnet, fließt ein Teil dieses Wassers über den Grundwasserleiter in das Offshore-Aquifer. In einem solchen Fall wäre durch eine Förderung rein gar nichts gewonnen. Auch wie sich derartige Wechselwirkungen mittel- oder langfristig auf die Grundwasserpegel an Land auswirken, ist noch ungeklärt.«

»Aber was, wenn die beiden Lagerstätten nicht miteinander verbunden sind? Dann könnte man das Wasser doch bedenkenlos fördern.«

Leonie nickte. »Fossile Lagerstätten, die während der letzten Eiszeit vor etwa zwanzigtausend Jahren entstanden sind, könnten tatsächlich isoliert sein. Diese Reservoire könnte man theoretisch relativ einfach anbohren und Wasser fördern, bis sie dann irgendwann leer gepumpt sind. Ähnlich wie wir es von der Förderung von Ölvorkommen kennen. Aber noch ist das reine Spekulation. Sehen Sie, Ethan, genau um solche Fragestellungen zu untersuchen, bin ich hier auf Malta. Mein Kollege und ich müssen allerdings noch viel mehr Daten erheben, bevor wir Empfehlungen in die eine oder andere Richtung geben können.« Und in Gedanken fügte sie hinzu: *Das wird nur leider nicht passieren, weil mir die Fördergelder gestrichen wurden, Kaiden im Krankenhaus liegt und ich in ein paar Tagen zurück nach Deutschland fliegen werde. Für immer.*

»Geben Sie mir ein Beispiel, von welcher Art Daten Sie reden.«

Leonie hob ihr Glas Wasser hoch. »In jedem Liter Meerwasser sind fünfunddreißig bis achtunddreißig Gramm Salz enthalten. Trinkwasser hingegen sollte nicht mehr als ein Gramm enthalten. Um die Kosten für die notwendige Wasseraufbereitung in einem vernünftigen Bereich zu halten, sollte offshore gefördertes Süßwasser nicht mehr als zehn Gramm Salz pro Liter aufweisen.«

»Klingt für mich nicht nach Raketenwissenschaft.«

»Vielleicht nicht, aber diese Daten zu erheben, kostet Zeit und vor allem Geld.«

Holloway schenkte sich aus einer Karaffe frisch gepressten Orangensaft in sein Glas und trank. Derweil kam eine Frau in einem goldglänzenden Bikini die Treppen vom obersten Deck heruntergestolziert. Sie trug elegante schwarze Pumps mit hohen Absätzen, und Leonie bewunderte die Sicherheit, mit der diese Frau die steilen Treppen nahm. Leonie erkannte sie sofort und jetzt endlich fiel ihr auch der Name von Holloways Partnerin ein. Anastasia Eremenko. Es war nicht zu übersehen, dass sie ihren Körper mit regelmäßigem Training in Form hielt. Ebenso wenig war zu übersehen, dass bei ihren Brüsten ein Schönheitschirurg nachgeholfen hatte. Sie hielt ein Smartphone am ausgestreckten Arm vor sich, lächelte und warf ihre langen blonden

Haare von einer Seite zur anderen. Dabei spielte sie lasziv mit der Sonnenbrille, die zwischen ihren Brüsten am Bikini hing. Am unteren Ende der Treppe angekommen, hauchte sie einen Kuss in die Frontkamera des Smartphones und sagte: »Bye-bye, ihr Süßen … und bis später.«

Dann ließ sie den Arm sinken und ihr zuckersüßes Lächeln verwandelte sich augenblicklich in einen genervten Gesichtsausdruck. Ihre vor einer Sekunde noch strahlenden Augen verengten sich. Sie kam zu ihnen an den Tisch, blieb neben Holloway stehen und verschränkte die Arme vor der Brust.

»Wie oft habe ich dir schon gesagt, dass ich diese T-Shirts hasse«, blaffte sie ihn an. »Du bist kein Kind mehr, also zieh dich vernünftig an.«

»Was ist falsch an Dagobert?«, erwiderte er schmunzelnd. »Er und ich haben so manche Gemeinsamkeit.« Er biss in eine Erdbeere.

»Und du sollst nicht andauernd Obst essen.« Ihre blauen Augen funkelten wütend. »Dieser viele Zucker ist Gift. Sieh dich an, du wirst immer fetter.«

Aus der Nähe bemerkte Leonie jetzt Eremenkos slawische Gesichtszüge mit den hohen Wangenknochen. Ihre Augenbrauen waren zu einer perfekt geschwungenen Linie gezupft und ihr Make-up raffiniert auf ihre Augenfarbe abgestimmt. Hier war eindeutig ein Profi am Werk gewesen; genau wie bei ihrer Nase, die ein wenig zu makellos aussah. Ziemlich sicher hatte auch hier ein Schönheitschirurg nachgeholfen. Noch hatte sie Leonie keines Blickes gewürdigt.

»Hat es dir die Sprache verschlagen, Ethan?«

In Holloways Gesicht stand nach wie vor dieses seltsam bekiffte Grinsen. »In Obst ist Fruchtzucker. Der ist gesund.«

»Zucker ist Zucker.«

»Aber die Vitamine …«

»Wozu gibt es wohl Vitamintabletten?«, fiel sie ihm ins Wort. Dann entdeckte sie die Karaffe mit frisch gepresstem Orangensaft. »Und du trinkst wieder dieses Zuckerwasser.«

»Waren deine Follower heute nicht nett zu dir, mein Engel? Du scheinst ein wenig gestresst zu sein.«

»Diese ganzen Idioten nerven. Genauso wie du mich nervst. Wann hast du das letzte Mal trainiert?«

»Vorhin.«

»Bullshit. Ich habe vor zehn Minuten mit Raoul gesprochen.« Sie drückte ihm den Zeigefinger tief in den Bauch. »Er hat dich seit fünf Tagen nicht mehr gesehen.«

Leonie ließ sich nichts anmerken, aber innerlich musste sie jetzt ebenfalls grinsen. Holloway hatte sie angeschwindelt, als er behauptet hatte, gerade eben erst von einem Work-out zu kommen.

Zwischen ihm und seiner Partnerin entspann sich ein hitziger Disput über den Sinn und Unsinn von körperlicher Ertüchtigung, gesunder Ernährung und einem attraktiven Äußeren. Peinlich berührt starrte Leonie auf ihren Teller. Den beiden Streithähnen musste doch klar sein, dass sie jedes Wort mitbekam. Leonies Anwesenheit schien das Paar allerdings nicht zu stören. Und die Offensichtlichkeit, mit der diese arrogante Ziege sie weiterhin ignorierte, verriet Leonie, dass Eremenko in ihr keinerlei Gefahr hinsichtlich ihres reichen Gönners sah. Zuerst machte Leonie dieser Gedanke wütend. Wirkte sie auf dieses blonde It-Girl denn so unattraktiv? Zugegeben, einen direkten optischen Vergleich verlor Leonie haushoch. Aber gutes Aussehen war ja schließlich nicht alles. Zum Glück gab es genügend

Männer, die mehr von ihrer Partnerin erwarteten als nur das. Andererseits konnte Leonie sich gut vorstellen, dass es unzählige junge, überaus attraktive Frauen gab, die alles daransetzten, von einem Multimilliardär einen Ring an den Finger gesteckt zu bekommen. Da hieß es selbst für ein angesagtes It-Girl und Model wie Anastasia Eremenko, stets wachsam zu bleiben. Wie auch immer, einen Gast am eigenen Tisch derart zu ignorieren, zeugte schlichtweg von schlechtem Charakter.

»Was meinen Sie dazu, Leonie?«

Sie schreckte aus ihren Gedanken. Holloway und Eremenko sahen sie unisono erwartungsvoll an.

»Entschuldigung«, antwortete Leonie, »ich war gerade in Gedanken.«

Mit einer Hand umgriff Holloway die Hüfte seiner Partnerin und zog sie sanft an sich. »Mein Engel hier meinte soeben, ich würde in spätestens zehn Jahren an Arterienverkalkung erkranken und einen Schlaganfall erleiden, wenn ich keinen gesünderen Lebensstil pflege. Wie sehen Sie das?«

»Lass das.« Eremenko schlug Holloways Hand weg und fixierte Leonie. »Finden Sie nicht auch, dass Ethan besser auf sich achten sollte?«

Leonies Blick sprang hin und her. *Bitte nicht*, dachte sie. Jetzt zogen die beiden sie doch tatsächlich in ihren Streit hinein und nichts war ihr mehr zuwider, als wenn Paare dies taten. So etwas ging nie gut aus. Erfahrungsgemäß versöhnten sich die Streitenden nach kurzer Zeit wieder, nur um sich dann gegen den Dritten zu verbünden, den sie zuvor um *ehrlichen Rat* gebeten hatten.

»Ich glaube nicht, dass ich dazu etwas sagen kann«, erwiderte Leonie zögerlich. »Wir haben uns ja eben erst kennengelernt.«

»Wie diplomatisch«, kommentierte Eremenko unverhohlen sarkastisch. Sie wandte sich wieder Holloway zu. »Du findest mich im Spa, wenn du mich suchst.«

»Warum machst du nicht einen Ausflug mit einem der U-Boote? Nur wegen dir habe ich die Dinger gekauft.«

»Meine Haut braucht Pflege.« Sie machte auf dem Absatz kehrt und verschwand hüftschwingend im Innern der Jacht. Bevor sich die Schiebetüren hinter ihr schlossen, rief sie: »Wenn ich wiederkomme, hast du dir gefälligst etwas Vernünftiges angezogen.«

Holloway schaute Leonie an. »Ist sie nicht ein Engel?«

Unsicher, ob er ironisch oder einfach nur blind vor Liebe war, erwiderte Leonie: »Manche Dinge bespricht man besser unter vier Augen.«

»Ha!« Unvermittelt schlug er mit der flachen Hand auf den Tisch. Teller und Gläser schepperten und klirrten. »Genau das sage ich ihr auch ständig. Sie gefallen mir immer besser, Leonie.«

»Sie besitzen U-Boote?«, fragte sie.

»Zwei Ortegas. Sehen aus wie Bobs im Eiskanal, nur dass sie fast einhundert Meter tief tauchen können. Echt coole Spielzeuge. Haben Sie Lust auf einen Unterwasser-Ausflug?«

»Ein anderes Mal vielleicht.« Sie lehnte sich zurück, legte die Hände in den Schoß und fragte: »Ethan, warum bin ich heute hier?«

Er warf einen Blick auf seine Armbanduhr. »Richtig. Es wird Zeit.«

Leonie, die angesichts der ungewöhnlichen Situation bislang überraschend entspannt gewesen war, begann nun doch unter dem Tisch ihre Finger zu kneten.

»Wie hoch schätzen Sie das weltweite Volumen aller Offshore-Süßwasservorkommen?«, fragte er.

»Wir gehen von etwa einhunderttausend Kubikkilometern aus. Das entspricht ungefähr dem Volumen der Nordsee und ist hundertmal mehr als das gesamte geförderte Grundwasser des letzten Jahrhunderts.«

Holloway lächelte. »Das Grandiose dabei ist, dass die meisten dieser Lagerstätten nicht weiter als fünfzig Kilometer von den Küsten entfernt liegen, dazu in relativ geringen Wassertiefen bis zu maximal dreihundert Metern.«

»Und Sie wollen dieses Wasser fördern?«, riet Leonie.

Holloways Augen begannen zu leuchten. »Wasser ist definitiv das Gold des 21. Jahrhunderts. Blaues Gold, Leonie, das in großen Teilen der Welt kaum mehr vorhanden ist. Und wenn, dann ist es bereits jetzt ein teures Gut. In spätestens zwei Jahrzehnten wird dieses blaue Gold für Milliarden Menschen unbezahlbar werden. Außer, man erschließt bislang ungenutzte und größtenteils noch unbekannte Quellen. Sie selbst haben gesagt, dass Offshore-Aquifere die Menschheit mindestens für einhundert Jahre mit ausreichend Frischwasser versorgen könnten.«

»Das sind bislang alles nur Vermutungen«, warf sie ein. »Ich möchte Ihre Hoffnungen nicht dämpfen, aber selbst wenn meine Berechnungen richtig sind, ist längst nicht absehbar, ob die bislang bekannten Lagerstätten auch tatsächlich nutzbar sind. Da gibt es noch riesige Fragezeichen. Ganz zu schweigen von den technischen Herausforderungen, die eine Förderung mit sich bringen wird.«

»Und genau deswegen sind Sie heute hier.« Holloway schnappte sich einen Apfel und biss hinein.

»Klären Sie mich auf.«

»MAGREX steht vor dem Aus«, sagte er schmatzend, »und das ist sehr bedauerlich. Ich will Ihnen helfen, Ihre Forschungen fortzuführen, Leonie. Sie sind zu wichtig, um wegen gestrichener Fördergelder in der Versenkung zu verschwinden.«

»Woher wissen Sie so viel über mich und meine Arbeit?«

»Sind Sie nicht neugierig, was ich Ihnen anbieten möchte?«

Leonie knetete ihre Finger fester. »Was?«

»Einen Job.«

»Einen Job?«

Sichtlich amüsiert beugte er sich vor. »Was wissen Sie über den Klondike-Goldrausch 1896 in Alaska? Die Pioniere, die damals zum Goldschürfen in den kalten Norden aufbrachen, hatten nicht den Hauch einer Ahnung, was sie dort erwarten würde. Sie gingen hohe Risiken ein, trotzten Gefahren, wagten alles und wurden dafür mit unermesslichem Reichtum belohnt. Die Abertausend Trittbrettfahrer, die im wahrsten Sinne des Wortes zu spät auf den fahrenden Zug aufsprangen, hatten fast immer Pech. Sie gingen leer aus. Ich bin kein Trittbrettfahrer, Leonie. Ich bin ein Pionier. Das war ich schon als Kind. Ich habe Visionen. Wollen Sie meine Vision hören?«

Sie nickte. Seine Worte zogen sie in ihren Bann. Jetzt, so spürte sie, war sie dabei, den wahren Ethan Holloway kennenzulernen. Den erfolgreichen Unternehmer, der von den Medien oft als verschroben, extrovertiert und leicht verrückt beschrieben wurde, der jedoch Menschen für sich und seine Visionen zu begeistern vermochte wie kein Zweiter.

Holloway nahm Leonies Glas in die Hand und lenkte ihre Aufmerksamkeit auf das kristallklare Wasser. »Laut UNICEF haben schon heute zwei Milliarden Menschen keinen Zugang zu sauberem Wasser. Sie, Leonie, mögen darin vielleicht zwei Milliarden Schicksale sehen. Ich hingegen sehe zwei Milliarden potenzielle Kunden. Deren Zahl wird sich bis 2050 weiter drastisch erhöhen. Wasserarme Regionen melden zunehmend Ansprüche an wasserreiche Regionen an und längst wird Wasser mittels Tankern, Pipelines oder Flaschen zwischen Staaten gehandelt. Immer häufiger kommt es dabei zu Konflikten, denn alle Beteiligten wissen, dass es um die lebenswichtigste Ressource schlechthin geht. Kriege um Wasser werden stattfinden. Das ist so sicher wie das Amen in der Kirche, auch wenn das heute kaum ein Politiker öffentlich zugibt.«

»*Mir* müssen Sie den Stellenwert von Trinkwasser nicht erklären, Ethan. Deswegen habe ich MAGREX ins Leben gerufen.«

»Schon heute wird Wasser in vielen Regionen zu aberwitzigen Preisen gehandelt. Mit Gewinnspannen, die hundertmal größer sind als die im Drogenhandel. Pablo Escobar und El Chapo wären neidisch.«

»Sie wittern also ein gutes Geschäft.«

»Sagen Sie mir, Leonie, was haben Großstädte wie Kapstadt, Jakarta, São Paulo, Melbourne, Perth, Los Angeles und Peking gemeinsam?« Er streckte seinen Arm aus, zeigte mit dem Finger auf die felsige Küste und beantwortete seine Frage selbst. »Wie Malta werden auch diese Städte in wenigen Jahren von stromintensiven und ökologisch äußerst problematischen Entsalzungsanlagen abhängen, da deren Grundwasserreservoire übernutzt, brackig oder salzig sind. Das gilt zunehmend auch für Südeuropa und selbst für Ihre Heimat Deutschland. In den letzten zwanzig Jahren hat alleine Deutschland Wasser in der Größenordnung des Bodensees verloren. Wahrlich eine gewaltige Menge.«

»Sie wollten mir von Ihrer Vision erzählen«, erinnerte sie ihn.

Er richtete sich in seinem Stuhl auf. »Sauberes Trinkwasser in ausreichender Menge und jederzeit verfügbar für jeden Menschen auf der Welt – vollkommen egal, auf welchem Kontinent oder in welcher Region, selbst in den staubtrockenen Ländern und Emiraten Arabiens. Das ist meine Vision. Vor den Küsten aller Kontinente werde ich Förderinseln errichten, die mehr Süßwasser fördern werden, als die Menschheit je verbrauchen kann. Über Pipelines wird dieses Wasser direkt dorthin geliefert, wo es gebraucht wird. Kurze Transportwege, überschaubare Kosten. Meine Förderinseln werden jedoch weitaus mehr sein als nur technische Bauwerke. Ich werde ganze Städte auf dem Wasser errichten, auf denen die Menschen arbeiten und leben, mitsamt ihren Familien. Vollkommen autark mithilfe regenerativer Energien. Ich nenne diese Städte *Aqua Citys*. Erste Skizzen und Pläne dafür existieren bereits. Aktuell lasse ich anhand der bislang bekannten Kartografierung von Lagerstätten zwanzig mögliche Standorte prüfen. Zur Mitte des Jahrhunderts plane ich ein weltumspannendes Netz von über einhundert Aqua Citys.«

»Wow«, machte Leonie, die angesichts dieser Vorstellung jetzt tatsächlich sprachlos war.

»Übrigens«, fügte er hinzu, »lasse ich bereits juristisch prüfen, ob meine Aqua Citys möglicherweise einen eigenen Staatenverbund bilden können, mit eigener Währung, Steuergesetzgebung und Regierung. Die entscheidende Frage wird sein, ob die Aqua Citys in den Hoheitsgebieten derjenigen Staaten liegen, vor deren Küsten sie errichtet werden, oder ob sie lediglich in deren ausschließlichen Wirtschaftszonen liegen. Aber damit dürfen sich meine Juristen herumschlagen. Das ist noch Musik von morgen.«

Leonie starrte ihn mit großen Augen an. Für sie klang alles, was in den letzten Minuten aus Holloways Mund gekommen war, wie aus ferner Zukunft. Ganze Städte vor den Küsten, die Frischwasser in unbegrenzten Mengen für die Bevölkerung an Land förderten und lieferten. Zugegeben, das erschien faszinierend. Doch ganz so einfach, wie er sich das offenbar vorstellte, war es natürlich nicht.

»Das alles klingt sehr beeindruckend, Ethan. Aber Ihnen ist schon bewusst, dass weder Forschung noch Technik so weit sind? Wir sind noch viele Jahre davon entfernt, verlässliche Aussagen über sämtliche globalen Lagerstätten zu treffen, ebenso über deren Volumen. Über mögliche Fördertechniken und Probleme, die sich hierbei ergeben, reden wir dabei noch gar nicht.«

»Sie wissen, wer ich bin und welcher Ruf mir anhaftet.« Sein Grinsen war verschwunden, seine Augen hinter den aufgedunsenen Wangen verengten sich zu schmalen Schlitzen. »Denken Sie, Probleme halten mich auf? Im Gegenteil, sie motivieren mich. Ich bin nicht zu dem Menschen geworden, der heute vor Ihnen sitzt, hätte ich vor jedem Problem den Schwanz eingezogen.«

»Aber wir kennen weltweit bislang höchstens zwei Dutzend Lagerstätten. Alleine diese zu erforschen, wird Jahrzehnte dauern.«

»Sagt wer? Ihr Institut? Ihre Kollegen? Der liebe Gott?« Er legte den Kopf schief und leckte sich über die Lippen. »Sie müssen anfangen, groß zu denken, Leonie. Was würden Sie sagen, wenn ich Ihnen so viel Geld, Ausrüstung und Mitarbeiter zur Verfügung stelle, dass Sie diese Arbeit in weniger als zwei Jahren bewältigen können.«

Sie lachte. »Unmöglich.«

»Dieses Wort existiert in meinem Sprachgebrauch nicht«, erwiderte Holloway mit ernster Miene. »Zwei Jahre für Ihre Forschungen, ein weiteres Jahr für den Bau der ersten Aqua City.« Er langte nach einem Umschlag, der etwas abseits der Speiseplatten lag und Leonie bislang nicht aufgefallen war. Holloway öffnete ihn und zog ein Stück Papier hervor, das Leonie nach genauerem Hinsehen als einen Scheck identifizierte. Holloway legte ihn vor ihren Teller, klopfte mit dem Zeigefinger darauf und sagte: »Dieser Blankoscheck ist auf Sie ausgestellt, Leonie. Welche Summe auch nötig ist, damit Sie für mich arbeiten und dieses Projekt in maximal drei Jahren abschließen können … tragen Sie einfach diese Summe ein. Egal wie hoch sie ist.«

Leonie starrte auf den Scheck. Tatsächlich, er war auf ihren Namen ausgestellt. »Das ist … also, ich weiß nicht … das geht doch so nicht, oder?«

Er beugte sich über den Tisch, schob Leonies Teller beiseite und den Scheck ein Stück näher an sie heran. »Ich möchte, dass Sie mein Head of Business Development meines Unternehmens Sharpwater werden. Sie alleine werden entscheiden, ob Lagerstätten im Sinne einer nachhaltigen Nutzung zur Förderung geeignet sind oder nicht. Sie alleine werden entscheiden, vor welchen Küstenstädten Aqua Citys errichtet werden. Sollten Sie der Meinung sein, eine bestimmte Lagerstätte müsste aus ökologischen Gründen unangetastet bleiben, werde ich Ihnen nicht reinreden.« Er lehnte sich wieder zurück. »Sie erhalten alle Freiheiten, die man in einer solchen Position haben kann. Dazu ein Jahresgehalt, von dem Sie nie zu träumen gewagt haben. Zuzüglich einem großzügigen Bonus für jede neu errichtete Aqua City. Sie, Leonie, werden die Zukunft der Menschheit mitgestalten. Gemeinsam werden wir diese Welt zu einem besseren Ort machen. Der Name Leonie Vargas wird in die Geschichtsbücher eingehen.«

Leonie war baff. Sie hatte nicht den leisesten Schimmer, was sie zu all dem sagen sollte. Sie fühlte sich komplett überrumpelt.

Holloway gab ihr einen Moment, dann fragte er: »Also was denken Sie? Möchten Sie ein Teil meiner Vision sein?«

Leonie griff nach ihrem Glas und trank langsam und in kleinen Schlucken. Sie brauchte Zeit zum Nachdenken. Holloway hatte fraglos eine Saite in ihr zum Klingen gebracht. Seine Worte hatten etwas Magisches an sich. Die Aussicht, an einem derartigen Projekt in verantwortlicher Position mitzuarbeiten, war selbstverständlich reizvoll. Doch würde Leonie seinen Erwartungen gerecht werden können? Sie starrte auf ihren Namen auf dem Blankoscheck. War sie wirklich die Richtige für diesen Job?

»Ich bin Wissenschaftlerin, Ethan, keine Ingenieurin, und von Betriebswirtschaft habe ich schon mal gar keine Ahnung. Außerdem habe ich eine Anstellung bei einem sehr renommierten Institut.«

»Ein Institut, das Ihnen die Fördergelder für Ihr Herzensprojekt streicht.«

Damit hatte Holloway einen wunden Punkt getroffen. Leonie schwieg.

»Ich verstehe Ihre Bedenken. Das ist in Ordnung. Erlauben Sie mir eine Frage?«

»Natürlich.«

»Was würden Sie mir raten: Sollte ich, Stand heute, eher in Meerwasserentsalzungsanlagen investieren oder in die Erforschung von Offshore-Süßwasservorkommen?«

»Kommt drauf an«, sagte Leonie nach kurzer Abwägung. »Aus finanzieller Sicht wäre vermutlich entscheidend, ob die Kosten zur Erforschung der Lagerstätten, zum Fördern und Behandeln des Wassers sowie dessen Transport geringer sind als die Kosten einer Meerwasserentsalzung.«

»Und zu welchem Schluss würden Sie kommen?«

»Das kann ich so pauschal nicht beurteilen. Die Höhe der Förderkosten würde wohl von den technologischen Voraussetzungen abhängen. Diese wiederum hängen von der Tiefe der Reservoire ab und ihrer Entfernung zur Küste. Außerdem von den unterschiedlichen Gesteinsschichten und der Qualität des darin enthaltenen Wassers. Erst wenn man alle diese Parameter kennt, kann man die zu erwartenden Kosten berechnen und einen Vergleich anstellen. Aber ...«

»Ja?«

»Meerwasserentsalzungsanlagen werden meiner Meinung nach global betrachtet keine große Zukunft haben, da sie, wie bereits erwähnt, Unmengen an Energie verschlingen, sich auf Ökosysteme verheerend auswirken und den enormen Bedarf an Trinkwasser schon jetzt längst nicht mehr decken können. Nicht umsonst verbietet Kalifornien seit einiger Zeit den Bau neuer Entsalzungsanlagen, sofern sie nicht zwingend für das Überleben einer Region notwendig sind.«

»Wie lautet also Ihre Schlussfolgerung? In welche Methode sollte ich mein Geld investieren?«

Sie sah ihm in die Augen. »Ich denke, Sie befinden sich mit Ihrer Vision auf genau dem richtigen Weg.«

Holloways Grinsen kehrte zurück. Sichtlich zufrieden breitete er die Hände aus, als wollte er die ganze Welt umarmen. »Merken Sie, wie perfekt Sie für diesen Job geeignet sind? Sie sind nicht nur eine ausgewiesene Expertin auf Ihrem Fachgebiet. Sie besitzen auch die Fähigkeit, pragmatisch zu denken. Das kann man wahrlich nicht von allen Wissenschaftlern behaupten. Darüber hinaus haben Sie ein hervorragendes marktwirtschaftliches Verständnis. Sie, Leonie, werden meine rechte Hand bei Sharpwater sein!«

Leonie ließ ihren Blick über das dunkelblaue Meer schweifen, auf dem jetzt mehr Schaumkronen tanzten als noch vor einer Stunde. Ihr schwirrte der Kopf.

Offenbar deutete Holloway ihr Schweigen richtig, denn er sagte: »Sie brauchen Zeit zum Nachdenken. Ich mag Menschen, die nachdenken, bevor sie Entscheidungen treffen. Daher mache ich Ihnen einen Vorschlag. Wir beide werden morgen gemeinsam Ihre Messsonde bergen. Dabei lernen wir uns besser kennen und können noch einmal über alles reden.«

»Aber …«

»Die Kosten für die Bergung trage selbstverständlich ich«, fiel er ihr ins Wort.

Bevor sie etwas erwidern konnte, hob er die Hand und wedelte mit den Fingern. Beinahe augenblicklich erschien ein Assistent in einem dunkelblauen Anzug. Holloway wies ihn an, Leonie zurück nach Valletta zu begleiten. Sie sollte ihm während der Rückfahrt mitteilen, welche Ausrüstung sie für die Bergung des Schweins benötigte und welches Arbeitsschiff sie dafür chartern wollte. Holloway erklärte explizit, dass Kosten keine Rolle spielten. Dann stand er auf und streckte Leonie die Hand entgegen. »Ich freue mich auf unser kleines Abenteuer.«

Leonie begriff, dass die Angelegenheit damit entschieden war. Nichts würde ihn davon abbringen. Obwohl der pausbäckige Mann in dem Dagobert-Duck-T-Shirt alles andere als einschüchternd wirkte, strahlte er in diesem Augenblick die spürbare Selbstsicherheit eines erfolgreichen Unternehmers aus, der es gewohnt war, das zu bekommen, was er wollte. Deswegen, aber auch weil Holloways Angebot schlicht und ergreifend einem Lottogewinn gleichkam, gab Leonie ihm die Hand. »Dann bis morgen.«

Während der Assistent sie die Außentreppe hinab zum Beiboot führte, rief Holloway ihr hinterher: »Das Gold der Zukunft ist blau, Leonie! Vergessen Sie das nie.«

Er sollte recht behalten. Leonie vergaß es nie. Daran änderte selbst Thibault Morels schrecklicher Tod nichts, der sich nur wenige Wochen nach diesem Treffen auf Holloways Jacht unter seltsamen Umständen ereignete. Rückblickend hätte Morels Schicksal ihr eine Warnung sein müssen, doch damals war sie noch nicht in der Lage gewesen, die Zusammenhänge zu erkennen.

28

AUGUST 2026

INSEL RÜGEN, REGIONALFLUGPLATZ

Am Morgen des vierten Tages, vierundachtzig Stunden nach dem Überfall auf die *Greifswald*, stand Anne Hagen vor der schwersten Entscheidung ihres Lebens. Von allen Seiten baute sich ein zunehmend unmenschlicher Druck auf die Einsatzleiterin von Operation AURORA auf. Wenigstens, und das grenzte an ein Wunder, hatte die Presse von all dem noch keinen Wind bekommen. Dafür lag die Plattform zu abgelegen und die von ihrem Team lancierten Falschinformationen hinsichtlich der abgesagten Eröffnungsfeier funktionierten erstaunlicherweise. Einzig der Fernsehsender, der die Feier exklusiv hätte übertragen sollen und der zwei Kommentatoren sowie ein Kamerateam auf die *Greifswald* geschickt hatte, war notgedrungen in alles eingeweiht. Der Sender hielt still, weil man ihm exklusive Interviews versprochen hatte, sobald die Geiselnahme beendet sein würde. Die sozialen Medien hingegen waren nicht zu kontrollieren. Hier vermisste man mittlerweile viele der prominenten Geiseln, in erster Linie Ethan Holloway sowie die Influencerin Anastasia Eremenko. Über ihre ungewöhnlich lange mediale Abwesenheit wurde viel spekuliert, aber deswegen wuchsen Anne Hagen keine grauen Haare. Klatsch und Tratsch gab es immer. Andere Entwicklungen dagegen beunruhigten sie durchaus.

Wie so oft in den letzten Tagen hatte sie sich in die Einsamkeit und Stille der Damentoilette im Hauptgebäude geflüchtet, den einzigen Rückzugsort innerhalb des abgesperrten Geländes der provisorischen Einsatzzentrale. Nur hier konnte sie in Ruhe nachdenken. Mit angezogenen Beinen hockte sie in einer der Kabinen auf dem Klodeckel, gedankenverloren die Stirn auf die Knie gelehnt. Der Druck war von Anfang an enorm gewesen, doch der Anruf der Innenministerin vor wenigen Minuten hatte ihn weiter gesteigert. Die Bundesregierung erwartete von Anne Hagen unmissverständlich, endlich effektive Maßnahmen zur Neutralisierung der Geiselnehmer zu ergreifen. Dieselbe Aufforderung kam von ihrem direkten Vorgesetzten, Staatssekretär Peter Mertens. Doch ihr Zögern hatte einen guten Grund. Die Erstürmung der Plattform durch Spezialeinsatzkräfte würde mit hoher Wahrscheinlichkeit zu Toten führen. Auf beiden Seiten. Noch war sie nicht bereit, Menschen in den Tod zu schicken. Solange sie noch eine Chance in Verhandlungen sah, würde sie alles daransetzen, diesen Konflikt gewaltfrei zu lösen. Obwohl in puncto Verhandlungen seit der Geschichte mit Leonie Vargas Stillstand herrschte. Der Rückschlag mit Vargas ging Anne Hagen an die Nieren. Dabei hatte bis zu ihrer Rettung nicht viel gefehlt. Die *Fulda* war schon in Sichtweite des Rettungsbootes gekommen, doch die Söhne des Enki waren einen Tick schneller gewesen. Nachdem sie Vargas aufgebracht hatten, war Anne

Hagen nichts weiter übrig geblieben, als der *Fulda* den Befehl zum Abdrehen zu geben. Zwar wäre es für die Marinesoldaten ein Leichtes gewesen, die Geiselnehmer in ihrem Schlauchboot einzuholen und auszuschalten, doch für die Geiseln auf der *Greifswald* hätte dies in eine Katastrophe gemündet. Anne Hagens Niederlage war ein Etappensieg für Atticus, der nicht daran dachte, von seinen aberwitzigen Forderungen abzurücken. Die Zeit lief für ihn, denn allmählich ging dem Osten Deutschlands das Wasser aus.

Gestern im Laufe des Abends waren erste Meldungen über gewaltbehaftete Proteste und Demonstrationen in Berlin über die Ticker gelaufen, später in der Nacht war die Lage dann in einigen Bezirken eskaliert. In weiten Teilen der Region war sauberes Trinkwasser kaum noch zu bekommen, und wenn, dann in industriell abgefüllten Flaschen zu horrenden Preisen. Fabriken standen still; von den sanitären Zuständen in den Städten ganz zu schweigen. Die Menschen waren außer sich. Nach der Coronapandemie vor einigen Jahren hatte Anne Hagen immer gedacht, dass sich derartige Massenproteste nicht so schnell wiederholen würden. Doch sie hatte sich getäuscht. Das verbriefte Recht auf Wasser wurde landauf, landab lautstark eingefordert. Zumal sich die Wasserlieferungen aus den südlichen Bundesländern über die vorhandenen Verbundleitungen verzögerten, weil nach den Dürren der letzten Jahre die Wasserreservoire der gesamten Republik zu sehr strapaziert waren. Vor allem Bayern und Baden-Württemberg äußerten Bedenken. Zwar lieferten sie Wasser in den Osten und Norden, aber nicht annähernd ausreichende Mengen. Die Landesregierungen fürchteten, die eigene heimische Wasserversorgung zu gefährden und den Zorn der Wähler auf sich zu ziehen. Dazu kam, dass viele der zuletzt nicht mehr genutzten Zubringerleitungen innerhalb der Rohrnetze verkeimt waren und erst aufwendig chemisch behandelt werden mussten, bevor man Wasser hindurchschleusen konnte. Es war nur eine Frage der Zeit, bis es in den Problemvierteln der größeren Städte zu ersten Plünderungen kommen würde. So gesehen konnte Anne Hagen die Forderungen nach einer schnellen Beendigung dieser Krise durchaus nachvollziehen. Nur war es eine Sache, Forderungen zu stellen, ohne im Falle eines Versagens persönliche Konsequenzen befürchten zu müssen, und auf der anderen Seite diejenige Verantwortliche zu sein, die für falsche Entscheidungen den Kopf hinhalten musste. Möglicherweise aber spielte das alles für ihren weiteren Lebensweg sowieso keine Rolle mehr. Sie betastete ihren Bauch. Sollte sie den Krebs nicht besiegen, der eigentlich längst aus ihr herausgeschnitten sein sollte, war ihre Karriere ihr geringstes Problem. Mit jedem neuerlichen Ziehen in ihrem Unterleib raubte ihr die Krankheit ein Stück Lebenszeit. Es lag also auch in ihrem Interesse, diese Geiselnahme so schnell wie möglich zu beenden, damit sie sich endlich unters Messer legen konnte. Und doch zögerte sie, Yannick Fürst und der GSG 9 den Einsatzbefehl zu geben. Sie hatte einfach kein gutes Gefühl dabei.

Die Tür zur Damentoilette wurde geöffnet und jemand betrat den Raum. Ledersohlen quietschten auf den Fliesen.

»Frau Hagen?«

Ihr Kopf schoss nach oben. *Seibold*. Ausgerechnet. Von allen Männern, die sich hier wichtigmachten, war er derjenige, der ihr mit seiner ausgesprochen überheblichen Art am meisten auf den Senkel ging.

Er klopfte an die Tür ihrer Kabine. »Alles in Ordnung, Frau Hagen? Fühlen Sie sich nicht gut?«

»Alles bestens«, zischte sie. »Und jetzt verschwinden Sie gefälligst aus der Damentoilette.«

»Man vermisst Sie im Hangar. Herr Fürst steht bereit und wartet auf Ihren Befehl.«

»Den ich erteilen werde, sobald *ich* es für richtig halte.«

»Jede Stunde, die wir zögern, ist eine verlorene Stunde für die Geiseln und für die Bevölkerung, die nach Wasser lechzt.«

»Jaja, das ist mir schon alles klar.«

»Möchten Sie es gerne noch einmal von unserer Innenministerin hören?«

»Nicht nötig.«

»Sie können sich nicht andauernd hier drin verkriechen«, sagte Seibold mit unüberhörbarem vorwurfsvollem Unterton. »Nicht in Ihrer Position. Wenn Sie sich außerstande sehen, unbequeme Entscheidungen zu treffen, dann …«

Anne Hagen sprang auf und riss die Tür auf. »Dann was?«

Der zwei Köpfe größere Seibold trat erschrocken zurück und hob abwehrend die Hände. »Nun mal langsam …«

»Sie mit Ihrer großen Klappe haben leicht reden«, ging sie ihn an. »Als Sprachrohr des Innenministeriums haben Sie ja nichts weiter zu tun, als nur stumpf Anweisungen nachzuplappern. Entscheidungen zu kritisieren ist leicht, wenn man selbst keine treffen und verantworten muss. Also verstecken Sie sich meinetwegen weiterhin hinter Ihren Vorgesetzten, aber gehen Sie mir nicht auf den Zeiger. Haben wir uns verstanden?«

Einen Augenblick lang starrten sie sich mit zusammengepressten Lippen an. Dann sagte er: »Ich bin tatsächlich nur Beobachter hier. Aber im Gegensatz zu Ihnen kenne ich meinen Platz und habe nicht den Anspruch, mehr zu sein, als ich bin. Sie sollten sich fragen, Frau Hagen, ob Sie dieser Sache gewachsen sind.« Damit drehte er sich auf dem Absatz um und verließ die Toilette.

Kaum war die Tür zugefallen, trat Anne Hagen ans Waschbecken, stützte sich mit beiden Händen darauf ab und musterte ihr Gesicht im Spiegel. Die dunklen Ringe unter ihren Augen zeugten von Erschöpfung und Kraftlosigkeit. Vielleicht hatte Seibold recht. Vielleicht war das hier eine Nummer zu groß für sie. Vielleicht war sie tatsächlich noch nicht so weit und würde es möglicherweise nie sein. Als würde ihr Körper ihr ein Signal geben wollen, zwickte es in diesem Moment in ihrem Unterleib. *Kümmere dich um das, was wirklich wichtig ist,* schien er ihr sagen zu wollen. Sie starrte in ihre müden Augen und war drauf und dran, den Staatssekretär anzurufen und ihren Rücktritt anzubieten. Doch noch war sie nicht so weit. Sie richtete sich auf und zeigte ihrem Spiegelbild den Mittelfinger.

»Fick dich, Krebs!«, sagte sie und verließ die Toilette. Während sie mit energischen Schritten dem Hangar entgegenging, zischte sie leise: »Und fick dich, Atticus!«

29

HANSESTADT ANKLAM

Vier Tage nachdem die Wasserversorgung in weiten Teilen Mecklenburg-Vorpommerns sowie der gesamten Metropolregion Berlin-Brandenburg zum Erliegen gekommen war, zeigten sich erste Risse an der Oberfläche eines überraschend fragilen Gesellschaftssystems, dessen Normen- und Wertgefüge schneller den Bach runterging, als Chris sich das jemals hatte vorstellen können. Während er unter einem bedeckten Himmel auf seiner Zündapp über die viel befahrene Pasewalker Allee in Richtung Stadtzentrum tuckerte, sinnierte er darüber, ob ungezügelter freier Wettbewerb tatsächlich immer zielführend war. War der in Deutschland und in weiten Teilen der Welt praktizierte Kapitalismus tatsächlich so alternativlos, wie die meisten Politiker und selbst ernannten Wirtschaftsexperten unaufhörlich beteuerten? Diese für Chris ungewöhnlich tiefsinnigen Gedanken kamen nicht von ungefähr. Ihm ging die 0,7-Liter-Flasche Mineralwasser nicht aus dem Kopf, die er heute in aller Herrgottsfrühe einem Nachbarn für acht Euro abgekauft hatte. Im Stillen hatte er diesen Halsabschneider verflucht, doch seine

Eltern hatten das Wasser dringend benötigt, da deren Vorrat aufgebraucht war. Immerhin hatte der Nachbar überhaupt etwas zum Verkauf angeboten. Alle anderen, bei denen Chris an die Tür geklopft hatte, waren dazu nicht bereit oder selbst auf der Suche gewesen. Sein Bruder Marc und seine Schwester Peggy hatten am Telefon von ähnlichen Erfahrungen berichtet. Sämtliche Regale in Anklams Getränkemärkten waren leer gefegt. Nachschub war zwar unterwegs, doch es würde einige Zeit dauern, bis der gesamte Nordosten Deutschlands beliefert werden konnte. Selbst die Notbrunnen in der Region, die aufgrund einer Novelle der EU-Trinkwasser-Richtlinie im Jahr 2023 installiert worden waren, gaben aufgrund der extrem niedrigen Grundwasserpegel nichts mehr her. Die Unsicherheit über diese bislang nie dagewesene Situation sorgte für wachsende Unruhe in der Bevölkerung. Niemand schien verlässlich zu wissen, wie lange dieser Zustand anhalten würde. Nachrichten und Zeitungen überschlugen sich mit immer neuen Schreckensmeldungen und Spekulationen. Die Angst, für weitere Tage oder gar Wochen auf dem Trockenen zu sitzen, wuchs mit jeder Stunde und mit jedem weiteren Statement von Landtags- und Bundestagsabgeordneten, welche die Bevölkerung zu Ruhe und Besonnenheit aufriefen und beteuerten, die Lage im Griff zu haben. Einen Scheiß hatten sie. Das erkannte nicht nur Chris, sondern jedes Kind, das bis drei zählen konnte. Es war offensichtlich, dass hier von offizieller Seite etwas unter den Tisch gekehrt wurde. Chris überlegte, Roxy anzurufen. Vielleicht wusste sie in ihrer Redaktion mehr? Doch er verwarf den Gedanken. Vermutlich würde sie ihm nur mit irgendwelchen wilden Verschwörungstheorien kommen, die sie im Internet aufsaugte wie eine Drogensüchtige ihre tägliche Dosis Kokain.

Ein BMW überholte Chris in halsbrecherischer Geschwindigkeit und mit viel zu wenig Abstand. Als wäre das nicht genug, schimpfte der Fahrer wie ein Rohrspatz über ihn. Warum, blieb sein Geheimnis. Chris zeigte ihm den Stinkefinger. Die Aggressivität der Menschen nahm spürbar zu. Kein Wunder. Halb Anklam, so schien es, war an diesem schwülen Vormittag mit dem Auto unterwegs in die Innenstadt, wo die Parkplätze rund um die Wasserausgabestelle am Marktplatz längst heillos überfüllt waren. Lange Staus hatten sich gebildet, Autofahrer hupten und motzten, ohne auf den verstopften Straßen auch nur einen Meter vorwärts zu kommen. Chris rollte an ihnen vorbei bis ins Stadtzentrum. Er parkte die Zündapp direkt vor der Absperrung, die man rund um den Marktplatz errichtet hatte. In dessen Mitte – direkt neben dem staubtrockenen Greifenbrunnen – stand ein Tankwagen der Stadtverwaltung neben einem dunkelblauen Einsatzwagen des Technischen Hilfswerks. Davor wand sich eine lange Schlange wartender Menschen. Streifenpolizisten sorgten für Ordnung. Männer und Frauen mit Wasserkanistern in den Händen verließen den Platz. Ein Schild verkündete, dass jedem Einwohner Anklams ein Zweiliterkanister Trinkwasser pro Tag zustand. Viel zu wenig, wenn man bedachte, dass dieses Wasser auch zum Waschen, Zähneputzen und für eine rudimentäre Klospülung benötigt wurde. Seufzend stellte Chris sich ans Ende der Schlange.

Eine halbe Stunde später war er an der Reihe. Eine stämmige Frau in einer dunkelgrauen Cargohose und hellblau-grauer Bluse stand vor dem Tanklaster. Chris reichte ihr seinen Personalausweis und sie hakte seinen Namen von einer Liste ab. Dann übergab sie ihm einen gefüllten Zweiliterkanister.

»Ich brauche bitte noch zwei Kanister für meine Eltern«, sagte er. »Sie sind krank und können unmöglich selbst hier anstehen. Ich habe ihre Ausweise dabei.«

»Tut mir leid«, entgegnete die Frau. »Kann ich nicht machen. Wir haben unsere Anweisungen.«

»Keine Ausnahmen?«, fragte Chris und versuchte sich an einem Lächeln, von dem er selbst merkte, wie aufgesetzt es wirkte.

Die Frau schüttelte den Kopf. »Gehen Sie auf die Webseite der Stadtverwaltung. Füllen Sie dort den Antrag zur *befristeten Lieferung von Frischwasser in Privathaushalte* aus. Falls Ihrem Antrag stattgegeben wird, erhalten Sie binnen zwei Tagen eine E-Mail, in welcher Ihnen die zugesprochene Menge an Trinkwasser sowie das Lieferdatum mitgeteilt wird.«

Chris starrte sie entgeistert an. »Das heißt, meine Eltern bekommen frühestens in zwei Tagen Wasser geliefert?«

»Rechnen Sie eher mit drei bis vier Tagen.«

»Und was machen wir so lange? Sämtliche Getränkemärkte sind leer gekauft. Mein Vater ist pflegebedürftig. Wie sollen wir ohne Wasser auskommen?«

»He, junger Mann!«, rief eine Stimme in seinem Rücken. »Es gibt hier auch noch andere Leute, die warten.«

Chris drehte sich um.

Ein älterer Herr einige Plätze hinter ihm in der Schlange funkelte ihn wütend an. »Du hast deine Ration. Worauf wartest du noch? Mach dich vom Acker.«

»Hören Sie …«, begann Chris, doch die Frau vom THW ging sofort dazwischen.

»An meiner Ausgabestelle wird nicht gestritten«, ließ sie die Wartenden lautstark wissen. »Hier geht es zivilisiert zu. Haben das alle verstanden?« Dann wandte sie sich an Chris. »Ich kann Ihnen nicht helfen. Gehen Sie bitte weiter.«

Chris atmete tief durch, nickte und machte sich von dannen. Ihm war klar, dass die THW-Mitarbeiter nur Anweisungen befolgten und nicht jedem eine Extrawurst braten konnten. Drei oder gar vier Tage konnten er und seine Eltern jedoch unmöglich auf Wasser warten. Die Situation wurde zusehends brisanter.

30

OSTSEE, ZWÖLF SEEMEILEN VOR DER KÜSTE RÜGENS

Lediglich mit Unterwäsche bekleidet dämmerte Leonie im Dunkeln auf einer harten Pritsche dahin. Ihr Kopf ruhte auf einem zusammengerollten Handtuch, ein Badelaken diente ihr als Decke. Ihr gesamter Körper schmerzte, weil man ihr weder eine Matratze noch ein Kissen zugestand. Gelegentlich kam jemand vorbei, um eine Flasche Wasser und ein aufgeweichtes Sandwich in ihre Kammer zu werfen. Nicht einmal waschen konnte sie sich. Sie stank erbärmlich. Ihre Notdurft musste sie in einen Eimer verrichten, der sporadisch geleert wurde. Wie lange hielten die Söldner sie hier schon fest? Aufgrund des fehlenden Tag-Nacht-Rhythmus hatte sie längst das Zeitgefühl verloren. Leonie nach ihrem Fluchtversuch unter diesen Bedingungen schmoren zu lassen, gehörte vermutlich zu ihrer Bestrafung. In Gedanken malte sie sich aus, welche zusätzlichen Strafen ihr womöglich noch drohten. Angefangen von Schlägen und Misshandlungen über Vergewaltigung bis hin zu ihrer Ermordung; nach einer gefühlten Ewigkeit alleine in vollkommener Dunkelheit und Stille waren Leonies Vorstellungskraft keine Grenzen gesetzt. Nie zuvor hatte sie sich derart einsam und verletzlich gefühlt. Die Ungewissheit war quälend. Unvermittelt hörte sie das Türschloss klicken und jemand stieß die Tür auf. Grelles Licht fiel in die Kammer und auf die Pritsche. Leonie hob schützend die Hände vors Gesicht. Jemand warf ihr Kleidung vor die Füße.

»Anziehen!«, befahl ein Mann.

Wie alle Söldner war er bewaffnet und trug eine Sturmhaube. Seine dunklen, stechenden Augen verfolgten jede von Leonies Bewegungen, während sie in Hose, Pullover und Turnschuhe schlüpfte. Unter seinen Blicken fühlte sie sich extrem unwohl. Danach führte er sie mit vorgehaltener Pistole durch hell erleuchtete Flure bis vor den Konferenzraum im achten Stock des Verwaltungsgebäudes. Er zeigte auf die Tür. »Da drin hinsetzen und nicht reden. Kein Wort. Sonst gibt's Ärger.«

Unsicher, was oder wer sie hinter der Tür erwartete, drückte Leonie sie einen Spalt weit auf. Der Söldner verpasste ihr einen Stoß in den Rücken und sie stolperte in die Mitte des Konferenzraums. Mittlerweile hatten sich ihre Augen an die Helligkeit gewöhnt und sie staunte nicht schlecht, als sie in viele bekannte Gesichter sah. Da waren Ethan Holloway und Anastasia Eremenko, Frédéric LeBlanc mitsamt Ehefrau Delphine, Scarlett Connelly sowie der gesamte restliche Vorstand von Sharpwater, dazu einige der VIP-Gäste. Sie alle saßen oder lagen im Raum verteilt auf dem Boden. Ihre verschmutzten und verknitterten Abendgarderoben verrieten, dass man sie seit dem Abend der Eröffnungsfeier hier festhielt. Trotz der Lüftungsanlage hing der Geruch nach Schweiß im Raum. Das verschmierte Make-up der Frauen, deren ruinierte Frisuren und nicht zuletzt die Bartschatten in den Gesichtern der Männer sprachen Bände. Mit großen

Augen starrten sie Leonie an. Vor allem Holloway sezierte sie geradezu mit seinem durchdringenden Blick. Sicher fragte nicht nur er sich, wo Leonie die ganze Zeit gesteckt haben mochte und warum man sie erst jetzt hierherbrachte. Doch niemand stellte Fragen. Überhaupt sagte niemand auch nur ein Wort. Zaghaft blickte Leonie sich um. Ihr Herz machte einen Sprung, als sie in einer Ecke Jüri Kallas gegen die Wand gelehnt sitzen sah. Kaum merklich winkte er sie mit einer Hand zu sich. Sie stieg über zahlreiche Leute hinweg, um zu ihm zu gelangen, und setzte sich Schulter an Schulter neben ihn auf den Boden.

Sie neigte ihren Kopf zur Seite, sodass die beiden Wachen ihr Gesicht nicht sehen konnten, und flüsterte: »Schön, dich wiederzusehen.«

»Du riechst ganz schön streng«, entgegnete Kallas mit vor den Mund gehaltener Hand.

»Nach Rosen duftest du auch nicht gerade.«

Für einen Augenblick lächelten sie sich müde an. Dann sagte er ernst: »Ich hatte schon das Schlimmste befürchtet. Geht's dir gut?«

»Ja. Und dir?«

»Sie geben uns zu wenig zu essen. Wo zum Teufel warst du, Leonie?«

»Lange Geschichte. Was war hier bei euch los?«

»Ach, nur ein paar Terroristen, Schießereien, Geiselnahmen … das Übliche …«

»Sehr witzig, Jüri. Konntest du irgendwelche Informationen aufschnappen? Wer sind diese Kerle und was wollen sie?«

»Sie nennen sich die Söhne des Enki. Ihr Anführer hört auf den Namen Atticus. Er hat ein seitenlanges Manifest verlesen. Kurz gesagt fordert er darin die Zerschlagung von Sharpwater, das Ende der Privatisierung von Wasser und natürlich irre viel Geld. Holloway hat mehrfach angeboten, das geforderte Lösegeld zu bezahlen, aber Geld alleine scheint diesen Typen nicht zu genügen.«

»*Die Söhne des Enki?*«, wiederholte Leonie.

»Frag mich nicht. Noch nie gehört.«

»Aber ich. Denke ich zumindest.«

»Was? Woher?«

»Ich bin mir nicht sicher. Ich …«

»Hey!«, brüllte eine Wache und richtete den Lauf seines Gewehrs auf Leonie. »Klappe halten!«

Sie nickte eifrig.

Gedankenverloren starrte sie an die Decke. Der Name Enki sagte ihr etwas. Nur wo hatte sie ihn aufgeschnappt? Das Bild einer orangefarbenen Dose Kinnie poppte vor ihrem geistigen Auge auf. Dann sah sie Gabrijel, wie er die Dose an seine Lippen führte. Er trank in großen Schlucken, setzte die Dose ab, rülpste und lachte. Und plötzlich erinnerte sie sich. Damals auf Malta, als sie und Gabrijel frisch verliebt gewesen waren und mehr Zeit im Bett als außerhalb verbracht hatten, hatte Gabrijel eines Sonntagnachmittags einmal über einen alten Gott sinniert, der über alles Süßwasser der Erde herrschte. Dieser Gott hörte auf den Namen Enki und war laut Gabrijels Hypothese der mächtigste aller Götter, weil er über das wichtigste Element des Lebens gebot. Es war ein brütend heißer Tag gewesen und die bis über beide Ohren verknallte Leonie hatte ihm nicht wirklich zugehört. Sie hatten nackt nebeneinander gelegen und Leonie war mit ihren Fingern wieder und wieder die Konturen von Gabrijels harten Bauchmuskeln nachgefahren. Sein Gerede über irgendeine alte Mythologie war dabei nur Hintergrundrauschen gewesen. Sie wusste noch, wie sie sich gewünscht hatte, dieser Tag würde niemals enden.

Leonie schluckte. Die Dose Kinnie auf dem Schlauchboot, der Gott Enki, dazu die arabisch anmutende Sprache einiger Söldner, die Leonie zwar fremd, aber dennoch seltsam vertraut war. Plötzlich war sie davon überzeugt, dass sie Maltesisch sprachen. Alles nur Zufälle? Ihr Vater hatte immer gesagt: *Wenn etwas wie Hundekacke aussieht, so riecht und sich so anfühlt, dann ist es kein Zitronenbonbon.* Sie bemerkte, dass ihre Hände zitterten, und vergrub sie in ihrem Schoß.

Jüri Kallas neigte seinen Kopf und fragte flüsternd: »Was ist los mit dir? Hast du einen Geist gesehen?«

Leonie erwiderte nichts. Einen Geist gesehen hatte sie zwar nicht, aber von jetzt auf gleich schwebte über der *Greifswald* ein Phantom namens Gabrijel. In Leonies Kopf spukte ihr toter Verlobter umher und ließ sie nicht zur Ruhe kommen. Nur wie passte Gabrijel in dieses Bild? Die wahrscheinlichste Erklärung lautete: gar nicht. Malta war eine der trockensten Inseln der Welt, auf der Wasser das beherrschende Thema war. Einfach alles drehte sich darum. Entsprechend waren dazu die unterschiedlichsten Mythologien weitverbreitet. Geboren und aufgewachsen auf Malta, musste Gabrijel zweifelsohne mit einigen davon in Berührung gekommen sein, darunter auch die Sage von Enki. Machte ihn das zwangsläufig zu einem Mitwisser oder gar Komplizen dieser Terroristen? Sicher nicht. Wobei Leonie eine Tatsache nicht verleugnen konnte, die Gabrijel durchaus mit der *Greifswald* in Verbindung brachte – nämlich sie selbst. Leonie hatte diese Plattform zu einem großen Teil entworfen und war in praktisch alle sicherheitsrelevanten Überlegungen involviert gewesen. Doch abgesehen von eher oberflächlichen

Gesprächen diesbezüglich hatte sie mit Gabrijel nie detailliert über ihr Projekt geredet. Einerseits war sie Sharpwater gegenüber zu Verschwiegenheit verpflichtet, andererseits schien Gabrijel sich nie ernsthaft dafür interessiert zu haben. Sein Interesse hatte einzig Leonie gegolten. Nur ihretwegen hatte er Malta verlassen und eines Tages vollkommen überraschend wieder vor ihrer Tür gestanden. Leonie hatte nicht lange gezögert und ihn in ihr Haus und zurück in ihr Herz gelassen. Sie hatten sich geliebt. Das war alles, was Leonie wissen musste. Trotzdem nagte mit einem Mal hartnäckig der Anflug eines Zweifels in ihr. War Gabrijel vor seinem Tod in irgendeiner Form in die Planungen für diese Geiselnahme eingebunden gewesen? Der Gedanke war unerträglich. *Wenn etwas wie Hundekacke aussieht, so riecht und sich so anfühlt, dann ist es kein Zitronenbonbon.*

Allerdings war Leonie nicht die Einzige hier, die in der Vergangenheit mit Gabrijel in Kontakt gestanden hatte. Ihr Blick heftete sich auf Ethan Holloway und Frédéric LeBlanc, die in der Mitte des Raums hockten. Holloway döste mit hängendem Kopf und deutlich sichtbarem Doppelkinn vor sich hin. Anastasia Eremenko lag seitlich zusammengerollt auf dem Boden, den Kopf auf Holloways Oberschenkel gebettet. Ihre Augen starrten ins Leere. Dem fast siebzig Jahre alten LeBlanc sah man die Strapazen der letzten Tage deutlich an. Er schien um Jahre gealtert zu sein, seitdem Leonie ihn das letzte Mal gesehen hatte. Seine Frau Delphine kauerte neben ihm, den Kopf auf seine Schulter gelehnt, eine Hand in die ihres Mannes gelegt. Die Wege all dieser Personen hatten sich in der Vergangenheit zu irgendeinem Zeitpunkt mit Gabrijels Wegen gekreuzt. Bei einigen dieser Begegnungen war Leonie sogar dabei gewesen; damals auf Malta, teilweise noch bevor sie und Gabrijel zueinandergefunden hatten.

Zu einer Zeit, als sich die beiden Multimilliardäre noch spinnefeind gewesen waren und sich bis aufs Blut bekämpft hatten. Erst später hatten sie ihre Rivalität beigelegt und eingesehen, dass sie sich gegenseitig brauchten. Nur wenn sie gemeinsam an einem Strang zogen, so ihre Erkenntnis, konnten sie das Jahrhundertprojekt eines weltumspannenden Netzes von Aqua Citys wahr werden lassen. Rückblickend betrachtet hatten Leonie und Gabrijel sich überhaupt erst dank Holloway kennengelernt. Falls Gabrijel vor seinem Tod also in irgendeiner Form in diese Sache verwickelt gewesen sein sollte, dann nicht zwangsläufig wegen seiner Beziehung zu Leonie. Und dann kam ihr ein Gedanke, der ihr das Blut in den Adern gefrieren ließ. Was, wenn sein Tod gar kein Unfall gewesen war? Was, wenn Leonies Verlobter anfänglich vielleicht tatsächlich etwas mit den Söldnern zu tun gehabt hatte, sich dann aber von ihnen distanziert hatte? Vielleicht hatte er Skrupel bekommen und zur Polizei gehen wollen, weshalb man ihn aus dem Weg geräumt hatte. Hatte er damit gedroht, den Plan auffliegen zu lassen? Das wäre Gabrijel durchaus zuzutrauen gewesen. Mit einem Mal erschien alles möglich.

Leonie schwirrte der Kopf. Die gesamte Situation überforderte sie. Mit dem Rücken gegen die Wand gelehnt, beobachtete sie durch die Fensterfront eine dunkle Wolkenwand, die von kräftigen Winden angetrieben aus östlicher Richtung angejagt kam. Wie es schien, zog ein Sturm auf.

Sie drehte ihren Kopf zu Jüri Kallas um. »Ich muss dich etwas fragen. Aber du musst mir versprechen, dass das unter uns bleibt.«

»Äh, klar.«

»Denkst du, dass einer von uns mit dieser Sache zu tun hat?«

Er wirkte irritiert. »Ich fürchte, ich kann dir nicht folgen.«

»Hast du dich nie gefragt, wie es die Söldner geschafft haben, die Plattform zu kapern? Sie müssen Informationen erhalten haben. Von jemandem, der sich auskennt.«

»Du meinst, irgendjemand bei Sharpwater?«

»Nicht irgendjemand. Es muss eine Person sein, die Zugang zu sensiblen Sicherheitsinformationen hat. Das ist ein überschaubarer Kreis. Ich habe nachgedacht, Jüri, und ich wäre nicht überrascht, wenn sich diese Person in diesem Augenblick mit uns hier im Raum aufhielte.«

Er blies die Backen auf und ließ langsam die Luft entweichen. »Anton Reitmayr und Torben Jepsen. Wenn du richtigliegst, dann könnte es einer der beiden sein. Oder beide gemeinsam.«

»Anton und Torben?« Leonie entdeckte die beiden nebeneinander hockend an der gegenüberliegenden Wand. Reitmayr hatte die Augen geschlossen und schien zu meditieren, Jepsens Blick sprang unruhig hin und her. Leonie fiel auf, dass beide dieselben Klamotten trugen, die sie bereits beim Anflug auf die *Greifswald* getragen hatten. »Wie kommst du darauf, Jüri?«

Er erzählte von seinen Beobachtungen, die er am ersten Tag nach der Geiselnahme gemacht hatte, als er von einem Söldner zur Toilette geführt wurde. Erst zu diesem Zeitpunkt waren Reitmayr und Jepsen kurz hintereinander in den Konferenzraum gebracht worden. Wo sie die Nacht verbracht und weshalb sie sich nicht wie alle anderen für den Empfang in Schale geschmissen hatten, waren unbeantwortete Fragen.

Darüber dachte Leonie nach. Sie kannte beide Kollegen seit über einem Jahr und konnte sich beim besten Willen nicht vorstellen, dass einer von ihnen mit skrupellosen Söldnern gemeinsame Sache machen würde. Allerdings galt das für alle ihre Kollegen.

»Das alles sollte Anne Hagen erfahren«, murmelte sie leise vor sich hin.

»Wer?«

Leonie erzählte ihm vom Funkkontakt mit der verantwortlichen Bundespolizistin. Seine Augen weiteten sich. Mit einem Mal wirkte er fahrig.

»Was ist?«, fragte Leonie.

»Nichts. Na ja … doch. Also, ich hätte ein Amateurfunkgerät in meinem Zimmer.«

»Du hast was?«

»Ja, ich weiß, Amateurfunk ist auf der *Greifswald* aus gutem Grund verboten. Aber das ist die einzige Möglichkeit für mich, mit Taavi so etwas wie eine Vater-Sohn-Bindung aufrechtzuerhalten. Ich bin zu oft von zu Hause weg, Leonie. Der Junge soll seinen Vater nicht nur von Fotos kennen.«

»Ich bin die Letzte, die dir Vorwürfe macht. Aber wenn man dein Funkgerät entdeckt hätte, wärst du aus dem Projekt geflogen.«

»Es ist klein und gut versteckt.«

»Wie ist es dir gelungen, dieses Ding auf die Plattform zu schmuggeln?«

»Überhaupt nicht.« Er grinste schief. »Ich hab es selbst zusammengebaut. Aus elektronischen Komponenten, die während der letzten Bauphase … sagen wir … übrig geblieben sind und die niemand vermisst hat.«

Ungläubig schüttelte Leonie den Kopf. Dann sah sie zu den Wachen und seufzte. »Nun ja, es spielt sowieso keine Rolle. Abgesehen von der Toilette gehen wir sehr wahrscheinlich nirgendwohin.«

Die Tür wurde von außen aufgestoßen und zwei Söldner traten ein. Suchend ruckten ihre Köpfe hin und her. In die Reihen der Geiseln kam sichtlich Unruhe. Leonie stockte der Atem, als ein Söldner ihren Blick auffing und daraufhin zielstrebig auf sie zukam.

Breitbeinig baute er sich vor ihr auf. »Du. Mitkommen!«

31

Die Wachen führten Leonie mit vorgehaltenen Waffen den Flur entlang bis vor eine Tür, auf der in geschwungenen Buchstaben *Lounge 8* stand. Dahinter verbarg sich der Gesellschaftsraum für Sharpwaters Führungsriege. Auf der *Greifswald* gab es mehrere Lounges, in denen die Arbeiter ihre Freizeit mit Kartenspielen, Billard und Flipperautomaten verbringen konnten. Lounge 8 allerdings war nur wenigen ausgewählten Angestellten zugänglich und entsprechend luxuriös ausgestattet. Ethan Holloway hatte sie im Art-déco-Stil einrichten lassen, mit einem geschwungenen Bartresen, viel Glas und kleinen Stehlampen auf den niedrigen Tischen. In den vergangenen zwölf Monaten hatte Leonie dieses Privileg nur selten genutzt. Nach einem langen Arbeitstag hatte ihr der Sinn meist nach einer Dusche und ihrem Bett gestanden. Nichtsdestotrotz hatte sie sich gelegentlich von Jüri Kallas auf ein Glas Wein in der Lounge 8 überreden lassen; dem einzigen Ort auf der Plattform, an dem Alkohol ausgeschenkt wurde. Weshalb man Leonie jetzt ausgerechnet hierherbrachte, war ihr ein Rätsel. Sicher war nur, dass man sie nicht zum Weintrinken einladen würde.

Ein schmächtiger Mann öffnete von innen die Tür. Im Gegensatz zu den Söldnern war er nicht bewaffnet und trug auch keine Sturmhaube. Sein hellbrauner Teint, die dunklen Augen und das kurz geschorene schwarze Haar ließen eine südländische Herkunft vermuten. Er schien kein Problem damit zu haben, sein Gesicht zu zeigen, was Leonie beunruhigte. Offenbar ging er davon aus, dass sie niemals die Gelegenheit bekommen würde, ihn zu identifizieren. Nachdem er sie abschätzig von oben bis unten gemustert hatte, stakste er mit seinen dünnen Beinchen zurück in die Lounge, erschien kurz darauf mit einem Laptop unter dem Arm wieder und schob sich wortlos an Leonie vorbei. Einer der Söldner schubste sie in die Lounge und knallte die Tür hinter ihr zu. Erst jetzt bemerkte sie den Mann, der mit dem Rücken zu ihr am Fenster stand und den heraufziehenden Sturm beobachtete.

Seine Statur unterschied sich in allen Belangen von der des schmächtigen Kerls mit dem Laptop. Dieser Mann in seinem schwarzen Kampfanzug war groß und breitschultrig. Auch er trug keine Sturmhaube. Seine dichten schwarzen Locken, die ihm bis an die Schultern reichten, wirkten erschreckend vertraut. Die feinen Härchen an Leonies Unterarmen stellten sich auf, als wäre der Raum mit einem Mal von elektrischer Spannung erfüllt. Obwohl es vollkommen unmöglich war, wusste es ein Teil von Leonie sofort, während ihr verbliebener Verstand ihr einzureden versuchte, dass es keine Geister gab. Ihre Lippen begannen zu zittern.

»Hallo, *Malika*«, sagte Gabrijel und drehte sich zu ihr um.

Leonies Knie wurden weich. Ihr wurde schwarz vor Augen und für eine Sekunde drohte sie, das Bewusstsein zu verlieren. Sie taumelte, prallte mit der Hüfte gegen einen wuchtigen Ledersessel, krallte sich an ihm fest und ließ sich dann kraftlos hineingleiten. Ihr Unterkiefer bebte, ihre Hände zitterten. Aus wässrigen Augen starrte sie ihren tot geglaubten Verlobten an. *Gabrijel.* Er war es. Ohne jeglichen Zweifel. Er lebte!

Leonies Hirn wurde von einem wirren Durcheinander von Gefühlen geflutet, die aufkamen und in sich zusammenfielen wie steil aufragende Wellen in einem sturmgepeitschten Meer. Freude, Ablehnung, Hoffnung, Angst, Glück und Entsetzen wechselten sich binnen Sekunden ab. Der Wunsch, Gabrijel in die Arme zu schließen, war zweifelsohne vorhanden, doch er war überschattet von einem unerklärlichen Drang nach Flucht. Tatsächlich jagte ihr sein Anblick eine Heidenangst ein.

»Du bist verwirrt«, stellte er fest. »Das ist verständlich.« Langsam kam er auf sie zu.

Unwillkürlich wich sie in ihrem Sessel zurück, drückte sich so tief hinein, wie sie nur konnte. Ihre Finger gruben sich in den Lederbezug.

Er setzte sich ihr gegenüber und lehnte sich entspannt zurück. »Es ist bedauerlich, dass du es auf diese Art und Weise erfahren musst, aber dies war der einzige gangbare Weg. Ich hätte dir gerne den Schmerz erspart, doch damit hätte ich dir keinen Gefallen getan. Schmerz ist ein fundamentaler Teil unseres Lebens. Er erfüllt einen wichtigen Zweck. Schmerz legt den Grundstein für Heilung – körperlich wie seelisch. Wir müssen Schmerz erfahren, um zu wachsen. Ohne Schmerz gibt es keine Hoffnung und auch keine Liebe.«

Leonie hörte ihn reden, gleichwohl verstand sie nichts. Sie war schlichtweg nicht fähig, ihm gedanklich zu folgen. Alles, woran sie denken konnte, war die Tatsache, dass er lebte! Wie war das möglich? Vor nicht einmal vier Monaten hatte sie auf einem Polizeirevier seine Kette identifiziert, welche die zur Unkenntlichkeit verbrannte Leiche hinter dem Steuer ihres demolierten Autos um den Hals getragen hatte. Auf Fotos hatte sie außerdem das Tattoo auf seinem Handrücken identifiziert; eine der wenigen Stellen seines Körpers, die nicht vollständig verbrannt gewesen waren. Zwei Wochen später hatte sie Gabrijel beerdigt. Sie hatte an seinem Grab gestanden, hatte eigenhändig Erde auf seinen Sarg rieseln lassen, hatte zugesehen, wie die Friedhofswärter das Loch geschlossen hatten. Und doch saß Gabrijel ihr jetzt gegenüber. Mit dem Ärmel ihres Pullovers wischte sie sich die Tränen aus den Augen.

»Nicht weinen«, sagte er. »Du musst jetzt stark sein, denn wir müssen uns unterhalten. Und ich möchte, dass du jedes einzelne Wort von mir begreifst. Das ist sehr wichtig. Verstehst du?«

Wie ferngesteuert nickte sie.

Er griff in eine der Taschen seines Kampfanzugs, holte eine Packung Taschentücher hervor und hielt sie ihr hin.

Zögerlich griff sie danach und zog dann rasch ihre Hand zurück, als hätte sie einem Löwen ein Stück Fleisch aus dem offenen Maul geklaut. Gabrijel saß entspannt in seinem Sessel, während sie schnäuzte. Dabei musterte er sie abschätzig. Seine Augen, die stets Wärme und Liebe ausgestrahlt hatten, ruhten kalt und abweisend auf ihr. Von Mitgefühl oder gar Liebe keine Spur. Der Mann, der Leonie gegenübersaß, war nicht der Gabrijel, den sie gekannt und geliebt hatte. Dieser Mann hier war ihr fremd.

Schließlich sah er demonstrativ auf die Taucheruhr an seinem Handgelenk. »Du hast viele Fragen. Einige davon werde ich dir vielleicht beantworten. Aber zuvor möchte ich, dass du begreifst, dass all dies hier«, er breitete seine Arme aus, »unausweichlich war. Jemand musste Holloway Einhalt gebieten. Jemand musste etwas gegen die ausufernde Ungerechtigkeit unternehmen und gegen Sharpwaters wachsende Macht. Nichts anderes als imperialistisches Denken ist es, was Holloway antreibt. Wenn wir ihm nicht Einhalt gebieten, wird es niemand tun.«

»Wie … der Unfall … wie hast du …«, begann Leonie, doch ihre Stimme brach.

»Wie ich den Unfall überstanden habe? Wie ich noch am Leben sein kann?«

Sie nickte.

»Nun, augenscheinlich war es nicht ich, der in deinem Auto bis zur Unkenntlichkeit verbrannt ist.« Er schlug die Beine übereinander. »Wer es war und warum, spielt keine Rolle. Für dich ist nur wichtig zu verstehen, dass alles, was zwischen uns war, zu unserem Plan gehörte. Ehrlich gesagt warst du der wichtigste Teil. Ohne dich hätten wir es nie geschafft.«

»Plan?« Ihre Verwirrung wuchs mit jedem weiteren Wort, das aus seinem Mund kam. »Wovon redest du?«

»Ist das nicht offensichtlich?« Wieder breitete er seine Arme aus. »Sieh dich um, wo wir uns befinden. Ohne dich wären meine Brüder und ich heute nicht hier. Ohne dich wäre überhaupt niemand hier, um Holloways unermesslicher Gier einen Riegel vorzuschieben.«

»Ich? Was habe ich damit zu tun? Herrgott, Gabrijel … du lebst! Kannst du mir nicht etwas Zeit geben, um das erst mal zu begreifen? Ich stehe kurz vor einem Nervenzusammenbruch und du redest von irgendwelchen Plänen …«

Er ging nicht darauf ein. Stattdessen fragte er: »Willst du denn nicht wissen, welchen Anteil du an dieser Mission hast?«

»Sag schon.«

»Ich habe jeden einzelnen deiner Ordner, die überall in der Wohnung herumstanden, bis ins kleinste Detail studiert, inklusive der Baupläne und Konstruktionsmerkmale dieser Plattform. Die Infos, die ich dort nicht finden konnte, habe ich mir aus deinen E-Mails und Dropbox-Konten gezogen. Deinen Laptop zu klonen, war ein Kinderspiel für Kristos. Das nächste Mal solltest du deine Passwörter vielleicht nicht mehr in deinem goldenen Notizbuch notieren, das du in der untersten Schublade deines Nachttischs versteckst.« Er grinste. »Deine Nachlässigkeit hat mir viel Arbeit erspart. Dank deiner Vertrauensseligkeit kenne ich die *Greifswald* mindestens ebenso gut wie du.«

Sie sah ihn fassungslos an. »Du hast meine Passwörter gestohlen, um meine E-Mails und geschäftliche Korrespondenz zu lesen? Du hast meinen Laptop gehackt?«

»Genau genommen war das Kristos. Ein echtes IT-Genie, wenn du mich fragst.«

»Du hast mich die ganze Zeit über belogen und ausgenutzt«, stellte sie konsterniert fest, »und du hast mein Vertrauen missbraucht.«

Er zuckte mit den Schultern. »Wie gesagt, es war der einzig gangbare Weg, um unsere Ziele zu erreichen.«

»Aber was ist mit uns beiden, Gabrijel?«

»Hast du noch immer nicht begriffen? Das zwischen uns war nicht echt. Zumindest nicht beim zweiten Mal.«

»Wie bitte?«

»Hast du dich wirklich nie ernsthaft gefragt, warum ich nach so langer Zeit wieder bei dir vor der Tür stand? Denkst du wirklich, ich hätte meine wunderschöne Heimat verlassen, um mit dir in diesem furchtbaren Land zu leben, weil ich mich so sehr nach dir verzehrt habe? Sicher nicht.« Er verdrehte die Augen.

»Komm schon. Wir stammen aus unterschiedlichen Welten, sind so gegensätzlich aufgewachsen, wie man sich das nur vorstellen kann. Wir sind geprägt durch Erlebnisse, die der andere niemals nachvollziehen kann. Unsere Ansichten unterscheiden sich in so vielen wesentlichen Punkten. Wir sind grundverschieden.«

»Das ist keine Antwort, Gabrijel.«

»Du willst die schonungslose Wahrheit?« Er beugte sich zu ihr vor. »Meinetwegen. Als wir uns damals im Old Casablanca kennenlernten, hast du mir gefallen. Das gebe ich gerne zu. Und ja, für ein paar Wochen hatten wir Spaß miteinander. Aber für mich war da nie mehr als Sex zwischen uns. Zu der Zeit hatte ich jeden Abend eine andere Touristin im Bett, wenn mir der Sinn danach stand. Ich bin und war nie ein Mönch. Das muss dir doch klar gewesen sein.«

Sie schluckte. »Das war mir bis gerade eben keineswegs klar. Ich dachte …«

»… dass ich dich liebe?« Er schmunzelte. »Dachtest du ernsthaft, das zwischen uns war Liebe? Komm schon. Tief im Innern musst du immer gewusst haben, dass du mich nicht exklusiv haben kannst.«

»Was redest du da, Gabrijel? Wir haben uns geliebt. Wir waren ein Paar.« Jetzt liefen ihr die Tränen herab. »Wir wollten heiraten …«

Er lachte sarkastisch auf. »Ein Ring an *meinem* Finger? Niemals. Was denkst du, warum wir den Unfall *vorher* inszeniert haben?«

»Inszeniert?«, hauchte Leonie.

»Du bist wirklich schwer von Begriff.« Er gab sich keine Mühe, seine Verstimmung zu verbergen. »Ich musste sterben, als die

Zeit reif war, und du durftest nicht den geringsten Zweifel an meinem Tod haben. Wäre ich einfach von der Bildfläche verschwunden oder hätte dich so kurz vor der Eröffnungsfeier verlassen, hättest du Verdacht schöpfen können, und das hätte die Operation gefährdet.« Er winkte ab. »Zum Glück leben in Deutschland mehr als genug Penner auf den Straßen. Sie kommen und gehen, niemand nimmt Notiz von ihnen. Keiner vermisst einen obdachlosen Junkie. Und dank deiner Aussage hatte die Polizei nicht den geringsten Grund daran zu zweifeln, dass die verbrannte Leiche in deinem Auto *nicht* dein Verlobter sein könnte.«

Beinahe flüsternd, weil sie die furchtbare Antwort zu kennen glaubte, fragte sie: »Wieso hatte der Tote dasselbe Tattoo wie du?«

»Ist das nicht offensichtlich?« Sein hinterhältiges Lächeln wurde zu einem breiten Grinsen. »Bei einer zur Unkenntlichkeit verbrannten Leiche genügt es den Behörden nicht, wenn Angehörige oder Freunde sie anhand von Halsketten, Ringen oder was auch immer identifizieren. Zu Recht, denn das sind alles austauschbare Gegenstände. Unsere Leiche brauchte ein körperliches, persönliches Merkmal, das du zweifelsohne als ein unabänderliches Merkmal von mir identifizieren konntest. Nur so konnten wir eine gerichtsmedizinische Untersuchung der Leiche vermeiden. Bei einem DNA-Abgleich oder der Sichtung von zahnmedizinischen Unterlagen wäre der Schwindel sofort aufgeflogen. Das mussten wir unbedingt verhindern. Also haben wir unseren Penner vor seinem Tod ein wenig verschönert.«

Leonie riss die Augen auf. »Du hast einem Obdachlosen den Handrücken tätowiert, bevor du ihn umgebracht hast?«

»Nicht ich. Paolo ist unser Künstler. Und damit die Haut an dieser Stelle nicht vollständig verbrannte und du überhaupt etwas zu identifizieren hattest, haben wir die Hand des Toten großzügig mit einem speziellen feuerresistenten Hydrogel bestrichen. Diese Gels werden hauptsächlich von Stuntleuten beim Film benutzt, wenn Feuereffekte im Spiel sind.«

Leonie senkte ihren Blick. Gabrijel auch nur eine Sekunde länger anzusehen, war ihr nicht möglich. Ihr fehlten die Worte. Führte sie dieses irritierende und verstörende Gespräch gerade wirklich, oder träumte sie? Sagte Gabrijel all diese furchtbaren Dinge tatsächlich, oder spielte ihr überfordertes Hirn ihr nur einen bösen Streich? Wie Schuppen fiel es ihr jetzt von den Augen, wie sehr sie sich damals gewundert hatte, dass ausgerechnet die Hand mit Gabrijels Tattoo vom Feuer einigermaßen verschont geblieben war. Die Polizei hatte damals gemeint, es käme *durchaus gelegentlich* vor, dass Leichen unterschiedlich stark verbrennen.

»Wie lange hast du diese Scharade durchgezogen?«, wollte sie wissen. »Wie lange hast du mir Gefühle vorgespielt, während du mich gleichzeitig hintergangen hast? Wann hattest du diesen Plan gefasst? Wann hast du meinen Computer infiltriert? Wie lange hast du mich verarscht, Gabrijel?«

»Hast du mir nicht zugehört?«

»Du erzählst Scheiße.« Sie zeigte mit dem Finger auf ihn. »Als wir uns kennenlernten, wusstest du weder, wer ich war, noch was ich beruflich tue. Also erzähl mir nicht, dass du diesen Plan von Anfang an hattest, denn das ist Bullshit.«

»Glaub, was du willst.«

Leonie rieb sich die Schläfen. Sie konnte seine Lügen nicht länger ertragen. Alles, woran sie geglaubt hatte, fiel in sich zusammen wie ein Kartenhaus. Sie stand vor einem Scherbenhaufen.

»Wer ist *wir*?«, fragte sie unvermittelt.

»Was meinst du?«

»Du redest ständig von *wir*. Also, wer ist *wir*?«

Er zögerte. »*Wir*, das sind meine Brüder und ich. Die Söhne des Enki.«

»Das ist nur die halbe Wahrheit.« Sie kniff die Augen zusammen. »Du hattest Hilfe von jemandem bei Sharpwater. Von wem?«

»Von dir. Unwissentlich. Sagte ich doch.«

»Und wieder erzählst du Bullshit. Etwa eine Woche nach deinem *Tod* musste ich routinemäßig einige Passwörter ändern. Spätestens von diesem Zeitpunkt an hattest du keinen Zugang mehr zu bestimmten sicherheitsrelevanten Informationen, die sich in regelmäßigen Abständen ändern. Diese Informationen musst du demnach von jemand anderem bekommen haben.« Sie deutete auf die Zugangskarte, die an seinem Gürtel baumelte. »Und schon gar nicht wärst du über mich an eine solche Zugangskarte gekommen.«

Für einen Moment schien er irritiert, dann schmunzelte er. »So viele Fragen, *Malika*.«

»Nenn mich nicht so!«, fauchte sie ihn an. »Nie wieder. Hörst du?«

Sein Schmunzeln verwandelte sich wieder in dieses breite, überhebliche Grinsen, das sie mittlerweile verabscheute. »Du liebst mich noch immer. Du kannst deine Gefühle nicht vor mir verbergen.«

»Du hast nicht die geringste Ahnung.«

Er lachte.

Leonie schoss aus ihrem Sessel hoch und sah auf ihn herab. »Noch vor wenigen Minuten hätte ich alles dafür gegeben, nur um dich wieder in meinem Leben zu haben. Du warst meine Welt. Wie konntest du mir das nur antun? Aber weißt du was,

Gabrijel? Jetzt die Wahrheit zu kennen und dabei dein verlogenes Gesicht zu sehen, das macht es so viel leichter.«

Ohne Eile erhob er sich und brachte sein Gesicht nahe an ihres. »Und was genau meinst du damit?«

»Ich hätte es nie für möglich gehalten, aber auf einmal ist es überraschend leicht, dich zu hassen. Nicht für das, was du hier abziehst, sondern für das, was du mir angetan hast.« Sie lächelte bitter. »Endlich muss ich nicht mehr um dich trauern. Du hattest recht, was Schmerz angeht. Er hat mich stark werden lassen. Und jetzt ist er fort. Einfach so. Du kannst dir nicht vorstellen, wie gut sich das anfühlt.«

Seine Augenbrauen zogen sich zusammen. »Wem willst du etwas vormachen? Du belügst dich selbst. Ich kenne dich.«

»Du hast dich nie wirklich für mich interessiert. Du kennst mich ebenso wenig, wie ich dich kannte. Und jetzt bring mich zurück zu den anderen Geiseln. Denn nichts anderes bin ich offensichtlich für dich.«

Sie wandte sich von ihm ab, doch er packte ihren Arm und riss sie ruckartig herum. »*Ich* sage, wann wir fertig sind, *Malika.*«

Leonie spuckte ihm ins Gesicht.

Sie sah den Schlag nicht kommen.

Gabrijels Handrücken traf sie mit voller Wucht unterhalb des rechten Auges. Leonies Kopf flog zur Seite. Glühender Schmerz schoss in ihr Hirn. Sie spürte sofort, dass ihr Jochbein etwas abbekommen hatte, vielleicht sogar gebrochen war. Gabrijel packte ihr Kinn, drehte ihren Kopf zu sich und zwang sie, ihn anzuschauen. Einen Moment lang sah sie ihn doppelt, dann leicht verschwommen.

»Was glaubst du, wer du bist?« Er gab sich keine Mühe, die Wut in seiner Stimme zu verbergen. »Denkst du, ich würde dich verschonen, nur weil du für mich die Beine breit gemacht hast? Hör mir jetzt gut zu. Du bist nur noch am Leben, weil du mir einen letzten Dienst erweisen wirst. Je nachdem, wie du dich dabei anstellst, werde ich entscheiden, ob ich dich gehen lasse. Die Entscheidung liegt bei dir. Also kooperiere besser, wenn ich es von dir verlange. Verstanden?«

Sie starrte ihn an, während Blut aus ihrer Nase über Lippen und Kinn lief und von dort auf seine Hand tropfte. Er verzog angewidert das Gesicht und gab sie frei. Mit dem Handrücken wischte sie sich das Blut von den Lippen. Ihr Jochbein strahlte pochende Schmerzen aus.

»Was willst du noch von mir?«, fragte sie.

»Das erfährst du, wenn es so weit ist.«

Hinter ihr wurde die Tür aufgerissen und ein Söldner erschien im Türrahmen. »Wir haben ein Problem.«

»Ich bin beschäftigt«, knurrte Gabrijel.

»Das muss warten«, entgegnete der Mann. »Kristos braucht dich in der Sicherheitszentrale. Er sagt, es ist dringend.«

Gabrijels Kiefer mahlten. Er bedachte Leonie mit einem letzten abschätzigen Blick und rauschte dann an ihr vorbei aus der Lounge.

»Schafft sie zurück zu den anderen«, hörte sie ihn sagen, bevor er endgültig verschwand.

Kräftige Hände packten sie und widerstandslos ließ sie sich abführen. Mit blutender Nase und Tränen, die ihr über die Wange liefen, versuchte sie zu begreifen, wie sie in diesen Albtraum geraten konnte. Sie hatte immer gedacht, der 30. April dieses Jahres wäre der schlimmste Tag in ihrem Leben gewesen; der Tag, an dem die Polizei ihr die Nachricht von Gabrijels mutmaßlichem Tod überbracht hatte. Nun, er war es nicht mehr länger.

32

INSEL RÜGEN, REGIONALFLUGPLATZ

Mit Einsetzen der Dunkelheit sprang die Beleuchtung im Hangar des Regionalflugplatzes an. Die vielen Strahler erhellten jeden Winkel der Einsatzzentrale von Operation AURORA. Durch die geöffneten Schiebetüren fiel ein breiter Streifen Licht auf das einzige Rollfeld des Flugplatzes. Dies zog Falter und Mücken an, welche hoch oben im Hangar umherschwirrten. Abgesehen davon herrschte in diesen Minuten angespannte Stille. Die Augen aller am Konferenztisch Anwesenden ruhten auf dem Bildschirm, der an einer massiven Eisenkette von der Decke hing. Die körnige Aufnahme zeigte schwer bewaffnete Kampftaucher, die sich in einem engen, gewölbten Raum aufhielten und ihre Ausrüstungen prüften. Einen Ton gab es nicht.

»Erläutern Sie uns bitte, was wir hier sehen«, forderte Anne Hagen den ihr gegenübersitzenden Yannick Fürst auf.

»Diese Männer gehören dem Kommando Spezialkräfte der Marine an und befinden sich in diesem Augenblick in *U 34*, einem U-Boot der Klasse 212A des 1. U-Boot-Geschwaders

Eckernförde. Zeit bis zur Ausbringung des Teams: acht Minuten fünfundzwanzig Sekunden.«

»Und mit Ausbringung meinen Sie was genau?«, wollte sie wissen.

»Das Team wird *U 34* über die Torpedoluken verlassen und sich in zehn Metern Wassertiefe der *Greifswald* nähern. Dort angekommen werden die Männer die Plattform über die Notleitern entern und die Geiselnehmer ausschalten.«

Sie sah in die Runde. »Laut der Notfallpläne verfügt die Plattform über mehrere Systeme und Vorrichtungen, um potenzielle Angreifer zu entdecken und abzuwehren. Die Söhne des Enki haben in ihren Reihen einen IT-Spezialisten, der dieses System infiltriert hat und mutmaßlich kontrolliert.« Sie wandte sich wieder an Yannick Fürst. »Wie plant das Team vorzugehen?«

Fürst stand auf und trat vor den Hauptmonitor. Mit ausgestrecktem Arm deutete er auf das Dach eines der Gebäude, auf dem mehrere Antennen sowie eine Radarschüssel zu erkennen waren. »Die *Greifswald* vereint verschiedene moderne Sicherheitstechnologien – Radar, Sonar, Umgebungssensoren, Beleuchtung, Kameras sowie ein spezielles Lasergitter.«

»Was zur Hölle ist denn ein Lasergitter?«, fragte Heiner Seibold.

»Dazu komme ich gleich.« Fürsts Zeigefinger wanderte an den unteren Bildschirmrand, wo die Pfeiler der Plattform in der Ostsee verschwanden. »Vor allem die Sonartechnologie stellt uns vor die erste Herausforderung. Dieses System kann in einer komplexen Unterwasserumgebung auf neunhundert Metern Entfernung potenzielle Unterwasserbedrohungen lokalisieren und sogar zwischen U-Booten und harmlosen Walen unterscheiden. Üblicherweise operieren unsere Kampfschwimmer in Viererteams; ein Scharfschütze, ein Funker, ein Sanitäter und ein Mann für … nun, sagen wir, ein Mann fürs Grobe. Diesmal wird sich das Team ausnahmsweise in Zweiergruppen und mit gebührendem Abstand zueinander der *Greifswald* nähern. Dadurch wird das Sonar nicht anschlagen.«

Hoffentlich, dachte Anne Hagen im Stillen.

»Sobald die Männer die *Greifswald* entern«, fuhr Fürst fort, »werden sie mit offenem Visier kämpfen müssen. Warum? Nun, hier komme ich auf Ihre Frage zurück, Herr Seibold. Ein sensorisches Lasergitter überwacht den Bereich unterhalb der Plattform bis hinunter zur Meeresoberfläche. Es erkennt sofort jedwede Bewegung. Zudem sind die Notleitern an den Pfeilern mit Drucksensoren ausgestattet. Sobald wir den ersten Fuß auf eine der Sprossen setzen, weiß Atticus Bescheid.«

»Herr im Himmel«, knurrte Seibold, »die sind ja besser geschützt als die Goldbestände in Fort Knox.«

Fürst zuckte mit den Achseln. »Alle modernen Offshore-Plattformen verfügen über derartige Systeme. Das ist Standard heutzutage.«

»Und warum kappen wir dann nicht einfach die Strom- und Verbindungskabel zum Festland? Ohne Strom keine Überwachungssysteme.«

»Die *Greifswald* ist vollkommen autark«, erinnerte Anne Hagen ihn. »Das würde uns keinen Vorteil verschaffen. Im Gegenteil. Wir würden Atticus nur vorwarnen.«

»Die Kampfschwimmer sind unsere beste und, offen gesagt, einzige Option«, erklärte Fürst. »Der bedeckte Himmel heute Nacht bietet sich für diesen Einsatz an, weil sich meine Leute praktisch ungesehen über die Plattform bewegen können. Und um Ihre nächste Frage vorwegzunehmen, Herr Seibold … eine Annäherung aus der Luft würde aufgrund des Radars noch sehr viel früher bemerkt werden.«

Seibold nickte überheblich, als hätte der Teamführer der GSG 9 nur ausgesprochen, was er ohnehin längst gewusst hatte.

»Zurück zum Einsatzteam«, sagte Anne Hagen. »Die Taucher müssen also in mindestens neunhundert Metern Entfernung zur *Greifswald* aussteigen, damit *U 34* nicht entdeckt werden kann, korrekt?«

Fürst nickte. »Wir haben uns mit der Kommandoführung der KSM zur Sicherheit auf eine Entfernung von 0,6 Seemeilen geeinigt, was in etwa 1,1 Kilometern entspricht. Ein Kinderspiel für die Jungs. Die sind es gewohnt, auch mal dreißig Kilometer mit Waffen und fünfundzwanzig Kilo Beigepäck zu schwimmen.«

Die Beamtin am Ende des Tisches, die für den Funkkontakt mit dem U-Boot zuständig war, meldete sich zu Wort: »*U 34* hat die Zielposition erreicht. Ausbringung der Taucher in drei Minuten fünfundvierzig Sekunden.«

In die Taucher auf dem Bildschirm kam Bewegung und die Aufnahme wechselte zu einer der Stirnkameras, über die jeder Kampfschwimmer verfügte. Mit klopfendem Herzen sah Anne Hagen zu, wie sich einer der Männer mit den Füßen voran in eines der Torpedorohre zwängte, dessen Durchmesser kaum breiter war als die Schultern des Mannes. Seine Ausrüstung wurde ihm von seinem Tauchbuddy hinterhergeschoben. Danach beförderte dieser seine eigene Ausrüstung in das Rohr und kroch mit dem Kopf voran selbst hinein.

»Da darfst du nicht unter Platzangst leiden«, kommentierte Seibold lapidar.

»Die Schächte am Bug sind keine sechzig Zentimeter breit«, erklärte Fürst. »Die Jungs müssen immer zu zweit da rein und sich Kopf an Kopf hineinquetschen, damit sie sich bei der Flutung der Rohre im Notfall gegenseitig mit Sauerstoff versorgen können. Das erfordert jahrelanges Training, physisch wie psychisch.«

Fürst hatte kaum ausgesprochen, da wurden die Rohre auch schon geflutet. Das Wasser stieg rasch an und schwappte über die Stirnkamera hinweg. Anne Hagen schaltete auf eine Kamera um, die einen Teil der Zentrale von *U 34* zeigte. Noch nie hatte sie dermaßen viele Monitore, Displays, Knöpfe und blinkende LEDs so dicht an dicht gedrängt gesehen wie in dieser Zentrale, die all das vereinte, was auf einem Schiff mit Brücke, Operationszentrale und Schiffstechnischem Leitstand bezeichnet wurde. Eine Wachoffizierin blickte durch das Sehrohr, während der Kommandant danebenstand und Meldungen seiner Offiziere entgegennahm.

»Öffnen der Mündungsklappen in zwanzig Sekunden«, kam es von der Funkbeamtin. Plötzlich griff sie sich mit einer Hand ans Headset und ihre Augenbrauen zogen sich zusammen. Für einen Moment wirkte sie, als gäbe es Verständigungsprobleme. Dann entgleisten ihr die Gesichtszüge. Mit aufgerissenen Augen schnellte ihr Kopf hoch. »*U 34* meldet Torpedo im Wasser!«

»Wie bitte?«, fragte Yannick Fürst irritiert. »Der Einsatz von Torpedos ist nicht vorgesehen.«

»Nicht *U 34* hat diesen Torpedo abgefeuert. *U 34* ist das Ziel! Berechnete Zeit bis zum Einschlag: achtundvierzig Sekunden.«

Anne Hagen schnellte aus ihrem Stuhl hoch. »Jemand beschießt *U 34* mit einem Torpedo?«

Die Beamtin nickte sichtlich schockiert. »Einschlag in T minus zweiundvierzig.«

Der Bildschirm zeigte jetzt panisch agierende Offiziere, während im Hangar alle durcheinanderplapperten. Über die Köpfe der aufgebrachten Kollegen hinweg starrten Anne Hagen und Yannick Fürst sich konsterniert an. Sie verstand nicht, was hier passierte und woher dieser Angriff kam, und sie merkte dem Teamführer der GSG 9 an, dass es ihm ebenso erging.

»T minus dreißig«, rief die Beamtin.

»Ruhe!«, brüllte Anne Hagen und wurde tatsächlich erhört. Sie fragte Fürst: »Und jetzt?«

Fürsts Kiefer mahlten. »*U 34* verfügt über Rabatzbojen, aber das Problem sind die geöffneten Mündungsklappen.«

»Rabatzbojen?«, fragte Seibold.

»So nennen wir Täuschkörper, die Motorengeräusche verursachen, um Torpedos zu verwirren und abzulenken. Normalerweise würde *U 34* die Rabatzbojen jetzt abwerfen und sofort mit Höchstgeschwindigkeit abdrehen. Abdrehen geht aber nicht, weil unsere Jungs noch in den gefluteten Torpedorohren stecken. Verdammte Scheiße!«

»Täuschkörper im Wasser«, verkündete die Beamtin. »T minus zehn.«

Mit einem Mal herrschte im Hangar Stille wie in einer Gruft. Mit klopfendem Herzen und schweißnassen Handflächen starrte Anne Hagen auf den Bildschirm. Sie weigerte sich zu glauben, was in diesem Augenblick nur wenige Seemeilen entfernt im Greifswalder Bodden geschah. Und doch war es Realität.

»T minus drei … zwei … eins.«

Das von *U 34* übertragene Bild erzitterte. Die Männer in der Zentrale wurden wie Spielzeugpuppen gegen die Kontrollinstrumente geschleudert. Der Kopf der Wachoffizierin knallte mit voller Wucht gegen das Sehrohr. Blut spritzte auf die Kameralinse und Sekundenbruchteile später wurde das Bild schwarz.

Im Hangar machte sich Fassungslosigkeit breit. Niemand sprach. Anne Hagen ließ sich auf ihren Stuhl fallen. Einen klaren Gedanken zu fassen, war unmöglich. Yannick Fürst schien es ebenso zu ergehen. Er starrte wie paralysiert auf den schwarzen Bildschirm, und selbst Heiner Seibold saß in sich zusammengesunken da, als hätte ihm jemand einen Schlag in die Magengrube verpasst. Neben Anne Hagen stand Verhandlungsführer Doktor Mack auf und wankte aus dem Hangar, wo er sich übergab.

Die Einzige, die gegen die kollektive Schockstarre ankämpfte, war die Funkbeamtin. Sie versuchte, *U 34* auf diversen Kanälen zu erreichen, erntete jedoch nichts außer Stille. Schließlich verkündete sie mit belegter Stimme: »Da draußen ist nichts mehr. Wir haben *U 34* verloren.«

33

OSTSEE, ZWÖLF SEEMEILEN VOR DER KÜSTE RÜGENS

Leonies Gesicht schmerzte bei jeder noch so kleinen Bewegung. Gabrijels Schlag hatte sie hart getroffen. Immerhin sah sie nicht mehr verschwommen und auch das Nasenbluten hatte aufgehört. Nachdem Gabrijel so unerwartet wie brutal in ihr Leben zurückgekehrt war, saß sie nun wieder zusammengepfercht mit den anderen Geiseln im Konferenzraum und starrte durch die Fenster hinaus in die wolkenverhangene Nacht. Neben ihr, blass und sichtlich am Ende seiner Kräfte, kauerte Jüri Kallas. Er hatte endlich eingesehen, dass seine ständige Fragerei, weshalb man Leonie geschlagen hatte, nichts brachte. Sie war noch nicht bereit zu sprechen, geschweige denn irgendjemandem von Gabrijel zu erzählen. Solange sie nicht wusste, wer der Insider war, der mit ihrem von den Toten auferstandenen Ex-Verlobten zusammenarbeitete, würde sie sich niemandem anvertrauen. Nicht einmal Kallas, obwohl sie sich ihn am allerwenigsten als Verräter vorstellen konnte. Doch was wusste sie schon? Spätestens mit Gabrijels Auftauchen erschien selbst das Unmögliche denkbar. Leonie hatte sich dermaßen in ihm getäuscht, dass sie ihr Urteilsvermögen in Bezug auf Menschen nun infrage stellte. Jeder hier konnte der Insider sein.

Gabrijel lebendig gegenüberzustehen, hatte Leonie komplett aus der Bahn geworfen. Ihre Gefühle fuhren Achterbahn. Seine Worte und Taten ließen keinen Zweifel daran, welchen Stellenwert sie für ihn besaß und in der Vergangenheit besessen hatte. Er hatte ihr mehr als deutlich gemacht, dass ihm nie besonders viel an ihr gelegen war. Er hatte sie nie wirklich geliebt. Unwillkürlich zog sie ihre Beine an und umschloss ihre Knie mit den Armen, als sie an den puren Hass dachte, den seine Augen versprüht hatten. Leonie ertappte sich bei dem Wunsch, er wäre tatsächlich bei einem Unfall ums Leben gekommen, und sie hätte die Wahrheit nie erfahren. Lieber hätte sie den Rest ihres Lebens unwissend mit einer Lüge gelebt als mit dieser unbegreiflichen Wahrheit. Wie sollte sie jemals vergessen können? Wie jemals wieder vertrauen können? Wie jemals wieder lieben können?

Sie spürte die Blicke von Anton Reitmayr und Torben Jepsen auf sich, die am entgegengesetzten Ende des Raums hockten. Als sie den Kopf hob, sahen beide rasch zu Boden. Die Aufregung unter den Geiseln nach Leonies Rückkehr war groß gewesen. Ihre Bestürzung war ihnen deutlich anzumerken gewesen, als Leonie blutend und mit verquollenen Augen in den Konferenzraum zurückgebracht worden war. Einzig Ethan Holloway hatte keine Miene verzogen. Vermutlich war er einfach nur froh gewesen, dass es Leonie und nicht ihn erwischt hatte.

»Du starrst Holloway schon wieder so böse an«, flüsterte Kallas.

»Ach ja?«

»Willst du mir nicht endlich verraten, was wirklich zwischen euch vorgefallen ist?«

Leonie atmete tief durch. »Damals auf Malta hat er mich mit dem Versprechen geködert, dass ich als Head of Business Development für Sharpwater weitreichende Entscheidungen treffen dürfte. Es sollte mir obliegen, über die Standorte der Aqua Citys zu entscheiden, ebenso wie über die Ausgestaltung der Wasserpreise in den jeweiligen Regionen. Das war der Grund, warum ich letztendlich bei GEOMAR hingeschmissen habe.«

»Das und die gestrichenen Fördergelder für MAGREX«, erinnerte er sie.

»Das auch. Der Punkt ist aber, dass ich in meiner grenzenlosen Naivität angenommen hatte, in meiner neuen Position Gutes bewirken zu können. Indem ich Einfluss auf Holloway ausübe, so meine Annahme, würde Sharpwater angemessene Preise für das geförderte Wasser veranschlagen. Ich hätte niemals gedacht, dass Holloway seine sämtlichen Versprechen brechen würde, noch bevor die erste Aqua City den Betrieb aufnimmt.«

»Ihr habt euch wegen der Preisstrategie in die Wolle bekommen?«

»Unter anderem. Ich habe uns bisher bekannte Offshore-Aquifere, die für eine nachhaltige Süßwasserförderung infrage kommen, mit wasserarmen Regionen abgeglichen und anhand weiterer Kriterien wie Bevölkerungsstrukturen, Entwicklungskennzahlen, vorhandene Infrastrukturen, aber auch wirtschaftliche Kaufkraft eine Rangliste erstellt. Hat mich Monate gekostet, aber am Ende konnte ich Holloway eine Liste mit potenziellen Standorten für die ersten zehn Aqua Citys vorlegen.«

»Und?«

Sie schnaubte. »Hat ihn einen Scheiß interessiert. Er hatte von einer anderen Abteilung längst eine eigene Liste erstellen lassen.«

»Lass mich raten. Auf seiner Liste standen die kaufkräftigsten Kunden ganz oben.«

»Von den ersten zehn Aquiferen, für deren Erschließung Holloway teilweise bereits Baugenehmigungen und hundertjährige Versorgerverträge vorliegen, befinden sich acht rund um die Arabische Halbinsel, davon sechs alleine im Persischen Golf.« Sie verzog den Mund. »Meine Forschungen sollten allen Menschen zugutekommen, Jüri, und nicht nur einigen wenigen obszön reichen Scheichs, die Wasser für Luxusressorts und unnötige Golfplätze inmitten von Wüsten verschwenden.«

»Verstehe. Es scheint also ein Fünkchen Wahrheit in dem zu stecken, was Atticus von sich gibt.«

Gabrijel, dachte Leonie. *Er heißt Gabrijel und ich habe ihn einmal geliebt.* Sie betastete ihr Jochbein unter dem rechten Auge und stöhnte auf.

Sie verfielen wieder in Schweigen. Leonies Blick glitt zu Ethan Holloway, der gedankenverloren durch das lange blonde Haar seiner Partnerin fuhr, die neben ihm auf dem Boden lag. Gabrijel hatte Holloways unethisches Geschäftsgebaren als einen der Gründe für diese Geiselnahme genannt. Nur verantwortete Holloway Sharpwaters Geschäfte nicht alleine. Leonie musterte Frédéric LeBlanc, den zweitmächtigsten Mann des Konzerns. Der silberhaarige Franzose saß mit dem Rücken zu ihr, neben ihm seine Frau, die den Kopf auf seine Schulter gelegt hatte. Interessant war, dass Gabrijel LeBlanc die ganze Zeit über mit keinem Wort erwähnt hatte. Sein Hass schien sich einzig auf Holloway zu fokussieren, obwohl LeBlanc alle wichtigen Geschäftsentscheidungen mittrug. Wenn Gabrijel also Holloway als den personifizierten Teufel ansah, warum dann nicht auch LeBlanc? Ein verrückter Gedanke kam Leonie. Bestand die Möglichkeit, dass es sich bei dem Insider, der gemeinsam mit Gabrijel die Strippen zog, um Frédéric LeBlanc handelte? So unwahrscheinlich das Ganze auf den ersten Blick auch erscheinen mochte, war es dennoch nicht so abwegig. Die Partnerschaft zwischen den beiden Milliardären war eine reine Zweckgemeinschaft und geprägt von andauernden Grabenkämpfen. Vor den Mikrofonen von Presse und Fernsehen demonstrierten sie zwar stets Einigkeit, doch hinter den Kulissen verging kaum eine Woche ohne Diskussionen und Streit. Wenig verwunderlich, wenn Leonie bedachte, wie es mit den beiden angefangen hatte. Damals auf Malta waren beide noch Rivalen gewesen. Sie hatten sich von Grund auf gehasst und, in metaphorischem Sinne, bis aufs Blut befehdet. Beide waren darauf aus gewesen, den jeweils anderen im Kampf um die zukünftige Wasserversorgung der Insel auszustechen. Dabei war ihnen beinahe jedes Mittel recht gewesen, bis hin zu Korruption und Bestechung. Rückblickend kam Leonie die eine oder andere Situation in den Sinn, die mit ihrem jetzigen Wissen betrachtet seltsam anmutete. Vor allem der mysteriöse Tod von LeBlancs Privatsekretär Thibault Morel, der bis heute nicht zufriedenstellend aufgeklärt worden war, ging Leonie plötzlich nicht mehr aus dem Kopf. Mit einem Mal waren die Parallelen zu Gabrijels fingiertem Unfall unübersehbar. Ein schrecklicher Verdacht überkam Leonie, doch noch bevor sie diesen Gedanken weiterverfolgen konnte, flogen die Türen auf.

Mehrere Söldner marschierten in den Raum, angeführt von Gabrijel. Er hatte eine Sturmhaube übergezogen, doch seine muskulöse Statur sowie seinen unverwechselbaren Gang erkannte Leonie sofort. Breitbeinig stellten sich die Söldner in einer Reihe auf, ihre Sturmgewehre im Anschlag. Die auf dem Boden kauernden Geiseln zuckten zusammen und drängten sich ängstlich aneinander. Die dynamische Art und Weise, wie Gabrijel und seine Männer auftraten, verhieß nichts Gutes. Leonie fiel auf, dass Gabrijel über seiner Sturmhaube ein Headset trug.

»Was haben die vor?«, fragte Kallas leise.

»Keine Ahnung, aber sie machen mir Angst.«

In Gabrijels Rücken erschien der schmächtige Mann mit den dünnen Beinen, dem Leonie in der Lounge 8 bereits kurz begegnet war. Das musste der IT-Experte sein, den Gabrijel erwähnt hatte. Er trug ein Kamerastativ bei sich, das er vor Gabrijel aufstellte. Mit geübten Handgriffen klickte er ein Smartphone in die Halterung ein und nickte Gabrijel zu. »Verbindung steht. Wir sind live.«

Gabrijel trat vor die Kamera, aktivierte mit einem Fingertippen sein Headset und begann mit vor Wut bebender Stimme zu sprechen. »Dies geht an die Verantwortlichen, die uns auf hinterhältige Art und Weise und ohne Rücksicht auf das Wohlergehen der Geiseln angegriffen haben. Die Zerstörung des U-Bootes durch meine tapferen Brüder haben alleine Sie zu verantworten. Sie haben diese Männer vollkommen unnötig in den Tod geschickt. Meine Warnung diesbezüglich war deutlich.«

Leonie und Kallas sahen sich entsetzt an. Sie erinnerte sich an das Gespräch mit Anne Hagen und daran, dass ein Schiff der Marine in sicherem Abstand zur *Greifswald* kreuzte. Und jetzt ein zerstörtes U-Boot? Anscheinend waren Menschen gestorben. Gabrijel schien tatsächlich zu allem fähig.

»Jegliche aggressive Handlung uns gegenüber«, fuhr er fort, »hat unweigerlich Konsequenzen zur Folge. Der Versuch, uns auf diesem Wege anzugreifen und auszuschalten, beweist, dass

Sie den Ernst der Lage sowie unsere Entschlossenheit nicht begriffen haben. Wir, die Söhne des Enki, sehen uns daher gezwungen, Vergeltung zu üben und ein Exempel zu statuieren, um weitere Aggressionen uns gegenüber zu unterbinden.«

»Was meint er damit?«, fragte Kallas mit vorgehaltener Hand.

»Keine Ahnung, aber das klingt nicht gut.«

Zielstrebig ging Gabrijel auf die am Boden kauernde Gruppe um Ethan Holloway, Anastasia Eremenko, Frédéric LeBlanc sowie dessen Frau Delphine zu. In ihren Gesichtern stand blanke Angst, während Gabrijel sie einen nach dem anderen musterte.

Schließlich zeigte er auf Eremenko. »Du!«

Holloways Partnerin wirkte bestürzt.

»Aufstehen«, befahl Gabrijel.

Ängstlich schüttelte sie den Kopf.

»Bitte nicht«, sagte Holloway. »Was immer Sie vorhaben, bitte tun Sie es nicht.«

»Halt den Mund«, knurrte Gabrijel. Er trat vor Eremenko, griff in ihre Haare und zog sie brutal hoch.

Sie schrie auf.

Gabrijel wollte sie mit sich ziehen, aber sie wehrte sich und versuchte ihn zu kratzen. Einige ihrer künstlichen, mit glitzernden Steinchen besetzten Nägel brachen am dicken Stoff des Kampfanzugs ab. Gabrijel verpasste ihr einen Schlag mit dem Handrücken ins Gesicht. Eremenko knickte ein, doch er hielt sie unerbittlich an ihren Haaren auf den Beinen. Ein kollektives Luftschnappen ging durch den Raum, einige Frauen begannen zu schluchzen. Leonies Herz pochte stark. Gabrijel entpuppte sich nicht nur als Lügner und gewaltbereiter Terrorist, sondern zudem als brutaler Frauenschläger. Ihre Welt war definitiv aus den Fugen geraten.

Er zog Eremenko an sich. »Du gehorchst gefälligst.«

Von seinem Schlag sichtlich benommen, reagierte sie nicht.

Ethan Holloway sprang auf. Seine geballten Fäuste zitterten. »Lass sie los.«

Gabrijel musterte ihn abfällig.

»Lass sie los«, wiederholte Holloway.

Im Raum herrschte jetzt Totenstille.

Keine gute Idee, Ethan, dachte Leonie, doch zu ihrer Überraschung gab Gabrijel Eremenko tatsächlich frei. Er ließ ihre Haare los, woraufhin sie zu Boden sank.

Holloway schien zu bemerken, dass er womöglich einen Fehler begangen hatte. Der Zorn wich aus seinem Gesicht und er hob beschwichtigend die Hände. »Tut mir leid. Ehrlich. Das hätte ich nicht sagen dürfen. Aber hören Sie, Atticus, Sie wissen, ich habe Geld. Wie viel möchten Sie? Egal welche Summe. Sagen Sie es einfach und Sie bekommen es. Nur bitte verschonen Sie Anastasia und mich. Nennen Sie mir einfach eine Summe und lassen Sie uns beide gehen. Zwei Geiseln mehr oder weniger, was macht das schon für einen Unterschied? Es bleiben Ihnen ja immer noch genügend andere. Bitte.«

»Du bist erbärmlich«, entgegnete Gabrijel, packte ihn am Hemdkragen und schleifte ihn vor die Kamera. Holloway protestierte lautstark, zappelte mit Händen und Füßen und versuchte vergeblich, sich aus Gabrijels Griff zu befreien. Einmal mehr war der Raum jetzt von großer Unruhe erfüllt.

Gabrijel zwang Holloway auf die Knie, trat hinter ihn, zog eine Pistole aus dem Gürtelhalfter und drückte den Lauf gegen dessen Hinterkopf. Holloway begann zu wimmern.

Leonie schlug die Hände vor Mund und Nase. »Oh nein!«

Jüri Kallas keuchte auf. »Er wird ihn hinrichten. Bei allen Heiligen, das wird er tun. Oder?«

Leonie erwiderte nichts. Selbst wenn sie dazu in der Lage gewesen wäre, hätte sie nicht gewusst, wie die richtige Antwort lautete. Mehr denn je hatte sie nicht die geringste Ahnung, wie weit Gabrijel gehen würde. Die traurige Wahrheit war, dass sie den maskierten Mann mit der Pistole in der Hand schlichtweg nicht kannte. Dieser Mann war nicht Gabrijel, ihr gutmütiger und liebevoller Ex-Verlobter. Nein, dieser Mann hieß Atticus und er war Leonie vollkommen fremd.

Den Lauf der Pistole gegen Holloways Kopf gepresst, sprach Gabrijel in die Kamera: »Das hier hätte vermieden werden können. Weder die Besatzung des U-Bootes noch dieser Mann hier hätten sterben müssen. So aber sehen wir uns gezwungen, unsere Forderungen mit Nachdruck zu erneuern. Taten sagen mehr als Worte. Wir erneuern auch unsere Warnung, dass jeder weitere Angriff zu weiteren Toten führen wird.«

Holloways Wimmern ging in hemmungsloses Weinen über. Rotz lief ihm aus der Nase. Stotternd bat er um sein Leben, doch Gabrijel schien sein Flehen vollkommen gleichgültig zu sein. Er blickte unentwegt in die Kamera, zog den Moment unerträglich in die Länge. Ein dunkler Fleck breitete sich in Holloways Schoß aus.

Er wird es nicht tun, dachte Leonie. Gabrijel hatte das alles von langer Hand geplant. Er wäre schlecht beraten, seine wertvollste Geisel zu opfern. Leonie starrte auf den am Boden knienden, verheulten, eingenässten und zutiefst gedemütigten Milliardär und war fest davon überzeugt, dass Gabrijel bluffte. Er wollte Holloway vorführen, Macht demonstrieren und allen nur eine Heidenangst einjagen.

»Wer Wind sät, erntet Sturm«, sagte Gabrijel und drückte ab.

Ein ohrenbetäubender Knall hallte durch den Raum. Holloways Kopf explodierte. Blut und Hirnmasse spritzte auf einige der Geiseln, die allesamt panisch aufschrien. Für einen furchtbaren Augenblick blieb Holloways Oberkörper aufgerichtet und Leonie starrte auf das Loch in seinem Schädel. Ihr wurde übel. Dann kippte Holloway vornüber und knallte auf den Boden. Anastasia Eremenko sah verwundert an sich herab, als hätte sie nicht mitbekommen, was soeben geschehen war. Wie in Trance wischte sie Hirn- und Gewebefetzen ihres Partners von ihrem *Dekolleté* und betrachtete dann ihre blutbesudelten Hände. Der Schock wich allmählichem Begreifen und sie begann zu hyperventilieren.

Derweil sah Gabrijel mit funkelnden Augen in die Kamera. »Das war euch hoffentlich eine Lehre. Zwingt mich nicht, das mit weiteren Geiseln zu wiederholen.«

Er beendete die Liveübertragung und winkte zwei Söldner heran. »Werft seine Leiche über Bord.«

Anastasia Eremenko verfiel in einen Heulkrampf.

Die beiden Männer griffen sich Holloway und schleiften seinen reglosen Körper aus dem Raum, eine klebrige Blutspur hinter sich herziehend. Leonie drehte sich der Magen um. Sie kroch über Kallas' ausgestreckte Beine hinweg in eine Ecke und übergab sich.

34

HANSESTADT ANKLAM

Der Sturm, der für die Nacht vorhergesagt gewesen war, war an Anklam vorbeigezogen. Soweit Chris wusste, hatte es nirgendwo in der Umgebung geregnet, und einmal mehr schien die Sonne. Auch heute war er wieder unterwegs, um irgendwo Wasser zu einem einigermaßen vertretbaren Preis zu ergattern. Als er auf dem Marktplatz den Zweiliterkanister vom THW abgeholt hatte, war ihm ein Gerücht zu Ohren gekommen. Am westlichen Stadtrand von Anklam, direkt am Ufer der Peene, gab es einen kleinen Campingplatz. Offenbar verkaufte dort ein Dauercamper aufbereitetes Flusswasser aus einem Wohnwagen heraus. Zwar war es illegal, Wasser aus Flüssen zu entnehmen, doch das scherte Chris wenig. Auf seinem Weg kam er am Stadtpark vorbei, der einsam und verlassen wirkte. Die Menschen hatten andere Sorgen, als auf dem Rasen zu picknicken oder mit ihren Kindern Fußball zu spielen. Ein ungepflegter Mann mit fettigen Haaren saß auf einem Plastikstuhl und hielt einen beschrifteten Pappkarton in die Luft. *WASSER / 1 Liter 15€ / 5 Liter 65€*. Chris schüttelte den Kopf. Wo sollte dieser Wahnsinn nur enden?

Eine schwarze Katze huschte über die Straße und zwang ihn zu bremsen. Sein Ärger über die allgegenwärtige Trinkwasser-Abzocke wich einem Lächeln. Im Gegensatz zu den meisten Menschen war er davon überzeugt, dass schwarze Katzen Glück brachten. Als Kind hatte er einen Sommer lang einem schwarzen Streuner täglich ein Schälchen Milch in den Hinterhof gestellt. Chris hatte ihn *Strizi* getauft. Er war eines Tages einfach so aufgetaucht und nach ein paar Wochen über Nacht wieder verschwunden. Chris war damals unheimlich traurig gewesen, aber bis heute dachte er gerne an Strizi zurück. Geduldig wartete er, bis das Tier auf der anderen Seite der Straße im Gebüsch verschwand, dann erst gab er wieder Gas.

Der Anblick der Katze erinnerte Chris an Onkel Radis Alpakas. Später wollte er wieder nach ihnen sehen. Hoffentlich würden die Onlineanträge auf Wasserlieferungen, die er gestern für seine Eltern und seinen Onkel ausgefüllt hatte, positiv beschieden werden. Die Stadtverwaltung hatte strenge Auflagen erlassen, wer in welcher Reihenfolge und mit welcher Menge beliefert wurde. Ganz oben in der Hierarchie standen die Kliniken sowie Pflege- und Altenheime. Danach kamen Feuerwehr und Technisches Hilfswerk sowie Privatpersonen, die nachweisbar keine Möglichkeit besaßen, anderweitig an Trinkwasser zu gelangen. Alpakas waren im Antragsformular zwar nicht aufgeführt, dafür Höfe mit Nutztierhaltung, die an vierter Stelle rangierten. Für die Behörden mochten die Alpakas keine Priorität besitzen, für Chris hingegen sehr wohl. Zur Not würde er einfach noch mal sein Glück beim Küchensee versuchen.

Um die Innenstadt zu umfahren und eine Abkürzung zu nehmen, bog Chris entgegen der erlaubten Fahrtrichtung in eine Einbahnstraße ab. Keine hundert Meter entfernt kam ihm eine

Polizeistreife entgegen. Chris fluchte und schlängelte sich gedankenschnell zwischen zwei geparkten Autos hindurch auf den Gehweg, wo er so tat, als würde er auf jemanden warten. Es half nichts. Der Polizeiwagen hielt direkt neben ihm.

Ein älterer Beamter stieg aus, setzte seine Mütze auf und kam breitbeinig auf Chris zu. Es war derselbe Beamte, der ihn vom Küchensee verscheucht hatte.

»Guten Tag«, sagte der Beamte.

»Hallo.«

»Sie wissen, dass dies eine Einbahnstraße ist, nicht wahr?«

»Ich warte hier nur auf jemanden.«

Die Augenbrauen des Beamten zogen sich zusammen. »Wir kennen uns doch.«

»Äh, nicht dass ich wüsste.«

»Doch. Neulich am Küchensee, nicht wahr?« Er zeigte mit dem Finger auf die Zündapp. »Immerhin sind Sie heute ohne Ihren abenteuerlichen Anhänger unterwegs.«

»Richtig«, gab Chris kleinlaut zu. »Jetzt erinnere ich mich.«

»Einen Helm tragen Sie immer noch nicht, dazu kommt das Befahren einer Einbahnstraße entgegen der erlaubten Fahrtrichtung. Diesmal lasse ich das nicht durchgehen. Führerschein und Zulassung, bitte.«

Chris' Schultern sackten nach unten. Während er vorgab, in seiner Hosentasche nach seinen Papieren zu tasten, musste er an die schwarze Katze denken. *Von wegen Glücksbringer*. Er machte ein betretenes Gesicht. »Ich glaube, ich habe meine Brieftasche zu Hause vergessen.«

Dem Beamten war deutlich anzumerken, was er von dieser Ausrede hielt. Er wollte gerade zu einer Standpauke ansetzen, als seine jüngere Kollegin ihren Kopf zum Fenster rausstreckte.

»Horst!«, rief sie. »Lass gut sein. Per Funk kam gerade eine 029. Die Kollegen in Lubmin fordern Verstärkung an. Anscheinend entwickelt sich das dort drüben jetzt doch zu einer größeren Sache.«

Der Beamte nickte ihr zu, ließ es sich jedoch nicht nehmen, Chris einen letzten scharfen Blick zuzuwerfen. »Beim nächsten Mal gibt's keine Ausreden mehr.«

Damit eilte er zurück zum Streifenwagen, der Sekunden später mit ohrenbetäubend lauter Sirene davonbrauste.

Erleichtert sah Chris dem Wagen hinterher. Was mochte wohl so Bedeutendes in Lubmin los sein? Hauptsächlich hatte die Gemeinde in Deutschland einen gewissen Bekanntheitsgrad erlangt, weil dort bis vor wenigen Jahren die höchst kontrovers diskutierten Pipelines von Nord Stream 1 und Nord Stream 2 anlandeten. Mit der Inbetriebnahme eines Terminals für Flüssigerdgas, um die Abhängigkeit von russischem Erdgas zu verringern, war diese Anlande- und Verteilerstation schließlich aus dem Fokus der Öffentlichkeit verschwunden. Auch Chris, der nur fünfundzwanzig Kilometer entfernt wohnte, hatte bis vor wenigen Tagen nicht gewusst, dass diese Station mittlerweile im Besitz eines neuen Eigentümers war: Ethan Holloway und dessen Unternehmen Sharpwater. Sharpwater hatte einen hohen zweistelligen Millionenbetrag in den Umbau des Geländes, in neue Anlagen und Gerätschaften sowie in neue Pipelines investiert, die nunmehr das auf der *Greifswald* geförderte Trinkwasser nach Lubmin transportierten. Dort wurde dieses Wasser final aufbereitet und über die innovative Verteilerstation entsprechend weitergeleitet.

Er hockte sich auf die Zündapp und setzte seine Fahrt fort. Lubmin ließ ihn nicht los. Wenn zusätzliche Polizeieinheiten aus

Anklam dorthin beordert wurden, dann musste da etwas richtig Großes vor sich gehen. Und mit einem Mal stand es Chris glasklar vor Augen. In Lubmin landeten die Pipelines von der *Greifswald* an. Folgerichtig musste es dort in den riesigen Tankbehältern Wasser im Überfluss geben. Ziemlich sicher wurde die Station von Menschenmassen belagert, deren Sharpwater alleine nicht Herr wurde. Die Chancen standen gut, dass man diesen Hilfe suchenden Menschen Wasser geben würde, und sei es nur, damit die Situation vor Ort nicht eskalierte. Chris ließ seinen Plan mit dem Campingplatz fallen. Sein Ziel hatte sich soeben geändert. Um nach Lubmin zu gelangen und im besten Falle mit Kanistern voller Wasser heimzukehren, brauchte er natürlich ein Auto. Und er wusste auch schon, wo er das herbekam. Lächelnd dachte er wieder an die schwarze Katze. Letzten Endes hatte sie ihm doch Glück gebracht.

35

OSTSEE, ZWÖLF SEEMEILEN VOR DER KÜSTE RÜGENS

Ein ekelerregender, süßlicher Geruch hing in der Luft. Er übertünchte sogar die Ausdünstungen der zwei Dutzend Männer und Frauen, die seit nunmehr fünf Tagen zusammengepfercht im Konferenzraum ausharrten. Mit müden Augen betrachtete Leonie die schwarz glänzende Blutlache. Dort hatte Gabrijel vor wenigen Stunden Ethan Holloway hingerichtet. Eine verschmierte Schleifspur, die zur Tür führte – das war alles, was von einem der reichsten Menschen der Welt übrig geblieben war. Holloway war wie Müll im Meer entsorgt worden, wo vermutlich längst Fische an seiner Leiche knabberten. Die halbe Nacht über hatte Leonie auf dem harten Boden wach gelegen, während unweigerlich Erinnerungen an ihre gemeinsame Zeit auf Malta durch ihren Kopf gegangen waren. Damals war die Zukunft verheißungsvoll erschienen und Ethan Holloway hätte wohl niemals damit gerechnet, ein Opfer seiner eigenen Vision zu werden und auf seiner allerersten Aqua City zu sterben.

Während Leonie darüber sinnierte, wann genau Gabrijel seinen teuflischen Plan gefasst hatte, betrachtete sie Holloways engste Vertraute und Verbündete. Sie saßen oder lagen in einem weiten Kreis um die Blutlache herum. Der silberhaarige Frédéric LeBlanc schien zu schlafen. Neben ihm saß seine Frau, die tröstend einen Arm um Anastasia Eremenko gelegt hatte. Ein Veilchen zierte Eremenkos malträtiertes Gesicht und ihre Augen waren vom vielen Weinen gerötet. Immerhin waren ihre hysterischen Heulkrämpfe im Laufe der Nacht weniger geworden und sie schien sich ein Stück weit beruhigt zu haben. Doch die Ruhe war trügerisch. Mit Holloways Ermordung hatte diese Geiselnahme eine dramatische Eskalation erfahren. Plötzlich konnte alles passieren. Sogar Gabrijels Drohung, die Plattform mitsamt allen Geiseln zu sprengen, erschien Leonie nicht mehr abwegig.

Die Türen öffneten sich und wie jeden Morgen trugen Söldner Kisten mit Essen und Trinken herbei. Reihum verteilten sie die Tagesrationen – zwei Flaschen Wasser, dazu zwei in Klarsichtfolie eingepackte, pappige Sandwiches für jede Geisel. Leonie reichte ein Sandwich sofort an Jüri Kallas weiter, der trotz ihrer Lage stets Hunger zu verspüren schien. Sie selbst brachte kaum einen Bissen hinunter. Sie litt an chronischer Übermüdung und es gab keine Stelle an ihrem Körper, die nicht vom ständigen Sitzen und Liegen auf dem harten Boden schmerzte. Immerhin hatte das Pochen in ihrem Jochbein ein klein wenig nachgelassen.

Mit ein Grund, warum Leonie keinen Hunger verspürte, war die Angst vor ihrer nächsten Begegnung mit Gabrijel. Was hatte er mit ihr vor? Laut eigener Aussage brauchte er sie noch für eine letzte Sache. Doch wozu? Welche Rolle in seinem wahnsinnigen Plan hatte er für sie vorgesehen? Und was kam danach? Sie schluckte trocken, denn sie kannte die Antwort längst.

»Ich muss von hier verschwinden«, flüsterte sie Kallas zu.

»Schon klar. Das würden wir alle gern.«

»Das ist mein Ernst, Jüri. Ich hau von hier ab.«

»Träum weiter.«

»Ich muss. Wenn nicht, bin ich so gut wie tot.«

»Hör mal, auch ich habe Angst.« Er nahm ihre Hand und drückte sie. »Aber wir werden uns brav und ruhig verhalten und diese Sache gemeinsam durchstehen, okay?«

»Nein, Jüri, du verstehst nicht. Das kannst du nicht.«

»Dann klär mich auf.«

Leonie entzog ihre Hand der seinen. »Ich will dich nicht in Gefahr bringen.«

Jetzt sah er sie irritiert an. »Was verheimlichst du mir?«

»Stell bitte keine Fragen und verurteile mich nicht, okay?«

»Dich verurteilen? Weshalb?«

»Wegen dem, was jetzt kommt.«

»Was in aller Welt hast du vor, Leonie?«

»Was ich tun muss, um mein Leben zu retten.«

Mühsam rappelte sie sich auf.

Sofort reagierte einer der Wachmänner und richtete den Lauf seines Gewehrs auf sie. »Hinsetzen!«

»Ich muss mit Atticus sprechen«, verkündete Leonie.

»Bist du verrückt?«, raunte Kallas. »Was tust du da?«

»Hinsetzen«, wiederholte die Wache. »Sofort!«

Leonie spürte die Augen aller Anwesenden im Raum auf sich ruhen. Sie reckte ihr Kinn vor. »Sag Atticus, dass Leonie Vargas mit ihm reden will. Ich habe eine Information, die für ihn von Vorteil sein wird.«

Es herrschte atemlose Stille, während der Söldner in sein Walkie-Talkie sprach. Die Antwort kam prompt und der Mann klickte das Walkie-Talkie zurück an seinen Gürtel. Er ließ seine Waffe sinken und winkte Leonie heran.

»Ich hoffe, du weißt, was du tust«, sagte Kallas zum Abschied.

»Tut mir leid, Jüri, aber ich will diese Sache hier überleben.«

Sie atmete tief durch und stieg mit großen Schritten über die am Boden kauernden Geiseln hinweg, verfolgt von deren verständnislosen und misstrauischen Blicken.

36

»Du hast mir etwas zu sagen?«, fragte Gabrijel mit finsterer Miene.

Er saß in einem Sessel in der Lounge 8, in einer Hand eine Dose Kinnie, auf dem niedrigen Tisch vor sich einen aufgeklappten Laptop. Die Finger seiner freien Hand trommelten nervös auf die Armlehne ein. Leonie spürte förmlich die Wut, aber auch die Anspannung, die er ausstrahlte. Sie stand mit verschränkten Händen vor ihm, im Rücken den warmen Atem des Söldners, der sie hierhergeführt hatte.

»Hat es dir die Sprache verschlagen?«, fuhr Gabrijel sie an.

»Es ist nur …« Sie stockte. »Es ist immer noch seltsam, dich lebend zu sehen.«

»Komm endlich klar damit.«

»Herrgott, Gabrijel, du hast Ethan Holloway erschossen. Ist dir eigentlich klar, was du getan hast?«

»Du wolltest mich sprechen, weil du angeblich wichtige Informationen hast. Sag, was du zu sagen hast, oder ich lasse dich zurückbringen.«

Sie atmete tief ein. »Ich weiß, dass dir jemand hilft. Jemand von hier. Eine der Geiseln ist dein Verbündeter.«

Er sah ihr in die Augen und schwieg.

»Leugne es nicht, Gabrijel. Ich habe keine Ahnung, wer es ist, aber das ist auch nicht der Punkt. Ehrlich gesagt, will ich es gar nicht wissen.«

»Ist das so?« Ein spöttisches Lächeln umspielte seine Mundwinkel.

»Je weniger ich weiß, desto sicherer ist es für mich.«

»Worum geht es dir dann?«

»Wenn du deine Ziele erreichen willst, brauchst du jede Hilfe, die du bekommen kannst. Vollkommen egal, wer dich hier auf der *Greifswald* unterstützt ... niemand wird dir eine größere Hilfe sein als ich.«

»Worauf willst du hinaus?«

»Keiner kennt diese Plattform besser als ich. Ich habe sie praktisch entworfen.«

»Und?«

»Wie gesagt, ich kann dir von großem Nutzen sein.«

»Was soll das, Leonie? Was willst du?«

»Überleben. Das ist es, was ich will. Ich will nicht sterben. Nicht hier und nicht jetzt.«

Er schmunzelte, entgegnete jedoch nichts.

»Ich bin nicht naiv, Gabrijel«, setzte sie nach. »Ich lebe nur noch, weil du etwas von mir brauchst. Was auch immer es ist, ich bin dabei. Hörst du? Du musst mich nicht dazu zwingen. Ich werde dir freiwillig helfen. Ich werde zu deiner Komplizin und dafür lässt du mich am Leben. Selbst wenn ich es wollte, könnte ich danach nicht zur Polizei gehen, ohne mich selbst zu belasten. Das ist deine Garantie und Sicherheit.«

Unerträglich lange starrte er Leonie an, ohne dass sein Gesicht eine Regung zeigte. Dann brach er in schallendes Gelächter aus.

»Was ist daran so witzig?«, fragte sie.

»Netter Versuch, *Malika*, aber du wirst mir sowieso zu Diensten sein. Dafür sorge ich schon.«

Unwillkürlich betastete sie ihr Jochbein. »Du musst mir nicht wehtun, um zu bekommen, was du willst.«

»Hast du ernsthaft gedacht, ich gehe auf deinen abstrusen Vorschlag ein? Du musst wirklich verzweifelt sein.«

»Sie haben ein U-Boot geschickt, um euch auszuschalten. Denkst du, sie lassen es zu, dass ihr ungeschoren von dieser Plattform entkommt?«

Urplötzlich zogen sich seine Augenbrauen zusammen und er sprang aus seinem Sessel. Bernsteinfarbene Flüssigkeit schwappte aus der Dose in seiner Hand. In Erwartung, er würde sie erneut schlagen, zuckte Leonie zusammen. Er baute sich vor ihr auf und sah auf sie herab. »Diese Leute haben einen fulminanten Fehler begangen und ihre Lektion gelernt. Glaubst du wirklich, ich hätte nicht alle Eventualitäten bedacht und alles von Anfang bis Ende durchgespielt? Ich frage dich also ein letztes Mal: Warum sollte ich ausgerechnet *deine* Hilfe benötigen?«

»Weil keiner deiner Leute einen vertrauensvollen Kontakt zu Anne Hagen hat.«

Zum ersten Mal seit ihrem Wiedersehen hatte Gabrijel seine Mimik nicht mehr im Griff. Er war baff, trat einen Schritt zurück und musterte sie. »Woher kennst du diesen Namen?«

Wahrheitsgemäß erzählte sie ihm von dem Gespräch über Funk, das sie während ihres Fluchtversuchs vom Rettungsboot aus geführt hatte. Zum Schluss sagte sie: »Anne Hagen ist die

Leiterin der Sondereinheit, die euch zur Strecke bringen will. Sie hat mich überprüfen lassen und angesichts der Ereignisse vertraut sie mir. Und jetzt denk noch mal ganz in Ruhe darüber nach, wie *ich* dir helfen könnte.«

Erleichtert sah sie, wie es in ihm ratterte. Mit neu erwachtem Selbstvertrauen ließ sie ihn stehen, ging zur Bar und nahm sich ein Kinnie aus seinem Vorrat. Sie öffnete die Dose, und als der erste Schluck des herbsüßen Getränks ihren Gaumen benetzte, beschwor der Geschmack unweigerlich Erinnerungen an Malta herauf – einige davon süß, andere im Rückblick bitter.

Gabrijel trat neben sie. Diesmal allerdings fehlte jegliche bedrohliche Ausstrahlung, die ihn bislang umgeben hatte. In sachlichem Tonfall fragte er: »Was genau schwebt dir vor?«

Sie zuckte mit den Schultern. »Ohne deine Pläne zu kennen, ist es müßig, irgendwelche Ideen durchzuspielen. Aber ich könnte mir vorstellen, Anne Hagen auf eine falsche Fährte zu locken, wenn es zum Beispiel um deine Flucht geht. So was in der Art.«

»Du erwartest nicht ernsthaft, dass ich meine Pläne mit dir teile …«

»Natürlich nicht. Sag mir einfach, was ich dieser Frau erzählen soll, wenn es so weit ist. Egal was. Ich werde sie für dich hinters Licht führen. Und dafür lässt du mich am Leben.«

»Diese plötzliche Kehrtwende passt nicht zu dir«, sagte er. »In deinem ganzen Leben hast du nicht einmal einen Strafzettel wegen Falschparkens bekommen und jetzt willst du mir helfen? Zumal ich dich so hintergangen und gekränkt habe? Das kaufe ich dir nicht ab.«

Ihre Augen wurden wässrig und sie konnte nichts dagegen tun. »Ich will nicht sterben, Gabrijel. Ist das nicht Grund genug?«

Er musterte sie lange. »Ich werde darüber nachdenken.«

»Danke. Verrätst du mir wenigstens, welche Rolle ich in deinem Plan spiele?«

»Das werde ich. Wenn der Zeitpunkt gekommen ist.«

»Tja, du hast das Sagen.« Sie wischte sich die Tränen aus den Augen und stürzte anschließend die gesamte Dose ihre Kehle hinunter. »Darf ich dich noch etwas fragen, Gabrijel?«

Er machte eine gönnerische Handbewegung.

»Geht es dir wirklich um die Menschen? Ich meine, deine Forderung von wegen der Vergemeinschaftung von Wasser … also, das passt ehrlich gesagt nicht zu dir.«

Er zeigte mit dem Finger auf sie. »Du weißt nichts über mich.«

»Ich denke schon. Ich glaube, es geht dir einzig ums Geld. Alles andere dient nur der Ablenkung.«

»Glaub, was du willst. Ich lasse dich jetzt zurück zu den anderen bringen, damit ich in Ruhe nachdenken kann.«

»Nein«, sagte sie hastig. »Ich will auf mein Zimmer, duschen und mich in mein Bett legen. Das habe ich mir verdient. Meinst du nicht auch?« Demonstrativ rieb sie sich über ihr geschwollenes Gesicht.

Sie bemerkte sein Zögern, und es war dieser kurze Moment, in dem sein Blick eine Spur weicher wurde und seine Anspannung ein klein wenig nachließ, der ihr zeigte, dass nicht alles in ihrer Beziehung eine Lüge gewesen war. Gabrijel hatte Gefühle für sie gehegt. Selbst wenn er das Gegenteil behauptete. Er war nicht nur der harte Kerl, den er hier vor seinen Männern und den Geiseln gab. Wenn es Leonie gelang, jene andere Seite von ihm anzusprechen, konnte ihr dies vielleicht tatsächlich das Leben retten.

»Meinetwegen«, sagte er schließlich. »Kümmere dich um dein Gesicht. Aber Silvan wird vor deiner Tür Wache stehen und dir nicht von der Seite weichen.«

»Danke, Gabrijel.«

Er gab Silvan, dem Söldner, der sie hergebracht hatte, sorgfältige Anweisungen und schickte ihn und Leonie danach ohne ein weiteres Wort aus der Lounge.

Durch das Treppenhaus führte Silvan Leonie hinunter ins fünfte Stockwerk, wo sich die Wohnräume der Führungskräfte und Wissenschaftler befanden. Vor der Tür mit der Nummer 49 blieb Leonie stehen und hielt ihre Universalzugangskarte vor den Sensor. Klickend entriegelte sich die Tür und sie trat ein. Silvan folgte ihr und bedeutete ihr zu warten. Er durchwühlte sämtliche Schubladen und Schränke und fand ein kleines Schweizer Taschenmesser, das er an sich nahm. Im Bad steckte er einen Nassrasierer ein. Dann teilte er Leonie mit, dass er draußen warten und zu jeder vollen Stunde nach ihr sehen werde. Sie übergab ihm ihre Zugangskarte und er ließ sie allein.

Als die Tür hinter ihm zufiel, sank Leonie auf das penibel gemachte Bett. Sie schloss die Augen und atmete zum ersten Mal seit Ethan Holloways Ermordung durch. Bis hierher hatte sie es geschafft. Zum Glück war dieser Silvan weit weniger aufmerksam und clever als Gabrijel. Ansonsten wäre ihm schnell aufgefallen, dass die wenige Unterwäsche und sonstige Bekleidung in den Schubladen keiner Frau gehörten. Stutzig hätte ihn auch die Ablage im Bad machen müssen, auf der neben einem Nassrasierer lediglich ein einziges Shampoo sowie ein Duschgel mit Herrenduft standen.

Leonie setzte sich auf und sah sich um. Ihr blieb eine Stunde, um zu finden, weshalb sie hergekommen war.

37

BAD REICHENHALL,
LANDKREIS BERCHTESGADENER LAND

Ssssst. Ssssst. Ssssst.

Das knallgelbe Jo-Jo in Erich Billerbecks Hand sauste auf und ab. Jetzt hieß es volle Konzentration. Mit einer raschen, eleganten Bewegung aus dem Handgelenk versetzte er das Jo-Jo am Ende der ausgerollten Schnur in die sogenannte *schlafende* Position. Dann drückte er mit dem Zeigefinger seiner freien Hand die Schnur nach vorne, griff sie mit dem Zeigefinger und Daumen seiner aktiven Hand und zog sie nach oben. Nun ließ er die Schnur ein Dreieck bilden, in welchem er das Jo-Jo vor- und zurückschaukeln ließ. Erich Billerbeck lächelte. Die jungen Leute nannten diesen Trick *Rock the Baby*, aber für ihn würde es immer die *Affenschaukel* bleiben. Mit seinen sechsundsiebzig Jahren musste er sich zum Glück nicht mehr jedes neue Trendwort merken, nur weil die Jugend heutzutage amerikanische Begriffe bevorzugte. Leider sah man immer seltener Kinder Jo-Jo spielen, was Erich Billerbeck bedauerte, förderte diese Beschäftigung doch Fingerfertigkeit, Konzentration und Reaktionsvermögen.

Er saß im Wohnzimmer seiner schlicht eingerichteten Zweizimmerwohnung am östlichen Stadtrand von Bad Reichenhall, tief im Süden Bayerns, unweit der deutsch-österreichischen Grenze. Der Blick aus dem Fenster bot ein atemberaubendes Alpenpanorama, mit grünen Wäldern und Wiesen und schneebedeckten Berggipfeln. Trotz der hohen Miete und seiner bescheidenen Rente, die ihm keine großen Sprünge erlaubte, schätzte Erich Billerbeck sich glücklich, hier leben zu dürfen. Seit dem Tod seiner Frau vor sechs Jahren brauchte er sowieso nicht viel. Sein Wohnzimmer war gerade groß genug für ein Sofa, einen wackeligen Schreibtisch sowie ein Holzregal, das vor Fachliteratur überquoll, die sich hauptsächlich mit Feuerwehren und deren Geschichte beschäftigte. Die einzige freie Wand war mit Plakaten beklebt, die von vergangenen Veranstaltungen der Freiwilligen Feuerwehr Bad Reichenhall zeugten. Dazwischen hingen Poster, auf denen Radioantennen oder Funkmasten abgebildet waren, flankiert von Sprüchen wie *Meine Antenne ist größer als deine* oder *Vorsicht Radio-Aktiv*. Auf dem Schreibtisch stand Erich Billerbecks größter Schatz: ein Yaesu Hybrid SDR Transceiver mit Touchscreen-Display. Seiner Meinung nach gab es kein Amateurfunkgerät auf dem Markt, das eine bessere Rauschunterdrückung und ein übersichtlicheres Wasserfalldiagramm bot. Dieses zeigte in farblichen Abstufungen die momentanen Funkaktivitäten in bestimmten Frequenzbereichen an. Im Augenblick herrschte der übliche Funkverkehr auf den herkömmlichen Bändern und Erich Billerbeck widmete sich wieder seinem Jo-Jo. Während er es auf- und absausen und über den Boden laufen ließ, dachte er wieder an die heutige Jugend. Er wusste, dass ihn einige der jüngeren Nachbarn hinter seinem Rücken belächelten und sein Steckenpferd, den Amateurfunk, für ein Relikt vergangener Tage hielten. Doch das kümmerte ihn nicht. Seiner Ansicht nach würde Amateurfunk unverzichtbar bleiben, falls durch unvorhersehbare Katastrophen oder Krisenszenarien Telefon- und Mobilfunknetze versagen sollten. Denn wie Erich Billerbeck stets predigte: *Funk geht immer.*

Dass seine Überzeugung keinesfalls nur blanke Theorie war, hatte zuletzt die Flutkatastrophe im Ahrtal 2021 bewiesen, als der Deutsche Amateur-Radio-Club beim Aufbau eines alternativen Kommunikationsnetzwerks geholfen hatte, nachdem die Telefonnetze aufgrund von Stromausfällen über Tage hinweg unbrauchbar geworden waren. Hier in der bayerisch-österreichischen Grenzregion war vielen Menschen noch die Hochwasserkatastrophe von 2005 im Gedächtnis. Auch damals hatten Funkamateure wie Erich Billerbeck die Einsatzkräfte von Polizei, Feuerwehr, Rotem Kreuz und Technischem Hilfswerk unterstützt, nachdem die komplette Kommunikationsinfrastruktur zusammengebrochen war.

Aus den Augenwinkeln bemerkte er jetzt eine Veränderung im Wasserfalldiagramm des Funkgeräts. Beinahe am äußersten Rand des Displays zuckte das Diagramm. Erich Billerbeck legte das Jo-Jo zur Seite. Jemand funkte auf dem 40-Meter-Band. Das war nicht unbedingt ungewöhnlich, kam aber auch nicht allzu häufig vor. Neugierig drehte er die Lautstärke hoch.

»Hallo?«, erklang eine Frauenstimme. »Halloooo … hört mich jemand?«

Erich Billerbeck stutzte. Kein lizenzierter Amateurfunker würde in dieser Art und Weise auf gut Glück drauflosfunken, und schon gar nicht auf dieser Frequenz.

»Halloooo … irgendjemand? So eine Scheiße.«

Erich Billerbeck griff zum Mikrofon. »Hier DK9HBB. Ich höre dich, 59. Wie ist deine Kennung?«

»Gott sei Dank«, antwortete die Frau. »Ich wusste nicht, ob ich mit diesem Teil hier jemanden erreiche.«

»Ich höre dich, 59.«

»59?«

»Das bedeutet *laut und deutlich*«, erklärte Erich Billerbeck, der spätestens jetzt mit absoluter Sicherheit wusste, dass diese Frau keine Ahnung vom Amateurfunk hatte, geschweige denn eine Lizenz besaß. Dennoch fragte er erneut: »Wie ist deine Kennung?«

»Keine Ahnung. Hören Sie ...«

»Weißt du, dass du ohne Lizenz nicht am Sprechfunkverkehr teilnehmen darfst?«, unterbrach er sie. »Ich kann dir nur dringend raten, den Kanal freizugeben, bevor du Ärger bekommst.«

»Nein«, entgegnete die Frau hastig. »Bitte bleiben Sie dran. Mayday. Mayday. Hören Sie? Ich bin hier in Gefahr und brauche Hilfe. Dringend!«

Sofort setzte Erich Billerbeck sich aufrecht hin und sein Herz begann schneller zu schlagen. Codewörter für Notfälle wie *Mayday* oder *Pan* waren für die Luft- und Seefahrt reserviert und durften im normalen Funk nicht verwendet werden. Doch wer außerhalb der Amateurfunkgemeinde wusste das schon? Diese Frau war eindeutig in Panik. Er entschied, auf die üblichen Gepflogenheiten unter Funkern zu verzichten und mit ihr zu reden wie mit seinen Nachbarn.

»Ich verstehe«, sagte er. »Mit wem spreche ich?«

»Mein Name ist Leonie Vargas. Ich bin auf einer Offshore-Plattform in der Ostsee. Ich muss sofort ...«

»Langsam«, unterbrach er sie. »Eins nach dem anderen. Zunächst: Ich bin Erich. Ich sitze hier in Bad Reichenhall. Du hast also einen Notfall?«

»Kann man wohl sagen.«

»Also ja?«

»Ja!«

»Okay. Also, ich kann deinen Notruf an eine Einsatzstelle in deiner Nähe weiterleiten. Dafür benötige ich aber ein paar Informationen von dir.«

»Ja. Gut.«

Erich Billerbeck nahm einen Kugelschreiber in die Hand und zog einen Papierblock heran.

»Dein Name ist Leonie Vargas?«

»Korrekt. Vargas mit *V*.«

Er machte sich eine Notiz. »Bist du verletzt? Brauchst du medizinische Hilfe?«

»Nein.«

»Wo befindest du dich jetzt gerade?«

»Ein paar Seemeilen vor Rügen. Hör mal, Erich, ich muss wirklich dringend …«

»Einen Moment«, bat er und schüttelte den eingetrockneten Kugelschreiber. Es half weder ihr noch ihm, wenn auch er jetzt in Hektik verfiel. »Es gibt für solche Fälle ein Protokoll, das ich befolgen muss, Leonie. Nur so kann ich deinen Notfall einschätzen und die für dich zuständige Rettungsstelle identifizieren.«

»Aber darum geht es doch. Du kannst hier niemanden herschicken. Es ist kompliziert. Aber ich kann dir genau sagen, mit wem ich reden muss. Kannst du mich irgendwie mit der Polizei verbinden? Am besten mit der Bundespolizei. Dort gibt es eine

Frau namens Anne Hagen, mit ihr muss ich reden. Sie ist im Augenblick auf Rügen. Mehr weiß ich leider nicht.«

»Ich soll dich mit jemandem von der Bundespolizei verbinden? Soll das ein Witz sein? Wie stellst du dir das vor? Wir funken hier auf Kurzwelle. Ich kann dich nicht einfach irgendwohin weiterleiten wie eine E-Mail. Außerdem funkt die Polizei über verschlüsselten BOS-Digitalfunk.«

»Es geht um Leben und Tod, Erich! Und ich habe wirklich keine Zeit, um dir alles zu erklären. Kannst du mir helfen oder nicht?«

»Ich kann deinen Notruf an eine Rettungsleitstelle weitergeben und die können dich dann anfunken.«

»Okay. Kannst du dann bitte die Polizei anrufen? Sag denen, Leonie Vargas von der *Greifswald* will Anne Hagen von der Bundespolizei sprechen. Wenn du dann noch erwähnst, dass es um die Geiselnahme geht, werden sie dir glauben.«

»Geiselnahme? Was denn für eine Geiselnahme?«

»Ist die *Greifswald* denn nicht in den Nachrichten?«

»Was ist denn eine *Greifswald*?«

Die Frau seufzte laut vernehmlich. »Vertrau mir einfach, Erich. Bitte. Der Name der Bundespolizistin ist Anne Hagen.«

Erich Billerbeck lehnte sich in seinem Stuhl zurück. Er war mindestens ebenso verwirrt, wie es auch diese Frau zu sein schien. Beinahe war er geneigt, an einen Scherz zu glauben. Andererseits war er lange genug bei der freiwilligen Feuerwehr gewesen, um herauszuhören, ob es jemand am Telefon oder per Funk ernst meinte.

»Erich? Bist du noch da?«

»Also gut, wir machen es so«, sagte er. »Du bleibst auf exakt diesem Kanal empfangsbereit. Währenddessen werde ich mich umhören. Deine Angaben sind nicht gerade präzise, und diese Frau zu finden, wird eine Herausforderung. Aber falls ich sie aufspüre, wird sie dich anfunken.«

»Keine Ahnung, ob es uns etwas nutzt, aber unweit von mir kreuzt ein Schiff der Marine. Die *Fulda.* Anne Hagen steht mit ihr in Kontakt.«

»Und woher weißt du das?«

»Lange Geschichte.«

Erich Billerbeck kratzte sich am Kopf. »Also, die zuständige Stelle für einen Notruf von See ist tatsächlich eine Funkstelle der Marine. Die kann ich direkt adressieren, sprich anfunken. Obwohl die Marine normalerweise auf anderen Bändern kommuniziert, sollte sie über das geeignete Equipment verfügen, um auch mit dir zu kommunizieren. Ja, über diesen Umweg könnte es funktionieren. Du hast nicht zufällig die Kennung des Schiffs parat?«

»Machst du Witze?«

»Na gut. Mal sehen, was ich für dich tun kann. Also, Leonie, ich werde den Kontakt mit dir jetzt bis auf Weiteres einstellen, während ich versuche, die Funkstelle der Marine zu erreichen. Hast du mich verstanden?«

»Ja.«

»Ein wenig Geduld wirst du brauchen.«

»Bitte beeile dich. Mir läuft die Zeit davon.«

»Hab ich schon verstanden.«

»Und Erich?«

»Ja?«

»Danke!«

»Ach was, dafür bin ich doch da.«

Erich Billerbeck lächelte, zog die oberste Schublade seines Schreibtischs heraus und kramte nach der Rufzeichenliste der

Bundesnetzagentur, die er an seinem letzten Arbeitstag bei der freiwilligen Feuerwehr eingesteckt hatte. Es waren Tage wie dieser, die ihm zeigten, dass er nach wie vor zu etwas nütze war. Seine Frau wäre stolz auf ihn gewesen.

38

OSTSEE, ZWÖLF SEEMEILEN VOR DER KÜSTE RÜGENS

In Jüri Kallas' Zimmer tigerte Leonie nervös auf und ab. Unablässig sprang ihr Blick zwischen der Uhr auf seinem Nachttisch, seinem selbst gebauten Funkgerät daneben und der Zimmertür hin und her. Das Funkgerät war empfangsbereit, doch bislang hatte sich weder Anne Hagen noch die *Fulda* oder sonst eine Menschenseele gemeldet. Selbst Erich, der versprochen hatte, sich um Hilfe zu kümmern, schien wie vom Erdboden verschluckt zu sein. Der Kontakt mit ihm lag über zwanzig Minuten zurück. Was, wenn er ihr nicht geglaubt hatte und stattdessen in diesem Augenblick mit einem Bier in der Hand vor dem Fernseher saß? Leonie blieb abrupt stehen und hieb sich mit der flachen Hand gegen die Stirn. *Schluss damit!* Sie machte sich ja vollkommen verrückt. Weder ihr noch den anderen Geiseln half das weiter. Aber die erste Stunde in ihrem neuen Domizil war beinahe um. Jeden Moment konnte Silvan zur Tür hereinspazieren, um nach ihr zu sehen. Auch wenn sie sich Anne Hagens Stimme noch so sehr herbeisehnte, Leonie durfte kein

Risiko eingehen. Sie zog den Stecker und vergrub das Funkgerät unter dem Kopfkissen. Dann streckte sie sich auf dem Bett aus und legte vorsichtig ihren Kopf auf das Kissen. Durch den dünnen Bezug hindurch spürte sie die Kanten des metallenen Gehäuses. Dann wartete sie.

Mit dem Besitz dieses Funkgeräts verstieß ihr Kollege gleich gegen mehrere Sicherheitsvorschriften. Unter normalen Umständen hätte ihm das eine empfindliche Strafe eingebracht, doch in dieser Situation konnte er damit vielleicht sogar Leben retten. Leonies Plan, sich Gabrijel anzubiedern, einzig mit dem Ziel, in dieses Zimmer zu gelangen, war aufgegangen. Nur leider war es erheblich schwieriger als gedacht, jemanden über Funk zu erreichen. In ihrer Naivität hatte Leonie angenommen, einfach an ein paar Rädchen drehen zu müssen, SOS zu funken und irgendwann von irgendjemandem gehört zu werden. Das hatte sich als Trugschluss erwiesen. Tatsächlich war Erich der Einzige gewesen, der ihr geantwortet hatte. Im Augenblick ruhte ihre ganze Hoffnung auf diesem betagten Mann.

Während sie darauf wartete, dass Silvan zur Tür hereinkam, spürte sie, wie sie allmählich wegdämmerte. Nach so vielen Nächten auf harten Pritschen und Fußböden fühlte sich die weiche Matratze herrlich an. Plötzlich wurde ohne Vorwarnung die Tür aufgerissen und ihr Bewacher stapfte ins Zimmer.

»Anklopfen wäre nett«, meinte Leonie und täuschte ein herzhaftes Gähnen vor. Sie beobachtete ihn, wie er Zimmer und Bad ablief und in jede Ecke sah. Sie konnte nicht anders und fragte: »Wonach zum Henker suchst du? Denkst du, Captain Kirk hätte sich mit einem Rettungstrupp hierher gebeamt?«

Silvan wirkte irritiert, machte auf dem Absatz kehrt und verließ das Zimmer. Leonie atmete auf. Sie hatte soeben eine weitere Stunde gewonnen. Gegen die Müdigkeit ankämpfend, setzte sie sich auf. Sie stellte das Funkgerät zurück auf den Nachttisch und steckte das Stromkabel ein. Augenblicklich erwachte das Gerät zum Leben und Leonie hüpfte vor Schreck aus dem Bett.

»… rufe Leonie Vargas«, erklang eine blecherne Männerstimme aus dem Lautsprecher. »Ich wiederhole: Leonie Vargas. Falls Sie auf Empfang sind, bitte bestätigen.«

Mit klopfendem Herzen betätigte sie die Sprechtaste. »Hier ist Leonie Vargas. Wer ist dort?«

»Ich brauche eine Bestätigung, dass Sie tatsächlich Leonie Vargas sind. Wie lautet Ihre letzte gemeldete Wohnadresse?«

Gleiches Spiel wie beim letzten Mal, dachte Leonie und nannte ihm die Adresse. Daraufhin bat der Mann sie, auf Empfang zu bleiben und keinesfalls den Kanal zu wechseln.

Die Sekunden verstrichen und außer Rauschen kam nichts durch den Äther. Nervös wippte Leonie mit den Zehen, den Blick unverwandt auf die Zimmertür gerichtet.

»Hier ist Anne Hagen«, kam es plötzlich aus dem Lautsprecher. »Sind Sie da, Leonie?«

»Gott sei Dank. Ich war mir nicht sicher, ob das hier alles so hinhaut.«

»Nun, offen gesagt wissen auch wir hier nicht so recht, ob wir uns bei *Ihnen* sicher sein können.«

Leonie fiel auf, wie kühl und distanziert die Polizeibeamtin klang. »Wie meinen Sie das?«

»Wie in aller Welt kommen Sie ein zweites Mal an ein Funkgerät?«

Leonie erklärte es ihr in kurzen Worten.

»Sie müssen verstehen«, erwiderte Anne Hagen, »dass diese Kontaktaufnahme für uns sehr überraschend kommt. Die

Söhne des Enki haben Störsender auf der Plattform installiert, die sämtliche Handyfrequenzen blockieren; also Frequenzen in deutlich höheren Bereichen. Es erscheint mir merkwürdig, dass sie an Amateurfunk nicht gedacht haben sollten.«

»Vermutlich weil Amateurfunk auf der *Greifswald* im Normalbetrieb nicht existiert.«

»Und doch haben Sie eine Möglichkeit gefunden, auf diese Weise mit uns zu kommunizieren.«

»Danken Sie diesem Erich. Es ist alleine sein Verdienst.«

»Das alles ist für uns sehr verwirrend«, sagte Anne Hagen.

»Für mich auch. Das können Sie mir glauben.«

»Ehrlich gesagt fällt mir das schwer.«

»Was meinen Sie?«

»Ich bitte Sie, Leonie. Sie sind eine Geisel. Wollen Sie uns tatsächlich weismachen, dass Atticus so nachlässig ist? Zumal nach Ihrem Fluchtversuch mit *Rescue Five*?«

»Ich habe doch gerade erklärt, wie es dazu kam.«

»Das haben Sie. Für mich klingt Ihre Geschichte allerdings sehr abenteuerlich. Ein wenig zu glatt für meinen Geschmack.«

»Zu *glatt*?« Beinahe hätte Leonie aufgelacht. Gerade noch rechtzeitig besann sie sich der Wache vor der Tür. »Ihr Ernst? Ich wurde geschlagen und mein Jochbein ist vielleicht gebrochen.«

»Kontaktieren Sie uns im Auftrag von Atticus? Führen Sie Anweisungen von ihm aus, Leonie?«

»Nein.« Leonie verstand die Welt nicht mehr. Was war nur mit dieser Frau los? Sie klang vollkommen anders als während ihres ersten Funkkontakts. Wo war ihr Einfühlungsvermögen abgeblieben? Weshalb misstraute sie Leonie mit einem Mal?

»Ich habe keine Zeit für Spielchen«, zischte Anne Hagen. »Wir wissen, dass Atticus auf der *Greifswald* Hilfe hat. Von jemandem, der Zugang zu hochsensiblen Informationen hat. Ein Insider. Und ich glaube, dass *Sie* dieser Insider sind, Leonie.«

»Wie bitte?«

»Wir wissen inzwischen, dass Sie und Ethan Holloway seit Monaten zerstritten waren. Uns liegen E-Mails und Aussagen aus Holloways Sekretariat vor. Außerdem haben wir von der Personalabteilung von Sharpwater Deutschland erfahren, dass Sie auf Holloways Abschussliste standen. Sie kennen diese Plattform in- und auswendig und mussten befürchten, bald schon ohne Job dazustehen. Und dann sind ausgerechnet Sie es, der es beinahe gelingt, den Geiselnehmern mit einem Rettungsboot zu entkommen. Aber eben nur beinahe. Ein guter Schachzug, um Vertrauen zu uns aufzubauen und den Verdacht weit von sich zu lenken. Und jetzt sind es ausgerechnet wieder Sie, der es gelingt, uns unbemerkt anzufunken? Sie werden verstehen, wenn ich und mein Team da mehr als misstrauisch sind.«

Leonie verschlug es die Sprache. Da riskierte sie Kopf und Kragen, und diese Frau dankte es ihr, indem sie Leonie verdächtigte, mit den Geiselnehmern gemeinsame Sache zu machen. Außerdem versetzte es ihr einen Stich zu erfahren, dass sie tatsächlich kurz vor der Entlassung bei Sharpwater gestanden hatte.

»Möchten Sie etwas dazu sagen?«, fragte Anne Hagen scharf. »Jetzt wäre der Moment. Ein Mann wurde ermordet! Ethan Holloway wurde exekutiert. Lässt Sie das etwa kalt? Machen Sie reinen Tisch, Leonie und es wird sich in der Gerichtsverhandlung positiv auf Ihr Strafmaß auswirken.«

»Ich …«, Leonie schluckte einen Kloß hinunter, »ich kann nicht glauben, dass Sie das tatsächlich von mir denken.«

»Wollen Sie wissen, was ich denke? Sie und Atticus spielen Spielchen. Sie wollen uns mit falschen Informationen verwirren, uns auf falsche Fährten locken, uns dumm dastehen lassen. Vielleicht auch Zeit schinden. Weshalb auch immer. Ist es nicht so? Ist nicht das der wahre Grund für diese erneute Kontaktaufnahme?«

»Das ist doch absurd«, protestierte Leonie.

»Sehe ich anders. Klingt für mich nach einem ausgeklügelten Plan.«

»Es ist genau andersrum«, sagte Leonie. »Ich versuche, das Vertrauen von Atticus zu gewinnen, um *Ihnen* zu helfen.«

»Soso«, machte Anne Hagen. »Erkennen Sie mein Dilemma? Sofern Sie mich nicht davon überzeugen, dass Sie die Wahrheit sagen, war das bis auf Weiteres unsere letzte Unterhaltung.«

»Wie denn?«

»Liefern Sie mir etwas Brauchbares, Leonie, oder das war's.«

»Warten Sie! Ich muss nachdenken.« Nervös fuhr Leonie sich durch die Haare. Sie steckte in der Zwickmühle. Sie hatte vorgehabt, Atticus' wahre Identität aufzudecken, um Anne Hagen einen Anhaltspunkt für weitere Ermittlungen zu geben. Doch nun beschlichen sie Zweifel. Erzählte sie von Gabrijel und ihrer Verbindung zu ihm, würde das Anne Hagens Misstrauen nur weiter steigern. Schon jetzt sahen die Ermittlungsbehörden in Leonie offenbar den Insider, der mit den Geiselnehmern im Bunde war. Was würden sie erst denken, wenn sie erfuhren, dass sie mit dem Anführer dieser verdammten Bande verlobt gewesen war? Es war zum Haareraufen. Aber egal wie Leonie es drehte und wendete, sie sah nur eine Möglichkeit. Lügen würden ihre Situation nur verschlimmern. Früher oder später würde ihre Verbindung zu Gabrijel sowieso ans Tageslicht kommen.

»Atticus ist nicht sein richtiger Name«, sagte sie schließlich. »In Wirklichkeit heißt er Gabrijel Saliba und er ist maltesischer Staatsbürger.«

»Woher wissen Sie das?«

»Wir kennen uns.«

»Moment. Hieß so nicht Ihr tödlich verunglückter Verlobter?«

»Sie haben mich überprüft?«

»Was denken Sie denn? Sie behaupten also, der Mann, der sich Atticus nennt, ist Ihr Verlobter und lebt noch? Und er führt die Söhne des Enki an?«

»Ja«, antwortete Leonie kleinlaut.

»Wie kommt das?«

Leonie erzählte ihr alles. Angefangen davon, wie Gabrijel sich ihr Vertrauen erschlichen hatte, zu ihr nach Deutschland gezogen war, sie über Wochen hinweg systematisch überwacht und bestohlen hatte, bis zu dem Punkt, als er seinen Tod fingiert und Leonie mit gebrochenem Herzen zurückgelassen hatte.

»Sie beide haben diese Aktion also gemeinsam geplant«, meinte Anne Hagen, und es klang vielmehr nach einer Feststellung als nach einer Frage.

»Nein!«, brauste Leonie auf. »Haben Sie mir denn überhaupt zugehört? Hören Sie endlich auf, mir andauernd zu unterstellen, ich hätte irgendetwas mit dieser Scheiße zu tun.«

»Beweisen Sie mir Ihre Unschuld.«

»Exhumieren Sie Gabrijel. Oder wer auch immer in diesem Sarg liegt.« Ihre Stimme brach. »Ich wollte keine Feuerbestattung, weil ich es nicht übers Herz gebracht hätte, seine Leiche ein zweites Mal verbrennen zu lassen. Würden wir unter einer Decke stecken, wären wir doch wohl so klug gewesen, eine Feuerbestattung zu wählen. Meinen Sie nicht?«

Anne Hagen schien nachzudenken. »Die Genehmigung für eine Exhumierung zu erhalten, dauert einige Zeit. Noch länger braucht es, bis uns die Gerichtsmedizin valide Ergebnisse liefert.«

»Vielleicht gibt es einen anderen Weg, Gabrijels Identität und die seiner Männer herauszufinden«, überlegte Leonie laut. »Die Söldner müssen entweder mit einem Versorgungsschiff oder per Helikopter auf die *Greifswald* gelangt sein. Egal auf welchem Weg, sie mussten zuvor durch eine Sicherheitskontrolle am Terminal. Dort gibt es Überwachungskameras.«

»Diese Aufnahmen haben wir längst überprüft«, erwiderte Anne Hagen, »und dabei weder etwas Verdächtiges bemerkt noch Unregelmäßigkeiten festgestellt.«

»Weil Sie nicht wussten, wonach Sie suchen müssen. Sie wissen jetzt, dass einer der Männer Gabrijel Saliba ist. Sehen Sie sich die Aufnahmen erneut an und halten Sie Ausschau nach ihm. Und dann überprüfen Sie die Personen, die im selben Zeitraum wie er die Sicherheitskontrollen passiert haben. Sicher verwenden die Geiselnehmer falsche Namen und vermutlich waren sie auch so schlau, sich aufzuteilen. Aber anhand eines Merkmals werden Sie erkennen, wer zu Gabrijel gehört.«

»Welches Merkmal?«

»Ein Aspekt unseres Sicherheitsprotokolls sind RFID-Chips, die in jedem Mitarbeiterausweis verbaut sind. Diese enthalten die jeweiligen Sicherheitsfreigaben des entsprechenden Mitarbeiters. Überprüfen Sie die Personen, die im Umfeld von Gabrijel die Sicherheitskontrollen passiert haben, und filtern Sie diejenigen heraus, deren Arbeitsbeschreibung nicht mit den Freigaben übereinstimmt.«

»Was genau meinen Sie damit?«

»Zur Eröffnungsfeier hatten wegen der versammelten Prominenz nur wenige ausgewählte Personen Zutritt zur Plattform. Aus gutem Grund, wie man ja sieht. Gabrijel und seine Männer können demnach nur als Deckarbeiter getarnt auf die Plattform gelangt sein, die für den laufenden Betrieb unverzichtbar sind. Jedoch besitzen Deckarbeiter nur eine eingeschränkte Freigabe für sehr wenige Bereiche. Die RFID-Chips in den Ausweisen der Geiselnehmer hingegen gewähren Zugang selbst zu sicherheitsrelevanten Bereichen. Ich habe es mit eigenen Augen gesehen. Suchen Sie nach diesen Diskrepanzen und Sie finden die Geiselnehmer.«

Eine Weile herrschte Stille, dann sagte Anne Hagen: »Wir werden uns das ansehen. Bis dahin verhalten Sie sich ruhig. Falls es stimmt, was Sie behaupten, sind Sie in sehr großer Gefahr.«

»Was Sie nicht sagen.« Leonie schnaubte. »Gabrijel hat sich mir offenbart. Er wird mich nicht am Leben lassen. Er hat mich nur noch nicht getötet, weil er mich für irgendeine Sache braucht.«

»Wofür?«

»Keine Ahnung.«

»Spekulieren Sie«, forderte Anne Hagen.

»Keine Ahnung. Ehrlich.«

»Nun gut. Was auch immer geschieht, Leonie, spielen Sie nicht die Heldin.«

»Dasselbe könnte ich Ihnen auch raten.«

»Wie meinen Sie das?«

»Der Angriff mit dem U-Boot. Das war von Anfang an zum Scheitern verurteilt«, erklärte Leonie. »Die *Greifswald* verfügt über Sensoren, die …«

»Denken Sie, das wissen wir nicht?«, fuhr Anne Hagen sie an. »Deswegen sah unser Plan vor, die Kampftaucher in sicherer Entfernung durch die Torpedorohre aussteigen zu lassen. Aber genug davon. Wir melden uns wieder.«

»Gut.«

Leonie zog den Stecker aus der Steckdose und schob das Funkgerät wieder unter das Kissen. Sie ging nicht davon aus, dass Anne Hagen sich so rasch wieder melden würde. Dann hockte sie sich auf die Bettkante, legte die Hände in den Schoß und starrte an die nackte Wand. Das Gespräch war Leonie an die Nieren gegangen; all die Verdächtigungen und Unterstellungen. Doch etwas, das Anne Hagen ganz nebenbei erwähnt hatte, ging Leonie nicht mehr aus dem Kopf. Zuerst war es nur ein flüchtiger Gedanke, doch dann, nach mehreren Minuten intensiven Nachdenkens, fiel der Groschen.

Aufgekratzt holte sie das Funkgerät wieder hervor. Anne Hagen musste unbedingt erfahren, dass es vielleicht doch eine Möglichkeit gab, unbemerkt auf die Plattform zu gelangen.

39

LUBMIN, LANDKREIS VORPOMMERN-GREIFSWALD

Zwei Stunden nachdem Chris dank der Polizeistreife von irgendwelchen *mysteriösen Vorgängen* in Lubmin erfahren hatte, war er mit Hans' grauem Transporter auf der wenig befahrenen Landesstraße 262 in Richtung Norden unterwegs. Hans hatte ihm den Transporter geliehen, ohne großartig Fragen zu stellen, da ihn sehr wahrscheinlich noch immer ein schlechtes Gewissen wegen dem Döner vor der Villa des alten Kauzes plagte.

Vor einem Klärwerk bog er wie von Google Maps angewiesen ab und passierte kurz darauf die Betonruine des seit vielen Jahren stillgelegten Kernkraftwerks Greifswald. Die Gegend erweckte den Anschein, als wäre sie vollkommen verlassen. Ein sanfter Wind wehte Verpackungsmüll über das von Unkraut überwucherte Gelände. Hinter einer Kuppe endete die Straße abrupt und Chris bremste scharf ab.

Der einzige Weg zu Sharpwaters Verteilerstation führte über einen Damm, doch der war von Fahrzeugen und aufgebrachten Menschen blockiert, die vor einer Polizeiabsperrung standen. Mehrere Streifenwagen und etwa dreißig Beamte hatten eine undurchdringliche Kette gebildet. Die Demonstranten reckten selbst beschriftete Pappschilder in die Luft und skandierten Sprüche und Parolen. Durch die geschlossenen Fenster des Transporters konnte Chris sie nicht verstehen, aber es war klar, weshalb diese Menschen hier waren und was sie wollten. Ebenso klar war, dass sie auf diese Weise nichts erreichen würden.

Ein ganzes Stück hinter der Absperrung, durch eine dicht bepflanzte Reihe von Sträuchern und Laubbäumen vor neugierigen Blicken geschützt, erhoben sich drei silbern glänzende Türme bis über die Baumwipfel; die Silos der Wasseraufbereitung. So nah und doch so fern. Missmutig kniff Chris die Augen zusammen. Es musste einen anderen Weg geben, um dorthin zu gelangen. Aufgeben war jedenfalls keine Option.

Er lenkte den Transporter auf einen staubigen Parkplatz unweit der Absperrung, stellte den Motor ab und stieg aus. Außer seinem Smartphone nahm er nichts mit. Die Plastikkanister, die im hinteren Teil des Transporters lagen, würden ihn im Augenblick nur behindern. Außerdem würde er mit ihnen in der Hand nur unliebsame Aufmerksamkeit auf sich ziehen. Ohne Hast zwängte er sich durch den Wust an Demonstranten. Jetzt konnte er die wütenden Parolen gut verstehen. *Zuerst die Menschen, dann die Wirtschaft! Wasser ist ein Menschenrecht!* Oder schlicht: *Gebt uns Wasser!* Eine kaum volljährige Frau hielt ihr Baby hoch, wohl in der Hoffnung, damit die Herzen der Polizeibeamten zu erweichen. Chris bezweifelte, dass sie damit Erfolg haben würde, aber wer konnte es ihr in dieser Ausnahmesituation verdenken?

Er ließ die Menge hinter sich und entfernte sich aus deren Blickfeld, bis er vor einem begrünten Abhang stehen blieb. Mehrere Meter unter ihm befand sich ein wie mit dem Lineal gezogener Kanal, eine Verlängerung des Industriehafens Lubmin. Eine schwache Strömung trieb das platingrau schimmernde Salzwasser zurück ins offene Meer. Parallel zum Kanal erstreckten sich am Ufer mehrere Ruinen, die einst zum Kernkraftwerk gehört hatten und seit Jahren dem Verfall preisgegeben waren. Bis zu diesem Moment hatte Chris nicht genau gewusst, wonach er eigentlich suchte. Doch dann sah er es und ein grimmiges Lächeln stahl sich in sein Gesicht.

Als er sicher war, dass ihn wirklich niemand beobachtete, huschte er den Abhang hinunter. Halb rutschend, halb springend erreichte er im Schutz einiger Büsche einen verfallenen Weg aus Betonplatten. In gebückter Haltung eilte er den Weg entlang bis zu einer Konstruktion aus drei dicken, mit Streben verbundenen Stahlrohren, die an dieser Stelle über den etwa dreißig Meter breiten Kanal führten. Chris vermutete, dass hier früher Kühlwasser für das Kernkraftwerk entnommen oder wieder zurückgeleitet worden war. Kritisch beäugte er die Konstruktion. Die Rohre schienen dick und stabil genug, um einigermaßen sicher darauf balancieren zu können, wobei die Streben gute Haltegriffe ergaben. Schließlich setzte Chris den ersten Fuß auf eines der Rohre. Was konnte schon großartig passieren? Im schlimmsten Fall würde er aus vier Metern Höhe in brackiges Wasser fallen.

Umsichtig einen Fuß nach dem anderen platzierend und immer mit einer Hand an einer der Streben, balancierte er dem anderen Ufer entgegen. Es klappte besser als erwartet und rasch gewann Chris an Sicherheit. Keine fünf Minuten später hatte er sein Ziel erreicht. Er vergewisserte sich einmal mehr, dass ihn niemand beobachtete, dann schlich er den Hügel hinauf. Ein hoher, stacheldrahtbewehrter Maschendrahtzaun beendete seinen Weg. Dahinter erstreckte sich eine gemähte Wiese von der Größe eines Fußballfeldes, an deren Ende die silberfarbenen Silos der Verteileranlage in der Sonne glitzerten. Sie waren durch ein Gewirr aus Rohren und Pipelines untereinander verbunden, darüber hinaus mit dem weitläufigen Fabrikgebäude, dessen Dach mit violett schimmernder Folie überzogen war. Das Gebäude besaß keine Fenster – zumindest nicht auf der den Silos zugewandten Seite –, dafür in regelmäßigen Abständen vier Doppelflügeltüren. Eine der Türen stand weit offen, doch die Entfernung machte es Chris unmöglich, etwas im Inneren des Gebäudes zu erkennen. Es herrschte eine beinahe unheimliche Stille. Aus irgendeinem Grund, den Chris nicht benennen konnte, machte ihn dies nervös.

Sein Blick wanderte zurück zu den Silos, in denen sich das kostbare Wasser befand. Sein Ziel so nah vor Augen, musste Chris nun allerdings feststellen, dass er nicht den leisesten Schimmer hatte, wie er an dieses Wasser kommen sollte. Selbst wenn es ihm irgendwie gelang, den Zaun zu überwinden, ungesehen in das Gebäude einzudringen und irgendwo seine Plastikkanister zu befüllen, so musste er es mit ihnen wieder zurück über den Kanal schaffen. Danach würde er sich mit vollen Kanistern unbemerkt durch eine aufgebrachte, nach Wasser lechzende Menschenmenge bis zu seinem Transporter mogeln müssen. Ein Ding der Unmöglichkeit. Die Meute würde ihm die Kanister schneller aus den Fingern reißen, als Chris blinzeln konnte. Er fluchte. Die ganze Zeit über hatte er sich selbst etwas vorgemacht. Sharpwaters Wasser mochte zwar zum Greifen nahe sein, war aber letzten Endes dennoch unerreichbar. Chris krallte seine Finger in den Maschendrahtzaun und gestand sich ein, dass er versagt hatte.

40

INSEL RÜGEN, REGIONALFLUGPLATZ

Anne Hagens Smartphone klingelte. Sie las den Namen des Anrufers im Display und sonderte sich einige Schritte von ihren Kollegen ab, die ebenfalls an Telefonen hingen oder auf die Monitore vor ihnen starrten. Erst als sie außer Hörweite war, nahm sie den Anruf entgegen.

»Die Staatsanwaltschaft Berlin hat die Exhumierung von Gabrijel Saliba genehmigt«, erklärte Staatssekretär Doktor Peter Mertens.

»Gut«, entgegnete sie. »Danke, dass Sie das so schnell auf dem kleinen Dienstweg geregelt haben.«

»Freuen Sie sich nicht zu früh. Mit Ergebnissen ist erst in zwei bis drei Tagen zu rechnen.«

»Schon klar.«

»Hören Sie, Frau Hagen, ich bekomme zunehmend Druck von allen Seiten. Fünf Tage, und wir sind keinen Schritt näher dran an einer akzeptablen Lösung dieser Krise. Und dann noch das Fiasko mit *U 34* …« Er atmete schwer ein und aus. »Bislang konnte ich diese Sache aus den Medien raushalten, aber bald fliegt uns das alles um die Ohren. Ich will mir den Shitstorm gar nicht ausmalen, der auf uns einprasseln wird. Wie auch immer, intern wird Ihre Befähigung zur Leitung dieser Operation immer mehr infrage gestellt.«

Anne Hagen pustete die Backen auf. »Das war nach *U 34* zu erwarten. Werden Sie mir jetzt sagen, dass Sie mich abberufen?«

»Noch ist es nicht so weit. Viel Kredit haben Sie aber nicht mehr. Sorgen Sie gefälligst dafür, dass sich endlich etwas rührt. Ansonsten werde selbst ich Sie nicht länger vor den Wölfen schützen können.«

»Ich weiß zu schätzen, dass Sie nach wie vor auf mich setzen.«

»Sorgen Sie dafür, dass ich es nicht bereue.«

»Das werden Sie nicht«, versicherte sie ihrem Vorgesetzten.

»Und keine Fehlschläge mehr wie mit *U 34*. Kein unnötiges Risiko mehr. Haben wir uns verstanden?«

»Selbstverständlich.«

Er beendete die Verbindung und Anne Hagen kickte wütend eine leere Getränkedose auf die Rollbahn. Sie hatte damit gerechnet, dass ihr der Wind nach dem Desaster mit *U 34* deutlich heftiger ins Gesicht wehte. Vierundzwanzig Stunden. So lange, schätzte sie, dauerte ihre Schonfrist. Würde AURORA bis dahin keine Fortschritte vorweisen können, war sie weg vom Fenster. Damit einhergehend wäre auch ihre Karriere bei der Bundespolizei beendet. Still und leise würde es vor sich gehen. Vermutlich würde man sie in eine Abteilung versetzen, in der sie keinen Schaden mehr anrichten konnte. Nie wieder würde sie Verantwortung übertragen bekommen und sich hinter einem Schreibtisch in einem fensterlosen Büro zu Tode langweilen, bis sie höchstwahrscheinlich vor lauter Frust irgendwann von sich aus kündigte. Sie wäre nicht die erste und nicht die letzte Beamtin, der es so ergehen würde. Sanft rieb sie über ihren Bauch. Im Augenblick war das Ziehen in ihrem Unterleib erträglich, aber die Schmerzen kamen mittlerweile in Wellen. Der enorme Stress und der wenige Schlaf waren der perfekte Nährboden für den Krebs. Vielleicht hätte ihre Abberufung ja auch etwas Gutes und sie konnte sich endlich um die längst fällige Operation kümmern. Doch noch war es nicht so weit. Noch war sie im Spiel, und wer gewinnen wollte, der durfte nicht mittendrin aufgeben.

Sie kehrte zurück in den Hangar. »Irgendwelche Neuigkeiten von den Kollegen in Wiesbaden?«

»Bislang nichts«, antwortete Heiner Seibold. Er saß mit gekrümmtem Rücken auf seinem Stuhl und rührte lustlos in einem Milchkaffee.

»Was ist mit dem BND?«

»Dasselbe. Nichts.« Seibold wandte sich ihr zu. Unter seinen Augen hatten sich Tränensäcke gebildet. »Meiner Meinung nach ist das eine Sackgasse. Atticus und Leonie Vargas verarschen uns. Wir können dieser Frau nicht vertrauen.«

»Wir werden es herausfinden.« Sie checkte ihre E-Mails. Unmittelbar nach dem Gespräch mit Leonie Vargas hatte Anne Hagen die Aufnahmen der Überwachungskameras im Sharpwater-Terminal in Lubmin an ihre Kollegen vom Bundeskriminalamt in Wiesbaden sowie an den Bundesnachrichtendienst in Berlin weitergeleitet. Deren Experten sollten nochmals die Gesichter aller auf den Videos befindlichen Personen mit ihren Datenbanken abgleichen. Zwar war das Videomaterial sofort am ersten Tag der Geiselnahme einer Überprüfung unterzogen worden, doch dabei war nichts Verwertbares herausgekommen. Dank Leonie Vargas' Hinweisen hatten sie jetzt zumindest einen konkreten Anhaltspunkt, nach wem sie Ausschau halten sollten.

Die Beamtin mit dem Headset hob ihren Kopf. »Funkkontakt zur *Greifswald*. Es ist Vargas.«

Rasch setzte Anne Hagen ihr Headset auf. »Wir sind noch dabei, Ihre Informationen zu überprüfen, Leonie. Sie müssen uns schon ein wenig Zeit geben.«

»Deswegen melde ich mich nicht. Vielleicht habe ich eine Möglichkeit gefunden, wie Sie unbemerkt auf die Plattform gelangen können.«

Ratlose Blicke unter den Anwesenden wurden gewechselt. Selbst Yannick Fürst wirkte überrascht. Per Handzeichen gab er Anne Hagen zu verstehen, dass Vargas fortfahren sollte.

»Ich höre Ihnen zu, Leonie.«

»Während unseres letzten Gesprächs hatten Sie die Kampftaucher erwähnt, die sich durch die Torpedorohre des U-Boots zwängen wollten. Das hat mich auf eine Idee gebracht. Es handelt sich allerdings um eine recht unorthodoxe Methode, und vielleicht ist es auch zu unsicher und gefährlich. Aber na ja, es könnte theoretisch funktionieren.«

»Ich höre Ihnen immer noch zu.«

»Die Lösung ist der Molch.«

»Der was?«

»Der Molch. Also, wir reden hier von den Pipelines, die das geförderte Wasser von der Plattform zur Verteilerstation transportieren. Keine Ahnung, wie groß der Umfang von Torpedorohren ist, aber ich gehe jede Wette ein, dass unsere Pipelines deutlich größer sind. Auf jeden Fall groß genug, damit Kampftaucher hindurchpassen.«

Anne Hagen und Yannick Fürst wechselten skeptische Blicke. »Sie schlagen vor, dass wir unsere Leute durch die Pipelines zur *Greifswald* tauchen lassen?«

»Durch eine ganz bestimmte Röhre. Es gibt insgesamt drei, aber wir werden diejenige wählen, in der sich aktuell der Molch befindet. Ein Molch ist ein Reinigungs- und Inspektionsgerät für Pipelines. Sie können sich so einen Molch in etwa wie eine Kombination aus Torpedo und Gewindeschraube vorstellen. Von der *Greifswald* aus wandert er einfach mit dem geförderten Wasser durch die jeweilige Pipeline und befreit dabei die Innenwände von Ablagerungen. Außerdem können seine Sensoren eventuelle Leckagen feststellen. Damit er anschließend zur Plattform zurückgelangt, wird er in der Verteilerstation unter Druck gesetzt und sozusagen zurückgepresst. Diesen Umstand können wir nutzen. Lubmin kann den Molch auf die Reise schicken und in dessen Sog können gut ausgebildete Taucher selbst über diese weite Entfernung hinweg relativ einfach mitschwimmen.«

»Von welcher Entfernung reden wir?«, erkundigte sich Fürst, und Anne Hagen gab die Frage an Leonie Vargas weiter.

»Achtundzwanzig Kilometer«, antwortete sie prompt. »Wie lange können Ihre Männer unter Wasser bleiben?«

Mit der Handkante fuhr sich Fürst quer über die Kehle und Anne Hagen verstand. Derlei sicherheitsrelevante Aspekte eines möglichen Einsatzes würden sie keinesfalls mit einer Außenstehenden besprechen, von der zudem nicht feststand, ob man ihr vorbehaltlos vertrauen konnte.

»Mal angenommen, wir ziehen diese Idee in Betracht«, sagte Anne Hagen. »Wo befindet sich der Einstieg in die Pipeline? Und vor allem, wie kommen unsere Männer da wieder raus, wenn sie die *Greifswald* erreicht haben?«

»Wie gesagt, der Einstieg erfolgt in Lubmin über eine spezielle Molchschleuse, ebenso der Ausstieg hier.«

»Wie schnell bewegt sich dieser Molch durch die Röhre vorwärts?«

»Kommt darauf an, welchen Betriebsmodus man auswählt. Im schnellsten Modus beträgt die Geschwindigkeit vier Meter pro Sekunde. Von Lubmin aus braucht der Molch knapp zwei Stunden bis zur Plattform.«

Fürst nickte und Anne Hagen sagte: »Das könnte funktionieren.«

»Okay, aber da wäre eine Sache, die … nun ja, ein Problem gibt es.«

Anne Hagen horchte auf. »Was denn?«

»Wenn der Molch hier ankommt, muss jemand die Schleuse öffnen. Keiner der Ingenieure hier wird dazu in der Lage sein. Die werden alle zu gut bewacht. Das ist ein echtes Problem, für das ich noch keine Lösung habe.«

»Geht das nicht automatisch oder per Fernbedienung von Lubmin aus?«

»Weder noch. Das Öffnen muss hier initiiert werden. Direkt manuell an der Schleuse. Aus Sicherheitsgründen.«

»Verstehe ich das also richtig«, fasste Anne Hagen zusammen, »dass unsere Taucher in der Pipeline feststecken, wenn niemand die Schleuse öffnet?«

»Im Prinzip ja. Allerdings würde Ihr Team nicht direkt *feststecken*. Der Weg zurück nach Lubmin bliebe immer frei.«

»Negativ«, vermeldete Fürst. »Meine Männer können zwar über kurze Distanzen rückwärts schwimmen, aber nicht achtundzwanzig Kilometer weit.«

»Verstehe«, sagte Anne Hagen nachdenklich. »Ohne eine gesicherte Position auf der *Greifswald* wäre es also ein zu großes Risiko, ein Team in die Pipeline zu schicken.«

Fürst nickte.

»Was verstehen Sie unter einer gesicherten Position?«, fragte Leonie Vargas, die alles mitangehört hatte.

»Wir müssen uns hundertprozentig darauf verlassen können, dass jemand diese Schleuse öffnet und unsere Männer da rausholt. Nun ja, zumindest muss eine realistische Chance bestehen. Anderenfalls ist diese Idee gestorben.«

»Wie gesagt«, erwiderte Leonie Vargas, »habe ich dafür keine Lösung.«

»Was ist mit Ihnen?«, fragte Anne Hagen rundheraus.

»Was meinen Sie?«

»Sie kennen die Funktionsweise der Schleuse.«

»Ja und?«

»Sie könnten unsere Männer da rausholen«, sagte Anne Hagen und erntete für diesen Vorschlag ungläubige Blicke von Yannick Fürst und Heiner Seibold. Ronny Plagwitz vom GTAZ verdrehte die Augen und schüttelte langsam den Kopf.

»Ich soll … was?« Leonie Vargas schien von dieser Vorstellung ebenso überrumpelt zu sein wie die Verantwortlichen im Hangar.

Anne Hagen stützte sich mit beiden Händen auf dem Tisch ab und beugte sich vor. »Sie behaupten, durch Ihre Verbindung zu Gabrijel Saliba gewisse Freiheiten erlangt zu haben. Im Gegensatz zu anderen Geiseln gewährt man Ihnen ein eigenes Zimmer, sogar mit etwas Privatsphäre. Nutzen Sie diesen Umstand aus. Vielleicht gewährt Saliba Ihnen ja weitere Freiheiten? Vielleicht ein Spaziergang an Deck, um frische Luft zu schnappen? Nutzen Sie diese Gelegenheit, um Ihrer Wache zu entkommen, und begeben Sie sich zur Schleuse. Dort warten Sie, bis unsere Männer eintreffen und …«

»Ihr Ernst jetzt?«, fuhr Leonie Vargas dazwischen. »Wie stellen Sie sich das vor? Wenn Sie denken, Gabrijel wäre so dumm, dann haben Sie nicht begriffen, wie dieser Mann tickt.«

»Sie hat recht«, kommentierte Seibold.

»Dann versuchen Sie etwas anderes, Leonie«, schlug Anne Hagen vor. »Finden Sie einen Weg, Ihrer Wache zu entkommen.«

Leonie Vargas lachte spöttisch. »Ich bin nicht Bruce Willis, der es ganz alleine mit einer Horde Terroristen in einem Hochhaus aufnimmt. Ich bin doch nicht lebensmüde.«

»Und wieder hat sie recht«, sagte Seibold.

Anne Hagen ignorierte ihn auch diesmal. »Hören Sie, Leonie, und lassen Sie mich das in aller Deutlichkeit sagen: Der Bundesregierung sind die Hände gebunden. Sie kann unmöglich auf die Forderungen von Terroristen eingehen. Das wird niemals geschehen. Uns gehen die Optionen aus. Das bedeutet, dass Sie sterben werden, falls Saliba seine Drohung wahr macht. Und mit Ihnen alle Geiseln. Also lassen Sie sich verdammt noch mal etwas einfallen, wie Sie an diese Schleuse gelangen.«

Leonie Vargas schwieg. Nach einer Weile sagte sie: »Ich muss nachdenken. Ich melde mich wieder.«

Noch bevor Anne Hagen etwas erwidern konnte, wurde das Funkgerät auf der *Greifswald* abgeschaltet.

»Sie haben diese Frau auf inakzeptable Art und Weise unter Druck gesetzt«, echauffierte sich Doktor Mack. »Sie implizieren, dass sie allein für das Leben aller Geiseln verantwortlich ist. Was denken Sie, wie diese Frau sich jetzt fühlt?«

»Ist mir scheißegal. Leonie Vargas ist im Augenblick unsere einzige realistische Chance. Meine Aufgabe ist es, das Leben der Geiseln zu retten. Verzeihen Sie mir, wenn ich da auf Gefühle keine Rücksicht nehmen kann.«

Heiner Seibold räusperte sich laut vernehmlich. »Nur fürs Protokoll: Niemand verlangt von Ihnen, Geiseln zu instrumentalisieren und in Lebensgefahr zu bringen.«

»Vargas befindet sich längst in Lebensgefahr.« Hilfe suchend sah sie zu Yannick Fürst. »Ihre Meinung?«

Fürsts Kiefer mahlten. »Unter normalen Umständen ist es undenkbar, Zivilisten in eine Operation einzubinden. Schon gar nicht, wenn der Erfolg dieser Operation davon abhängt.«

»Aber?«

»Nun, wie Sie richtig erkannt haben, Frau Hagen, hat sich die Situation mit Ethan Holloways Tod verändert. Wir müssen davon ausgehen, dass Saliba sämtliche seiner Drohungen wahr macht. Ob es uns gefällt oder nicht, Vargas ist momentan unsere einzige Option.«

»Das kann unmöglich Ihr Ernst sein«, brauste Seibold auf. »Eine Zivilistin? Von der wir nicht einmal wissen, ob wir ihr trauen können? Sind denn alle hier vollkommen durchgeknallt?«

Ronny Plagwitz meldete sich zu Wort: »Wiesbaden hat soeben die Identifizierung von Gabrijel Saliba auf einem der Überwachungsvideos bestätigt. Außerdem konnten sie einen Italiener namens Paolo Cattaneo identifizieren, für den ein internationaler Haftbefehl wegen bewaffneter Raubüberfälle auf mehrere Banken in Südtirol, Österreich und Süddeutschland vorliegt. Eine weitere Identifizierung ist für einen Hacker mit griechischer Staatsbürgerschaft bestätigt. Kristos Petridis, er wird ebenfalls international gesucht wegen Datendiebstahls. Die Überprüfung der weiteren Verdächtigen dauert an.«

»Vargas hat uns also die Wahrheit gesagt«, stellte Anne Hagen fest. »Zumindest was Saliba betrifft. Herr Fürst, jetzt liegt es an Ihnen.«

Dem Gesicht des GSG-9-Teamführers konnte man seine innere Zerrissenheit deutlich ansehen. »Die reine Tauchzeit beträgt knapp zwei Stunden. Das ist kein Problem für uns. Der Greifswalder Bodden verläuft flach. Die maximale Tiefe beträgt 13,5 Meter. Mit unseren Rebreathern können wir da locker sechs Stunden unten bleiben, wenn es sein muss.«

»Bedeutet konkret?«

»Den Hinweg bestreiten wir im Sog des Molchs. Dieser Sog versetzt uns in die Lage, Tauchscooter mitzunehmen, mit deren Hilfe wir jederzeit den Rückweg antreten können, falls niemand die Schleuse öffnet.«

»Wenn ich Sie richtig verstehe, gibt es also ein komfortables Zeitfenster für einen möglichen Rückzug?«

Fürst nickte knapp.

Seibold verschränkte die Arme vor der Brust und lehnte sich in seinem Stuhl zurück. »Und wenn Leonie Vargas uns alle verarscht? Schon mal daran gedacht, dass sie uns diesen Schwachsinn nur auftischt, um uns in eine Falle zu locken? Was, wenn unsere Männer aus der Schleuse treten und mit einem Kugelhagel empfangen werden?«

»Berechtigter Einwand«, antwortete Fürst, »aber Sie vergessen die Luftüberwachung durch unsere Drohnen. Das gibt uns eine Exit-Option. Sollten wir feststellen, dass sich rund um die Schleuse mehrere Personen aufhalten, brechen wir die Operation ab und kehren nach Lubmin zurück.«

Seibold schüttelte energisch den Kopf. »Viel zu riskant. Ich lege mein Veto ein. Ich erinnere an das Debakel mit *U 34*. Auf Vargas' Hilfe zu bauen, ist ein eklatanter Fehler.«

»Ihr Veto ist zur Kenntnis genommen«, entgegnete Anne Hagen. Sie wandte sich an den designierten Verhandlungsführer

Doktor Mack, der sichtlich frustriert in seinem Stuhl saß, weil er bislang keine einzige Gelegenheit bekommen hatte, seine Fähigkeiten unter Beweis zu stellen. »Ihre Einschätzung? Ist Vargas vertrauenswürdig?«

»Schwierig. Es ist unmöglich, ihre Absichten anhand eines nur wenige Minuten andauernden Gesprächs zu beurteilen.«

»Spekulieren Sie.«

Er verzog das Gesicht. »Es ist nicht meine Aufgabe zu spekulieren.«

»Dann sagen Sie uns, in welche Richtung Sie aufgrund Ihrer jahrelangen Erfahrung tendieren. Sie sitzen nicht ohne Grund an diesem Tisch.«

Unruhig rutschte er auf seinem Stuhl hin und her. Er schien einzusehen, dass Anne Hagen nicht lockerlassen würde, bis sie eine Einschätzung von ihm bekam. Zögerlich sagte er: »Ich tendiere dazu, Frau Vargas zu glauben. Sie erweckt nicht den Eindruck, uns schaden zu wollen, und bislang haben sich alle ihre Aussagen als zutreffend erwiesen.«

»Ich fasse es nicht!« Seibold schlug die Hände über dem Kopf zusammen. »Seit wann geht es bei einem Einsatz von Spezialkräften um Gefühle und Vermutungen? Das kann nicht Ihr Ernst sein. Wir brauchen valide Informationen.«

»Wir müssen mit dem arbeiten, was wir haben«, widersprach Anne Hagen, »und das ist in diesem Fall nun mal leider nicht viel. Ich gebe zu, das ist nicht befriedigend, aber das letzte Wort hat der Teamführer der Spezialeinsatzkräfte.«

Yannick Fürst straffte sich. »Da wir eine akzeptable Exit-Option haben, sollten wir den Einsatz durchführen.«

Anne Hagen nickte. »Dann haben Sie und Ihr Team hiermit grünes Licht.«

»Vargas ist kompromittiert«, beharrte Seibold. »Wir können ihr nicht vertrauen.«

»Das sagten Sie bereits. Ich sehe das anders.«

»Ich verstehe beim besten Willen nicht, warum.«

»Meine Entscheidung steht.«

Fürst nickte und begab sich quer durch den Hangar zu seinem Team. Schon von Weitem bellte er Befehle. In die Truppe kam Bewegung. Die vorbereitete Ausrüstung wurde geschultert und keine Minute später eilte das Team zum Hangar hinaus.

Anne Hagen wandte sich den am Tisch Verbliebenen zu.

»Dann alle zurück an die Arbeit! Sobald sich Vargas wieder meldet, sollten wir in der Lage sein, ihr so viel Hilfestellung wie möglich zu geben. Sie wird nicht begeistert sein, aber sie wird uns helfen, wenn sie das Gefühl hat, dass wir sie unterstützen.«

»Sie begehen einen großen Fehler«, zischte Seibold, machte auf dem Absatz kehrt und verließ wutschnaubend den Hangar. Anne Hagen sah noch, wie er sein Smartphone an sein Ohr presste, dann war er verschwunden. Es war klar, wen er anrief. Wahrscheinlich berichtete er der Innenministerin in diesem Augenblick von einer durch und durch inkompetenten Einsatzleiterin, die man dringend abberufen musste.

Durch die offenen Hangartüren konnte sie in einiger Entfernung den abhebenden Helikopter mit dem GSG-9-Team ausmachen. In weniger als zwanzig Minuten würden sie in Lubmin landen. Wenig später würden sie dann durch die Molchschleuse in die Pipeline steigen und sich auf den Weg machen. Ab diesem Zeitpunkt hieß es hoffen und beten. Anne Hagen war sich dessen vollkommen bewusst – und auch der Tatsache, dass sie sich mit dieser Entscheidung an den allerletzten Strohhalm klammerte.

41

LUBMIN

Mit gesenktem Kopf, die Finger nach wie vor in den Maschendrahtzaun gekrallt, der das Areal von Sharpwaters Verteileranlage umgab, fragte sich Chris, wie es nun weitergehen sollte. Das Gefühl, alle ihm nahestehenden Menschen enttäuscht zu haben, lastete schwer auf seinen Schultern. Er wollte gerade den Rückweg antreten, als ihn ein zuerst kaum wahrnehmbares, dann jedoch rasch lauter werdendes Dröhnen aus seiner Niedergeschlagenheit riss. Er hob den Kopf. Was er sah, jagte ihm eine Gänsehaut über den Rücken. Unwillkürlich ging er hinter einem Busch in die Hocke.

Hinter den drei Silos tauchten mehrere schwere, gepanzerte Fahrzeuge auf. Sie waren schwarz, besaßen keinerlei erkennbare Beschriftung und erinnerten ihn an Militär-Geländewagen. Eine Staubwolke hinter sich herziehend donnerte der Konvoi über einen unbefestigten Weg auf die gemähte Wiese, wo die Fahrzeuge bis an den Zaun heranrollten. Die Türen öffneten sich und zwei Dutzend Gestalten in dunklen Kampfanzügen sprangen heraus. Ihre Körpersprache spiegelte Entschlossenheit wider. Chris duckte sich ein wenig mehr, sodass er gerade noch über die Büsche hinwegspähen konnte.

Die Neuankömmlinge – allesamt Männer – fanden sich in kleinen Gruppen zusammen und tauschten sich aus. Chris hatte durchaus erwartet, auf den einen oder anderen Beschäftigten eines Sicherheitsdienstes zu treffen, nicht aber auf eine kleine Privatarmee. Verstärkte Sharpwater die Bewachung der Anlage aufgrund der stetig wachsenden Anzahl an Demonstranten unten am Damm? Vielleicht rechneten die Verantwortlichen damit, dass der anhaltende Wassermangel die Menschen verzweifelter und aggressiver werden ließ. Das Auftauchen dieser Truppe bekräftigte nur Chris' Vermutung. Hier musste es Wasser geben.

Zwei Männer lösten sich vom Rest und schlenderten in seine Richtung. Beide waren muskelbepackt, einer wirkte übel gelaunt, der andere fokussiert. Chris machte sich so klein wie möglich. Auf Ärger mit diesen Jungs legte er keinen Wert. Nur ein paar Meter von ihm entfernt blieben sie stehen.

»Sieht jemand her?«, fragte eine missmutige Stimme.

»Nein«, lautete die Antwort.

»Gut. Weil ich hab uns was mitgebracht.«

Chris hörte ein Rascheln, dann: »Spinnst du? Wenn der Fürst das sieht, tritt er dir in den Arsch. Noch dazu vor dem Einsatz.«

»Drauf geschissen. Wenn ich schon in ein verdammtes Himmelfahrtskommando ziehe, dann zu meinen Bedingungen.«

Einer der beiden zog geräuschvoll die Nase hoch. Abgesehen von einem gelegentlichen Joint hielt Chris nichts von Drogen. Aber er wusste, wie es sich anhörte, wenn Kokain geschnupft wurde.

»Willst du auch?«, fragte der Schlechtgelaunte.

»Spinnst du? Bei dem Haufen Scheiße, der uns heute bevorsteht, brauch ich einen klaren Kopf.«

»Also mein Kopf könnte jetzt gar nicht klarer sein. Diese Fanatiker können sich auf was gefasst machen.«

»Der Fürst sagt, es ist nicht klar, ob es sich um religiöse Extremisten handelt.«

»Bei Geiselnehmern, die mit einem Sprengstoffanschlag drohen, geht es meistens um religiösen Scheiß.«

»Mag sein. Jetzt steck endlich das Zeug weg, bevor uns jemand sieht.«

Es raschelte wieder und der Schlechtgelaunte sagte: »Ist mein fünfter Einsatz. Hab noch nie Kameraden verloren. Aber heute hab ich echt ein beschissenes Gefühl.«

»Ach was. Wozu trainieren wir denn permanent? Niemand kann uns was, klar? Schau, da kommt der Fürst. Lass uns zu den Jungs zurückgehen. Und dann treten wir diesen Arschlöchern auf dieser Scheißbohrinsel mal so richtig in die Eier.«

»Mit Anlauf.«

»Ganz genau.«

Dreckig lachend entfernten sich die Männer und Chris wagte es, wieder vorsichtig über die Büsche hinwegzulinsen. Ein olivfarbener Transporter kam den Feldweg entlanggefahren. Er stoppte hinter dem Konvoi aus Geländewagen und ein sportlicher Mittdreißiger mit kurz geschnittenen Haaren und stahlgrauen Augen sprang von der offenen Ladefläche. Seine schweren Stiefel wirbelten getrockneten Lehm auf.

»Antreten!«, brüllte er so laut, dass Chris es trotz der Distanz verstehen konnte.

Die Männer stellten sich in einer Reihe auf, danach begann ihr Vorgesetzter auf sie einzureden, während er unablässig vor ihnen auf und ab lief. Diesmal konnte Chris nichts verstehen, doch anhand der Informationen, die er soeben aufgeschnappt hatte, vermutete er, dass er Zeuge einer Einsatzbesprechung wurde. Die Ansprache war kurz und im Anschluss daran wurde massenhaft Ausrüstung an das Team verteilt. Chris schnappte nach Luft, als er bemerkte, dass es sich dabei hauptsächlich um Schusswaffen und Tauchausrüstung handelte, darunter futuristisch anmutende Tarierwesten mit integrierten Sauerstoffflaschen. Alles ging schweigend über die Bühne und im Handumdrehen verschwand die Truppe durch die offen stehende Doppelflügeltür im Innern des Fabrikgebäudes.

Chris ließ sich auf den Hosenboden plumpsen und atmete tief durch. Von wegen *Rohrbruch*. Der Grund für die ausbleibende Wasserversorgung war augenscheinlich sehr viel dramatischer als von offiziellen Stellen kommuniziert. Die Bevölkerung war von Anfang an belogen worden. Erst jetzt wurde ihm auch bewusst, weshalb ihn diese beinahe vollkommene Ruhe so irritiert hatte, die auf dem Areal herrschte. Sharpwaters Anlage war momentan außer Betrieb. Keine Pumpen, keine Aggregate, keine Arbeiter, die Geräusche verursachten. Die Anlage stand still, weil es kein Wasser gab, das aufbereitet und verteilt werden konnte. Chris dachte an das eben belauschte Gespräch und zählte eins und eins zusammen. Na, wenn das mal nicht der Oberhammer war!

Er fummelte sein Smartphone aus seiner Jeans und wählte einen Kontakt aus der Liste, den er erst vor wenigen Tagen hinzugefügt hatte.

Roxy meldete sich nach dem dritten Klingeln. »Hey, Chris. Was geht?«

»Bist du an der Story deines Lebens interessiert?«

»Hä?«

»Du willst doch Journalistin bei einem großen Blatt werden, oder? Ich biete dir dafür die Eintrittskarte.«

»Ich bin ganz Ohr.«

»Umsonst gibt's diese Info aber nicht.«

»Du willst Kohle von mir?«, entgegnete Roxy empört.

»Nicht von dir. Von deiner Redaktion. Meine Info ist was wert. Glaub mir.«

»Ich sehe zu, was sich machen lässt, okay?«

»Versprochen?«

»Klar.«

Chris war einverstanden und berichtete ihr, was er mit eigenen Augen gesehen und mit eigenen Ohren gehört hatte und welche Schlüsse er daraus zog. Roxy lauschte gespannt, ohne ihn zu unterbrechen. Selbst als er geendet hatte, blieb sie stumm.

»Also, was meinst du?«, fragte er.

»Hast du Fotos oder noch besser ein Video von dieser Spezialeinheit gemacht?«

»Da hab ich in der Aufregung nicht dran gedacht. Glaubst du mir etwa nicht?«

»Doch. Denk an meine Worte im Waschsalon. Ich wusste gleich, dass das Gerede von einem Rohrbruch Bullshit ist.«

»Und was springt jetzt für mich bei dieser Sache raus?«

»Später, Chris. Erst mal müssen wir irgendwie an exklusives Bildmaterial kommen. Ohne Bilder keine Story. Niemand wird uns glauben.«

Er spähte auf das verlassene Areal. »Die Muskeltypen sind fort, aber die Geländewagen und der Transporter sind noch da. Soll ich dir davon Fotos schicken?«

»Das wird nicht reichen. Ich habe eine bessere Idee.« Sie sagte ihm, was ihr vorschwebte.

»Du bist ja vollkommen irre«, kommentierte er ihren Vorschlag.

»Willst du Kohle machen oder nicht?«

Er seufzte. »Wo treffen wir uns?«

42

OSTSEE, ZWÖLF SEEMEILEN VOR DER KÜSTE RÜGENS

Das heiße Wasser aus dem Duschkopf sorgte für dichten Dampf in Jüri Kallas' Bad. Die Tür zum angrenzenden Schlafzimmer war geschlossen, der winzige Spiegel an der Wand über dem Waschbecken längst beschlagen. Die Kombination aus feuchter Hitze und purer Angst sorgte für dicke Schweißperlen auf Leonies Haut. Sie hatte den Abzug der Lüftung ausgeschaltet und stand außerhalb der Duschkabine, um sich nicht zu verbrühen. Bis auf Unterwäsche und eins von Kallas' schwarzen XXL-T-Shirts, das sie in der Kommode gefunden hatte, war sie nackt. Längst klebte ihr das T-Shirt am Körper und feuchte Strähnen pappten an ihrer Stirn. Mit zitternden Händen hielt sie einen länglichen roten Behälter umschlossen, der zur Pflichtausstattung in vielen Räumen gehörte. Jeden Augenblick musste es so weit sein. In den letzten Stunden hatte Leonie jedes Mal vorgegeben zu schlafen, als Silvan nach ihr gesehen hatte. Dazwischen hatte sie Anne Hagen per Funk darüber informiert, dass sie bereit war zu helfen, und gemeinsam mit ihr einen Plan geschmiedet. Mit dem Resultat war Leonie nicht unbedingt zufrieden, doch ihr war klar, dass ihr unter den gegebenen Umständen keine Wahl blieb. Entweder sie sprang hier und jetzt über ihren Schatten und überwand ihre Angst, oder Gabrijel würde sie mit hoher Wahrscheinlichkeit früher oder später töten.

Der Dampf wurde allmählich undurchdringlich und die feuchte Hitze machte Leonies Kreislauf zu schaffen. Wenn Silvan nicht bald auftauchte, musste sie die Aktion abbrechen. Das galt es unter allen Umständen zu vermeiden.

Endlich war der Moment gekommen. Wie zu jeder vollen Stunde platzte Silvan ohne Vorwarnung ins Zimmer. Hinter der Badezimmertür zwang Leonie sich, den Behälter in ihren Händen so ruhig wie möglich zu halten. Die Finger ihrer rechten Hand krümmten sich dermaßen fest um den Druckhebel am oberen Ende, dass ihre Knöchel weiß hervortraten. Ihr Timing musste perfekt sein.

Silvan klopfte an die geschlossene Badezimmertür. Sie reagierte nicht.

Er klopfte erneut, diesmal deutlich ungeduldiger. »Aufmachen!«

Leonie verhielt sich still. Silvan war berechenbar und darüber hinaus nicht der Hellste. Ohne nachzudenken würde er Gabrijels Auftrag ausführen. Und tatsächlich riss er in dieser Sekunde auch schon die Tür auf. Wie erhofft entstand eine Sogwirkung, die den Dampf mit sich zog und Silvan für einen Augenblick einhüllte und irritierte. Leonie streckte ihm den Feuerlöscher entgegen und drückte den Hebel nach unten. Ein Schwall zähflüssiges Löschpulver schoss unter hohem Druck aus dem Ventil und klatschte aus nur einem Meter Entfernung direkt in Silvans Gesicht. Seine Sturmhaube verhinderte nicht, dass eine große

Menge Pulver in seine Augen geriet. Er brüllte auf, riss schützend seine Hände hoch und taumelte rückwärts. Seine Pistole aber ließ er nicht los. Unerbittlich hielt Leonie den Strahl auf ihn gerichtet. Im Zurückweichen stieß er mit den Waden gegen das Bettgestell, verlor die Balance und fiel rücklings auf die Matratze. Leonie holte tief Luft und sprang durch die im Zimmer wabernde Pulverwolke auf ihn. Mit angehaltenem Atem und zusammengekniffenen Augen hieb sie Silvan den Feuerlöscher seitlich gegen den Kopf. Augenblicklich verstummte sein Gebrüll und seine Arme fielen kraftlos herab. Die Finger seiner rechten Hand öffneten sich und gaben die Pistole frei. Leonie ließ den Feuerlöscher fallen und nahm die Pistole an sich. Sie war schwerer als erwartet. Dann durchsuchte Leonie die Taschen seines Kampfanzugs, fand ihre Universalzugangskarte und machte sich im wahrsten Sinne des Wortes aus dem Staub. Erst draußen, auf dem menschenleeren Gang, atmete sie tief ein. Sie rieb sich die Augen und sah an sich herab. Das von Löschpulver verdreckte T-Shirt umhüllte ihren Körper wie eine zweite Haut. Zähflüssiger Schaum bedeckte ihre Arme, Beine und ihr Gesicht. Sie musste sich dringend etwas Trockenes zum Anziehen besorgen. Immerhin war das der leichteste Teil des Plans.

Sie schloss die Tür hinter sich, eilte drei Türen weiter und betrat mit Hilfe ihrer Zugangskarte nun ihr eigenes Zimmer. Ohne sich eine Pause zu gönnen, warf sie die nassen Sachen in eine Ecke, wischte sich mit einem Handtuch notdürftig sauber, zog dann eine lange Bluejeans sowie einen Kapuzenpullover über und schlüpfte in ihre Joggingschuhe. Silvans Pistole steckte sie in eine der Gesäßtaschen der Jeans. Hart drückte der Stahl gegen ihren Muskel.

Sie eilte ins Treppenhaus, wo sie immer zwei Stufen gleichzeitig nach unten nahm. Dort angekommen verließ sie den Wohnkomplex durch einen Hinterausgang. Die Abenddämmerung hatte bereits eingesetzt und die tief stehende Sonne warf lange Schatten über die Plattform. Das war gut, boten die dunklen Ecken und Winkel doch zusätzlichen Sichtschutz.

Leonie wählte einen schmalen Weg, der an der Müllrecyclingstation vorbeiführte und im Normalbetrieb nur benutzt wurde, wenn die Putzkolonne Abfälle entsorgte. Gabrijel verfügte zum Glück über eine sehr begrenzte Anzahl von Männern. Sie konnten nicht überall gleichzeitig sein. Das Risiko, hier draußen von einem der Söldner aufgelauert zu werden, war wegen der vielen Überwachungskameras zwar nicht zu unterschätzen. Doch solange sie achtsam blieb, konnte Leonie es ungesehen zur Molchschleuse schaffen und die Kampftaucher herauslassen. Zumindest redete sie sich das ein.

Sie hastete vorbei an der Recyclingstation und weiter bis zu einem vergitterten Tor, das hinüber auf den nächsten Abschnitt der Plattform führte. Das Tor war unverschlossen. Leonie huschte hindurch, brachte rennend einige Meter frei einsehbares Areal hinter sich und ging im Schatten eines hohen Notstromaggregats in Deckung. Von hier zweigten drei Wege ab. Aufmerksam blickte Leonie sich um. Wachen waren keine in Sicht, dafür Überwachungskameras, die das gesamte Areal überblickten. Da sie kein gutes Gefühl dabei hatte, entschied sie, diesen Abschnitt zu meiden. Sie rannte einige Meter zurück und eilte eine Gittertreppe hinab bis auf die unterste Ebene der Plattform. Dort setzte sie ihren Weg in gebückter Haltung fort.

Kurz darauf erreichte Leonie den Abschnitt, in dem die Wasseraufbereitung stattfand. Hier mündeten die Pipelines, die direkt vom Bohrturm kamen, in die Vorfilteranlagen. Deren gab es vier und ihr schmuckloses Äußeres erinnerte Leonie an

Schiffscontainer. Sie schlich zwischen ihnen hindurch, trat aus ihrem Schatten und blieb wie vom Donner gerührt stehen. Vor ihr stand Gabrijel.

Flankiert von zwei Söldnern, die ihre Waffen auf Leonie richteten, starrte er sie wütend an, die Hände in die Hüften gestemmt. »Endstation, *Malika.*«

Leonie fehlten die Worte. Wie hatte er so schnell herausgefunden, dass sie ihrem Bewacher entkommen war? Und wie hatte er sie derart schnell ausfindig machen können?

Als hätte er ihre Gedanken gelesen, sagte er: »Ich wusste sofort, dass etwas nicht stimmt, als Silvans Meldung ausblieb.« Er deutete auf eine Kamera, die unterhalb eines Stahlträgers montiert war. »Diese Plattform wird besser überwacht als jede chinesische Großstadt. Hattest du wirklich gedacht, du könntest mir noch einmal entkommen?«

Leonie erwiderte nichts.

Ohne den Blick von ihren Augen abzuwenden, griff er mit einer Hand hinter sie und zog Silvans Pistole aus ihrer Gesäßtasche. Auch wenn Leonie die Waffe höchstwahrscheinlich sowieso nicht abgefeuert hätte, da sie niemals einen Menschen schwer verletzen oder gar töten wollte, so hatte die Pistole ihr doch zumindest ein gewisses Gefühl von Sicherheit gegeben. Jetzt besaß Leonie nichts mehr, das sie Gabrijel entgegenhalten konnte. Der steckte die Pistole ein und sah auf Leonie herab. »Wo wolltest du denn hin?«

Sie schwieg.

»Du wärst nicht so dumm, es noch einmal mit den Rettungsbooten zu versuchen«, spekulierte er. »Also?«

Leonie schwieg weiter eisern. Gabrijel würde es bemerken, wenn sie ihm eine hastig hingeschluderte Lüge auftischte. Sollte er ihr Ziel und den Grund ihrer Flucht erfahren, würde das in einer Katastrophe enden.

»Entweder du machst auf der Stelle den Mund auf, oder du lernst mich kennen …«

»Ja, das würde ich gerne.«

»Was?«, entgegnete er irritiert.

»Na, dich endlich mal richtig kennenlernen«, antwortete sie scharf. »Denn im Augenblick bist du für mich nichts weiter als eine einzige große Lüge. Was ist nur aus dem Mann geworden, den ich einmal geliebt habe?«

»Akzeptiere endlich, dass du mich nie wirklich gekannt hast.«

»Weil du es nicht zugelassen hast.«

»Was hätte es geändert?«

»Möglicherweise alles. Vielleicht würdest du dann nicht Frauen schlagen und skrupellos Menschen töten.«

Er lachte. »Ich verrate dir jetzt ein Geheimnis, *Malika*. Die Antwort auf das Leben ist der Tod. Zu akzeptieren, dass das Unausweichliche bei jedem Einzelnen von uns irgendwann eintreten wird, gibt dir die Freiheit zu tun, was immer du tun willst.«

»Auch das Töten unschuldiger Menschen?«

»Schuldig … unschuldig … wo ist der Unterschied?«

»Du bist nicht dieser zynisch-fatalistische Mensch, der du zu sein denkst«, sagte sie. »Es steckt Gutes in dir, Gabrijel, das weiß ich.«

Wieder lachte er. Das Walkie-Talkie an seinem Gürtel knarzte. Er verzog den Mund und entfernte sich einige Schritte, um ungestört reden zu können. Derweil ließen die anderen Söldner Leonie nicht aus den Augen. Nach kaum einer Minute kehrte er zurück. Etwas in seinem Blick jagte ihr eine Heidenangst ein.

»Was ist los?«, fragte sie.

»Eine Entscheidung wurde getroffen.« Er gab seinen Lakaien einen Wink.

Sie packten Leonie an den Oberarmen und zogen sie mit sich. Gabrijel folgte ihnen. Mit einer Mischung aus Angst, Wut und Verzweiflung bemerkte Leonie, dass man sie in die entgegengesetzte Richtung ihres Ziels schleppte, fort von der Molchschleuse. Siedend heiß wurde ihr klar, dass ihr Plan gescheitert war. Anne Hagen würde einsehen müssen, dass sie aufs falsche Pferd gesetzt hatte. Leonie war tatsächlich kein Bruce Willis.

»Was für eine Entscheidung wurde getroffen?«, fragte sie. »Von wem?«

Jetzt war es Gabrijel, der schwieg.

»Komm schon, rück endlich raus damit. Von wem erhältst du deine Befehle?«

»Niemand erteilt mir Befehle«, entgegnete er, doch es klang halbherzig.

»Bullshit. Bis gerade eben dachte ich, dass du hier auf der *Greifswald* einen Insider hast, der dich mit Informationen füttert, aber in Wahrheit führst auch du nur Befehle aus. Ist es nicht so? Du bist nicht der Kopf hinter dieser Geiselnahme. Dieser ganze Schwachsinn hier ist nicht auf deinem Mist gewachsen. Jemand sagt dir, was du zu tun hast, und dieser Jemand befindet sich hier auf der Plattform. Hab ich recht?«

»Glaub, was du willst«, knurrte er. »Spielt keine Rolle mehr. Du bist entbehrlich geworden. Wir brauchen dich nicht mehr.«

Seine Worte versetzten sie in Panik. »Wohin bringt ihr mich?«

Sie erhielt keine Antwort. Fast schien es, als sähe Gabrijel keinen Sinn mehr darin, mit ihr zu reden. Ihre Angst wuchs ins Unermessliche.

Die Dämmerung schritt voran und die Notbeleuchtung der *Greifswald* sprang an, während die Männer Leonie vor einen drei Meter hohen Schutzzaun zerrten, der den Rand der Plattform umgab. An einer Stelle war eine Tür in den Zaun integriert, die zum Sicherheitskonzept der Plattform gehörte. Dahinter ging es sechsundzwanzig Meter in die Tiefe, wo sich die dunkle Oberfläche der Ostsee träge hob und senkte. Leonie stellten sich sämtliche Haare auf.

»Ich werde niemandem auch nur ein Wort verraten«, sagte sie flehend. »Wenn du mich gehen lässt, wird niemand jemals erfahren, dass du noch lebst. Ich schwöre!«

»Dir muss doch klar sein, dass ich dir nicht glaube.«

Ein Söldner legte seine halb automatische Waffe an und feuerte eine Salve auf das Türschloss. Es zersprang in seine Einzelteile und die Tür schwang auf. Leonies Herz raste.

Gabrijel packte sie und bugsierte sie bis auf wenige Zentimeter an den Abgrund heran. »Ich bin bereit, für meine Sache zu sterben. Bist du das auch?«

Eine nie gekannte Angst ergriff Besitz von Leonie. Vergeblich versuchte sie, sich aus seiner Umklammerung zu befreien. Er war zu kräftig. Sie trat und kratzte, doch er schien das nicht einmal wahrzunehmen. Aus den Augenwinkeln sah sie tief unter sich das schwarz schimmernde Meer.

»Hab keine Angst, *Malika*. Gleich ist dein Schmerz vorbei.«

Er versetzte ihr einen kräftigen Stoß und Leonie fiel.

Sie schrie in Todesangst, während hoch über ihr sein Gesicht kleiner und kleiner wurde, bis es in der Dunkelheit verschwand. Dann prallte sie auf Wasser, hart wie Beton, und von da an war nur noch Schwärze.

43

JUNI 2022

MALTA, HAFEN VON VALLETTA

Ethan Holloway hatte Wort gehalten. Wie tags zuvor beim Lunch auf seiner Jacht versprochen, tauchte er noch vor Sonnenaufgang im Hafen von Valletta auf, um gemeinsam mit Leonie die verlorene Messsonde zu bergen. Leonie hatte ihren morgendlichen Coffee-to-go noch nicht ausgetrunken, da lernte sie schon ihre erste Lektion im Umgang mit Holloway: Er war niemand, der ein Nein akzeptierte. Die *Hercules* – Leonies bevorzugtes Charterschiff – war laut deren Kapitän neu verchartert und somit nicht verfügbar. Holloway bot ihm das Doppelte des üblichen Wochenhonorars, doch der Kapitän lehnte mit dem Hinweis ab, dass er ein Mann sei, der Verträge einzuhalten pflege. Daraufhin fackelte Holloway nicht lange und kaufte die *Hercules* mitsamt dem Kapitän und dessen Crew. Leonie wusste nicht, wie viel ihn diese Machtdemonstration kostete, doch falls er Leonie damit beeindrucken wollte, hatte er sein Ziel erreicht. Es war dieser Moment, in dem sie begriff, dass enormer Reichtum nicht nur bedeutete, ein schönes und sorgenfreies Leben zu genießen. In dem Maße über Geld zu verfügen, wie Holloway es tat, war gleichbedeutend mit Macht. Und je mehr Geld, desto mehr Macht. Diese Rechnung war so simpel wie wahr. In den folgenden Jahren sollte Leonie noch häufiger erleben, dass alles und jeder seinen Preis hatte, solange Holloway nur ausreichend Kohle auf den Tisch legte.

So kam es, dass sie am späten Vormittag nebeneinander an der Backbordreling der *Hercules* standen und dabei zusahen, wie Vallettas mächtige Altstadtbauten und ehemalige Wehranlagen an ihnen vorbeizogen. Wenig überraschend versprach auch dieser Tag viel Sonnenschein und schweißtreibende Temperaturen. Entsprechend dick trug Leonie Sonnencreme auf. Holloway hingegen lehnte dankend ab, als sie ihm ihre Tube anbot. Er wollte »Farbe aufnehmen«, wie er es nannte, weil seine Freundin, das Influencer-Model, ihn offenbar für zu blass hielt.

Eine knappe Stunde später erreichten sie die Stelle, an der laut GPS-Koordinaten das Schwein in dreißig Metern Tiefe im Schlick ruhte. Holloway bestand darauf, Leonies Tauchbuddy zu geben. Ihr war das nicht wirklich recht, da Holloway keinerlei Erfahrungen mit Arbeitseinsätzen unter Wasser hatte. Doch da er diese Bergung finanzierte, gingen Leonie schnell die Argumente aus. Außerdem würden sie da unten lediglich zwei an Stahlseilen befestigte Karabinerhaken in die entsprechenden Halterungen der Messsonde einklicken müssen. Eine Sache von wenigen Minuten. Den Rest würde die Winde der *Hercules* erledigen. Also stiegen sie in ihre Tauchanzüge, checkten gegenseitig ihre Ausrüstung und glitten dann rücklings von der Bordwand in das ruhige Meer.

Jeder einen Haken in der Hand haltend, sanken sie Meter um Meter tiefer hinab in die kristallklaren Gewässer Maltas. Jenseits von zehn Metern Tiefe wurde es rasch dunkler, aber noch reichte das Sonnenlicht aus, um die direkte Umgebung gut zu erkennen. Wobei es nicht viel zu bestaunen gab. Fische oder andere Meerestiere ließen sich nicht blicken. Leonie führte einen Druckausgleich durch und sah, dass Holloway ihrem Beispiel folgte. Sie zeigte ihm das Handzeichen für »Alles in Ordnung« und er erwiderte es.

Kurz darauf schälten sich am Meeresgrund dunkle Umrisse heraus. Sie schalteten ihre Taucherlampen ein, deren Lichtkegel kreuz und quer über den schlickigen Grund wanderten. Dann entdeckten sie das Schwein unweit von ihrer Position. Mit achtsamen Flossenbewegungen schwammen sie auf die Sonde zu. In einiger Entfernung bemerkte Leonie jetzt einen großen Schatten. Sie identifizierte ihn als ein einmotoriges Flugzeug mit abgebrochenen Flügeln und zerstörtem Cockpit. Dabei musste es sich um das Hindernis handeln, an dem die Sonde hängen geblieben war. Abgesehen von dem abgerissenen Stahlseil schien sie keine größeren Schäden genommen zu haben. Leonies Herz hüpfte vor Freude.

Sie verständigte sich per Handzeichen mit Holloway, dann machten sie sich an die Arbeit. Während er auf die andere Seite tauchte, löste Leonie den an der Sonde angebrachten Karabinerhaken und klickte den mitgeführten Haken ein. Ein paar Umdrehungen des Gewindes, um ihn zu sichern … fertig. Sie sah am Stahlseil entlang nach oben. Das war überraschenderweise ein Kinderspiel gewesen. Von ihr aus konnte es losgehen. Nur wo war Holloway abgeblieben? Sie konnte ihn nirgendwo entdecken. Einzig die aufsteigenden Luftblasen verrieten seinen Standort. Warum dauerte das so lange? Gab es womöglich ein Problem mit dem Karabinerhaken? Neugierig schwamm Leonie um die Sonde herum … und traute ihren Augen nicht. Holloway lag halb unter dem Schwein begraben. Irgendwie hatte er es fertiggebracht, sein rechtes Bein unter die schwere Sonde zu bekommen und es einzuklemmen. Hektisch wedelte er mit den Armen, wodurch er in einer Wolke aus aufgewirbeltem Sediment verschwand. Leonie bedeutete ihm, sich ruhig zu verhalten und gleichmäßig zu atmen. Holloway riss sich zusammen und gehorchte. Jetzt konnte Leonie sich die Sache genauer ansehen. Ohne dass sie es bemerkt hatte, musste sich das Schwein leicht zur Seite geneigt haben, als sie den Karabinerhaken angebracht hatte. War auf dem Stahlseil womöglich für einen kurzen Moment bereits Zug gewesen? Doch die Situation war nicht ganz so dramatisch wie auf den ersten Blick befürchtet. Tatsächlich steckte nicht Holloways gesamtes Bein unter der Sonde, sondern nur seine Flosse mitsamt seinem Fuß. Langsam schaufelte Leonie den Schlick darunter mit ihren Händen zur Seite. Ein versierterer Taucher wäre ziemlich sicher in der Lage gewesen, sich selbst aus dieser misslichen Lage zu befreien, aber Holloway war unerfahren und stand kurz vor einer Panikattacke. Es dauerte keine zwei Minuten, bis Leonie seinen Fuß unter dem Schwein hervorziehen konnte. Sie versicherten sich gegenseitig, dass sie beide okay waren, und Leonie befestigte auch den zweiten Karabinerhaken an der Sonde. Danach stiegen sie langsam zur Oberfläche auf.

Das Schwein anschließend mit Hilfe der Winde einzuholen, war weit weniger spektakulär als der Tauchgang und verlief reibungslos. Holloway jedoch hatte mit seinem Erlebnis sichtlich zu kämpfen. Er war noch blasser als sonst und sprach während der gesamten Rückfahrt kein Wort. Erst sehr viel später an diesem Tag, bei einer kleinen Feier in Maltas hipper Cocktailbar Old Casablanca, sollte sich Holloway bei Leonie für seine Rettung bedanken. Und er sollte ihr ein Versprechen geben. Ein Versprechen, das er drei Jahre danach brechen würde.

44

Das Old Casablanca lag inmitten des quirligen und lauten Vergnügungsviertels Paceville in St. Julian's. Nördlich von Valletta zwischen Spinola Bay und St. George's Bay gelegen, bot Paceville ein breites Angebot an Bars, Clubs und Casinos. Die meisten Lokalitäten erhoben keinen Eintritt und waren aufgrund einer nicht vorhandenen Sperrstunde bis zum Morgengrauen geöffnet. Schon der Eingang mit der schweren hölzernen Tür, flankiert von zwei Palmen, war eine offensichtliche Reminiszenz an Rick's Café aus dem Hollywoodklassiker *Casablanca*. Die Gestaltung im Innern orientierte sich an einem kolonialen Art-déco-Stil, mit Mobiliar aus dunklem Holz, Lampen und Beschlägen aus Messing sowie jeder Menge Pflanzen. Deckenventilatoren sorgten für angenehme Abkühlung. Die geschwungene und raffiniert beleuchtete Theke, hinter der zwei Barkeeper kunstvoll Cocktails mixten, war ein Blickfang. Was durchaus auch für die beiden einheimischen Barkeeper galt, wie Leonie fand. Ansonsten gab es jede Menge kaum einsehbarer Sitznischen, was vermutlich ein Grund dafür war, warum Prominente wie Ethan Holloway das Old Casablanca gerne besuchten. Hier mussten sie sich nicht sorgen, permanent von nervigen Touristen um ein Selfie gebeten zu werden, auch weil der Türsteher sehr genau darauf achtete, wen er hineinließ. Hätte Leonie nicht zu Holloways Entourage gehört, wäre vermutlich auch sie an der Tür abgewiesen worden.

Die beiden saßen sich an einem niedrigen Tisch gegenüber, darauf eine noch ungeöffnete Flasche Champagner im Eiskübel, drei bunte Cocktails sowie eine Schüssel voller Früchte. Neben Holloway hatte Anastasia Eremenko Platz genommen, die ein ultrakurzes, glänzend rotes, schulterfreies Kleid trug und darin umwerfend aussah, wie Leonie mit einem Anflug von Neid zugeben musste. Mit ihnen am Tisch saßen zwei weitere äußerst attraktive Damen. Sie waren Freundinnen von Eremenko und jede hielt eine Clutch in der Hand, die mit Sicherheit mehr gekostet hatte als Leonies gesamter Kleiderschrank. Die drei quasselten ununterbrochen auf Ukrainisch. Sie unterbrachen ihre Unterhaltung nur, um Selfies zu machen und diese auf Social Media zu posten. Leonie war das alles egal. Sie war hier, weil Ethan Holloway sie darum gebeten hatte.

»Sie haben mir heute das Leben gerettet«, sagte er.

Leonie lächelte. »So wild war das nun auch wieder nicht. Sie hätten sich auch alleine befreit.«

»Ich weiß nicht so recht.« Er legte seinen Kopf schief. »Denken Sie?«

Sie nickte.

»Wissen Sie, da unten, mit dem eingeklemmten Fuß, da hatte ich kurz den Tod vor Augen …«

»Jetzt übertreiben Sie aber.«

»Vielleicht. Aber ich dachte daran, was mit Sharpwater und all meinen anderen Unternehmen passieren würde, sollte ich sterben. Wer soll eines Tages mein Lebenswerk fortführen? Ich habe keine Geschwister, bin nicht verheiratet, habe weder Kinder noch Enkel …«

»Was nicht ist, das kann noch werden.«

Er winkte ab. »Wie dem auch sei, Leonie, Sie haben mir das Leben gerettet. Dafür haben Sie einen Wunsch frei.«

Sie lachte.

Er hingegen blieb ernst. »Ich spaße nicht. Was wünschen Sie sich?«

Er klaubte eine Erdbeere aus der Schüssel voller Früchte und schob sie sich in den Mund. Kauend sah er ihr in die Augen. Er schien es tatsächlich ernst zu meinen. Plötzlich fühlte sie sich unsicher. Einer der reichsten Männer der Welt saß ihr gegenüber und gewährte ihr einen Wunsch. So wie sie ihn in den letzten beiden Tagen kennengelernt hatte, würde er nicht mit der Wimper zucken, vollkommen gleich, welchen Wunsch sie ihm nennen würde. Die Situation war surreal. Leonie fühlte sich überfahren und gleichzeitig überfordert. Wahrscheinlich könnte sie sich eine Million Euro wünschen und das Geld wäre morgen auf ihrem Konto. Doch so etwas fühlte sich zu profan und irgendwie falsch an.

»Sie haben mir heute schon einen Wunsch erfüllt«, erinnerte sie ihn. »Sie haben mir mein Schwein zurückgegeben. Das hat Sie genug Geld gekostet.«

»Reden Sie von diesem verrosteten Seelenverkäufer mitsamt dem nach Knoblauch stinkenden Kapitän?« Er winkte ab. »Die *Hercules* verkaufe ich wieder, sobald Sie mir sagen, dass wir diesen Kahn nicht mehr brauchen. Vielleicht lasse ich das Teil auch einfach verschrotten. Keine Ahnung.«

»Bitte tun Sie das dem Kapitän nicht an.«

»Ist das Ihr Wunsch?« Er lächelte schlitzohrig und schob dann hinterher: »War nur ein Scherz.«

Leonie nippte an ihrem Cocktail, einem leuchtend blauen Aqua Velva, den sie nur wegen des Namens ausgewählt hatte. Er war stärker als erwartet und Leonie verzog das Gesicht.

»Okay«, sagte sie, »lassen Sie uns offen reden.«

»Ahhh«, machte er erfreut und lehnte sich erwartungsvoll vor.

»Ich nehme Ihr Angebot an«, eröffnete sie ihm. »Ich werde Ihr Head Of Business Development bei Sharpwater. Ich werde Ihren Traum von weltumspannenden Aqua Citys wahr machen.«

Holloway klatschte begeistert in die Hände und rief: »Champagner!«

»Nicht so schnell«, mahnte Leonie. »Sie haben meine Bedingungen noch nicht gehört.«

»Spielt keine Rolle. Was auch immer. Sie bekommen es.«

Er bat seine Freundin, den Champagner zu köpfen und in die bereitstehenden Flöten einzuschenken. Eremenko bedachte ihn mit einem entsetzten Blick und winkte einen Kellner herbei, dem sie diese Aufgabe mit einer abfälligen Geste übertrug. Kopfschüttelnd wandte sie sich wieder ihren quasselnden Freundinnen zu.

Nachdem der Kellner sich zurückgezogen hatte, sagte Leonie: »Meine Bedingungen lauten wie folgt: Ich möchte Einfluss darauf nehmen können, in welchen Regionen Sharpwater zukünftig Wasser fördert und zu welchen Preisen dieses Wasser verkauft wird. Darüber hinaus möchte ich mitentscheiden, welchen Regionen wir Prioritäten einräumen. Regionen, die unter großem Wasserstress leiden, werden bevorzugt, selbst wenn die zu erwartenden Renditen niedriger ausfallen sollten als in anderen

Regionen. Ich denke da zum Beispiel an Kapstadt oder die ostafrikanische Küste. Sharpwater muss eine angemessene Preispolitik fahren. Preiswucher für Wasser wird es mit mir nicht geben. Meine Forschungen sollen den Menschen helfen. Ich habe nicht so viel Herzblut dafür gegeben, um Sie, Ethan, noch reicher zu machen, als Sie es sowieso schon sind.« Sie merkte, was sie gerade gesagt hatte, und biss sich auf die Zunge.

Falls Holloway beleidigt war, ließ er sich nichts anmerken. »Das war's? Da kommt doch noch mehr, oder?«

»Mir ist natürlich klar, dass Sharpwater kein gemeinnütziger Verein ist. Die Investitionen in die Entwicklung der Aqua Citys werden Unsummen verschlingen. Sharpwater muss und soll Geld verdienen, aber dabei dürfen wir die Menschen nicht ausbeuten.«

»Nichts liegt mir ferner.«

»Ich trete außerdem für eine ökologisch vertretbare Wasserförderung ein«, fuhr Leonie fort, »ohne die Aquifere dabei nachhaltig zu entleeren. Raubbau an der Natur wird es mit mir ebenfalls nicht geben.«

»Unsere Interessen und Ziele sind dieselben«, versicherte Holloway ihr.

»Versprechen Sie mir das?«

In Holloways Gesicht erschien wieder sein schelmisches Grinsen. »*Das* also ist Ihr Wunsch?«

»Sie haben mir diesen einen Wunsch gewährt. Aber ja, wenn wir uns darauf einigen können, bin ich mit an Bord.«

»Großartig!« Er spuckte in seine Hand und streckte sie ihr entgegen. »Abgemacht und versprochen.«

Irritiert beäugte Leonie seine feucht glänzende Handfläche. *Scheiß drauf*, dachte sie, tat es ihm gleich und schlug ein. »Abgemacht.«

»Richtige Entscheidung«, sagte Holloway, während sie sich grinsend die Hände schüttelten.

»Was geht denn bei euch ab?«, fragte Anastasia Eremenko. »Ist ja eklig.«

»Wir haben einen Deal«, erklärte er.

»Meinetwegen. Nur wasch dir gefälligst die Hände, bevor du mich das nächste Mal berührst.« Sie verdrehte die Augen, während ihre Freundinnen kicherten wie kleine Schulmädchen.

»Jetzt wird gefeiert«, verkündete Holloway.

Sie stießen mit den Champagnerflöten an und selbst die drei Grazien ließen sich schließlich dazu herab. Holloway musterte Leonie, wie sie an dem Champagner nippte, und winkte dann den Kellner herbei. Er flüsterte ihm etwas ins Ohr, woraufhin der Kellner nickte und davoneilte.

»Was haben Sie ihm gesagt?«, fragte Leonie.

Er zeigte auf ihre Getränke. »Mir ist aufgefallen, dass Ihnen Ihr Cocktail nicht schmeckt, ebenso wenig sind Sie offenbar ein Freund von Champagner …«

»Nein, nein, es ist nur …«

»Alles okay«, meinte er lächelnd. »Ich hasse diese Blubberbrause ja auch. Macht sich halt gut auf dem Tisch. Wir finden schon etwas, das Ihnen schmeckt.«

Wie aufs Stichwort trat einer der beiden Barkeeper an ihren Tisch. Er war braun gebrannt, hatte einen Dreitagebart, der zu seinen wilden schwarzen Locken passte, und seine dunklen Augen leuchteten. Er trug eine schwarze Hose und ein weißes Hemd mit schwarzer Fliege. Auf dem Rücken seiner rechten Hand, in der er die Cocktailkarte hielt, bemerkte Leonie ein Tattoo, das einem Äskulapstab ähnelte. Er war extrem attraktiv und zu Leonies Überraschung wurde ihr mit einem Mal warm.

Offenbar erging es nicht nur ihr so. Auch Eremenko und ihre Freundinnen waren in plötzliches Schweigen verfallen. Mit großen Augen sahen sie den Barkeeper erwartungsvoll an.

»Der Barkeeper wird den Rest der Nacht nur für uns da sein«, erklärte Holloway großspurig. »Er wird uns jeden Cocktail zubereiten, den wir probieren möchten. Wäre ja gelacht, wenn wir nicht zumindest einen finden würden, der Ihnen schmeckt, Leonie.«

Sie spürte, wie sie rot wurde. Das alles hier war ihr furchtbar peinlich, aber sie wusste, dass nichts und niemand Holloway von einer einmal gefassten Entscheidung abbringen konnte. Also lächelte sie den Barkeeper an. »Was können Sie denn empfehlen?«

Er erwiderte ihr Lächeln. »Wonach steht Ihnen denn der Sinn?«

»Ich weiß nicht.« Leonies Gesicht glühte. Ob er in diesem schummrigen Licht bemerkte, wie rot sie geworden war? Gott, war ihr das unangenehm. Sie war doch kein Teenager mehr. Aber dieser Mann sah einfach verdammt gut aus und er hatte etwas an sich, das Leonie anzog.

»Übrigens«, er deutete eine Verbeugung an, »mein Name ist Gabrijel.«

45

Fünf Tage nach dem Abend im Old Casablanca traf Leonie Gabrijel zufällig im Supermarkt wieder. Sie legte gerade eine Aubergine in den Einkaufskorb, als er ihr im Gang entgegenkam. In seinen Händen hielt er eine Packung Toastbrot und ein Glas Pflaumenmarmelade.

»Na, wenn das mal nicht die Frau ist, die meine Cocktails verschmäht hat«, begrüßte er sie lächelnd.

Wie schon in der Bar spürte Leonie, wie sie errötete. »So ist es nicht. Ich trinke einfach nur generell kaum Alkohol.«

Er deutete auf die zwei Dosen Kinnie in ihrem Einkaufskorb. »Die hier schmecken sowieso besser als jeder Drink, den ich mixen könnte.«

»Die Cocktails waren klasse. Ehrlich. Außerdem habe ich, wenn ich mich richtig erinnere, im Laufe des Abends mindestens fünf verschiedene Drinks probiert.«

»Du hast nur höflich daran genippt.« Er zwinkerte ihr zu, dann lachte er. Seine weißen Zähne waren makellos. »Hey, schon gut. Ich hatte sofort kapiert, was da los war. Du gehörst nicht zu diesen selbstgefälligen Geldsäcken. Du spielst nicht in deren Liga, und glaub mir, das meine ich positiv. Oder würdest du etwa gerne mit diesen affektierten, aufgetakelten Tussis in einen Topf geschmissen werden, die mit dir und dem reichen Sack am Tisch saßen? Gott bewahre. Du und ich, wir gehören glücklicherweise zu den *Normalos.*«

Leonie war überrascht über die unverhohlen abfällige Art und Weise, mit der Gabrijel über Holloway sprach, der ihm an diesem Abend einen ordentlichen Batzen Trinkgeld in die Hand gedrückt hatte. Nun, so ganz unrecht hatte Gabrijel damit nicht und Leonie gefiel seine Ungezwungenheit. »Stimmt. Ich bin so was von normal. Geradezu langweilig normal.«

Er legte den Kopf schief und musterte sie. »Das wiederum glaube ich nicht.«

»Was jetzt?«

»Du bist nicht langweilig. Ganz im Gegenteil.«

Darauf wusste Leonie nichts zu erwidern. Spätestens jetzt musste ihr Kopf rot wie eine Tomate sein.

Das Gespräch stockte, doch bevor das Schweigen peinlich werden konnte, machte Gabrijel einen Vorschlag: »Hör zu. Ich habe jetzt etwas zu erledigen, aber heute ist mein freier Abend. Dinner um acht?«

Leonie zögerte. Sein Vorschlag kam überraschend und sie war nicht gerade der spontane Typ. Außerdem sah er zu gut aus. Ausgerechnet dieser extrem attraktive Mann wollte sich mit ihr zum Essen treffen? Auch wenn sie sich nicht sicher war, worauf das alles hinauslaufen würde, nickte sie. »Okay.«

46

Die folgenden Wochen entwickelten sich zu den aufregendsten in Leonies bisherigem Leben. Sie kündigte ihre Anstellung bei GEOMAR, was vor allem bei ihrem ehemaligen Mentor Professor Frentzen ungläubiges Kopfschütteln hervorrief. Die gestrichenen Fördergelder für MAGREX schien er dabei völlig vergessen zu haben. Es spielte auch keine Rolle mehr. Dank Ethan Holloway verfügte Leonie nun über nahezu unbegrenzte finanzielle Mittel. Damit sie diese gewinnbringend und vernünftig einsetzen konnte, wurde sie von gleich zwei seiner Mitarbeiter auf ihre neue Position vorbereitet. Sie tauchte in eine Welt ein, in der Bilanzkennzahlen und Begriffe wie EBIT, ROI und B2C allgegenwärtig waren. Dank ihrer raschen Auffassungsgabe lernte sie schnell. Holloway selbst hatte Malta direkt am Morgen nach ihrer Übereinkunft im Old Casablanca wegen geschäftlicher Termine verlassen. Allerdings hatte er angekündigt, so bald wie möglich zurückzukehren, um mit Leonie grundlegende Strategiefragen zu erörtern. Ihr war das nur recht. Sie hatte es nicht eilig. Unter normalen Umständen wäre sie längst zurück nach Deutschland geflogen, doch mit ihrer Kündigung bei GEOMAR gab es dort weder berufliche noch private Verpflichtungen. Niemand wartete auf sie. Indessen gab es jedoch in ihrem Leben eine Person, die darauf drängte, dass Leonie auf Malta blieb.

Zwischen ihr und Gabrijel hatte sich eine heißblütige Romanze entwickelt. Sie wusste selbst nicht, wie es dazu gekommen war. Sicher war nur, dass sich die Anziehung zwischen ihnen, die vom ersten Moment an da gewesen war, in Windeseile zu einem brennenden Verlangen entwickelt hatte. Der Sex war leidenschaftlicher als alles, was Leonie über die Jahre erlebt hatte. Gabrijel brachte in ihr bislang unterdrückte Seiten zum Vorschein. Im Gegensatz zu ihren früheren Bekanntschaften tat sie sich leicht damit, sich in seinen Armen fallen zu lassen. Und auch ihn schien der Sex mit ihr zu erfüllen. Er war unersättlich. Natürlich schmeichelte das Leonie, auch wenn sie sich immer noch nicht erklären konnte, was dieser unfassbar attraktive Mann ausgerechnet in ihr sah. Er hätte jede Frau haben können. Doch Leonie hatte beschlossen, seine Motive nicht zu hinterfragen und ihre gemeinsamen Nächte zu genießen, solange sie eben andauern sollten.

Eine Woche nachdem Ethan Holloway Malta verlassen hatte, fuhr eine Megajacht von der Größe der *Mars II* in den Hafen von Valletta ein. Sie legte mit dem Heck an der Kaimauer von Sliema an, einem quirligen, touristischen Stadtteil von Maltas Hauptstadt. Es handelte sich um die *Bonaparte*, die einem schwerreichen Franzosen gehörte: Frédéric LeBlanc. Naturgemäß erregte die *Bonaparte* Aufmerksamkeit und war ständig von einer Traube gaffender Touristen belagert. Aufmerksamkeit erregte in bestimmten Kreisen auch die Tatsache, dass LeBlanc keinesfalls zufällig in Malta auftauchte und schon gar nicht, um auf der kleinen Mittelmeerinsel Urlaub zu machen. Keine zwei

Stunden nach seiner Ankunft ließ er sich von einem schwarzen Mercedes mit getönten Scheiben abholen und fuhr gemeinsam mit seiner rechten Hand Thibault Morel davon. Als Holloway davon erfuhr, klingelten bei ihm sofort alle Alarmglocken, wie er Leonie in einem Telefonat offenbarte. Ein Abgeordneter des maltesischen Repräsentantenhauses, der auf Holloways Gehaltszettel stand, hatte ihn darüber informiert, dass sich LeBlanc und Morel hinter verschlossenen Türen mit zwei Parlamentsangehörigen trafen, die im Ausschuss der nationalen Wasserwirtschaftsplanung saßen, sowie mit dem Vorsitzenden von Maltas Energie- und Wasserbehörde.

»Dieser Mistkerl LeBlanc«, erklärte Holloway aufgebracht, »ist Mehrheitsaktionär bei Eaudorée, einem global agierenden französischen Wasserversorger. Eaudorée baut und modernisiert hauptsächlich Infrastrukturen. Aber es gehen Gerüchte um, dass LeBlanc expandieren und verstärkt in die Förderung von Wasser einsteigen will.«

»Denken Sie, er will damit auf Malta beginnen?«, fragte Leonie.

»Weshalb sonst sollte er sich mit diesen Leuten treffen?« Holloway schnaubte. »Der Wassersektor ist eine der wichtigsten Prioritäten dieser Insel. Noch konzentriert sich Malta auf Investitionen in die Infrastruktur, die Verbesserung der Energieeffizienz der Meerwasserentsalzung, das New-Water-Programm sowie die Modernisierung des Abwassersammelnetzes. Wir beide, Leonie, wissen aber, wo die Zukunft liegt. In den Offshore-Reservoiren vor den Küsten. Hier winkt das große Geld. Und ich wette, dieser Mistkerl LeBlanc hat das auch spitzgekriegt.«

»MAGREX wurde mit öffentlichen Geldern gefördert, unter anderem aus EU-Töpfen«, überlegte sie. »Jeder, der sich dafür interessiert, kann ohne großen Aufwand alle Details dazu in Erfahrung bringen. Ich habe sämtliche Fortschritte und Erkenntnisse zeitnah veröffentlicht.«

»Er will uns zuvorkommen«, stieß Holloway aus. »LeBlanc will sich die Förderrechte für Maltas Offshore-Aquifere sichern.«

»Und was jetzt?«

»Wir müssen ihn stoppen. Ich fliege noch heute nach Valletta. Wir sehen uns zum Dinner.«

47

Holloway sollte recht behalten. Frédéric LeBlanc war auf die Förderrechte von Maltas Offshore-Süßwasservorkommen aus. Und nicht nur das. Im Gegenzug für den Erhalt der Rechte bot er dem maltesischen Parlament als zusätzliches Bonbon einen hundertjährigen Versorgervertrag zu extrem günstigen Konditionen an. Es dauerte nicht lange, da hielt LeBlanc einen positiven Vorabbescheid in der Hand. Nicht zuletzt weil sich Thibault Morel als äußerst gewitzter Stratege und Verhandlungspartner erwies. Holloway schäumte vor Wut. Bis die Rechtevergabe an Eaudorée jedoch im Parlament die letzte Hürde nehmen konnte, würde es noch mehrere Wochen dauern. Holloway erkannte darin seine Chance. Er ließ nichts unversucht, um mithilfe von Lobbyisten seinerseits Einfluss auf die Entscheidungsträger im Repräsentantenhaus zu nehmen. Wirklich erfolgreich war er damit aber nicht. Meistens lief es nach demselben Schema ab. Ein vereinbarter Gesprächstermin zwischen Holloway und einem ihm vordergründig wohlgesinnten Mitglied des Repräsentantenhauses wurde kurzfristig abgesagt. Die Begründung dafür war oft hanebüchen und mehr als einmal stellte sich im

Nachgang heraus, dass Morel dabei seine Finger im Spiel gehabt hatte. Wenige Tage vor der entscheidenden Abstimmung hatte LeBlanc den Deal so gut wie eingetütet.

Doch alles änderte sich mit Morels Tod.

Leonie saß mit Gabrijel nachmittags bei einer Tasse Kaffee, als ihnen einer von Holloways Assistenten die Nachricht überbrachte.

An einem Mittwoch hatte Morel gemeinsam mit dem Vorsitzenden von Maltas Energie- und Wasserbehörde die faszinierende Altstadt von Mdina besucht und ihn zu einem sündhaft teuren Mittagessen eingeladen. Etwas später hatte er sich auf den Heimweg gemacht und auf der steil abfallenden, kurvigen Straße zwischen Mdina und Attard die Kontrolle über seinen Mietwagen verloren. Der Wagen hatte die Leitplanken durchbrochen und war über siebzig Meter in die Tiefe gestürzt. Morel hatte den Aufprall nicht überlebt. Später sollte man in seinem Blut einen hohen Alkoholpegel nachweisen, dazu fand man im Fußraum des Wagens eine zerbrochene Flasche Wodka. Eine Tragödie, zweifelsohne. Seltsam war jedoch, dass der ehemalige Alkoholiker Morel zu diesem Zeitpunkt seit über fünf Jahren trocken gewesen war. Sein Leben lief in geordneten Bahnen, er hatte einen Job, der ihn erfüllte, und rein gar nichts deutete darauf hin, dass er jemals in Versuchung gewesen wäre, rückfällig zu werden. Auch der Vorsitzende von Maltas Energie- und Wasserbehörde schwor Stein und Bein, dass Morel während des Mittagessens ausschließlich Wasser getrunken hatte. Zwangsläufig begannen Gerüchte die Runde zu machen, Morels Tod sei womöglich gar kein Unfall gewesen. *Cui bono?* Wer profitierte davon? So lautete eine der häufigsten Fragen, die in diesem Zusammenhang gestellt wurden. Wenig verwunderlich war vor allem ein Name, der dabei regelmäßig fiel. Leonie mochte nichts davon glauben. Es schien undenkbar, dass Ethan Holloway auch nur im Entferntesten etwas mit dieser Sache zu tun haben könnte. Holloway war ein Geschäftsmann; vielleicht ein wenig exzentrisch, aber definitiv kein Mann, der einen Mord in Auftrag gab. Leonies Meinung nach handelte es sich bei Morels Tod um einen Zufall – wenn auch, zugegeben, um einen für Ethan Holloway äußerst glücklichen Zufall.

Ob es nun daran lag, dass Morel keinen Einfluss mehr auf die Abgeordneten des Repräsentantenhauses ausübte oder ob die schrecklichen Gerüchte um seinen Tod den einen oder anderen Abgeordneten klammheimlich in Angst versetzten, fand Leonie nie heraus. Tatsache war, dass die Vergabe der Förderrechte ins Stocken geriet und Sharpwater unerwartet wieder einen Fuß in die Tür bekam. Zumal auch der Vorsitzende von Maltas Energie- und Wasserbehörde seine Meinung plötzlich zu ändern schien. Holloway reagierte prompt. Er verlegte die *Mars II* in den Hafen von Sliema, wo sie direkt neben LeBlancs *Bonaparte* festmachte. Natürlich war dieses Manöver eine glasklare Provokation gegenüber dem Franzosen, doch nichts anderes war Holloways Ziel.

Während sich Holloway und LeBlanc einen unnachgiebigen Bieterkampf um die Förderrechte für Maltas Offshore-Süßwasser lieferten, verbrachte Leonie viel Zeit mit Gabrijel. Seine Leidenschaft schien nicht nachzulassen. Was zunächst nach einem One-Night-Stand und dann nach einem heißen Urlaubsflirt ausgesehen hatte, wurde zunehmend zu einer ernsthaften Beziehung. Gabrijel öffnete sich ihr mit jedem Tag ein klein wenig mehr, auch wenn Leonie stets das Gefühl hatte, dass er nicht alles über sich preisgab. So redete er beispielsweise kaum über seine Kindheit und Jugend, doch Leonie dachte sich nichts dabei. Schließlich kannten sie sich erst kurz. Vielmehr genoss sie ihr Glück und fühlte sich wie auf einer rosaroten Wolke durchs Leben getragen. Bis zu dem Tag, an dem sie zum ersten Mal schmerzhaft spürte, wie stark ihre Gefühle für Gabrijel tatsächlich waren.

48

Jener Tag begann für Leonie bei strahlendem Sonnenschein und einem Frühstück mit Kaiden Farrugia auf der Terrasse eines kleinen Straßencafés in Gżira. Obwohl Kaiden seit Leonies Ausstieg bei GEOMAR nicht mehr für MAGREX arbeitete, hielten die beiden nach wie vor losen Kontakt. Glücklicherweise hatte sich Kaiden nach seinem Unfall auf der *Hercules* gut erholt. Die Wunde an seinem Ohr war verheilt und allen Unkenrufen zum Trotz hatte er nur einen kleinen Teil seines Hörvermögens eingebüßt. Während die beiden in ihre Croissants bissen, Kaffee schlürften und sich unterhielten, beobachtete Leonie nebenbei das Treiben auf der geschäftigen Straße vor dem Café. Sie war entspannt, da an diesem Tag keine geschäftlichen Verpflichtungen auf sie warteten. Ethan Holloway war vor zwei Tagen aus unbekannten Gründen überraschend nach Deutschland gereist, und niemand schien zu wissen, wann er wieder zurückkehrte.

Leonie tunkte gerade ihr Croissant in ihren Kaffee, als sie Gabrijel entdeckte, der ohne Helm auf seinem Motorrad die Straße entlanggefahren kam. Und er war nicht allein. Hinter ihm auf dem Sozius, die Arme um seinen Bauch geschlungen, saß Anastasia Eremenko. Sie trug knappe Shorts, dazu ein schwarzes Tanktop und ihre zu einem Pferdeschwanz gebundenen langen blonden Haare tanzten im Fahrtwind wild umher. Ungläubig starrte Leonie zu ihnen hinüber. Ihr war gar nicht bewusst gewesen, dass die beiden in engerem Kontakt standen. Sicher, sie alle kannten sich aus dem Old Casablanca, in dem sie gelegentlich die Abende verbrachten. Doch darüber hinaus? Was zum Henker hatte Gabrijel mit Ethan Holloways extrem attraktiver Partnerin zu schaffen? Und weshalb hatte er Leonie nie davon erzählt? Der scharfe Schmerz der Eifersucht schnitt wie ein glühend heißes Messer durch Leonies Herz.

Sie sprang auf, kramte einen Zwanzigeuroschein aus ihrer Jeans, warf ihn auf den Tisch, murmelte eine knappe Entschuldigung in Kaidens Richtung und rannte los. Leonie meinte das Ziel der beiden zu kennen, und falls ihre Vermutung zutraf, befand sich dieses keine achthundert Meter entfernt.

Unter der stechenden Sonne Maltas hastete sie die belebte Hafenpromenade entlang, wobei sie ständig irgendwelchen Touristen ausweichen musste. Auf Höhe der weitläufigen, glitzernden Bucht mit ihren ankernden Booten und vertäuten Jachten verschwand Gabrijels Motorrad dann aus Leonies Blickfeld. Doch nur wenige Minuten später entdeckte sie es wieder. Beinahe wie erwartet stand es nur wenige Meter entfernt vom Heck der *Mars II* im Schatten einer Palme. Gabrijel selbst folgte Eremenko gerade über die lange Gangway auf die Jacht. Die übliche Menschentraube an der Kaimauer machte derweil Fotos und Handyvideos von der bekannten Influencerin und ihrem »mysteriösen« Begleiter. Falls die beiden eine Affäre hatten, stellten sie sich selten dämlich an.

Verschwitzt und mit hochrotem Kopf bahnte sich Leonie ihren Weg durch die gaffende Menge. Der Bodyguard vor der Gangway, der dafür sorgte, dass kein Tourist einen Fuß auf die Jacht setzte, erkannte Leonie und ließ sie passieren. Sie fand Gabrijel und Eremenko im Salon, wo sie bei ihrem ersten Zusammentreffen mit Ethan Holloway vor nicht allzu langer Zeit ein Glas Wasser verschüttet hatte. Zu Leonies Erleichterung waren die beiden auf Abstand, als sie in den Salon stürmte. Sie wirkten erstaunt. Leonie versuchte sich locker zu geben, während sie Gabrijel fragte, warum er denn hier auf der Jacht sei. Ihr verschwitzter Anblick schien ihn zu belustigen. Es stellte sich heraus, dass Holloway für den Abend nach seiner Rückkehr eine Party plante und Gabrijel dafür als Barkeeper engagieren wollte. Dazu sollte er im Vorfeld die Bestände der Bar prüfen und gegebenenfalls auf Einkaufstour gehen. Eremenko hatte ihm diese Nachricht persönlich überbracht, weil sie von Gabrijel keine Telefonnummer besaßen, aber wussten, wo er zu finden war. Die Situation war Leonie furchtbar peinlich. Zumal ihr das spöttische Grinsen von Holloways Freundin nicht entging.

Die Party an sich war für Leonie dann weit weniger aufregend als jener Vormittag. Holloway hatte etwa dreißig Personen eingeladen. Die Gespräche drehten sich hauptsächlich um Aktien und Golf. Auffällig war, dass die Themen Wasser und Förderrechte sorgsam ausgeklammert wurden. Natürlich waren auch Eremenkos affektierte Freundinnen unter den Gästen. Es widerte Leonie an, wie sie sich an die meist deutlich älteren Männer ranschmissen. Gabrijel stand hinter der Bar und sah in seinem weißen Hemd und der schwarzen Fliege wie immer großartig aus. Irgendwann wummerten dann auf dem Oberdeck die Lautsprecher und ein paar Leute tanzten. Alles in allem aber sehnte Leonie das Ende der Party herbei. Später sollte sie erfahren, dass es Frédéric LeBlanc mitsamt Ehefrau auf der direkt nebenan liegenden *Bonaparte* in dieser Nacht ebenso ergangen war. Holloway hatte die lautstarke Party nur veranstaltet, um seinen Widersacher zu ärgern.

49

Die Rivalität zwischen Holloway und LeBlanc trieb seltsame Blüten. Eines Tages beschimpften sie sich sogar lautstark gegenseitig über die Decks ihrer Jachten hinweg, als sie sich gleichzeitig im Freien aufhielten. Währenddessen machte Maltas Energie- und Wasserbehörde einen Rückzieher. Die Fehde zwischen Sharpwater und Eaudorée gefiel den Verantwortlichen nicht. Aufgrund des immensen Drucks, den beide Konzerne auf das Parlament ausübten, vermutete das Repräsentantenhaus tiefergehende Gründe hinter deren Streben um rasche Vertragsabschlüsse. Weshalb drängten sie auf eine derart schnelle Entscheidung? Es wurde beschlossen, zuerst weitere Studien und Forschungen zur Wechselwirkung der Offshore-Aquifere mit Maltas Grundwasser in Auftrag zu geben, um keine Absenkung des Grundwasserpegels im Innern der Insel zu riskieren. Leonie fehlte dafür das Verständnis. Ihre Daten zeigten eindeutig, dass eine derartige Wechselwirkung nicht zu befürchten war. Doch mit ihrem Weggang von GEOMAR und ihrer Anstellung bei Sharpwater hatten ihre Forschungen in den Augen von Maltas Energie- und Wasserbehörde jegliche Neutralität verloren. Diesmal schäumten Holloway und LeBlanc im Gleichtakt vor Wut. Letzten Endes aber war dieses Ereignis ausschlaggebend dafür, dass sich die beiden Streithähne zum ersten Mal gemeinsam an einen Tisch setzten und vernünftig miteinander redeten.

Es war Leonie, die dieses Treffen in die Wege leitete. Im Gegensatz zu den beiden Alphamännchen konnte sie diese Angelegenheit mit etwas Abstand von außen betrachten. Ihr war klar geworden, dass ein Jahrhundertprojekt wie ein weltumspannendes Netz an Aqua Citys nie zustande kommen würde, solange sich zwei Konzerne bekriegten. So wie auf Malta würde es auch in anderen Ländern ablaufen. Außerdem waren die zu erwartenden Investitionen selbst für schwerreiche Männer wie Ethan Holloway und Frédéric LeBlanc enorm. Erfolgreiche Unternehmer zeichnen sich dadurch aus, persönliche Differenzen zugunsten eines lukrativen Deals beiseiteschieben zu können, und wie von Leonie erhofft, gelang dies auch Holloway und LeBlanc. Im Laufe der Verhandlungen ließ Holloway dann allerdings eine Bombe platzen, die für alle überraschend kam.

Während der vorangegangenen Wochen war er immer mal wieder in Deutschland gewesen, wobei niemand gewusst hatte, was er dort trieb. Es stellte sich heraus, dass er mit der Unentschlossenheit des maltesischen Parlaments gerechnet hatte und zweigleisig gefahren war. Tatsächlich hatte er längst eine Genehmigung für den Prototyp einer Aqua City in der Tasche. Errichtet werden sollte diese Plattform vor der ostdeutschen Küste im Greifswalder Bodden, nur wenige Seemeilen vor der Insel Rügen. Aufgrund der sich von Jahr zu Jahr zuspitzenden Wasserknappheit in Brandenburg, Berlin sowie Mecklenburg-Vorpommern sollte mittels dieser Plattform das dringend benötigte

Wasser durch Pipelines in diese Regionen transportiert werden. Die Landesregierung Mecklenburg-Vorpommerns besaß ein enormes Interesse an diesem Prestigeprojekt, weshalb ein für beide Seiten lukrativer Deal ausgehandelt worden war. Für die Errichtung der Plattform erhielt Holloway großzügige Subventionen, dafür gewährte Sharpwater dem Bundesland langfristige Lieferverträge zu günstigen Konditionen. Darüber hinaus hatte Holloway Jobgarantien ausgesprochen. Mindestens fünfundsiebzig Prozent der benötigten Arbeiter auf dieser Plattform sollten aus der Region kommen.

Holloways Neuigkeiten sorgten allenthalben für Euphorie. Einzig Frédéric LeBlanc zeigte sich frustriert. Er hatte gehofft, mit Holloway einen Deal unter Gleichberechtigten abzuschließen. Da Sharpwater nun jedoch bereits eine Baugenehmigung besaß, musste sich LeBlanc zähneknirschend mit einer Minderheitsbeteiligung an Sharpwater abfinden. Er war Geschäftsmann genug, um einzusehen, dass dies seine beste Option darstellte. Die Förderrechte für Malta besaßen keine Priorität mehr und binnen eines Tages legten die *Mars II* sowie die *Bonaparte* ab und verließen Valletta mit unbekannten Zielen.

Auch für Leonie näherte sich ihre Zeit auf Malta dem Ende. Im Gegensatz zu Holloway war sie weit weniger begeistert, der Insel den Rücken zu kehren. Der Grund lag auf der Hand: Gabrijel. Wie würde es mit ihnen weitergehen? Ein Umzug nach Deutschland kam für Gabrijel nicht infrage. Er liebte seine Heimat und würde Malta nie verlassen. Eine Zeit lang hatte Leonie auf einer rosaroten Wolke schweben dürfen, doch die löste sich jetzt beim ersten Gegenwind im Nu auf. Als Gabrijel an ihrem letzten gemeinsamen Abend die Tür hinter sich schloss, wusste Leonie, dass sie ihn wohl nie wiedersehen würde.

Fast drei Jahre später sollte sie erkennen, dass sie sich an diesem trocken-heißen Abend in Valletta geirrt hatte. Als Gabrijel eines Tages vollkommen überraschend in Deutschland vor ihrer Tür stand, war sie dermaßen perplex, dass sie zunächst kein Wort herausbrachte. Er erzählte ihr von Import-Export-Geschäften, die ihn für ein paar Tage nach Hamburg führten. Bei einem Glas Wein am Abend ließ er dann zaghaft durchblicken, dass er nie aufgehört hatte, an Leonie zu denken. Leonies Herz schlug schneller, denn ihr erging es mit ihm ebenso. Nach einem leidenschaftlichen Wochenende überraschte Gabrijel sie erneut, indem er laut darüber nachdachte, nicht nach Malta zurückzukehren, sondern bei Leonie in Deutschland zu bleiben. Er beteuerte, es ernst zu meinen, und Leonie zögerte nicht lange. Kurz entschlossen zog Gabrijel bei ihr ein und schon bald machten sie da weiter, wo sie damals aufgehört hatten. Nichts deutete darauf hin, dass sein unerwartetes Auftauchen mit Hintergedanken erfolgt war. Und erst ein Jahr später sollte sie schmerzhaft erfahren, dass sie sich auch in dieser Hinsicht gründlich getäuscht hatte.

50

AUGUST 2026

OSTSEE, GREIFSWALDER BODDEN

Stille.

Kälte.

Dunkelheit.

Schmerzen.

Unerträglicher Druck auf den Lungen.

Atem holen.

Mund öffnen.

Kein Sauerstoff.

Stattdessen Salzwasser, das in ihren Mund strömte.

Leonie verschluckte sich und kam binnen Sekundenbruchteilen zur Besinnung. Sie riss die Augen auf. Sie befand sich unter Wasser, hatte Druck auf den Ohren. Sie versank in der Ostsee, Meter um Meter. Panik überkam sie. Der Drang, das Salzwasser auszuhusten, war enorm. Beinahe übermächtig jedoch war der Drang zu atmen. Das eine bedingte das andere. Doch Leonie wusste, dass dies ihr Todesurteil bedeuten würde. Ihr Herz raste, während sie mit unkoordinierten Schwimmbewegungen der Oberfläche entgegenstrebte. Das Salzwasser drängte mit Macht heraus, ihre Lungen drohten zu platzen. Schon spürte sie ihre Kräfte schwinden, ihre Sicht trübte sich ein. Ein letzter Armzug, ein letzter Beinschlag und Leonies Kopf durchstieß die Meeresoberfläche.

Hustend und röchelnd erbrach sie das Salzwasser und sog gierig Sauerstoff in ihre Lungen. In ihrem Kopf hämmerte eine Abrissbirne im Stakkato gegen ihre Schädeldecke, während sie hektisch mit den Füßen strampelte, um nicht wieder unterzugehen. Mit jedem erneuten Luftholen sandte ihr Rücken stechende Schmerzen aus. Vermutlich hatte sie sich beim Aufprall eine oder mehrere Rippen gebrochen. Noch bewahrte das durch ihren Körper jagende Adrenalin Leonie vor stärkeren Schmerzen, doch diese würden unweigerlich folgen. Sie erinnerte sich daran, von Gabrijel in die Tiefe gestoßen worden zu sein, und an die Todesangst, die sie während des freien Falls überkommen hatte. Seltsamerweise konnte Leonie sich nicht an die Stunden davor erinnern. Wieso hatte sie sich auf der untersten Ebene der *Greifswald* aufgehalten? Wie war sie dorthin gelangt? Es schien, als hätte der Aufprall auf das Wasser einen Teil ihrer Erinnerungen gelöscht. Überhaupt grenzte es an ein Wunder, dass sie einen Sturz aus dieser Höhe überlebt hatte. Doch die Realität holte Leonie schnell ein, als sie ihre Lage erkannte.

Sie trieb mutterseelenallein in der kalten Ostsee, ohne Schwimmweste oder einen wärmeisolierenden Trockenanzug. Sie zitterte. Ihre mit Wasser vollgesogenen Klamotten waren schwer und sie musste stetig mit den Beinen treten, um nicht in die Tiefe gezogen zu werden. Die Nacht zog herauf und einzig die Lichter der etwa einhundert Meter entfernten, hoch aufragenden *Greifswald* boten ihr Orientierung. Leonies Blick heftete sich auf die mächtigen Pfeiler, die im dunklen Wasser verschwanden. Sie waren mit Notleitern ausgestattet, dank derer man zurück auf die Plattform klettern konnte. Doch dieser vermeintliche Rettungsweg kam für sie nicht infrage. Die Drucksensoren in den Halterungen würden Gabrijel und seinen Leuten sofort verraten, dass jemand die Leiter benutzte. Ein weiteres Mal würde Gabrijel kein Risiko eingehen, sondern ihr stattdessen eine Kugel in den Kopf oder durchs Herz jagen. Leonie fluchte. Auf der *Greifswald* gab es für sie keine Rettung. Zudem trieb die Strömung sie überraschend schnell von der Plattform fort. Dagegen anzukämpfen, hatte keinen Sinn. Rasch wurden die Lichter kleiner, die Nacht dunkler. Niemand würde Leonie hier draußen finden.

Leonie zwang sich, ruhig zu bleiben und ihre Schwimmbewegungen auf das Nötigste zu reduzieren. Um zumindest den Hauch einer Chance zu haben, musste sie ihre Kräfte einteilen. Sie rief sich die Position der *Greifswald* in Erinnerung und überschlug, in welcher Richtung und Entfernung die ihr nächstgelegene Küste war. Leonies Berechnungen zufolge musste sich links von ihr Rügen befinden, doch dort am Horizont waren weder Lichter noch sonst etwas zu sehen. Den sicheren Tod vor Augen, mobilisierte Leonie ihre letzten Reserven, um zurück zur *Greifswald* zu schwimmen. Über Gabrijel konnte sie sich Gedanken machen, sobald sie eine der Notleitern erreichte.

Armzug um Armzug, Beinschlag um Beinschlag. Leonie ließ nicht locker, aber die Lichter der *Greifswald* kamen nicht näher. Das kalte Wasser zehrte ihre Kräfte schneller auf als gedacht. Arme und Beine wurden schwer. Sie durfte jetzt nicht aufgeben. Weiter. Immer weiter. Um sich abzulenken, versuchte sie die letzten Stunden auf der *Greifswald* zu rekapitulieren. Warum zum Teufel ließ ihr Gedächtnis sie im Stich? Da war nichts außer einem schwarzen Loch. Aus irgendeinem Grund jedoch wusste Leonie, dass es wichtig war, sich zu erinnern.

51

Die Nacht zog herauf und aus östlicher Richtung kroch Dunkelheit über die sanft wogende See heran. Schon erschien die Venus am Himmel. Eine sanfte Brise ließ Chris in seinem T-Shirt frösteln. Sein Magen knurrte und er hatte schlechte Laune. Weit und breit nichts als Wasser. Zum wiederholten Male fragte er sich, was er überhaupt hier tat. Schon am Telefon hatte Roxys Plan aberwitzig geklungen. Doch jetzt, da sie tatsächlich auf dem offenen Meer unterwegs waren, fand Chris ihr Unterfangen nur noch idiotisch.

Er stand am Bug des langsam dahintuckernden, dunkelgrünen Krabbenkutters mit dem Fischereikennzeichen *PEE23* und dem wenig einfallsreichen Namen *Roswitha.* Mit knapp vierzehn Metern Länge zählte der Kutter zu den kleineren Exemplaren seiner Art. Die Planken und Aufbauten waren übersät mit weißen Flecken. Sie stammten zweifelsohne von den Möwen, die unablässig ihrem Kielwasser folgten und die beiden eingeklappten Auslegerarme mit den daran hängenden Fangnetzen umkreisten. Ihr Gekreische war ohrenbetäubend. Der Gestank nach altem Fisch, Krabbenschalen und Möwenexkrementen ließ

Chris würgen. Fehlte nur noch, dass ihm einer der Vögel auf den Kopf schiss. Hinter den Glasscheiben des Steuerhauses sah er die Umrisse eines kräftigen Mannes – Roxys Onkel, dem der Kutter gehörte.

Jasper Hanken hatte wenig Ähnlichkeit mit seiner Nichte. Bei einer Körpergröße von über eins neunzig und einem Gewicht von weit über einhundert Kilo füllte er das Steuerhaus beinahe allein aus. Seine Pranken umklammerten das Steuerrad wie Schraubstöcke. Sein helles Haar war schütter, dafür war sein Schnauzer umso beachtlicher. Er steckte in Gummistiefeln und trug einen verwaschenen Kapuzenpulli, der unter einer wasserdichten grünen Latzhose verschwand. Hanken war kein Mann großer Worte. Als er und Roxy Chris vor einer halben Stunde an der Hafenmole von Lubmin an Bord geholt hatten, hatte Hanken ihn lediglich mit einem knappen Nicken begrüßt. Chris konnte sich beim besten Willen nicht vorstellen, wie es Roxy gelungen war, diesen Mann zu einem solch absurden Vorhaben zu überreden. Vermutlich hatte Hanken aus demselben Grund eingewilligt wie Chris: die Aussicht auf einen ordentlichen Batzen Geld. Den Luxus, sich eine derartige Chance entgehen zu lassen – egal wie gering sie auch sein mochte – konnte Chris sich nicht leisten.

Breit grinsend gesellte sich Roxy jetzt zu ihm an den Bug. Sie trug eine ärmellose Jeansweste über einem schwarzen T-Shirt, knallenge Bluejeans und abgewetzte Chucks. »Bereit für ein Abenteuer?«

»Hätte nicht gedacht, dass du deinen Onkel tatsächlich dazu überreden kannst.«

»Kennst mich eben nicht.« Sie griff in einen Rucksack, der auf einem geschlossenen Kessel aus Edelstahl stand, und zog eine Flasche mit aufbereitetem Wasser heraus. »Ich halte meine Versprechen.«

Sie trank und hielt Chris dann die Flasche hin. Das Wasser schmeckte nach Chlor, aber Chris war durstig und ließ es seine ausgetrocknete Kehle hinablaufen.

»Hast du auch was zum Futtern?«, fragte er.

»Du bist hier nicht auf einer All-inclusive-Kreuzfahrt.«

»Ich dachte ja nur, wenn ihr hier schon einen Suppentopf an Bord habt …« Er deutete auf den Edelstahlkessel und lächelte schief.

Roxy verdrehte die Augen ob seines lahmen Witzes.

Natürlich wusste Chris, dass gefangene Krabben noch auf dem Schiff in solchen mit Gasöl befeuerten Kesseln gekocht und danach eingefroren wurden. Unter anderem dieser Kochvorgang mit salzigem Meerwasser verlieh den Ostseekrabben ihren einzigartigen Geschmack. Er deutete auf das Steuerhaus. »Wie hast du ihn dazu gebracht, bei dieser Nummer mitzumachen?«

»Na wie wohl? Was zählt, ist einzig die Kohle. Jasper und die anderen Kapitäne haben es wegen der niedrigen Preise für Krabben und der hohen Kosten für die Kutter schwer. Noch dazu ist die Arbeit hart. Manche Kapitäne sind schon so verzweifelt, dass sie Krabbenfahrten für Touristen anbieten.« Roxy lachte auf. »Kannst du dir Jasper mit Touristen an Bord vorstellen?«

Chris grinste.

»Eben«, meinte Roxy. »Er ist genauso scharf auf Kohle wie du.«

»Was denkst du, wie viel wir rausholen können?«

»Kommt auf das Bildmaterial an, das wir liefern. Je spektakulärer, desto teurer können wir es an die Presseagenturen verkaufen.«

Chris blickte nachdenklich gen Horizont. Dann hefteten sich seine Augen wieder auf Roxy. »Wir sind uns doch darüber einig, dass wir kein unnötiges Risiko eingehen, oder?«

»Klar.«

»Das ist mein Ernst, Roxy. Wir bleiben schön auf Abstand zu dieser Plattform.«

»Jaja.«

Chris' Augenbrauen zogen sich zusammen. »Warum nur habe ich das Gefühl, dass dir das am Arsch vorbeigeht?«

»Jetzt hör mal zu«, fuhr sie ihn aus dem Nichts heraus an. »*Du* hast *mich* angerufen, weil du Kohle machen wolltest. Nicht umgekehrt. *Ich* bin hier diejenige, die weiß, wie die Medien ticken. Also überlass die Entscheidungen gefälligst mir. Für Fotos aus Hunderten Metern Entfernung, auf denen man außer ein paar Betonstelzen und Aufbauten nichts weiter erkennt, zahlt keine Redaktion auch nur einen Cent. Aber wie werden sie wohl reagieren, wenn wir ihnen Fotos von bewaffneten Terroristen vorlegen? Ich sag es dir: Wir werden jede Summe verlangen können und sie werden uns mit Geld zuschütten.«

Chris starrte sie an. »Bist du noch ganz dicht? Wie willst du an solche Fotos kommen? Wie stellst du dir das vor?«

»Abwarten.«

»Blödsinn. Sie werden uns nicht einmal in die Nähe der *Greifswald* lassen.«

»Wer?«

»Die Polizei natürlich. Da läuft doch gerade irgendein Einsatz von so einem Spezialkommando … denkst du, da lassen die uns einfach ungestört zur Plattform tuckern? Sie werden uns vorher abfangen.«

»Abwarten.« Roxy schmunzelte.

»Was hast du wirklich vor?« Er spürte, dass Roxy ihm etwas verheimlichte. »Ich dachte, du willst eine seriöse Journalistin werden? Ich habe dich angerufen, weil ich dachte, dir geht's um die Story und nicht um Paparazzi-Fotos.«

»Und ich dachte, dir geht's darum, möglichst viel Kohle aus dieser Sache zu schlagen.« Sie lachte verächtlich auf. »Kaum könnte es vielleicht mal gefährlich werden, ziehst du den Schwanz ein. Dachtest du wirklich, wir betreiben diesen Aufwand hier nur wegen ein paar langweiliger Fotos von einer Offshore-Plattform?«

»Na gut. Dann verrate mir doch bitte, wie in aller Welt du ein Foto von einem Terroristen schießen willst. Fahren wir da einfach mal vorbei, winken und rufen: ›Hey, zeigt euch mal mit euren Waffen! Und bitte immer schön lächeln!‹?«

»Jetzt wirst du albern.« Sie zeigte auf ihren Onkel, der in seinem Steuerhaus unverdrossen in Fahrtrichtung voraus sah. »Sobald wir in Reichweite sind, wird Jasper versuchen, Funkkontakt mit der *Greifswald* aufzunehmen. Sofern das klappt, werde ich den Geiselnehmern ein Exklusivinterview anbieten, das wir entweder per Funk führen können oder persönlich von Angesicht zu Angesicht auf der Plattform.«

»Bist du noch ganz dicht?«, entfuhr es Chris.

»Wieso?«

»Also geht's dir doch nicht in erster Linie um die Fotos, oder?«

Sie verschränkte die Arme vor der Brust und sah ihn herausfordernd an. »Falls am Ende welche dabei rausspringen, hab ich natürlich nichts dagegen, aber was ich wirklich will, ist ein Interview. Ein Interview mit echten Terroristen während einer Geiselnahme.«

Chris starrte sie fassungslos an. »Du bist verrückt. Und überhaupt, warum sollten sie darauf eingehen?«

»Durch mich erhalten diese Typen Gehör. Ich biete ihnen die Chance, der ganzen Welt ihre Beweggründe mitzuteilen und was sie sich von ihrer Aktion erhoffen. Falls sie am Ende draufgehen, wird es vielleicht nie jemand erfahren. Die Behörden werden alles unter den Tisch kehren. Wie bisher doch auch. Ich sag dir, Chris, das wird mein Durchbruch. Redaktionen in ganz Deutschland werden sich um meine Story reißen.«

Ungläubig schüttelte er den Kopf. »Du meinst das ernst.«

»So eine Chance bekomme ich nie wieder.«

Schweigen trat ein. Eine Weile schauten sie beide aneinander vorbei auf das platingraue, sanft wogende Meer, während die *Roswitha* der längst untergegangenen Sonne gen Westen folgte, mit direktem Kurs auf die *Greifswald*. Insgeheim hoffte Chris, die Wasserschutzpolizei oder Küstenwache würden sie schon weit vor ihrem Ziel abfangen. Er legte keinen Wert darauf, mit bewaffneten Terroristen zu tun zu haben. Nur was, wenn sie die Plattform doch erreichten? Was, wenn ein Funkkontakt mit den Terroristen zustande kam? Was, wenn diese tatsächlich auf Roxys Angebot eingehen sollten und dem Kutter erlaubten, für das Interview an der *Greifwald* anzulegen? Und was, wenn sich dies alles nur als ein Trick herausstellen sollte, weil den Terroristen ein paar weitere Geiseln womöglich überaus gelegen kamen?

Chris fröstelte nicht mehr nur, er schauderte regelrecht.

Unvermittelt boxte Roxy ihn gegen den Oberarm und deutete nach vorn. »Da ist was im Wasser.«

Chris folgte ihrem Fingerzeig und bemerkte nun ebenfalls den dunklen Schatten an der Wasseroberfläche, vielleicht zweihundert Meter entfernt schräg voraus. Die Dämmerung machte es ihm schwer, Genaueres zu erkennen, weshalb er die Augen zusammenkniff. »Scheint sich zu bewegen.«

»Ist sicher Treibholz.«

»Nein, da bewegt sich was«, beharrte Chris, und in diesem Moment kam die Erkenntnis. »Das ist … ein Mensch.«

»Ach was. Ist nur Treibholz.«

»Schau doch genau hin«, rief er aufgeregt. »Siehst du denn nicht, dass uns dein Treibholz zuwinkt? Oh mein Gott! Wir müssen sofort die Maschinen stoppen!«

52

Der Krabbenkutter verlangsamte sein Tempo, schwenkte in Leonies Richtung und kam nun direkt auf sie zu. Am ganzen Körper zitternd, begann Leonie zu weinen. Ihre Lippen waren blau angelaufen und sie spürte ihre Füße nicht mehr. Sie konnte sich kaum noch über Wasser halten. Reiner Überlebenswille bewahrte sie vor dem Ertrinken. Doch Rettung war nahe. Leonie konnte ihr Glück kaum fassen.

Kurz darauf saß sie eingewickelt in eine warme Schafswolldecke und mit einer Tasse heißem Früchtetee in der Hand auf den Planken des Kutters. Sie schluchzte hemmungslos. Ihr gesamter Körper bebte. Das Zittern wollte einfach nicht aufhören. Ob diese durchdringende Kälte jemals aus ihrem Körper weichen würde? Um sie herum standen ihre Retter – ein junger Mann, eine ebenso junge Frau mit blauen Haaren sowie der kräftige Kapitän. Geduldig sahen sie auf Leonie herab und warteten vermutlich darauf, dass sie etwas sagte. Doch dazu war sie nicht fähig. In ihrem Kopf tobte noch immer eine Abrissbirne. Es brauchte mehrere Minuten und drei Tassen Tee, bis Leonie endlich das Salzwasser aus Mund und Kehle gespült hatte und allmählich wieder zu Kräften kam.

Als Erstes bedankte sie sich bei ihren Rettern. Diese waren natürlich wissbegierig zu erfahren, wie Leonie in diese äußerst prekäre Situation gelangt war. Sie zögerte mit einer Antwort. Ihr war klar, dass ihr blau und grün verfärbtes, geschwollenes Gesicht nicht zu übersehen war und Fragen aufwarf. Sie wollte diese Menschen nicht anlügen. Die Wahrheit aber konnte sie ihnen auch nicht erzählen. Zumindest nicht die volle Wahrheit. Also erzählte sie lediglich, dass sie von einer Offshore-Plattform, die sich unweit von hier befand, ins Meer gefallen war. Dabei traten ihre Gedächtnislücken wieder zutage. Das Bild von Gabrijel, wie er sie ohne mit der Wimper zu zucken in die Tiefe stieß, war zwar präsent. Doch alles, was sich in den Stunden davor ereignet hatte, blieb nebulös. Inzwischen war auch das Adrenalin aus ihrem Körper verschwunden und der stechende Schmerz ihrer Rippen ließ sie bei jedem Atemzug zusammenzucken. Sie bat um ein Aspirin und bekam vom Kapitän eine Tablette in die Hand gedrückt. Dann bat sie ihn, Kurs auf das Festland zu nehmen, damit sie sich in ein Krankenhaus begeben konnte.

Zu Leonies Überraschung zögerten ihre Retter. Sie warfen sich vielsagende Blicke zu, als hätten sie etwas zu verbergen.

Schließlich fragte Roxy: »Du bist von der *Greifswald* gestürzt?«

»Du kennst die Plattform?«, entgegnete Leonie.

Roxy nickte. »Was hast du dort gemacht?«

Diese Frage überrumpelte Leonie. »Wieso interessiert dich das?«

»Ganz einfach«, antwortete Chris an Roxys Stelle. »Wir wissen nämlich, was auf der Plattform vor sich geht.«

»Und was genau meinst du jetzt damit?«

»Ich rede von den Terroristen. Na, klingelt da was bei dir?«

Leonie sah ihn entgeistert an. »Woher wisst ihr davon? Soweit ich weiß, ist bislang nichts davon an die Medien durchgedrungen.«

»Das erzählen wir dir vielleicht später.« Chris musterte sie eindringlich. »Aber zuerst müssen wir wissen, ob du eine Geisel bist, der die Flucht gelungen ist, oder ob du … na ja, ich schätze, wir müssen wissen, ob wir dir vertrauen können.«

Leonie war baff. Sie zeigte auf ihr geschwollenes Gesicht. »Nach was sieht das wohl für dich aus? Und warum war ich kurz vor dem Ertrinken, als ihr aufgetaucht seid? Verdammt, diese Mistkerle wollten mich umbringen!«

»Also warst du eine Geisel?«, hakte Roxy nach.

»Scheiße ja!«

Wieder warfen sich ihre Retter vielsagende Blicke zu. Schließlich verkündete Chris: »Ich glaube dir.«

»Na vielen Dank auch«, erwiderte Leonie schnippisch. »Können wir dann jetzt bitte umkehren? Ich brauche einen Arzt und eine Woche Schlaf.«

Roxy verzog das Gesicht. »Sorry, Darling, das wird warten müssen. Wir haben zuerst etwas zu erledigen.«

»Hältst du das immer noch für eine gute Idee?«, fragte Chris. »Ich meine, sieh dir ihr Gesicht an … mit diesen Leuten ist nicht zu spaßen.«

Roxy erwiderte nichts.

Chris setzte nach: »Deine Idee war von Anfang an nicht besonders gut durchdacht, und ich glaube, das Auftauchen von Leonie ist ein Zeichen. Eine Warnung. Ich finde, wir sollten umkehren.«

Jasper Hanken verdrehte genervt die Augen. »Auf jedem Schiff, was schwimmt und schwabbelt, gibt's irgendeinen, der dämlich sabbelt.« Damit drehte er sich um und ging zurück zum Steuerstand. »Die *Rosi* fährt nich von allein. Wir ziehn das Ding durch. Hab doch nich umsonst den ganzen Sprit bis hierher verblasen und meine kostbare Zeit verschwendet, ne.«

»Der Kapitän hat entschieden«, sagte Roxy triumphierend.

Leonie hielt es nicht mehr aus und fragte: »Worum geht es hier?«

Chris kratzte sich am Hinterkopf. »Da du jetzt mit drin hängst, hast du wohl das Recht, es zu erfahren.«

Alarmiert setzte Leonie sich aufrecht hin. »Wo hänge ich mit drin?«

In den nächsten Minuten erzählte Chris ihr alles; angefangen von seinen Beobachtungen in Lubmin bis hin zu Roxys Idee, mit den Terroristen ein Interview zu führen.

Leonie war außer sich. Waren diese beiden Jungspunde vollkommen irre? Wie stellten sie sich das vor? Was dachten sie, mit wem sie es auf der *Greifswald* zu tun bekämen? Die Söhne des Enki waren nicht die örtliche Pfadfindertruppe. Gabrijel hatte Ethan Holloway kaltblütig ermordet und dasselbe mit Leonie versucht. Er würde nicht zögern, diesen heruntergekommenen Krabbenkutter zu versenken, sobald sie in Reichweite der Granatwerfer kamen.

All dies schilderte Leonie eindringlich und stellte klar, dass sie alle dabei waren, sich in höchste Lebensgefahr zu begeben. Chris stand auf Leonies Seite, das war offensichtlich, doch Roxy ließ sich nicht umstimmen. Sie sah die Chance ihres Lebens auf journalistischen Ruhm und blendete dabei sämtliche Risiken aus. Alles Flehen war vergebens. Die *Roswitha* befand sich auf direktem Kurs zur *Greifswald* – und mit ihr Leonie.

53

In einem letzten Versuch, den griesgrämigen Kapitän doch noch zur Umkehr zu bewegen, ging Leonie ins Steuerhaus. Bevor sie allerdings den Mund aufmachen konnte, knarzte das Funkgerät, das oberhalb des Steuerrads an der Decke hing. Hanken nahm das Mikrofon in die Hand und gab seine Kennung durch.

»Hier ist die Offshore-Förderplattform *Greifswald*«, erklang eine nasale Männerstimme. »Wir machen Sie darauf aufmerksam, dass Sie sich einem Gebiet nähern, in dem ein Fahrverbot für jede Art von Schiffsverkehr gilt. Wir fordern Sie auf, sofort Ihren Kurs zu ändern. Bitte bestätigen Sie.«

Leonie fuhr es durch Mark und Bein. Sie kannte diese Stimme. Sie gehörte Kristos, dem IT-Experten der Söldnertruppe.

»Nicht antworten«, zischte Leonie.

Roxy, die gemeinsam mit Chris herbeigeeilt war, fragte leise: »Ist das einer dieser Söldner?«

Leonie nickte.

»Gib mir das Teil«, forderte Roxy. Hanken drückte ihr das Mikrofon in die Hand. Sie atmete tief durch, dann sagte sie mit fester Stimme: »Hier spricht Roswitha Claasen. Ich bin Journalistin und über die momentane Situation auf der *Greifswald* im Bilde. Ich würde gerne mit demjenigen reden, der aktuell das Kommando hat. Mit dieser Person würde ich gerne ein Interview führen. Ich kann mir denken, dass von Ihrer Seite aus Interesse besteht, die Welt über Ihre Motive zu informieren.«

Einen Moment herrschte Stille, dann sagte Kristos: »Keine Ahnung, wovon Sie reden. Ich wiederhole: Ändern Sie Ihren Kurs.«

»Und ich wiederhole, dass ich über die Lage bei Ihnen auf der Plattform Bescheid weiß. Bitte, es kann sich für Sie auszahlen, wenn Sie mir ein Interview gewähren.«

Erneute Stille, dann: »Warum sollten wir daran ein Interesse haben? Kehren Sie sofort um! Das ist in *Ihrem* Interesse. Kapiert?«

»Ich weiß nicht«, erwiderte Roxy, »ob Ihnen das bewusst ist, aber bislang ist nicht die geringste Information über Ihre Aktion an die Medien durchgedrungen. Wollen Sie denn nicht, dass die Welt davon erfährt?«

»Sollten Sie Ihren gegenwärtigen Kurs fortsetzen, werden wir Sie ohne weitere Warnung beschießen, sobald Sie in Reichweite sind. Haben Sie das verstanden?«

»Wenn Sie mir ein Interview gewähren«, sagte Roxy, »werde ich Ihnen im Gegenzug Informationen über eine Spezialoperation liefern, die in diesem Augenblick läuft und deren Ziel die Erstürmung der *Greifswald* ist.«

Diesmal dauerte die Stille länger an, bevor Kristos schließlich erklärte: »Bleiben Sie auf Empfang.«

Während Roxy triumphierend dreinschaute, war Chris außer sich: »Bist du noch ganz dicht? Was willst du denen denn erzählen?«

»Na was wohl? Von der Verteilerstation in Lubmin.«

»Aber wir wissen doch gar nicht, was dort abgeht.«

»Na und?«, antwortete sie spitz. »Wir wissen, dass dort *etwas* vor sich geht. Reicht doch. Ich wette, damit habe ich diese Typen am Haken.«

Leonie war fassungslos. »Glaubst du, das hier ist ein Spiel? Diese *Typen*, wie du sie nennst, werden dich ohne Skrupel töten, sobald du deine angeblich wertvollen Informationen ausgeplaudert hast. Bist du wirklich so blöd?«

Bevor Roxy etwas erwidern konnte, knarzte das Funkgerät, und Kristos sagte: »Wie viele Personen befinden sich auf dem Boot?«

»Wir sind zu dritt«, log Roxy. »Ich, mein Fotograf und der Kapitän.«

»Also gut. Wir erlauben euch, am Terminal für die Versorgungsschiffe anzulegen. Dort werdet ihr an Bord warten, bis wir euer Boot durchsucht haben. Finden wir mehr als drei Personen oder Waffen vor, haben wir ein Problem.«

»Kein Problem.«

»Versucht ihr, uns zu linken, werdet ihr das bereuen. Kapiert?«

»Wir sind nicht lebensmüde«, versicherte Roxy ihm.

»Ihr seid gewarnt.« Ohne ein weiteres Wort beendete Kristos die Funkverbindung.

Roxy ballte eine Siegesfaust. »Seht ihr? Ich hab's euch gesagt, ich schaffe das.«

»Du hast gerade dein Todesurteil unterschrieben«, sagte Leonie. »Und meins mit dazu.« Sie wandte sich an Kapitän Hanken. »Gibt es hier an Bord eine Rettungsinsel?«

Er nickte.

»Dann würde ich damit jetzt gerne von Bord gehen. Und du«, sie sah Chris an, »solltest besser mit mir kommen, wenn du nicht mit diesen beiden Verrückten draufgehen willst.«

Chris machte ein Gesicht, als hätte er in eine Zitrone gebissen. Er war offensichtlich hin- und hergerissen zwischen der Chance, eine Menge Geld zu machen, und dem Risiko, dafür womöglich zu sterben.

»Die Rettungsinsel is aber nich umsonst«, brummte Hanken. »Is teuer, so 'ne Insel, ne.«

Leonie lachte bitter auf. »Was auch immer du verlangst, ich gebe es dir.«

Während Jasper Hanken überlegte, welchen Preis er nennen sollte, meldete sich wieder das Funkgerät. Nur war es diesmal nicht die *Greifswald*.

54

»Hier spricht der erste Funkoffizier des Marinekreuzers *Fulda* vom 3. Minensuchgeschwader Kiel«, ertönte es aus dem Funkgerät. »An das nicht identifizierte Schiff auf Position 54,201 Grad Nord und 13,689 Grad Ost mit Kurs Nordwest. Sie sind im Begriff, eine Sperrzone zu befahren. Wir fordern Sie auf, sich zu identifizieren und unverzüglich den Kurs zu ändern. Bitte kommen.«

»Was ist das denn jetzt für eine Scheiße?«, fragte Roxy.

»Bei allen Dockschwalben«, knurrte Jasper Hanken und zeigte nach Steuerbord. »Das is nich gut.«

Leonie folgte Hankens Fingerzeig und schnappte nach Luft. An Steuerbord näherte sich ihnen ein hell erleuchtetes Schlachtschiff. Das musste die *Fulda* sein. Und mit einem Mal kehrten Leonies Erinnerungen schlagartig zurück.

Die *Fulda* … der hilfsbereite Amateurfunker … der Plan mit Anne Hagen … die GSG 9 … die Pipeline … die Molchschleuse!

Oh mein Gott, dachte Leonie. Wie hatte sie das alles nur vergessen können? Wie viel Zeit war vergangen, seitdem die Kampftaucher in Lubmin in die Pipeline gestiegen waren? Leonie wusste, dass es für die Männer der GSG 9 einen Umkehrzeitpunkt gab. Allerdings hatte Anne Hagen ihr diesen Zeitpunkt nicht genannt.

»Nicht identifiziertes Schiff«, wiederholte die herrische Stimme aus dem Funkgerät. »Sie werden hiermit ein letztes Mal aufgefordert, den Kurs zu ändern und sich zu identifizieren. Sollten Sie dieser Aufforderung nicht nachkommen, werden wir Sie mit allen uns zur Verfügung stehenden Mitteln daran hindern, Ihren Kurs fortzusetzen. Bitte kommen.«

»Hunderttausend heulende Höllenhunde!«, fluchte Hanken und schob den Gashebel langsam zurück in die neutrale Position. Sofort verlor der Kutter an Fahrt. »Das war's. Die Party is vorbei, ne.«

»Das darf doch nicht wahr sein«, rief Roxy aus und kickte wütend gegen einen Fender.

Hanken griff nach dem Funkmikrofon, doch Leonie legte ihm eine Hand auf den Arm. »Lass mich mit der *Fulda* reden.«

»Warum?«

»Weil die mich kennen.«

Hankens zorniger Gesichtsausdruck verwandelte sich in offenkundiges Misstrauen. »Was hast du vor?«

»Uns Zeit verschaffen.«

»Jetzt gib ihr endlich das verdammte Mikro«, mischte sich Chris ein, »oder wir sind gleich so was von am Arsch.«

Sichtlich angefressen gehorchte Hanken.

»Hier ist die *Roswitha*«, sprach Leonie ins Mikrofon. »Wir haben die Maschinen gestoppt. Mein Name ist Leonie Vargas. Vor einigen Stunden habe ich schon einmal mit einem Ihrer Funkoffiziere gesprochen. Den Namen kenne ich nicht, aber er hat mir den Kontakt zu Anne Hagen von AURORA hergestellt.«

Wie zuvor Kristos schien nun auch der Funkoffizier der *Fulda* über die Wendung des Gesprächs überrascht zu sein. »Also, nun ja, tatsächlich war ich das. Ich erkenne Ihre Stimme wieder. Ich bin offen gesagt etwas verwirrt. Wie kommen Sie auf einen Krabbenkutter?«

»Keine Zeit für lange Erklärungen«, entgegnete Leonie. »Hören Sie, ich muss dringend mit Anne Hagen sprechen. Es geht um Leben und Tod. Würden Sie also bitte einmal mehr vermitteln?«

»Einen Augenblick ... okay, mein vorgesetzter Offizier nickt. Bleiben Sie auf Empfang.«

»Mach ich. Danke!«

Leonie bemerkte die bohrenden Blicke der anderen. »Was?«

»Das fragen wir dich«, zischte Roxy. »Was ist hier los?«

»Das ist kompliziert.«

»Hältst du uns etwa für zu dumm, um es zu verstehen?«

»Jetzt pass mal auf«, sprang Chris Roxy bei. »Du musst verstehen, dass wir uns gerade fragen, wer du wirklich bist. Ich meine, du funkst da eben mal einen Marinekreuzer an, der uns an den Kragen will, und die tanzen sofort nach deiner Pfeife? An unserer Stelle würdest du das sicher auch etwas schräg finden, oder?«

»*Schräg?*« Leonie lächelte matt. »Glaub mir, Chris, du hast keine Ahnung, wie *schräg* diese ganze Sache tatsächlich ist.«

»Dann klär uns auf.«

In diesem Moment erklang Anne Hagens Stimme aus dem Funkgerät. »Wo zum Henker sind Sie abgeblieben, Leonie? Was machen Sie auf einem ...«

»Lange Geschichte. Sind Ihre Männer bereits in der Pipeline?«

»Machen Sie Witze? Der Molch wurde vor über zwei Stunden gestartet.«

»Ach du Scheiße. Die Männer warten also bereits in der Schleuse?«

»Seit einigen Minuten.«

»Wann ist der Umkehrzeitpunkt?«

»Point of no Return ist in exakt zwei Stunden und zehn Minuten. Herrgott, Leonie, wir bauen auf Sie! Was ist passiert?«

»Einen Augenblick.« Sie drehte sich zu Jasper Hanken. »Wie lange noch bis zur *Greifswald*?«

»Etwa fünfzehn Minuten.« Hanken nickte in Richtung der *Fulda.* »Wenn die da uns lassen, ne.«

»Haben Sie Kontakt zu den Männern in der Schleuse?«, wandte sich Leonie wieder an Anne Hagen.

»Weshalb?«

»Sagen Sie ihnen, dass sie warten sollen. Ich bin auf dem Weg. Ich werde diese Schleuse öffnen. Es ist noch nicht gelaufen.«

Anne Hagen seufzte. »Ich sehe aktuell nicht, wie Sie das bewerkstelligen wollen.«

In kurzen Worten erzählte Leonie von Gabrijel, der sie auf dem Weg zur Schleuse abgefangen und ins Meer gestoßen hatte. Sie berichtete von der *Roswitha*, deren Besatzung sie an Bord genommen hatte, und der Journalistin, die von Gabrijel die Erlaubnis erhalten hatte, die Plattform für ein Interview anzufahren.

»Wir machen es wie folgt«, sagte Leonie abschließend. »Die *Fulda* lässt uns passieren und wir legen wie geplant am Terminal an. Die Journalistin und ihr Fotograf lassen sich zu Gabrijel bringen. Kapitän Hanken, schätze ich, wird derweil auf dem Kutter bleiben müssen. Er kann mir also helfen, die Wachen abzulenken, sodass ich mich von Bord schleichen und die Schleuse öffnen kann.«

Jasper Hanken bedachte Leonie mit einem finsteren Blick. Er schien wenig erfreut zu sein, dass Leonie ihm soeben eine aktive Rolle in ihrem hastig entworfenen Plan zugewiesen hatte.

Schließlich sagte Anne Hagen: »Mir ist nicht wohl dabei, weitere Zivilisten in diese Operation einzubinden.«

»Diese Leute waren sowieso auf dem Weg zur *Greifswald*. Sie *wollen* das tun. Freiwillig.«

»Sprich nich für mich, ne«, knurrte Hanken.

»Hast du deine Meinung geändert?«, fragte Leonie. »Willst du umkehren?«

»Weiß nich … gibt's 'ne Belohnung?«

Leonie gab die Frage an Anne Hagen weiter.

»Könnte man drüber reden«, kam als Antwort. »Später. Wenn alles vorbei ist.«

Hanken schien zufrieden und nickte.

»Der Kapitän ist dabei«, sagte Leonie.

»Sehr gut«, antwortete Anne Hagen. »Und Leonie … ich weiß das sehr zu schätzen, dass Sie uns trotz allem immer noch helfen wollen.«

Sie lachte bitter auf. »Habe ich denn eine Wahl? Ihre Männer verlassen sich auf mich. Unter den Geiseln sind Freunde und Kollegen. Jemand muss diesen Albtraum beenden. Gabrijel und seine Handlanger gehören hinter Gitter.«

»Dafür werde ich sorgen«, sagte Anne Hagen. »Ich informiere den Teamführer in der Schleuse, dass sie warten sollen. Sie haben freie Fahrt, Leonie. Die *Fulda* wird sich zurückziehen. Ihnen bleiben zwei Stunden, um die Schleuse zu öffnen. Viel Glück.«

»Können wir gebrauchen.« Leonie klickte das Handmikrofon zurück in die Halterung.

»Wow«, sagte Roxy aufgekratzt, »wie abgefahren ist das denn? Wir haben Mrs. James Bond an Bord. Jetzt wissen wir auch, was Chris da in Lubmin beobachtet hat. Hammer, das wird die Story des Jahres.«

Chris sah weniger glücklich drein. »Also eigentlich bin ich ja gar kein Fotograf …«

»Für einen Rückzieher ist es jetzt zu spät«, sagte Leonie. »Kapitän Hanken, Vollgas voraus. Die Zeit läuft.«

Jasper Hanken brummte in seinen Schnauzer, drückte den Steuerhebel nach vorn und die *Roswitha* nahm wieder Fahrt auf.

»Ein Problem haben wir aber«, gab Chris zu bedenken. »Man wird das Boot durchsuchen, schon vergessen? Diese Typen erwarten drei Personen. Leonie kann sich wohl kaum unsichtbar machen.«

Leonie warf Hanken einen flehenden Blick zu. »Irgendein Versteck wird es hier schon geben, oder?«

Der Kapitän dachte kurz nach und lächelte dann grimmig. »Hätte da schon eine Idee. Wird dir nich gefallen, aber is ja kein Wunschkonzert hier, ne.«

55

Die *Roswitha* näherte sich dem Anlandeterminal der *Greifswald*, der von Flutlichtern taghell erleuchtet wurde. Wo sonst Versorgungsschiffe be- und entladen wurden, herrschte jetzt gähnende Leere. Abgesehen von den drei bewaffneten und maskierten Söldnern. Die *Roswitha* wurde erwartet. Chris' Puls war am Anschlag, als Jasper Hanken den Kutter vertäute.

Während ein Söldner mit angelegtem Sturmgewehr den Kutter vom Terminal aus sicherte, sprangen seine beiden Kumpane an Bord. Einer hielt Chris, Roxy und Hanken mit seinem Gewehr in Schach, während der andere sie nach Waffen abtastete. Er kassierte ihre Smartphones ein, ansonsten stellte er fest, dass sie sauber waren. Danach machte er sich an die Durchsuchung des Kutters. Er warf einen Blick ins Steuerhaus, leuchtete mit einer starken Taschenlampe den engen Maschinenraum aus und öffnete jede Backskiste an Deck. Chris' Herz drohte auszusetzen, als der Söldner den Mast mit den Auslegern und den daran herabhängenden Netzen umrundete. Sollte er Leonie entdecken, waren sie alle geliefert. Doch das tat er nicht und Chris atmete vorerst auf.

Der Söldner zeigte auf ihn und Roxy. »Du und du. Mitkommen!«

Zu zweit führten sie Chris und Roxy zu den Aufzügen. Ein Söldner blieb zurück, um den Kapitän im Auge zu behalten, der auf der *Roswitha* warten musste. Chris war schleierhaft, wie es Hanken unter den wachsamen Blicken des Söldners gelingen sollte, Leonie unbemerkt aus ihrem Versteck zu holen. Aber das gehörte nicht zu seiner Aufgabe. Vielmehr musste er zusehen, dass Roxy in ihrer Euphorie keinen Mist baute. Sie war derart darauf versessen, dieses Interview zu führen, dass sie vollkommen vergessen zu haben schien, in welcher Gefahr sie schwebten. Kein Geld der Welt war es wert, dafür sein Leben zu riskieren. Leider war Chris diese Erkenntnis etwas zu spät gekommen.

56

Der Gestank war unerträglich. Einzig reine Willenskraft bewahrte Leonie davor, sich zu übergeben. Doch das war nur eine Frage der Zeit. Sie bekam kaum noch Luft. Kapitän Hanken hatte gemeint, der Sauerstoff in ihrem Versteck würde für mindestens fünfzehn Minuten reichen. Zwölf davon waren bereits verstrichen und noch immer steckte sie in diesem ekelerregend nach Fischabfällen stinkenden Edelstahlkessel fest. Dieser befand sich an Deck, unmittelbar bei der Takelage, und wurde von Hanken tagtäglich zum Abkochen der gefangenen Garnelen verwendet. Es grenzte an ein Wunder, dass Leonie hineinpasste. Zum ersten Mal in ihrem Leben war ihre geringe Körpergröße zu etwas nütze. Nur wenige Zentimeter mehr, und sie hätte sich nicht in diesen Kessel quetschen können. Zu keiner Bewegung fähig, lauschte sie angespannt, ob sich an Deck etwas tat, doch es hätte wohl schon eine Bombe detonieren müssen, damit Leonie in dem hermetisch abgedichteten Kessel etwas hörte. Das Atmen fiel ihr immer schwerer. Weitere Minuten verstrichen. Was, wenn Hanken keinen Weg fand, die Wache abzulenken und den Deckel zu öffnen? Mit einem Mal war Leonies Kehle wie zugeschnürt. Es war nicht lange her, dass sie gedacht hatte, ertrinken zu müssen. Das hier war ähnlich. Ihr brach der kalte Schweiß aus. Eine Panikattacke kündigte sich an.

In diesem Moment hörte sie, wie jemand den Verschluss entriegelte, und unmittelbar darauf öffnete sich über ihr der Deckel. Leonie reckte ihren Kopf nach oben und sog gierig Luft in ihre Lungen.

Jasper Hankens wettergegerbtes Gesicht erschien über ihr. »Schnell. Weiß nich, wie viel Zeit wir ham, ne.«

Er half Leonie aus dem Kessel und sie stieg über die umherliegenden Netze, die Hanken zur Tarnung darüber drapiert hatte. Sie sah sich um. Sie waren allein.

»Haben sie dich etwa ohne Aufsicht auf dem Boot gelassen?«, fragte Leonie ungläubig.

»Nee.« Hanken grinste schief und lenkte Leonies Blick auf ein Stiefelpaar, das mit der Spitze nach oben hinter dem Steuerhaus am Boden lag. »Neugier is nich nur für Katzen gefährlich, ne.«

»Was ist mit ihm?«

»Bin hinterm Steuerhaus verschwunden und hab einfach nur gewartet. Hat nich lang gedauert, da wollt der nachschauen, wo ich ableib. Hat Bekanntschaft mit meim Enterhaken gemacht, als der umme Ecke kam.«

»Ist er tot?«

»Glaub nich. Hab ihm nur ordentlich eins übergezogen. Aber hab nich Doktor studiert, also würd ich da nich drauf wetten, ne.«

»Gut gemacht. Fessel ihn.« Dann fiel ihr etwas ein. »Hast du, worum ich dich vorhin gebeten habe?«

Er nickte.

Kurz darauf sprang sie von Bord und rannte los.

57

Leonie mied die Aufzüge und nahm stattdessen die Gittertreppen hinauf bis zur untersten Ebene. Im Vergleich zum Hauptdeck waren dort weniger Kameras installiert, aber Leonie hatte natürlich nicht vergessen, dass Gabrijel sie erst vor Kurzem genau hier aufgespürt hatte. Noch einmal würde sie nicht so arglos in eine Falle tappen. Und vermutlich war Gabrijel im Augenblick sowieso abgelenkt. Sofern Roxy und Chris es nicht versauten.

Als sie die Treppen nach oben hastete, fiel ihr ein merkwürdiges Glitzern auf, das durch die Gitter der Trittstufen direkt unter ihr zu erkennen war. Leonie sah genauer hin und entdeckte einen Schwimmsteg, der sich im Rhythmus der Dünung auf und ab bewegte und der vom Anlandeterminal kam. Es schien, als würde das Flutlicht von einem Objekt knapp unterhalb der Meeresoberfläche reflektiert. Leonie stutzte. Sie kannte die *Greifswald* in- und auswendig und an dieser Stelle sollte sich eigentlich überhaupt nichts auf Höhe des Meeres befinden. Zeit, um sich großartig darüber den Kopf zu zerbrechen, blieb ihr keine. Sie musste auf ihre direkte Umgebung achten, wollte sie nicht schon wieder einem Söldner in die Arme laufen. Oder sogar Gabrijel höchstpersönlich.

Oben angekommen, mussten sich ihre Augen erst einmal auf das vergleichsweise fahle Licht der Notbeleuchtung einstellen. Leonie war das nur recht. Sie legte keinen Wert darauf, die Plattform unter hell erleuchteten Flutlichtern zu überqueren. Stets dicht an Wänden und Pipelines entlang, eilte sie in Richtung der Wasseraufbereitung. In diesem Bereich schien alles verlassen zu sein und tatsächlich begegnete Leonie auf ihrem Weg keiner einzigen Wache. Kurz bevor sie die Wasseraufbereitung erreichte, nahm sie erneut ein paar Treppen nach oben, von wo aus sie über einen vergitterten Steg zur Molchschleuse gelangte. Fast zur Gänze in Dunkelheit gehüllt und mit einem Durchmesser von annähernd zwei Metern, wartete das Tor der Schleuse darauf, von Leonie geöffnet zu werden. Wie immer, wenn sie vor diesem Monstrum stand, fühlte sie sich ein klein wenig an den Film *Stargate* erinnert. Nur dass dieses Tor nicht von kunstvollen Intarsien eingerahmt wurde, und es würden auch keine Außerirdischen hindurchtreten.

Sie umrundete die Schleuse und trat vor das Bedienpanel, das hinter einem bruchfesten Glaskasten lag. Kritisch musterte sie die vielen Knöpfe, Schalter und das Keyboard. Leonie war plötzlich unsicher, ob sie die Schleuse überhaupt in Betrieb nehmen konnte, da lediglich der Notstromkreislauf aktiviert war. Es gab nur eine Möglichkeit, dies herauszufinden.

Sie öffnete den Glaskasten und atmete tief durch. Sobald sie die Schleuse aktivierte, würde das in der Sicherheitszentrale optisch wie akustisch angezeigt werden. Kristos, der dort das Sagen hatte, würde es zweifelsohne bemerken und sich auf den Weg hierher machen. Doch das war nicht zu ändern. Leonie aktivierte das Keyboard und registrierte erleichtert, dass das Display aufleuchtete. Sie legte einige Schalter um, tippte die entsprechende Befehlsfolge ein und drückte die Entertaste. LEDs blinkten auf und zu Leonies grenzenloser Erleichterung ertönte ein tiefes Brummen. Das Wasser in der Schleuse wurde abgepumpt. Dieser Vorgang sowie das anschließende Öffnen des Tors würden knapp drei Minuten in Anspruch nehmen. Danach fuhr der Molch mithilfe eines Schlittens vollautomatisch aus der Schleuse. Das dauerte weitere drei Minuten. Erst dann war der Weg für die GSG 9 frei. Je nachdem, wo sich die Söldner augenblicklich aufhielten und wie schnell sie reagierten, konnte es für Leonie durchaus eng werden.

Das Tor öffnete sich quälend langsam. Am liebsten hätte Leonie mitgeholfen und dagegen gedrückt, doch angesichts einer halben Tonne Stahl war das illusorisch. Sekunden und Minuten verstrichen und endlich begann der Schlitten mit dem darauf sitzenden Molch im Zeitlupentempo aus der Schleuse zu fahren. Möglicherweise zu spät, denn zu Leonies Entsetzen hörte sie jetzt das Getrampel schwerer Stiefel. Gabrijels Männer kamen. Und sie kamen schnell näher.

58

Chris machte sich beinahe in die Hosen, als er und Roxy über die unterste Ebene der *Greifswald* geführt wurden. Tief unter ihnen hob und senkte sich die schwarze See. Beim Gedanken daran, dass Leonie aus dieser Höhe hinuntergestoßen worden war, musste Chris unwillkürlich schlucken. Aus den Augenwinkeln musterte er die schwer bewaffneten Söldner. Er konnte sich nicht daran erinnern, jemals in seinem Leben eine solche Furcht verspürt zu haben. Roxy und er waren diesen Männern vollkommen ausgeliefert. Sollte es ihnen in den Sinn kommen, sie ebenfalls von der Plattform zu stoßen oder sie einfach gleich zu erschießen, würde niemand sie daran hindern können.

Er suchte Blickkontakt zu Roxy, die ihm tatsächlich aufmunternd zuzwinkerte. Sie schien nicht die geringste Angst zu haben. Mit vorgerecktem Kinn hielt sie mit ihren Bewachern Schritt, nach wie vor felsenfest davon überzeugt, dass Gabrijel Saliba nur auf jemanden wie Roxy gewartet hatte. Das allerdings bezweifelte Chris. Seiner Meinung nach waren Roxy und er diese Sache viel zu unüberlegt und hastig angegangen. Doch alles Jammern half jetzt nichts mehr. Er war freiwillig in ein Güllefass gesprungen und es lag einzig an ihm, sich aus dieser Scheiße irgendwie wieder herauszuwinden. *Gegenwind formt den Charakter*, sagte Onkel Radi gerne. Mit Gegenwind konnte Chris umgehen, wobei ihnen heute ziemlich sicher ein Orkan bevorstand.

Sie erreichten die Aufzüge und fuhren in das achte Stockwerk des Verwaltungsgebäudes. Dort brachte man sie in einen Aufenthaltsraum, an dessen Tür *Lounge 8* stand. Chris war überrascht, eine weitläufige Bar an Bord einer Bohrplattform vorzufinden, die mondäner und avantgardistischer eingerichtet war als sämtliche Clubs im Umkreis von fünfzig Kilometern rund um Anklam. Chris' Augen huschten über den Tresen. Was hätte er jetzt nicht alles für ein Bier und einen doppelten Korn gegeben, nur um seine Nerven zu beruhigen.

Ein groß gewachsener Mann stand mit hinter dem Rücken verschränkten Armen vor der breiten Fensterfront und erwartete sie. Das musste Gabrijel Saliba sein. Er steckte in dem gleichen Kampfanzug wie seine Söldner, und auch er hatte eine Sturmhaube übergezogen – was nur logisch erschien, denn Saliba konnte nicht ahnen, dass seine Gäste seine wahre Identität kannten. Einer der Söldner befahl ihnen, in der Mitte des Raums stehen zu bleiben, dann postierte er sich mit seinem Kumpan an der Tür.

Saliba machte zwei Schritte auf Chris und Roxy zu, wobei er sie schweigend von oben bis unten musterte. An Roxys blauen Haaren und ihrem Undercut blieben seine Augen hängen. »Mir wurde eine Journalistin versprochen, aber vor mir steht ein Kind.«

»Ich bin einundzwanzig Jahre alt«, entgegnete Roxy, »und ich arbeite seit zwei Jahren für das *Anklamer Tagblatt*. Vielen Dank, dass Sie mich und meinen …«

Einhalt gebietend hob er die Hand und Roxy verstummte auf der Stelle.

Er trat vor Chris. »Du bist Fotograf?«

Chris nickte.

»Wo ist deine Kamera?«

Mit dem Daumen deutete Chris über seine Schulter hinter sich. »Einer von denen da hat mein Smartphone eingesteckt.«

»Ein verschissenes Smartphone? Dein Ernst?« Saliba schnaubte. »Was bist du für ein Fotograf?«

»Wir mussten überstürzt aufbrechen und mein ganzes Equipment liegt zu Hause«, log Chris, der diese Frage erwartet hatte. »Aber mein Smartphone macht auch gute Bilder.«

»Mit welcher Kamera arbeitest du normalerweise?«, hörte er eine nasale Stimme in seinem Rücken. Chris wandte sich um und bemerkte einen schmächtigen Kerl mit dünnen Beinen, der sich in einem Sessel in einer Ecke fläzte. Auch sein Gesicht war unter einer Sturmhaube verborgen. Auf seinen Oberschenkeln lag ein aufgeklappter Laptop.

»Canon«, antwortete Chris. Es war die einzige Marke, die er kannte.

»Welches Modell?«

Jetzt geriet Chris ins Schleudern. Sein Puls legte einen Zahn zu. Er hatte nicht die geringste Ahnung, was er antworten sollte.

»Lass mich raten«, sagte der schmächtige Kerl, als er Chris' Zögern bemerkte. »Entweder arbeitest du mit der *EOS 5D Mark IV* oder mit einer *R6*. Hab ich recht?«

Die Versuchung war groß, einfach eines dieser beiden Modelle zu nennen. Doch Chris war auf der Hut. Dieser Kerl stellte ihn auf die Probe. Er schien sich mit Kameras auszukennen und würde weitere Fragen stellen, egal welches Modell Chris nannte. Gut möglich auch, dass beide Modellbezeichnungen einfach nur frei erfunden waren. Also antwortete er: »Weder noch. Ist ein älteres Modell.«

»Welches denn? Vollformat? Mit oder ohne Spiegel?«

Chris ging der Arsch auf Grundeis. Er spürte, wie sich ein Schweißtropfen an seiner rechten Stirnseite löste und langsam entlang der Schläfe nach unten glitt.

Saliba fixierte ihn mit funkelnden Augen. »Das ist eine einfache Frage, oder etwa nicht?«

»Ich bin nervös«, brach es aus Chris heraus. »Diese Situation hier … also offen gesagt hab ich eine Scheißangst. Ich kann nicht klar denken. Ich hab gerade 'nen Blackout, okay?«

Salibas Blick ruhte unangenehm auf Chris. Es war unmöglich abzuschätzen, ob er ihm dessen Lüge abkaufte. In den folgenden Sekunden hätte man in der Lounge 8 eine Stecknadel zu Boden fallen hören können. Doch bevor jemand ein weiteres Wort sagen konnte, durchbrach das Knarzen von Salibas Walkie-Talkie die Stille.

Er klickte es aus seinem Gürtel. »Was gibt's?«

»Boss, wir sind an der Schleuse. *Dio mio*, du wirst nicht glauben, wer uns da gerade in die Arme gelaufen ist.«

»Verdammt, spuck's schon aus.«

»Leonie Vargas. Sie lebt.«

»Willst du mich verarschen?«

»*Mamma mia*, Boss, sie steht leibhaftig hier vor uns. Keine Ahnung, wie …«

»Haltet sie fest. Ich bin gleich bei euch!«, knurrte Saliba.

»Geht klar.«

Saliba schleuderte das Funkgerät quer durch den Raum. Er wandte sich an den schmächtigen Kerl, der jetzt aufrecht in seinem Sessel saß. »Check sämtliche Kameras. Sofort!«

Der Schmächtige begann, auf den Laptop einzuhacken.

»Lasst diese beiden hier nicht aus den Augen«, befahl Saliba den Wachen an der Tür. Er fixierte Chris. »Einen Scheiß, von wegen Fotograf und Journalistin. Ich bin gleich wieder zurück. Mit euch beiden bin ich noch nicht fertig.«

Mit diesen Worten rauschte er hinaus und knallte hinter sich die Tür zu.

Chris verlor alle Hoffnung. Leonie hatte sich erwischen lassen. Damit war ihr Plan gescheitert. Und Saliba ahnte zweifelsohne, dass Leonies Auftauchen mit ihm und Roxy zusammenhing. Sie waren geliefert. Kaum hatte er diesen Gedanken zu Ende gebracht, spürte er den Lauf eines Gewehrs in seinem Rücken.

59

Gabrijels Männer kamen immer näher. Es konnte sich nur noch um Sekunden handeln, bis sie den Platz vor der Molchschleuse erreichten. Leonies Blick schoss von dem quälend langsam herausfahrenden Schlitten in die Richtung, aus der die Söldner anrückten. Ihr und der GSG 9 lief die Zeit davon. Sollten die Angreifer die Schleuse erreichen, bevor die Kampftaucher die Chance bekamen, aus ihr herauszutreten, würden die Männer der Spezialeinheit allesamt in einem Kugelhagel sterben. Das durfte Leonie nicht zulassen.

Sie gab sich einen Ruck und rannte den Söldnern entgegen. Das Ende des freien Platzes mündete in eine Gasse, die zu beiden Seiten von mannshohen Pipelines flankiert war. Aus ihr gab es kein Entkommen. Leonie lief einige Meter die beklemmend enge Gasse entlang, als vor ihr vier Söldner um die Ecke kamen. Sie sahen Leonie, blieben stehen und richteten ihre Waffen auf sie. Leonie streckte ihrerseits die Arme vor und zeigte ihnen ihre leeren Handflächen. Sie zitterte vor Angst, doch Leonie würde diesen Kerlen den Weg so lange versperren, wie sie nur konnte.

Offensichtlich unsicher, wie sie auf diese unerwartete Begegnung reagieren sollten, begnügten sich die Söldner zunächst damit, Leonie mit ihren Waffen zu bedrohen. Einer griff nach seinem Walkie-Talkie und sagte: »Boss, bitte melden. Ist wichtig.«

Kurz darauf meldete sich Gabrijel. »Was gibt's?«

»Boss, wir sind an der Schleuse. *Dio mio*, du wirst nicht glauben, wer uns da gerade in die Arme gelaufen ist.«

Leonie erkannte den italienischen Akzent des Mannes sofort. Vor ihr stand Paolo, den sie an der Festbühne belauscht hatte und der anschließend … rasch verdrängte sie diese ekelhafte Erinnerung. Sie hatte jetzt wahrlich andere Probleme, denn Paolo offenbarte Gabrijel in diesem Augenblick, dass sie noch lebte.

»Willst du mich verarschen?«, fuhr Gabrijel ihn an.

»*Mamma mia*, Boss, sie steht leibhaftig hier vor uns. Keine Ahnung, wie …«

»Haltet sie fest. Ich bin gleich bei euch!«

»Geht klar.«

Leonie entschied, dass es Zeit für den Rückzug wurde. Unter keinen Umständen durfte Gabrijel sie erneut in die Finger kriegen. Langsam ging sie Schritt um Schritt rückwärts.

»Stopp!«, befahl Paolo.

Leonie ignorierte ihn. Sie war sich einigermaßen sicher, dass Paolo sie nicht erschießen würde. Gabrijel würde ihn vierteilen, denn nach seinem ersten misslungenen Mordversuch würde ihr Ex-Verlobter die Sache garantiert selbst zu Ende bringen wollen.

»Stopp! Sofort!«, rief Paolo.

Leonie wirbelte herum und stürmte los.

»*Stupido*«, hörte sie Paolo fluchen. »Hinterher! Na los!«

Die Söldner nahmen die Verfolgung auf. Immerhin schossen sie nicht. Trotz ihrer misslichen Lage lächelte Leonie grimmig.

Gabrijel war ihr zwar fremd geworden, doch wenn es um sein Ego ging, war er immer noch leicht zu durchschauen.

Am Ende der Gasse rannte sie auf den freien Platz vor der Molchschleuse … und blickte in mit Tarnfarbe beschmierte Gesichter. Vor ihr standen etwa ein Dutzend triefend nasser Kampftaucher in Neoprenanzügen und mit Sauerstoffflaschen auf dem Rücken. In ihren Händen hielten sie Sturmgewehre. Einige von ihnen hatten sich ihrer Tauchausrüstung bereits entledigt und sich strategisch postiert, um diejenigen Kameraden zu sichern, die noch dabei waren, aus der Schleuse zu steigen.

»Nicht schießen! Ich bin Leonie Vargas. Sie sind hinter mir her.«

»Hinlegen«, befahl einer der Taucher. »Jetzt!«

Leonie gehorchte und vergrub ihren Kopf unter ihren Händen. Sie schloss die Augen.

In diesem Augenblick kamen ihre Verfolger auf den Platz gelaufen. Das Überraschungsmoment lag eindeutig auf Seiten der Kampftaucher. Die Söldner hatten keine Chance. Im Kugelhagel der GSG 9 gingen sie binnen Sekunden zu Boden.

Kurz darauf rief jemand: »Gesichert!«

Leonie wagte es, die Augen zu öffnen und den Kopf zu heben. Ein Mann trat neben sie und half ihr hoch. Er hatte seine Neoprenhaube und Taucherbrille abgelegt und Leonie sah in zwei stahlgraue Augen. »Yannick Fürst, Teamführer. Dachte schon, Sie würden es nicht schaffen.«

»Da sind wir schon zu zweit.«

»Bringen Sie mich auf den aktuellen Stand«, forderte er.

Leonies Blick glitt über die toten Söldner, die wenige Meter entfernt blutüberströmt und mit verrenkten Gliedmaßen auf dem Platz lagen. Sie schauderte. Dann sah sie Fürst erneut in die Augen. »Was wollen Sie wissen?«

60

Mithilfe von Leonies Kenntnissen über die Aufenthaltsorte der Söldner und darüber, wo diese die Geiseln festhielten, eroberte die GSG 9 die *Greifswald* Abschnitt für Abschnitt zurück. Immer wieder hallten Schüsse über die Plattform, mal vereinzelt, mal als Stakkato im Dauerfeuer. Leonie saß mit dem Rücken gegen das Schleusentor gelehnt auf dem kalten Stahlboden und beobachtete Yannick Fürst, der mit gleich zwei Walkie-Talkies den Einsatz koordinierte. Derweil sicherte ihn einer seiner Männer, den Leonie Danny nennen sollte. Fürst hatte die Schleuse als strategisch geeigneten Ort für seine Einsatzleitung auserkoren.

»Team Alpha, Status?«, bellte er in eins seiner Handfunkgeräte. Leonie konnte die Antwort nicht verstehen, doch sie schien Fürst zufriedenzustellen. Er wandte sich Leonie zu. »Meine Männer sind jetzt im Verwaltungsgebäude und arbeiten sich Stockwerk um Stockwerk nach oben. Zwei weitere Geiselnehmer sind ausgeschaltet.«

»Ist …?«

»Gabrijel Saliba ist nicht unter den Opfern.« Es schien, als hätte er ihre Gedanken erraten. »Hören Sie, Leonie, wie sicher sind Sie, dass die VIP-Geiseln im Konferenzraum des achten Stockwerks festgehalten werden?«

»Als man mich heute am späten Vormittag von dort fortgebracht hat, waren alle noch dort.« Sie zuckte mit den Schultern. »Ich kann mir nicht vorstellen, warum Gabrijel sie an einen anderen Ort hätte bringen sollen.«

»Wissen Sie, wo die restlichen Geiseln untergebracht sind?«

»Nein. Aber ich vermute, sie haben sie auf diverse Gesellschaftsräume in den Arbeiterwohnkomplexen verteilt.«

»Okay, wir werden es herausfinden.«

Einmal mehr hallten Gewehrsalven über die Plattform.

Das Walkie-Talkie knarzte. »Hier Team Delta. Scheiße, Jerry hat's erwischt. Beinschuss. Schütze ausgeschaltet.«

»Du und Jerry, Rückzug zur Schleuse«, befahl Fürst mit mahlenden Kiefern. »Team Delta rückt weiter vor.«

»Verstanden.«

In einem anderen Abschnitt wurde ebenfalls geschossen. Jetzt schien es Schlag auf Schlag zu gehen. Angespannt wippte Leonie mit dem Oberkörper vor und zurück.

»Hier Team Alpha«, kam die Meldung. »Sechstes Stockwerk gesichert.«

»Verstanden«, gab Fürst zurück.

»Läuft alles nach Plan?«, fragte Leonie.

»Bis jetzt ja.« Fürsts Miene verdüsterte sich. »Bisher haben wir auf unserer Seite nur einen Verletzten. Ein Problem aber bleibt. Saliba hat damit gedroht, die *Greifswald* zu sprengen. Wir wissen nicht, wie ernst diese Drohung zu nehmen ist. Deswegen ist es umso wichtiger, dass wir ihn so schnell wie möglich ausschalten.«

»Ich glaube nicht, dass Gabrijel so weit gehen wird.«

»Wie kommen Sie darauf?«

»Ich habe das im Gefühl«, antwortete Leonie, und als sie Fürsts abfällige Reaktion auf ihre Worte sah, schob sie rasch hinterher: »Mir ist klar, dass Ihnen das nicht reicht. Aber ich kenne diesen Mann. Und überhaupt ist etwas an dieser ganzen Sache hier seltsam. Etwas stimmt nicht.«

»Geht das vielleicht auch präziser?«

Leonie streckte den Arm aus und lenkte Fürsts Blick vorbei an dem Molch, der auf dem herausgefahrenen Schlitten ruhte. »Dort befindet sich das Verwaltungsgebäude. Sie wissen, dass es unter den Geiseln höchstwahrscheinlich einen Maulwurf gibt? Jemand spielt ein falsches Spiel.«

Fürst nickte. »Deswegen lautet unser Befehl, sämtliche Geiseln bis auf Weiteres unter Beobachtung zu stellen.«

»Ich habe mir immer wieder den Kopf darüber zerbrochen, wer der Verräter sein könnte. Und ich glaube …«

Eine Detonation am anderen Ende der *Greifswald* erschütterte die Plattform. Leonie zuckte zusammen und zog den Kopf ein. Vibrationen wurden über die Stahlkonstruktion übertragen und waren selbst über diese Entfernung hinweg zu spüren.

Fürst riss das Walkie-Talkie vor seinen Mund. »Was war das? Meldung!«

»Hier Team Beta. Sprengfalle vor der Sicherheitszentrale kontrolliert gesprengt. Keine Verluste. Nur Schäden am Gebäude.«

»Zentrale sichern«, befahl Fürst. Er sah Leonie an. »So viel zu Ihrem Gefühl.«

Leonie zog ihre Beine an, umklammerte ihre Knie und blickte schweigend zu Boden. Besser sie hielt jetzt den Mund, bis dieser Albtraum vorüber war.

61

Kurz nachdem Gabrijel Saliba aus der Lounge 8 gestürmt war, brach auf der *Greifswald* die Hölle los. In mehreren Abschnitten gab es Gewehrfeuer, das selbst durch die dicken Fenster bis hinauf in den achten Stock zu hören war. Die ersten vereinzelten Schüsse hatte Chris dabei nur am Rande wahrgenommen. Doch als die ersten längeren Salven durch die Nacht hallten und die beiden Wachen unruhig wurden, da wusste er, dass Leonie es irgendwie geschafft haben musste. Die GSG 9 war auf der *Greifswald* und machte den Söldnern Feuer unterm Arsch.

»Was für eine abgefuckte Scheiße!«, rief der schmächtige Kerl mit dem Laptop und sprang auf. Mit wutverzerrtem Gesicht starrte er auf das Display.

»Was geht da draußen ab?«, fragte eine der Wachen.

»Spezialeinsatzkräfte. Sie sind auf der Plattform. Überall.« Der Schmächtige griff sich mit beiden Händen an den Kopf, als wollte er sich die Haare raufen, was mit einer aufgesetzten Sturmhaube natürlich nicht ging.

»Wie zum Henker konnte das passieren?«, fragte die Wache.

»Halt die Fresse«, fuhr der Schmächtige ihn an. »Ich muss nachdenken.«

Chris wechselte einen Blick mit Roxy. Auch sie schien unsicher, ob diese neueste Entwicklung nun gut oder schlecht für sie beide war.

»Alle mitkommen«, befahl der Schmächtige schließlich und ging voraus zur Tür.

»Was ist mit den beiden Knallchargen hier?«, fragte die Wache und stieß Chris abermals den Lauf seines Gewehrs in den Rücken. »Die halten uns nur auf. Sollen wir sie abknallen?«

»Wir stecken sie zu den anderen Geiseln. Der Boss will noch mit ihnen reden, schon vergessen, du Idiot? Und danach will er sie garantiert eigenhändig kaltmachen.«

Chris lief es eiskalt den Rücken hinab und auch Roxy hatte längst jegliche Selbstsicherheit verloren, die sie so lange zur Schau gestellt hatte. Nervös zwinkerte sie mit den Augen.

Man führte sie den langen Flur entlang, durch den sie gekommen waren, nur diesmal in die entgegengesetzte Richtung, fort von den Aufzügen. Wieder hörten sie Schüsse, die diesmal jedoch eindeutig von innerhalb des Gebäudes kamen.

»Fuck«, fluchte der Schmächtige. »Sie sind im Treppenhaus.«

»Sollen wir das Stockwerk sichern?«, fragte einer der Söldner.

»Nein. Wir gehen nach Plan vor. Wir verschwinden.«

Der Schmächtige stieß eine Tür auf und die Wachen schubsten Chris und Roxy in den dahinterliegenden Raum. Sofort stieg Chris ein beißender Gestank nach menschlichen Ausdünstungen in die Nase und ungefähr zwanzig Augenpaare richteten sich auf ihn und Roxy. Mit einem Blick erfasste er, dass es sich bei diesen Menschen um die Geiseln handelte, die hier seit Tagen festgehalten wurden. Ihre Haare waren fettig, ihre Gesichter ausgemergelt, die Männer unrasiert, die Frauen mit verlaufener Schminke. Der Fußboden war bedeckt mit Müll, hauptsächlich mit leeren Plastikflaschen und Einwegverpackungen von Nahrungsmitteln. Alle Geiseln saßen oder lagen teilnahmslos auf dem Boden. In ihren Gesichtern spiegelte sich große Furcht, in einigen aber glomm ein sichtbarer Funken Hoffnung. Auch hier musste man die Schüsse gehört und sich einen Reim darauf gebildet haben.

Neben der Tür stand eine weitere Wache.

»Mitkommen«, befahl der Schmächtige. Gemeinsam eilten die Söldner aus dem Konferenzraum. Der letzte warf hinter sich die Tür zu, sodass Chris und Roxy allein mit den Geiseln zurückblieben.

Unsicher erhoben sich jetzt die ersten Männer und Frauen. Das Martyrium der letzten Tage war nicht spurlos an ihnen vorbeigegangen. Sie waren geschwächt und sichtlich verängstigt, zumal draußen erneut Gewehrsalven ratterten.

»Wer sind Sie?«, fragte ein älterer silberhaariger Mann mit Augenringen und grauen Bartstoppeln im Gesicht. Sein weißes Hemd war fleckig und durchgeschwitzt. »Sie sind keiner von uns. Gehören Sie zu den Deckarbeitern?«

»Wir sind hier, um Sie zu retten«, antwortete Chris und erntete damit vereinzelt spöttisches Gelächter.

»Ihr könnt ganz offensichtlich ja nicht mal auf euch selbst aufpassen.« Eine junge Frau in einem paillettenbesetzten Abendkleid trat aus der Menge. Sie war barfuß, ihre langen blonden Haare hingen fettig an ihrem Kopf herab und eine Hälfte ihres Gesichts war geschwollen. Obwohl sie reichlich mitgenommen aussah, erkannte Chris in ihr Anastasia Eremenko – das bekannte ukrainische Model, das mit Ethan Holloway zusammen war. Abfällig musterte sie Chris und Roxy. »Aber gut, ich bin dennoch neugierig. Wie genau wollt ihr uns denn retten?«

»Hört ihr nicht die Schüsse da draußen?«, entgegnete Roxy spitz. »Diesen Wichsern wird gerade der Allerwerteste aufgerissen.«

Chris legte ihr eine Hand auf die Schulter und sie entspannte sich ein klein wenig. Er sagte: »Ein Sondereinsatzkommando hat die *Greifswald* geentert. Wir haben vorhin Schüsse im Treppenhaus gehört. Sie sind also schon ganz nahe. Bald sind wir alle gerettet.«

Aufgeregtes Gemurmel setzte ein. Die Leute begannen, sich enger um Chris und Roxy zu scharen.

»Und was habt ihr damit zu tun?«, wollte Anastasia Eremenko wissen.

»Wir sind mit Leonie Vargas hier. Sie hat das irgendwie … nun ja, organisiert. Keine Ahnung, wie genau es dazu gekommen ist, aber irgendwie hat sie es geschafft, die GSG 9 auf die *Greifswald* zu bringen.«

»Leonie Vargas?« Eremenko sah ihn ungläubig an. »Das verstehe ich nicht. Vor ein paar Stunden war sie doch noch hier bei uns?«

Chris machte den Mund auf, um zu antworten, aber ein korpulenter Mann in einem abgewetzten, zu engen Anzug und mit seitlich abrasierten Haaren trat vor. Er roch fürchterlich nach Schweiß.

»Leonie lebt?«, fragte er.

Chris nickte.

»Und das mit der GSG 9 stimmt tatsächlich?«

»Ja.«

Ein Lächeln huschte über sein unrasiertes Gesicht. »Dann hat Leonie das Funkgerät gefunden.«

»Sie hat etwas von einem Funkgerät erzählt, ja.«

Jetzt strahlte der Mann. »Das gehört mir.«

»Wovon zum Teufel redet ihr da?«, mischte sich Eremenko ein. »Hab ich was verpasst?«

Chris hob beschwichtigend die Hände und sah in die Runde. »Hören Sie, ich kann Ihnen im Augenblick auch nicht mehr sagen. Ich weiß nur eins: Wenn wir uns ruhig verhalten und abwarten, werden wir alle bald in Sicherheit sein.«

In diesem Augenblick detonierte eine Sprengladung.

62

Die Feuergefechte auf der *Greifswald* schienen kein Ende zu nehmen. Immer wieder hallten Schüsse durch die Nacht. Und jedes Mal zuckte Leonie auf ein Neues erschrocken zusammen. Immerhin hatte es keine zweite Explosion mehr gegeben.

»Position halten, Danny«, rief Yannick Fürst dem Mann zu, der einige Meter entfernt stand und den Schleusenbereich sicherte.

»Alles unter Kontrolle«, entgegnete er.

»Hier Team Alpha«, kam es aus Fürsts Walkie-Talkie. »Siebtes Stockwerk gesichert. Beginnen Aufstieg in achtes Stockwerk.«

»Verstanden.« Fürst sah auf seine Taucheruhr. »Wir treten in die kritische Phase ein. Falls sich Saliba mit einigen seiner Getreuen und den Geiseln in einem Raum verschanzt, sind uns erst mal die Hände gebunden. Das Risiko, bei einem Zugriff Geiseln zu verlieren, wäre zu groß.«

»Und was dann?«

»Verhandlungen«, knurrte Fürst, dem deutlich anzusehen war, was er von dieser Option hielt.

Angespannte Stille setzte ein, während sie auf Neuigkeiten aus dem achten Stockwerk warteten. Leonie dachte an Jüri Kallas, der dort oben ausharrte. Er und alle anderen mussten die Schüsse gehört haben, ganz sicher aber die Detonation. Leonie konnte sich die momentane Gefühlslage im Konferenzraum nicht einmal annähernd vorstellen. Sie betete, dass Kallas seinen Sohn bald wieder in die Arme schließen konnte. Die Möglichkeit, dass Taavi heute seinen Vater für immer verlieren konnte, blendete sie aus.

»Hier Team Alpha«, erreichte sie die neueste Meldung. »Sind jetzt im achten Stockwerk. Keine Gegenwehr. Niemand zu sehen.«

»Achtet auf Sprengfallen«, antwortete Fürst.

»Verstanden.«

Fürst kratzte sich am Kopf. »Es ergibt keinen Sinn, die Geiseln unbewacht zu lassen. Sie sind Salibas größtes Druckmittel. Irgendeine Idee, wo er abgeblieben sein könnte?«

»Nein«, antwortete Leonie, »aber Ihr Team soll unbedingt die Lounge 8 checken. Ich glaube, da hatte Gabrijel so etwas wie seine persönliche Zentrale eingerichtet.«

»Keine Sorge, wir stellen diese verdammte Plattform so lange von unten bis oben auf den Kopf, bis wir diesen Dreckskerl haben.«

In unmittelbarer Nähe wurden in rascher Abfolge drei Schüsse abgefeuert. Leonie fuhr zusammen. Wenige Meter neben ihr wurde Danny gegen die Wand geschleudert. Ohne einen Ton von sich zu geben, rutschte er an der Wand entlang zu Boden. Sein Kopf kippte zur Seite und Leonie sah Blut aus seinem zerfetzten Hals spritzen. Sie kreischte und sprang auf.

Yannick Fürst reagierte sofort und zog seine Pistole. Doch er stand einige Meter vor der Schleuse und konnte sich nicht schnell genug in Deckung begeben. Mehrere Schüsse krachten. Fürsts Hinterkopf explodierte und er fiel zu Boden wie ein nasser Sack. Leonie schlug die Hände vor den Mund und presste sich so fest wie möglich mit dem Rücken gegen die Schleuse. Der Anblick von Fürsts Augen, die inmitten seines blutbesudelten Gesichts starr auf den schwarzen Nachthimmel gerichtet waren, würde Leonie bis an ihr Lebensende verfolgen. Doch wie die Dinge standen, war es bis dahin sowieso nicht mehr lange. Keine zehn Meter vor ihr trat Gabrijel mit einer Pistole in der Hand aus dem Schatten des Molchs.

63

Die Detonation versetzte das gesamte Gebäude in spürbare Schwingungen. Zum Glück schien sich die Explosion aber nicht in unmittelbarer Nähe des Konferenzraums ereignet zu haben. Abgesehen von einem Mordsschrecken war niemand zu Schaden gekommen. Chris, der wie die meisten Personen im Raum in die Hocke gegangen war und schützend die Hände über seinen Kopf gehalten hatte, erhob sich langsam. Viele taten es ihm nach, einige aber blieben verängstigt in geduckter Haltung.

»Scheiße, was war das?«, fragte Roxy.

»Die Frage lautet eher, *wo* war das?«, entgegnete Chris. »Hoffentlich geht es deinem Onkel und Leonie gut.«

Jüri Kallas packte ihn an der Schulter. »Du meintest vorhin, ihr wärt mit Leonie hergekommen?«

»Ganz genau.«

»Wie?«

»Mit einem Boot. Es wartet am Terminal.«

»Dann sollten wir uns so schnell wie möglich dorthin begeben«, schlug Kallas vor. »Dieser Atticus hat damit gedroht, die *Greifswald* zu sprengen. Keine Ahnung, ob er seine Drohung wahr macht, aber ich habe nicht vor, hierzubleiben und es herauszufinden.«

»Auf die *Roswitha* passen höchstens zwanzig Leute«, gab Roxy zu bedenken. »Und auch nur, wenn wir uns zusammenquetschen.«

»Darüber können wir uns den Kopf zerbrechen, sobald wir am Terminal sind«, sagte Chris. »Zunächst mal müssen wir hier rauskommen.«

»Das ist ein Konferenzraum«, meinte Kallas. »Warum sollte man an dieser Tür ein Schloss anbringen?« Er ging zur Tür, drückte die Klinke nach unten und öffnete sie ohne Schwierigkeiten.

Chris war baff. Aus irgendeinem Grund hatte er angenommen, dass die Söldner sie hier eingesperrt hätten. »Die Tür war die ganze Zeit über offen?«

»Was denkst du, warum ständig Wachen davor gestanden haben?« Kallas streckte seinen Kopf hinaus in den Gang. »Die Luft ist rein.«

Kaum hatte er ausgesprochen, ratterten Salven halb automatischer Sturmgewehre durchs Treppenhaus. Unweit von ihnen brüllte ein Mann vor Schmerzen auf. Es klang, als lieferten sich die Söldner im Stockwerk unter ihnen ein erbittertes Gefecht mit der GSG 9. Rasch zog Kallas seinen Kopf ein.

»Was jetzt?«, fragte Roxy, die jetzt noch nervöser mit den Augen zwinkerte als bislang.

Kallas machte ein unglückliches Gesicht. »Wir können es mit den Aufzügen am anderen Ende des Flurs versuchen, aber ich kann nicht garantieren, dass sie in Betrieb sind …«

Chris drehte sich zu den Leuten im Raum um und sagte für alle laut vernehmlich: »Alle herhören. Wir haben ein Boot, das uns von hier fortbringen kann. Aber da draußen wird scharf geschossen. Wir können hierbleiben und darauf hoffen, dass die Guten gewinnen und uns befreien. Aber was, wenn die Bösen gewinnen?«

»Und nicht zu vergessen«, ergänzte Kallas, »besteht immer noch die Möglichkeit, dass Atticus die Plattform sprengt.«

Chris nickte. »Jeder muss jetzt selbst für sich entscheiden, ob man auf Risiko geht und uns zum Terminal folgt. Oder ob man auf die GSG 9 vertraut und einfach hier auf Rettung wartet.«

Er ließ einen Augenblick verstreichen, um den sichtlich überforderten Männern und Frauen Zeit zum Nachdenken zu geben.

»Wir können nicht alle mitnehmen«, raunte Roxy ihm zu. »Die *Roswitha* ist zu klein.«

»Es werden nicht alle mitkommen.«

Das Feuergefecht im Treppenhaus dauerte an. Der laute Hall der Schüsse sorgte für bange Mienen.

»Also mich bringen keine zehn Pferde von hier weg«, verkündete Anastasia Eremenko. »Ich bleibe.«

»Ich auch«, stimmte ihr der silberhaarige Mann zu. »Jetzt da rauszugehen, ist viel zu riskant.«

»Danke, Frédéric«, sagte Eremenko und sah Chris dabei herausfordernd an, als ginge es hier darum, eine Diskussion zu gewinnen.

Chris zuckte mit den Schultern. »Meinetwegen. Jeder trifft seine eigene Entscheidung. Ich jedenfalls verschwinde von hier. Wer will, folgt mir.«

Ohne weiter zu überlegen, eilte er auf den Gang hinaus. Er wusste, wenn sich das Gedankenkarussell erst einmal zu drehen begann, würde er es nie wagen. Roxy, Jüri Kallas und eine Handvoll Männer und Frauen folgten ihm.

Kallas führte sie zu den Aufzügen, die zur Erleichterung aller funktionierten. Auf der untersten Ebene angekommen, öffneten sich die Türen, und Chris spähte vorsichtig hinaus. Hier unten erschien alles ruhig und auf einen Wink von Chris liefen alle los. Wieder wies Kallas ihnen den Weg.

Kurz bevor sie den Terminal erreichten, machte Chris eine merkwürdige Beobachtung. Durch die Gitterstufen einer abwärts führenden Treppe sah er tief unter sich mehrere Söldner über einen Steg rennen. Dieser befand sich nur knapp über der Meeresoberfläche. Einer von ihnen war auffallend schmächtig. Es war der Kerl mit dem Laptop. Es schien, als würden die Söldner fliehen. Doch wohin rannten sie? Soweit Chris erkennen konnte, gab es dort unten nichts außer dem nachtschwarzen Wasser der Ostsee. Neugierig blieb er stehen, während die anderen an ihm vorbeiliefen.

»Schlag keine Wurzeln«, rief Roxy ihm zu.

»Lauft zum Boot«, gab er zurück. »Ich komme gleich nach.«

»Scheiße, echt jetzt? Was hast du vor?«

»Mach schon!«

Kopfschüttelnd rannte Roxy weiter, dem keuchenden Kallas hinterher.

Chris kniff die Augen zusammen und verfolgte die flüchtenden Söldner. Dann bemerkte er ein Glitzern knapp unterhalb der Meeresoberfläche und nur Sekunden später wurde ihm klar, was das Ziel dieser Männer war. Leise pfiff er durch die Zähne.

Als wäre der Teufel höchstpersönlich hinter ihm her, sprintete er los. Hoffentlich funktionierte Jasper Hankens Funkgerät an Bord der *Roswitha* noch. Das hier musste Leonies Kontakt bei der Einsatzleitung, diese Anne Hagen, unbedingt erfahren.

64

Den Lauf seiner Pistole auf Leonie gerichtet, kam Gabrijel langsam näher. Im hellen Licht eines Scheinwerfers bemerkte sie seinen von unbändiger Wut verzerrten Gesichtsausdruck. Sie wich zurück, bis sie mit dem Rücken gegen eine Stahlwand stieß. Ihre Lage war aussichtslos. Rund um die Molchschleuse gab es weder Schutz noch Fluchtwege.

Neben Yannick Fürsts Leiche blieb Gabrijel stehen. Er warf einen Blick auf den zerfetzten Kopf des GSG-9-Teamführers. »Das hattest du dir sicher anders vorgestellt, *Malika.*«

Leonie erwiderte nichts, woraufhin er sie wieder ins Visier nahm. »Komm her.«

Zögernd gehorchte sie. Sie machte zwei Schritte, dann blieb sie stehen. Nur wenige Meter trennten sie jetzt.

»Du hast mich überrascht«, sagte er mit unverhohlenem Zorn in seiner Stimme. »Ich hatte dich längst als Fischfutter abgeschrieben.«

»Was ist nur mit dir geschehen, Gabrijel? Wie kannst du all diesen Menschen nur so viel Leid antun? Wie kannst du *mir* das alles antun? Wir haben uns einmal geliebt.«

»Hör verflucht noch mal endlich mit diesem ständigen Gejammere auf!«, brüllte er sie unvermittelt an. »Dein andauerndes Gewinsel geht mir so was von auf den Sack.«

Leonie schwieg. Wie ihre eigenen Nerven waren auch seine offensichtlich kurz vor dem Zerreißen.

Er musterte das offen stehende Schleusentor. »Und das hier … tja, auch damit hast du mich überrascht. Ich muss schon sagen, da hab ich dich wohl tatsächlich unterschätzt. Scheiße, ich hätte dir einfach eine Kugel in den Kopf jagen sollen. Aber nein, ich musste es ja unbedingt dramatisch machen.«

Jetzt konnte Leonie nicht mehr verhindern, dass sich ihre Augen mit Tränen füllten, denn ihr wurde klar, dass ihr in wenigen Augenblicken dasselbe Schicksal wie Yannick Fürst bevorstand.

Gabrijel richtete die Pistole auf Leonies Kopf. »Das ist alles deine Schuld. Wir waren so kurz davor, unser Ziel zu erreichen. Aber weißt du was? Ich werde meine Chance noch bekommen. Ich verschwinde jetzt von hier. Du hingegen …«

Das Walkie-Talkie in Fürsts geöffneter Handfläche knarzte. »Hier Team Alpha. Geiseln unverletzt vorgefunden und gesichert. Von Saliba keine Spur.«

»Ihr verdammten Wichser«, brüllte Gabrijel das Walkie-Talkie an. Mit weit aufgerissenen Augen schickte er eine nicht enden wollende Schimpftirade auf Maltesisch hinterher. Speichel flog aus seinem Mund und seine Halsschlagader schwoll an. Die Erwähnung seines Namens schien ihn vollends aus der Bahn zu werfen.

Leonie erkannte, dass er unmittelbar vor dem Durchdrehen stand. Und sie erkannte, dass ihre einzige Chance gekommen war. Unauffällig wanderte ihre rechte Hand hinter ihren Rücken.

Ähnlich einem tollwütigen Straßenköter bekam Gabrijel sich derweil nicht mehr unter Kontrolle. Er richtete seine Pistole auf das Walkie-Talkie und gab mehrere Schüsse ab. Es zersprang in tausend Einzelteile. Unmittelbar darauf jagte er mehrere Kugeln in Fürsts Leichnam. Dann erst schien Gabrijel endlich zufrieden zu sein. Schwer atmend sah er auf den malträtierten Körper des GSG-9-Teamführers herab.

»Und jetzt zu dir«, sagte er und richtete seine Aufmerksamkeit wieder auf Leonie.

Er bemerkte seinen Fehler zu spät. Während er sich seiner blinden Wut hingegeben hatte, war ihm entgangen, dass Leonie klammheimlich hinter ihrem Rücken eine Signalpistole aus ihrem Hosenbund gezogen hatte, deren Lauf nun auf Gabrijel gerichtet war. Jasper Hanken hatte ihr die Pistole gegeben, bevor sie von Bord der *Roswitha* gegangen war. Ihr war nicht wohl bei dem Gedanken gewesen, so ganz ohne Waffe den Weg zur Molchschleuse anzutreten.

Jetzt zögerte sie keine Sekunde und drückte ab.

Mit einem Knall jagte die Signalrakete aus dem Lauf und traf Gabrijel mit voller Wucht in die Brust. Es gelang ihm noch, einen Schuss abzugeben, doch die Kugel zischte knapp an Leonies Oberarm vorbei. Dann explodierte die Rakete und er ging in Flammen auf. Gleißend helles, rotes Licht verbrannte sein Gesicht und blendete ihn. Leonie hielt schützend die Hände vor ihre Augen, so grell war das Leuchtfeuer. Rasch waren Gabrijels Oberkörper und Kopf in roten Rauch eingehüllt, der langsam in den Nachthimmel emporstieg. Das in der Munition enthaltene Strontium sowie das metallische Magnesium hafteten auf Gabrijels Kampfanzug und ließen ihm keine Chance. Die Hitze, die von der chemischen Reaktion ausging, war enorm, und Leonie wich zurück. Hustend und laut brüllend taumelte Gabrijel wie eine menschliche Fackel über das Deck.

Leonies Herz raste. Entsetzt über diesen Anblick und ihre eigene Tat, ließ sie die Signalpistole fallen. Als Gabrijel vor das offene Schleusentor torkelte, traf sie eine Entscheidung. Sie hielt den Atem an und war mit einigen schnellen Schritten bei ihm. Mit voller Wucht versetzte sie Gabrijel einen Tritt gegen die Brust. Er stolperte in die Schleuse, verlor das Gleichgewicht und fiel zu Boden. Leonie hastete um die Schleuse herum, trat vor das Bedienpanel und aktivierte den Schließmechanismus.

Schwer atmend und mit Gänsehaut am ganzen Körper sah sie dabei zu, wie sich das Tor langsam schloss, während es im Innern der Schleuse grellrot wie in einem Glutofen flackerte und unablässig dichter Rauch durch die immer schmaler werdende Öffnung quoll.

Endlich verriegelte sich das Tor mit einem dumpfen Geräusch. Kein Licht, kein Rauch drangen mehr nach außen. Wie in Trance legte Leonie am Bedienpanel einige Schalter um, wählte mithilfe des Touchdisplays das Untermenü *FLD/TEST* aus, drückte »Enter« und initiierte damit das Selbsttest-Programm der Molchschleuse. Mit einem tiefen Brummen sprangen die Pumpen an und die Schleuse wurde geflutet. Ein zweites Mal würde Gabrijel nicht mehr von den Toten auferstehen. So viel stand fest.

Als hätte man ihr den Stecker gezogen, verließen Leonie die Kräfte von einem Augenblick auf den nächsten und sie sank zu Boden. Mit leerem Blick starrte sie auf ihre rußgeschwärzten Hände, während um sie herum allmählich vollkommene Ruhe einkehrte.

EPILOG

MALTA, ZWEI MONATE SPÄTER

Es war ein seltsames Gefühl, nach so langer Zeit auf die Insel zurückzukehren. Leonie saß auf dem Rücksitz des Taxis, das sie vom Flughafen nach Valletta brachte. Durch die getönte Seitenscheibe sah sie die karge Landschaft vorüberziehen. Wasser war hier nach wie vor Mangelware. Maltas Energie- und Wasserbehörde setzte bislang noch auf Entsalzungsanlagen, doch Stück für Stück gerieten die festgefahrenen Strukturen einer konservativen Politik in Bewegung. Gespräche mit Sharpwater über den Bau einer Aqua City vor Maltas Nordküste hatten begonnen – an exakt der Stelle, an der Leonie das allererste Offshore-Aquifer entdeckt hatte. Beim Gedanken daran lächelte sie, obwohl ihr im Augenblick eigentlich gar nicht danach war. Wenigstens raubte ihr der Anblick einer vertrauten Umgebung ein klein wenig die Nervosität vor dem, was kommen würde. Der strahlend blaue Himmel, der hektische Verkehr, die vielen Baustellen und nicht zuletzt die dynamische Bebauung der Insel. Die Metropolregion Valletta wuchs in atemberaubendem Tempo.

In Gżira, einem Stadtviertel, in dem hauptsächlich ausländische Botschaften und weitläufige Bürokomplexe angesiedelt waren, stieg Leonie wenig später vor einem fünfstöckigen, rundum verspiegelten Gebäude aus. Neben dem Eingangsbereich war eine Messingtafel angebracht, auf der nur ein einziger Firmenname eingraviert war: SHARPWATER LLC. An einer Straßenecke einige Meter entfernt lungerten ein paar Paparazzi herum. Sie erkannten Leonie und kamen mit gezückten Kameras angelaufen. Rasch flüchtete sie sich ins Gebäude.

In der Lobby schlug ihr eiskalte Luft entgegen und es fröstelte sie sofort in ihrer dünnen Bluse und der Hose aus Jersey. Der Eingangsbereich war schmucklos, ebenso der Empfangstresen aus Eichenholz, hinter dem ein junger Mann in einem grauen Anzug saß. Etwas abseits in einer Ecke hockte ein uniformierter Wachmann auf einem Stuhl. Er bemerkte Leonie, erhob sich und musterte sie mit strengem Blick.

»Leonie Vargas«, sagte sie zu dem Mann am Empfang. »Ich werde erwartet.«

Er sah auf seinen Monitor und nickte. »Frau Vargas. Selbstverständlich. Bitte nur einen Augenblick Geduld. Sie werden sofort abgeholt.«

»Danke.«

Der Wachmann entspannte sich und setzte sich wieder.

Während Leonie vor den Aufzügen wartete, zog sie ihr Smartphone aus der Hosentasche. Sie wählte den ersten angezeigten Kontakt aus und verschickte eine SMS: *Bin da.*

Die Antwort kam prompt: *Schon gesehen. Bis gleich.*

Zufrieden steckte Leonie das Smartphone wieder ein.

Kurz darauf öffnete sich die Aufzugstür und dahinter erschien eine ältere Dame, die Leonie heranwinkte.

Sie fuhren in das oberste Stockwerk, wo Leonie in einem geräumigen Vorzimmer von einer burschikosen Mitarbeiterin der Security abgetastet wurde. Sie nahm Leonies Smartphone an sich und legte es in eine Holzschale, die sie in einem Regal neben der Tür verstaute.

»Sie bekommen es nachher wieder«, sagte sie und gab den Weg frei.

Die ältere Dame führte Leonie in ein luxuriöses Büro, das die gesamte Breite des Gebäudes einnahm. Moderne Möbel aus poliertem Stahl und mit viel Glasbesatz dominierten den Raum. In jeder Ecke stand ein Kübel mit einer Kunstpflanze, an den Wänden hing Pop-Art von Andy Warhol. Die ausladende Fensterfront ließ großzügig Sonnenlicht einfallen. Die Aussicht auf die dunkelblau schimmernde Hafenbucht mit ihren ankernden Jachten sowie Manoel Island mitsamt der alten Festungsanlage war atemberaubend. Doch wegen des Panoramas war Leonie nicht gekommen. Sie hatte um einen Termin bei der Frau gebeten, die hinter einem Schreibtisch in einem schwarzen Ledersessel thronte und jetzt von ihrem Laptop aufsah.

»Schön, Sie zu sehen«, begrüßte Anastasia Eremenko ihren Gast. Sie trug einen türkisfarbenen Hosenanzug, darunter ein schwarzes Top und nietenbesetzte High Heels. Ihre langen blonden Haare hatte sie hochgesteckt und mit einer farblich zum Anzug passenden Jadebrosche fixiert.

»Anastasia«, entgegnete Leonie freundlich, aber dennoch reserviert. »Ist eine Weile her.«

»Wie geht es Ihnen, Leonie?«

»Es gibt bessere und schlechtere Tage.«

»Hilft Ihnen die Therapie?«

»Manchmal denke ich, es ist Zeitverschwendung. Dann wiederum denke ich, ohne die Therapie würde ich irgendwann einfach durchdrehen.«

Eremenko zuckte mit den Schultern. »Geht mir genauso.«

»Tatsächlich? Ich dachte, Ihnen würde es glänzend gehen.« Leonie nahm das Namensschild aus Messing in die Hand, das auf dem Schreibtisch stand, und las vor: »A. Eremenko – CEO – Sharpwater LLC.«

»Das ist nur ein Titel«, entgegnete die frischgebackene Vorstandsvorsitzende und seit zwei Wochen offiziell Leonies neue Chefin. »Wie es in mir drin aussieht, weiß nur mein Therapeut. Was denken Sie, warum ich meine Security verdoppelt habe? Seit diesen Geschehnissen … nun, ich traue mich offen gesagt kaum noch nach draußen.«

»Ich hörte davon. Und auch davon, dass Ihre Security nicht gerade zimperlich mit den ganzen Paparazzi umgeht.«

»Dieses Pack! Das sind nichts weiter als Maden, die sich in meiner Popularität suhlen und sich von ihr ernähren.«

Leonie stellte das Namensschild zurück an seinen Platz. »Nun, da Ethan nicht mehr unter uns weilt und keine Nachkommen hinterlassen hat, sind Sie dank seiner letztwilligen Verfügung zu einer der mächtigsten Frauen der Welt aufgestiegen. Sie und LeBlanc haben jetzt das Sagen.«

»Mir wäre es lieber, Ethan würde noch leben.«

»Ist das so?«, entgegnete Leonie provokant.

Eremenkos Augen verengten sich und sie beugte sich in ihrem Sessel vor. »Mir gefällt Ihr Ton nicht.«

»Dann bitte ich um Verzeihung. Sagen Sie, Anastasia, wie läuft es mit dem Bau unserer Aqua City vor Kapstadt? Ich hörte, wir liegen gut im Zeitplan?«

»Das ist korrekt. Wir können auf wichtige Erfahrungen zurückgreifen, die wir bei der Konstruktion der *Greifswald* gemacht haben, und dadurch kostspielige und zeitraubende Fehler vermeiden.« Eremenko gab sich geschäftsmäßig, als hätte sie ihr noch junges Leben lang nichts anderes getan. Überhaupt schien sie Leonie gereifter und deutlich erwachsener zu sein als noch vor zwei Monaten. »Der Startschuss unserer Aqua City vor Dubai ist übrigens in einem Monat. Sie werden doch zur Eröffnung kommen?«

»Wir werden sehen. Tja, Ethans Vision wird wahr. Schade, dass er es nicht mehr erleben kann.«

Eremenko nickte. »Ich werde sein Vermächtnis in Ehren halten. Keine Sorge. Wie läuft es bei Ihnen auf der *Greifswald*?«

»Alles bestens. Sie wissen ja, dass wir die Wasserförderung nur zwei Tage nach der Befreiung durch die GSG 9 wieder aufgenommen haben, nachdem klar war, dass sich auf der Plattform nur eine Handvoll kleinerer Sprengfallen befanden und nicht diese zerstörerische Menge an Plastiksprengstoff, mit der Gabrjiel gedroht hatte. Jedenfalls fließt wieder Wasser über Lubmin in den Osten Deutschlands. Die Menschen sind glücklich und lieben uns. Sie wissen jetzt, was sie an Sharpwater haben. Und die Politiker fressen uns aus der Hand.«

»Sehr schön. So habe ich mir das vorgestellt.«

»Übrigens soll ich Ihnen die besten Grüße von Chris Kellermann und Roswitha Claasen ausrichten«, sagte Leonie und begann, ziellos durch das Büro zu schlendern. »Die beiden sind Ihnen wirklich äußerst dankbar für Ihre Großzügigkeit.«

»Die zwei und dieser grobschlächtige Seebär haben dazu beigetragen, diesen Albtraum zu beenden. Da war es doch das Mindeste, dass ich mich erkenntlich zeige.«

»Wollen Sie wissen, was die drei mit ihrer Belohnung angefangen haben?«

»Sicher.« Es war Eremenko anzusehen, dass sie sich nicht die Bohne für das Schicksal ihrer Retter interessierte. Genau deswegen erzählte Leonie ihr es. »Roswitha Claasen hat ihren Artikel über die Geschehnisse auf der *Greifswald* an ein großes deutsches Nachrichtenmagazin verkauft und studiert jetzt Journalistik an der Universität Hamburg. Ihr Onkel hat sich zur Ruhe gesetzt und fährt mehr oder weniger nur noch zum Spaß mit seinem Kutter aufs Meer hinaus.«

»Na ja, wenn man das einfache Leben liebt, ist man auch mit wenig zufrieden.«

»Nicht jeder setzt dieselben Prioritäten im Leben wie Sie, Anastasia. Schauen Sie sich Chris Kellermann an. Mit dem Geld, das er von Ihnen bekommen hat, hat er zuerst die Hypotheken seiner Eltern getilgt. Mit dem Rest hat er seinem Onkel dessen Hof mitsamt Alpakas abgekauft. Chris hat den Hof erweitert und zu einem Familienparadies umgebaut.«

Eremenko lehnte sich in ihrem Sessel zurück und verschränkte die Arme vor der Brust. »Hören Sie, Leonie, weshalb sind Sie hierher nach Malta geflogen? Eine Videokonferenz hätte es sicher auch getan …«

»Das denke ich nicht.« Leonie setzte sich auf einen der beiden Besucherstühle vor dem Schreibtisch. Sie lehnte sich zurück und schlug die Beine übereinander. »Frédéric LeBlanc wurde heute früh verhaftet.«

Jetzt endlich hatte Leonie Eremenkos volle Aufmerksamkeit. »LeBlanc verhaftet? Wieso das?«

»Anscheinend gibt es erdrückende Beweise, dass er der Drahtzieher hinter der Geiselnahme ist. LeBlanc ist der geheimnisvolle Insider, der Gabrijel angeheuert und ihn mit Geld und Informationen ausgestattet hat. Die manipulierten RFID-Chips in den gefälschten Mitarbeiterausweisen der Söldner wurden in einem Apartment in Athen produziert. Ein Hacker namens Kristos Petridis hat sie angefertigt.«

»Und das weiß man woher?«

»Auf LeBlancs privatem Laptop fand man mehrere gelöschte Textdateien, die vermutlich als E-Mail-Anhänge an ihn verschickt worden waren. Darin finden sich die Blaupausen für den geplanten Ablauf der Geiselnahme. LeBlanc wusste vermutlich nicht, dass gelöschte Dateien ziemlich einfach wiederhergestellt werden können. Zwar waren die Dateien verschlüsselt, doch die Spezialisten des BKA konnten sie überraschend einfach decodieren. Dasselbe gilt für die E-Mails, die über ein komplexes System mehrfach umgeleitet wurden, um deren Absender zu verschleiern. Ich kenne mich damit nicht aus, aber anscheinend hat Kristos Petridis auch da schlampig gearbeitet. Oder er hat die Behörden unterschätzt. Wer weiß das schon? Die Rückverfolgung zu ihm fiel dem BKA jedenfalls nicht besonders schwer.«

»Woher haben Sie alle diese Informationen? Bis zu mir ist noch nichts durchgedrungen.«

»Deswegen bin ich hier. Um Ihnen die Nachricht persönlich zu überbringen. Damit haben Sie, Anastasia, jetzt die alleinige Kontrolle über Sharpwater. Noch ist das alles streng vertraulich, aber Anne Hagen hat es mir gesteckt. Sie erinnern sich doch an die Leiterin der Taskforce?«

»Die Kleine mit den Schlitzaugen, ja.« Eremenko schüttelte fassungslos den Kopf. »LeBlanc steckt hinter all dem? Du meine Güte. Hatte er Komplizen? Was ist mit diesen beiden Wissenschaftlern? Ich glaube, einer war Österreicher und einer Däne?«

»Anton Reitmayr und Torben Jepsen standen in der Tat eine Zeit lang im Fokus der Ermittlungen, weil sie zunächst nicht erklären konnten oder wollten, warum sie zum Zeitpunkt der Geiselnahme nicht mit den anderen Gästen am Empfang teilgenommen haben. Das hat sie natürlich verdächtig gemacht.«

»Und?«

Leonie schmunzelte. »Es stellte sich heraus, dass die beiden vollkommen unschuldig sind. Was niemand wusste, war, dass Reitmayr und Jepsen eine Affäre hatten. Sie hatten sich vor dem Empfang noch in Reitmayrs Zimmer miteinander vergnügt und dabei schlicht und ergreifend die Zeit vergessen. Deswegen trugen beide auch noch ihre Alltagskleidung, als man sie später zu den anderen Geiseln brachte.«

»Und das alles hat Ihnen die kleine schlitzäugige Polizistin gesteckt?« Eremenko schüttelte erneut den Kopf. »LeBlanc … ich bin schockiert.«

»Tatsächlich? Sind Sie das?«, fragte Leonie, der die wiederholte abfällige Bemerkung über Anne Hagens Äußeres sauer aufstieß. Doch sie mahnte sich, nicht ihr Ziel aus den Augen zu verlieren. »Offen gesagt wirken Sie gar nicht so überrascht.«

»Was wollen Sie damit andeuten?«

»Sie sind keine gute Schauspielerin. Ihren Followern auf Social Media können Sie vielleicht etwas vormachen, aber mir nicht. Sie wussten darüber Bescheid.«

»Wie bitte?«, zischte sie.

»Sie haben mich schon verstanden«, sagte Leonie ruhig, aber bestimmt. »Denn in Wahrheit sind *Sie* es, die hinter der ganzen Sache steckt.«

Eremenko sprang auf. Ihr Sessel schoss nach hinten und stieß gegen ein Regal. »Wie können Sie es wagen!«

»Lassen wir doch die Spielchen und reden wie Erwachsene.«

»Wie Sie meinen. Sie sind gefeuert!«

»Machen Sie sich nicht lächerlich.« Leonie zuckte nicht einmal mit der Wimper, obwohl es ihr nicht leichtfiel, weiterhin die Abgeklärte und Souveräne zu spielen. In ihr drin sah es anders aus. »Nicht LeBlanc ist der Insider, sondern *Sie*.«

»Raus aus meinem Büro. Sofort!« Eremenko schäumte vor Wut. »Zwingen Sie mich nicht, die Security zu rufen.«

»Sie hatten ein Verhältnis mit Gabrijel«, sagte Leonie ihr auf den Kopf zu. »Ich habe keine Ahnung, ob es schon begonnen hatte, als ich noch auf Malta war, aber spätestens nach meiner Rückkehr nach Deutschland hat es zwischen Ihnen beiden gefunkt, nicht wahr?«

Wenn Blicke töten könnten, wäre Leonie in diesem Moment leblos vom Stuhl gefallen.

»Sie haben die ganze Aktion akribisch geplant«, fuhr sie unbeirrt fort, »und Gabrijel dazu überredet, bei Ihrem teuflischen Vorhaben mitzumachen. Das dürfte Ihnen nicht schwergefallen sein. Gabrijel hasste nichts so sehr wie obszönen Reichtum. Aber einzig aus dem Grund, weil *ihm* dieser Reichtum immer verwehrt geblieben war. Doch dann kamen Sie, Anastasia. Zuerst haben Sie Gabrijel das Hirn rausgevögelt, und nachdem er Ihnen heillos verfallen war, haben Sie ihm die Erfüllung all seiner Wünsche in Aussicht gestellt. Plötzlich bekam er die Chance, Sie *und* Unmengen an Geld haben zu können.«

»Arme Leonie«, sagte Eremenko mit geheucheltem Mitgefühl. »Die Sache mit Ihrem Ex-Verlobten, der Sie eiskalt benutzt und abserviert hat, muss Sie wirklich hart getroffen haben. Weshalb sonst würden Sie sich wohl in derartige Fantasien flüchten? Sie konnten Gabrijel nicht das geben, was er brauchte, und nun suchen Sie die Schuld für Ihr Versagen bei mir. Sie benutzen mich, um von Ihren eigenen Unzulänglichkeiten abzulenken.«

»Es wird Ihnen nicht gelingen, mich zu provozieren. Ich weiß, was ich weiß.«

Eremenko schnaubte. »Einen Scheiß wissen Sie.«

»Wie wäre es damit: Bei der ganzen Geschichte ging es hauptsächlich um eine Sache. Oder genauer, um eine Person: Ethan. Er musste sterben. Das war Ihr Hauptziel. Sie wollten Ethan tot sehen.«

»Was faseln Sie da nur für einen Bullshit?«

»Eines Abends, Ende letzten Jahres, hat sich Ethan mir einmal anvertraut …« Leonie machte eine bedeutungsschwangere Pause und ergötzte sich an dem gleichsam wütenden wie neugierigen Gesichtsausdruck des ehemaligen ukrainischen Models. »Ethan hat sich damals nach einigen Gläsern Wein darüber ausgelassen, dass Sie ihn unentwegt zu einer Heirat drängen wollten. Doch das kam für ihn nicht infrage. Stattdessen hat er Sie lieber in sein Testament aufgenommen, damit Sie Ruhe geben. Einem Visionär wie Ethan Holloway kann man keine Ketten anlegen. Er hatte sich schon immer seine Freiheiten genommen. Es ist kein Geheimnis, dass er schönen Frauen gegenüber nicht abgeneigt war.«

»Für Ethan gab es nur mich.«

»Dasselbe dachte ich von Gabrijel.« Leonie lächelte grimmig. »Sie wissen, dass es wahr ist, und deswegen hatten Sie höllische Angst davor, irgendwann abserviert und aus Ethans Testament gestrichen zu werden. Also mussten Sie ihn loswerden, ohne dass der Verdacht auf Sie fallen könnte. Schließlich wollten Sie ja nicht auf Ihren lieb gewonnenen Luxus und Ihr sorgenfreies Jetset-Leben verzichten müssen. Deswegen stand von Anfang an fest, dass Ethan irgendwann im Laufe der Geiselnahme sterben musste. Den genauen Zeitpunkt ließen Sie und Gabrijel offen. Es würde sich schon irgendwann eine passende Gelegenheit dazu bieten, eine Geisel *aus gutem Grund* zu töten. Das auserkorene Opfer war von Anfang an Ethan. Und der Versuch, die *Greifswald* mit Kampftauchern von einem U-Boot aus anzugreifen, lieferte Gabrijel und Ihnen die herbeigesehnte Begründung.«

Diesmal hatte Eremenko keinen bösartigen Kommentar parat. Leonie sah deutlich, wie ihre selbstsichere Fassade allmählich bröckelte. Derart ermuntert spann sie ihre These weiter.

»Sie haben das wirklich gut durchdacht. Selbst den Ablauf während der Liveübertragung von Ethans Hinrichtung hatten Sie und Gabrijel im Vorfeld abgesprochen. Er wählte zuerst Sie aus, Anastasia, weil er Ihnen dadurch das perfekte Alibi verschaffte. Wer würde schon eine hilflose, zu Tode verängstigte, grün und blau geschlagene junge Frau verdächtigen?« Nachdenklich legte Leonie den Kopf schief. »Vielleicht habe ich mich vorhin in einem Punkt geirrt, und Sie sind doch keine ganz so miserable Schauspielerin. Tatsächlich ist es Ihnen gelungen, alle zu täuschen. Und ja, zugegeben, am Anfang auch mich.«

Ein Moment der Stille trat ein, während beide Frauen sich fest in die Augen sahen. Dann verwandelte sich Eremenkos bislang überheblicher Gesichtsausdruck in eine ausdruckslose, eiskalte Visage. »Wie haben Sie es herausgefunden? Sie sagen selbst, wir haben alle getäuscht … Sie eingeschlossen.«

Ein Schauer lief Leonie über den Rücken und sie musste sich zwingen, ruhig zu bleiben. Soeben hatte Holloways Ex-Lebensgefährtin bestätigt, was Leonie bislang zwar vermutet hatte, ohne es jedoch beweisen zu können. Das hatte sich in diesem Moment geändert.

»Beim BKA habe ich mir die Aufzeichnungen von Ethans Hinrichtung immer und immer wieder angesehen«, erklärte sie. »Ihre Rolle haben Sie, wie gesagt, überzeugend gespielt, aber Gabrijel war da weniger erfolgreich. Zwar konnte er sein Gesicht unter einer Sturmhaube verbergen, doch seine Augen konnte er nicht verstecken. Nicht vor mir. Ich kenne … kannte Gabrijel wie kaum jemand. Vermutlich bin ich die einzige Person auf der Welt, die in diesem Video in seinen Augen und an seinem Blick erkennen kann, wie sehr er in diesem Moment darunter litt, Sie misshandeln zu müssen, Anastasia. Ich sah Liebe in seinen Augen. Wohingegen er nur Sekunden später vollkommen gleichgültig dreinschaute, als er Ethan in den Kopf schoss.«

Jetzt war es Eremenko, die in ihrem Büro auf und ab zu tigern begann. »Kein Mensch wird Ihnen glauben. Kein Staatsanwalt wird Anklage erheben, nur weil Sie meinen, irgendetwas in Gabrijels Augen gesehen zu haben.«

»Das ist mir bewusst. Nur weiß ich nicht, ob Ihnen bewusst ist, dass Sie einen bedeutsamen Fehler begangen haben.«

Eremenkos Augen blitzten Leonie an. »Ich habe Monate damit verbracht, diesen Plan zu schmieden, mir Gabrijel hörig zu machen und die ganzen Vorbereitungen zu treffen. Ich habe keine Fehler gemacht.«

Innerlich frohlockte Leonie. Die Frau, die sich hier in ihren eigenen vier Wänden so sicher und unangreifbar fühlte, hatte soeben einen weiteren Beweis für ihre Schuld geliefert.

»Ihr Fehler, Anastasia, war Ihre Gier. Ich habe lange darüber nachgedacht, warum Sie und Gabrijel diesen Weg gewählt haben. Sie hätten Ethan auf Dutzende verschiedene Arten um die Ecke bringen können. Ein Autounfall zum Beispiel wäre wesentlich billiger zu inszenieren gewesen. Hat ja bei Gabrijel auch hervorragend funktioniert. Warum also dieser immense Aufwand? Warum die *Greifswald* kapern, VIP-Gäste als Geiseln nehmen und absurde Forderungen stellen, bei denen von Anfang an klar war, dass die deutsche Regierung nicht darauf eingehen würde? Warum dieses extrem hohe Risiko?«

Eremenko lachte verächtlich auf. »Na, da bin ich jetzt mal auf Ihre Erklärung gespannt.«

»Im Grunde ist es simpel. Dadurch, dass die Forderung nach einer Vergemeinschaftung von Trinkwasser von allerhöchster Ebene abgelehnt wurde, ebenso wie die Zerschlagung von Sharpwater, ist Sharpwater mächtiger geworden als je zuvor. Dieser Konzern kann künftig praktisch tun und lassen, was er will. Kein Land der Welt wird je über Wasserpreise verhandeln, weil man sich mit Sharpwater nicht anlegt. Nicht nach dieser Geschichte. Der Börsenwert des Konzerns hat sich nach Beendigung der Geiselnahme verdoppelt. Und das, obwohl der große Visionär Ethan Holloway nicht mehr mit an Bord ist und jetzt mit Ihnen ein absolut unbeschriebenes Blatt in der Branche die Geschäfte führt. Chapeau, das war ein cleverer Schachzug.«

»Ich habe noch nicht gehört, wo darin ein Fehler liegen sollte.«

Leonie lächelte. »Damit Sie zur alleinigen CEO ernannt werden konnten, mussten Sie neben Ethan auch noch Frédéric LeBlanc aus dem Weg räumen, denn eigentlich wäre LeBlanc Ethans designierter Nachfolger. Einen zweiten Mord konnten oder wollten Sie nicht riskieren, weil das zu offensichtlich gewesen wäre. Also haben Sie mithilfe von Kristos Petridis falsche digitale Hinweise gestreut, die LeBlanc als Drahtzieher belasten sollten. Deswegen haben Sie und Petridis es dem BKA auch so leicht gemacht, die Dateien auf LeBlancs Laptop zu entschlüsseln. Das lag in Ihrem Interesse. Es ist Ihre Verbindung zu Petridis, Anastasia, die Sie zu Fall bringen wird.«

»Dafür müsste Kristos erst mal geschnappt werden. Soweit ich weiß, ist er entkommen.«

»Ist er nicht«, widersprach Leonie.

»Ach ja?« Eremenko, die nach wie vor unruhig auf und ab lief, hielt jetzt inne und blickte misstrauisch drein. »Verfügen Sie schon wieder über Informationen, die ich nicht habe?«

»Das liegt vermutlich daran, weil Anne Hagen mich gut leiden kann und Sie nicht.«

»Scheiße, Leonie, jetzt hauen Sie Ihre Infos schon raus. Deswegen sind Sie heute hierhergekommen, oder etwa nicht? Ich sehe es Ihnen doch an, wie sehr Sie das hier genießen.«

Leonie schmunzelte. »Chris Kellermann hat auf seiner Flucht etwas Seltsames bemerkt. Unweit des Terminals ist ihm ein Glitzern im Wasser aufgefallen, das auch ich schon zuvor bemerkt hatte. Nur hatte ich mir nichts dabei gedacht. Chris hat Kristos Petridis und die flüchtenden Söldner dabei beobachtet, wie sie in bereitliegende U-Boote stiegen, abtauchten und davonpreschten. Bei diesen U-Booten handelt es sich um Zweisitzer der Marke Ortega. Dieselbe Marke, von der Sie zwei Exemplare auf der *Mars II* besitzen.«

»Reiner Zufall. Na und?«

Leonie winkte ab. »Spielt keine Rolle. Auf jeden Fall hat Chris seine Beobachtung an Anne Hagen weitergeleitet, die ihrerseits die vor der Plattform kreuzende *Fulda* informierte. Die Marine hat die Ortegas geortet und Petridis einkassiert.«

»Kristos wird nicht singen«, erwiderte Eremenko. »Er hat so viel Geld in nicht rückverfolgbaren Bitcoin-Transaktionen erhalten, dass er mehrfacher Millionär ist, wenn er in ein paar Jahren aus dem Knast kommt.«

»An Ihrer Stelle würde ich mich darauf nicht verlassen.«

Eremenko ging langsam um ihren Schreibtisch herum und nahm wieder auf ihrem Sessel Platz. Leonie sah ihr das Gefühlschaos im Kopf förmlich an. Kein Wunder, Eremenko hatte eine ganze Menge zu verarbeiten. Dann stellte sie die Frage, die Leonie erwartet hatte: »Was wollen Sie? Geld?«

»Wie viel bieten Sie mir an?«

Eremenko beugte sich weit über den Schreibtisch hinweg zu Leonie vor. »Also geht es, wie immer unter dem Strich, doch nur um Geld. Meinetwegen. Wie viel, damit Sie den Mund halten? Zehn Millionen? Fünfzehn?«

»Mehr ist mein Schweigen Ihnen nicht wert?«

»Zwanzig Millionen.«

»Sie und Ethan haben etwas gemeinsam«, entgegnete Leonie. »In Ihrer Welt dreht sich alles einzig um Geld. Sie beide haben nie verstanden, weshalb ich den Job bei Sharpwater angenommen habe.«

»Was in drei Teufels Namen wollen Sie dann, Leonie?«

»Gerechtigkeit.«

Wie aufs Stichwort flog die Tür auf und Polizeibeamte des maltesischen Crime Investigation Department stürmten das Büro. Leonie zuckte nicht einmal mit der Wimper. Sie hatte die Beamten erwartet. Anastasia Eremenko hingegen verfiel in Schockstarre. Mit weit aufgerissenen Augen saß sie reglos in ihrem Sessel. Ihr war anzusehen, dass sie nicht begriff, was mit ihr geschah. Widerstandslos ließ sie sich von zwei Beamten hochziehen und die Hände hinter dem Rücken mit Kabelbindern fesseln.

»Ausgezeichnete Arbeit«, sagte Anne Hagen, die in diesem Moment Eremenkos Büro betrat. »Das haben Sie großartig gemacht, Leonie.«

»Was für eine Scheiße geht denn hier ab?«, brüllte Eremenko, die plötzlich wieder zum Leben erwachte. »Ich will meinen Anwalt sprechen. Sofort!«

»Oh, das werden Sie ganz sicher«, sagte Anne Hagen ruhig. »Später. Zunächst verhafte ich Sie wegen Beihilfe zu schwerer räuberischer Erpressung, Geiselnahme, Menschenraub sowie dem Mord an Ethan Holloway.«

»Sie haben nichts gegen mich in der Hand«, zischte Eremenko.

»Wir haben jedes einzelne Wort mit angehört, das Sie und Frau Vargas in diesem Raum gewechselt haben«, erklärte Anne Hagen. »Wir haben Ihr Geständnis in Bild und Ton.«

»Bullshit. Meine Security hat ihr das Smartphone abgenommen und verkabelt ist diese Schlampe auch nicht.«

Anne Hagen deutete auf den aufgeklappten Laptop auf Eremenkos Schreibtisch. »Vor einigen Tagen haben wir Ihnen einen Trojaner untergejubelt, der uns Zugriff auf das Mikrofon und die Kamera Ihres Laptops gewährt. Frau Vargas sollte Sie lediglich aus der Reserve locken. Das ist ihr hervorragend gelungen. Wir haben alles, was wir brauchen.«

Leonie sah, wie Eremenkos Gesichtszüge entgleisten, als sie erkannte, dass das Spiel vorbei war. Alleine dieser Anblick war unbezahlbar. Leonie konnte sich ein triumphierendes Lächeln nicht verkneifen.

Anne Hagen nickte den maltesischen Beamten zu. »Officers, führen Sie die Lady ab.«

Anastasia Eremenko fluchte und tobte, als sie an den Oberarmen aus ihrem Büro gezerrt wurde.

»Lief doch wie geschmiert«, meinte Anne Hagen.

»Offen gesagt war ich mir bis zuletzt im Taxi nicht sicher, ob ich es durchziehen kann. Hätten Sie nicht direkt auf meine SMS geantwortet und mir bestätigt, dass Sie mich im Blick haben, hätte ich einen Rückzieher gemacht.«

Anne Hagen legte ihr eine Hand auf die Schulter. »Alles ist perfekt gelaufen. Ich werde gleich Frédéric LeBlanc über die neueste Entwicklung informieren und darüber, dass er Sharpwaters Geschäfte ab sofort alleine führt.«

Leonie nickte. »Hoffentlich fairer, als Ethan das tat.«

»Das wird sich zeigen. Jedenfalls werden bis zu Eremenkos Prozess noch Monate vergehen. Jetzt haben Sie sich erst mal ein paar erholsame Tage verdient. Werden Sie auf Malta bleiben und die Sonne genießen?«

Leonie trat ans Fenster und sah hinaus. Sie ließ ihren Blick über die weitläufige dunkelblaue Hafenbucht schweifen, über Manoel Island und weiter über die im Hintergrund befindlichen mächtigen Wehranlagen, über denen die unverwechselbare Silhouette von Vallettas Altstadt vor einem strahlend hellblauen Himmel thronte.

»Es ist wunderschön hier«, sagte sie, »aber es gibt zu viele Erinnerungen, für die ich noch nicht bereit bin. Vielleicht komme ich eines Tages wieder. Gleich morgen geht es für mich zurück nach Deutschland.«

Anne Hagen nickte verständnisvoll. »Irgendetwas Bestimmtes im Sinn?«

Leonie lächelte. »Chris Kellermann hat mich zur großen Eröffnungsfeier seiner neuen Alpakaranch eingeladen. Ich denke, am Wochenende werde ich nach Anklam fahren und da mal vorbeischauen. Und Sie?«

»Jetzt ist erst einmal die Staatsanwaltschaft am Zug. Ich schätze, ich gönne mir so lange ein paar Tage Urlaub.«

»Ja, das sollten Sie. Nach Ihrer Operation haben Sie sich viel zu wenig Zeit für Ihre Genesung genommen.«

»Der Job … na ja, Sie wissen ja, wie das ist.« Anne Hagen fuhr sich über den Bauch. »Aber ist schon okay. Mir geht's gut. Die Ärzte sind optimistisch und ich bin es auch.«

»Schön zu hören.« Leonie gab ihr die Hand. »Wir sehen uns.«

Anne Hagen nickte. »Viel Spaß mit den Alpakas.«

»Den werde ich ganz sicher haben«, sagte Leonie und fügte lächelnd hinzu: »Ich hoffe nur, diese Eröffnungsfeier wird etwas weniger aufregend als die letzte.«

Ende

NACHWORT

Das Recht auf jederzeitigen Zugang zu einwandfreiem und sauberem Trinkwasser ist seit 2010 als Menschenrecht verbrieft. Dennoch haben laut aktuellem UN-Weltwasserbericht rund 2,2 Milliarden Menschen keinen Zugang zu einer gesicherten Trinkwasserversorgung. Und diese Situation verschärft sich zusehends, da der weltweite Wasserverbrauch laut UN-Water, einer Unterorganisation der Vereinten Nationen, seit Beginn der Erhebungen in den 1980er-Jahren um etwa ein Prozent pro Jahr gestiegen ist und weiter steigt. Für 2025 rechnet man bereits mit drei Milliarden Menschen, die in Ländern mit ernster Wasserknappheit leben.

In vielen Regionen gibt es zunehmend Restriktionen beim Zugang zur lebenswichtigen Ressource Wasser. Häufig sind es dabei Menschen in ärmlichen Verhältnissen, die Gefahr laufen, ihre meist ohnehin schon unzureichenden Wassernutzungsrechte zu verlieren. Die UN-Gewässer-Konvention von 1997 soll dem vorbeugen, doch deren Implementierung und/oder Durchsetzung ist oft nicht gewährleistet. Es bedürfte eines verpflichtenden internationalen rechtlichen Rahmenwerks für die gerechte Zuteilung von Wasser zu fairen und bindenden Konditionen. Doch um Wasser gerecht verteilen zu können, muss dieses erst einmal in ausreichender Menge vorhanden sein.

Neben den offensichtlichen Maßnahmen, Wasser einzusparen und zu recyceln, benötigt man in Zukunft dringend neue Wasserquellen. Doch woher nehmen, wenn nicht stehlen? Das »Anzapfen« unkonventioneller Ressourcen wie Gletscher oder Eisberge wird immer wieder diskutiert, dürfte aber aus Umweltschutz- und Kostengründen im großen Stil nicht umsetzbar sein. Aktuell geistert durch die Fachwelt auch die Idee, aufsteigenden Wasserdampf über Gewässern mithilfe von Netzen einzufangen. Doch auch diese Methode dürfte, wenn überhaupt, allenfalls regional begrenzt zum Einsatz kommen. Auf Meerwasserentsalzung gehe ich in diesem Kontext gleich noch ausführlicher ein.

In *Blaues Gold* geht es um die Erschließung von nahezu unerschöpflichen Süßwasservorkommen, die sich in landverbundenen Aquiferen oder abgeschlossenen Reservoiren im Meeresboden vor den Küsten sämtlicher Kontinente befinden. Kommt unser Trinkwasser also bald aus dem Meeresboden? Wäre das tatsächlich eine Option?

Wie wir heute mit annähernder Sicherheit wissen, lagern unter den Meeresböden gewaltige Süßwasservorräte. Fachleute gehen von hundertmal so viel Süßwasser aus, wie die Menschheit seit 1900 insgesamt verbraucht hat. Immer mehr dieser Aquifere bzw. Reservoire werden entdeckt, dabei hat man noch nicht einmal richtig angefangen, danach zu suchen. Die Vorkommen finden sich meist in wenigen Kilometern Entfernung von den jeweiligen Küsten und bis zu einer Wassertiefe von 300 Metern. Dort liegen die süßwasserführenden Schichten in 100 bis 400 Metern Tiefe unterhalb des Meeresbodens.

Erstmals wurde Offshore-Süßwasser in den 1960er-Jahren vor der Küste Floridas nachgewiesen. In den folgenden Jahrzehnten stießen Explorationsfirmen bei der Suche nach Öl- und Gaslagerstätten immer wieder auf solche Reservoire. Damals interessierte sich niemand dafür. Im Gegensatz zu Öl und Gas gab es Wasser damals gefühlt überall und ausreichend. Das ändert sich nun.

Forschende aus sechs Ländern – unter der Leitung des GEOMAR Helmholtz-Zentrums für Ozeanforschung Kiel und der Universität Malta – haben 2021 die erste globale Bestandsaufnahme von Offshore-Grundwasservorkommen veröffentlicht. Vom Canterbury Basin vor Neuseeland bis hin zur Nordostküste der USA, wo sich im Kontinentalschelf zwischen New York und Martha's Vineyard das mutmaßlich größte Süßwasserreservoir der Erde befindet (mit geschätzten 2800 Kubikkilometern Wasser; einer Menge, mit der man den Bodensee sechzig Mal füllen könnte). Die Erschließung und Förderung dieser Vorkommen wäre mithilfe bereits existierender Technik aus der Öl- und Gasindustrie sogar schon heute relativ einfach möglich. Allerdings wären die möglichen Folgen für die Umwelt bei einer Ausbeutung solcher Reservoire momentan noch vollkommen unklar. Hier ist noch vieles an Forschungsarbeit nötig. Selbstverständlich sind auch die zu erwartenden Kosten von Exploration, Förderung, Aufbereitung und Transport des Wassers ein Faktor. Interessant dürfte es werden, wenn diese Kosten niedriger sein werden als die für Meerwasserentsalzung. Hier führt uns unsere Reise nach Malta.

Malta ist eine kleine Insel im Mittelmeer und gehört zu den zehn wasserärmsten Ländern dieser Welt. Über natürliche Wasservorkommen kann nur etwa die Hälfte des in Malta benötigten Wasserbedarfs gedeckt werden. Daher setzt man dort seit 1982 auf Meerwasserentsalzung. Auch wenn der Energiebedarf für die Erzeugung von einem Kubikmeter Süßwasser in den letzten zehn Jahren in etwa halbiert werden konnte, so ist diese Art der Trinkwassergewinnung immer noch sehr teuer. Dazu kommen die negativen Auswirkungen auf Umwelt und Biodiversität. Während des Entsalzungsprozesses fällt Sole an, ein hoch konzentriertes salzhaltiges und für die Meeresflora giftiges Abfallprodukt, das in küstennahen Ökosystemen erheblichen Schaden anrichtet. Hinzu kommt der Einsatz von chemischen Verbindungen wie Kupfer und Chlorid, die ebenfalls ökologisch bedenklich sind. Zwar hat Maltas Wasserversorger Untersuchungen durchgeführt, die aufzeigen sollen, dass die potenziellen Auswirkungen auf die Meeresumwelt angeblich auf »die ersten Meter nach der Abflussstelle« begrenzt sind – aber das ist in etwa so, als würden Sie den Vorstand von Nestlé fragen, ob die Tatsache, dass der Konzern jährlich viele Hundert Millionen Liter Grundwasser abpumpt und in Plastikflaschen abfüllt, womöglich negative Auswirkungen auf die Umwelt haben könnte.

Weltweit sind derzeit über 20 000 Entsalzungsanlagen in über 170 Ländern in Betrieb. Davon befinden sich die zehn größten Anlagen in Saudi-Arabien, den Vereinigten Staaten, Israel und den Vereinigten Arabischen Emiraten. Die Menge an giftiger Sole, die dabei anfällt, beläuft sich auf knapp 52 Milliarden Kubikmeter pro Jahr – genug, um Österreich und die Niederlande mit einer dreißig Zentimeter hohen Schicht zu bedecken. Mittel- und langfristig müssen Alternativen her. Offshore-Süßwasservorkommen könnten diese Alternative sein; auch für Malta. Einer Studie zufolge gibt es unter dem maltesischen Meeresboden genügend frisches Grundwasser, um die Trinkwasserversorgung für 75 Jahre sicherzustellen. Federführend in der Erforschung dieser Aquifere sind das GEOMAR Helmholtz-Zentrum für Ozeanforschung in Kiel und die Universität Malta (u. a. Projekt MARCAN). Es wird spannend werden zu sehen, in welche Richtung sich die Forschungen entwickeln. Doch wie sieht es mit der Wasserversorgung bei uns in Deutschland aus?

Hydroklimatisch leben wir (noch) in einem wasserreichen Land. Doch das ändert sich gerade überraschend schnell, und bricht man diese pauschale Aussage dann noch auf einzelne Bundesländer herunter, stellt man rasch fest, dass es in Bezug auf Grundwasserverfügbarkeit enorme Unterschiede gibt. Dazu gleich mehr. Seit fünf Jahrzehnten, und verstärkt seit ca. 2010, treten generell in ganz Deutschland vermehrt extrem niedrige Grundwasserstände auf, Quellen liefern nur noch verhältnismäßig wenig Wasser. Hinzu kommen hohe Nährstoffüberschüsse aus der Landwirtschaft, chemische Verunreinigungen und zunehmend Arzneimittelrückstände, die sich allesamt im Grundwasser ansammeln. Als »Sahnehäubchen« obendrauf erleben wir die klimatischen Veränderungen in ganz Europa.

Ausgeprägte Dürren stellen uns vor zunehmende Probleme. Seit Jahren sind die Böden in Deutschland beispiellos trocken. Und das liegt nicht nur daran, dass immer häufiger der Regen ausbleibt. Eine große, bislang unterschätzte Rolle spielt auch die Verdunstung. Sie ist heute enorm hoch und sie wird weiter steigen. Denn wenn es um die Wasserbilanz geht, sind vier Faktoren zu berücksichtigen: Regen, Abfluss und Speicherung von Wasser im Boden und eben Verdunstung. Nur eine gemeinsame Betrachtung aller vier Faktoren gibt darüber Auskunft, ob in einer Region viel oder wenig oder gar viel zu wenig Wasser vorhanden ist. Die Daten zeigen, dass die Verfügbarkeit von

Wasser im Boden vor allem in Nord- und Ostdeutschland mit steigenden Temperaturen signifikant abnimmt. Der Wasserverlust durch steigende Verdunstung wird langfristig nicht mehr durch Niederschläge ausgeglichen werden können. Hydrologen, die Daten der beiden Grace-Satelliten auswerten, die seit zwei Jahrzehnten das Schwerefeld der Erde überwachen und Wasserschwankungen auf den Landmassen sichtbar machen, schlagen Alarm: Mittel- und Westeuropa sind die Weltgegenden, die seit Beginn der Messungen am meisten Wasser verloren haben. Und dieser Trend setzt sich fort. Nicht umsonst war erst kürzlich aus dem Bundesumweltministerium folgende Aussage zu vernehmen: »Wir müssen uns sicher auch in Deutschland von der Gewissheit verabschieden, dass Wasser immer und überall in scheinbar unbegrenzter Menge zur Verfügung steht.«

In Deutschland wird praktisch fast die gesamte Bevölkerung durch die öffentliche Wasserversorgung mit Trinkwasser versorgt. Die aktuell knapp 6000 Wasserversorgungsunternehmen verfügen über komplexe Infrastrukturen wie Entnahmebrunnen, Wasserwerke und Trinkwasserleitungen mit einer Gesamtlänge von etwa 500 000 Kilometern. Unser Trinkwasser wird zu etwa 70 Prozent aus Grund- und Quellwasser gewonnen, und was die Qualität angeht, ist es eines der besten der Welt. Vielleicht ist es auch dieses Wissen, das uns eine erstaunliche Sorglosigkeit im Umgang mit unserem Wasser beschert, obwohl es in vielen Regionen doch längst knapp ist. Der Wasserhaushalt ist Ländersache, weshalb kein bundesweites Frühwarnsystem besteht. Immerhin gibt es erste Überlegungen, ein solches System zu entwickeln.

Eine vom Bundesumweltministerium ausgearbeitete »Nationale Wasserstrategie« soll es richten. In einem Aktionsprogramm wurden 78 Maßnahmen zusammengestellt, von denen einige bis 2030 schrittweise umgesetzt werden sollen. Für viele der Maßnahmen jedoch gibt sich die Bundesregierung Zeit bis 2050. Dazu zählt auch die Ausarbeitung einer bundesweit gültigen Leitlinie für das Vorgehen in Fällen von regionaler Wasserknappheit. Vor allem Brandenburg und Berlin werden dies begrüßen, kommt es dort doch immer häufiger zu Streitigkeiten zwischen Bevölkerung und Industrie.

Trotz seiner vielen Gewässer zählen Berlin und Brandenburg zu den trockensten und niederschlagsärmsten Bundesländern. Immer häufiger klagen Bauern dort über Ernteausfälle; Waldbrände nehmen zu. Laut dem Potsdam-Institut für Klimafolgenforschung wird Brandenburg zwar nicht zur Wüste, aber die Verhältnisse und Landschaften werden in Verbindung mit den seit Jahren fallenden Grundwasserspiegeln (nochmals) deutlich trockener. Mit einer Klimaanpassungsstrategie will die Landesregierung daher die Wasserversorgung auch in Zukunft sicherstellen. Sparmaßnahmen und Rationierungen stehen hierbei im Vordergrund. In Berlin gibt es, Stand heute, im Gegensatz zu anderen Städten bislang keine gesetzliche Handhabe, um den Wasserverbrauch von Bewohnern zu rationieren. Doch das dürfte sich bald ändern, da die Landesregierung intensiv über Maßnahmen gegen die Verschwendung des kostbaren Nasses nachdenkt. Denn längst sinken die Wasserstände kontinuierlich, während gleichzeitig der Wasserverbrauch steigt. Und das wiederum liegt hauptsächlich an Großkonzernen, die sich im Speckgürtel Berlins ausbreiten, und weniger an Privathaushalten.

Vor allem der Tesla-Konzern sorgt hier immer wieder für Ärger. Die Region rund um dessen Fabrik gehört zu den niederschlagsärmsten der gesamten Bundesrepublik. Der Grundwasserspiegel sinkt dort seit zwanzig Jahren kontinuierlich. Doch das hinderte Politiker in Brandenburg nicht daran, das Landesumweltamt zu umgehen, um Tesla zusätzliches Wasser für den Ausbau der Fabrik und andere Industrieansiedlungen zu beschaffen. Dazu wurde ein Schlupfloch genutzt: Brunnen mit einer Fördermenge von bis zu 2000 Kubikmetern pro Tag können ohne Zustimmung des Landes genehmigt werden. Dabei spielt die Anzahl der Brunnen keine Rolle. Als vernünftig denkender Mensch kann man da nur fassungslos den Kopf schütteln. Offenbar werden hier negative Folgen für Mensch und Umwelt bewusst in Kauf genommen, um möglichst viele Gewerbeansiedlungen durchzudrücken. Denn, und das sei an dieser Stelle ausdrücklich erwähnt, Tesla ist nur ein Konzern von vielen.

Nicht umsonst haben Berlin und Brandenburg im Sommer 2023 eine Studie in Auftrag gegeben, die prüfen soll, ob der künftige Wasserbedarf mit entsalztem Wasser aus der Ostsee gesichert werden kann. Denn wenn in wenigen Jahren der Braunkohleabbau beendet sein wird und entsprechend kein Grundwasser mehr abgepumpt und in die Spree geleitet wird, könnte der wichtige »Wasserversorger« Spree im Sommer bis zu 75 Prozent weniger Wasser führen. Da kommt ein enormes Problem auf Berlin zu. Die in Auftrag gegebene Studie soll also klären, ob es ökologisch und ökonomisch sinnvoll sein kann, Wasser der Ostsee zu entsalzen und mittels Pipelines in die Metropolregion Berlin zu transportieren. Sie sehen, so abwegig ist mein Szenario in *Blaues Gold* also gar nicht. Kohletagebau, Nahrungsmittelindustrie und Großchemie in Deutschland verbrauchen Billionen Liter Wasser jährlich; ein Vielfaches der privaten Haushalte. Dennoch werden vor allem wir Bürgerinnen und Bürger in Zukunft sparen müssen, weil jahrzehntelange Verträge diesen Großverbrauchern den ungezügelten Konsum von Wasser sichern – häufig zu Spottpreisen, wenn nicht sogar kostenlos. Und kostenloses Wasser motiviert kaum, weniger davon zu verbrauchen. Dasselbe gilt für die Landwirtschaft, wo der Bedarf an Bewässerung von Jahr zu Jahr steigt. Allein in Brandenburg hat sich das entnommene Grundwasser seit 2003 auf 24 Millionen Kubikmeter verdreifacht. Das entspricht dem jährlichen Trinkwasserbedarf einer Großstadt mit 500 000 Einwohnern. Und bundesweit muss heute 36 Prozent mehr Fläche bewässert werden als noch vor zehn Jahren.

Klar ist: Wenn nicht mehr genügend Wasser da ist, müssen Prioritäten gesetzt werden. Wäre da also nicht vielleicht doch die Privatisierung der Wasserwirtschaft die Lösung? Was auf den ersten Blick wie eine logische und vernünftige Lösung aussehen kann, entpuppt sich beim genaueren Hinsehen in den allermeisten Fällen als – vorsichtig formuliert – nachteilig für die Bevölkerung. Was passieren kann, wenn der Wassermarkt dem freien Wettbewerb ohne staatliche Regulierung überlassen wird, kann man in Chile beobachten, dessen Wasserversorgung seit 1981 zu beinahe 100 Prozent privatisiert worden ist. Mittlerweile besitzen dort einige wenige Großunternehmen die Wasserrechte. Die Spekulanten haben übernommen und die Preise haben Wasser derart verteuert, dass es für die arme Landbevölkerung zunehmend unerschwinglich wird. Ob in Chile, Manila oder in vielen afrikanischen Staaten, das Muster ist stets dasselbe. Meist wird durch Investitionen in Infrastrukturen wie Staudämme, Kanäle oder Pipelines Wasser aus ländlichen Regionen in kaufkräftige Metropolen umgeleitet. Dadurch wird es der lokalen Bevölkerung entzogen oder über den Umweg einer industriellen Verarbeitung verschmutzt und unbrauchbar gemacht. Obwohl solche Investitionen oft als Entwicklungsprojekte angekündigt werden, die vor allem den Armen nützen sollen, führen sie im

Ergebnis meist zu einer Verschlechterung der Lebenssituation der lokalen Bevölkerung.

Von derlei Zuständen sind Europa und Deutschland (noch) weit entfernt, aber das Recht am Wasser beziehungsweise die Liberalisierung der Wassermärkte wird weltweit zunehmend diskutiert. Auf europäischer Ebene wurde im Dezember 2020 eine Neufassung der EU-Trinkwasserrichtlinie verabschiedet, die das Menschenrecht auf Zugang zu sauberem Trinkwasser in europäisches Recht übersetzt. Das wird auch höchste Zeit, denn neben der Privatisierung der öffentlichen Wasserversorgung haben Großkonzerne andere Wege gefunden, um Geld aus dem knappen Gut Wasser zu schlagen: abgefülltes Flaschenwasser.

Der Mineralwassermarkt, der stabile zweistellige Wachstumsraten aufweist, bedeutet zusätzliche Konkurrenz im Geschäft mit dem Fließwasser. Auch dieser Markt befindet sich in der Hand einiger weniger global agierender Lebensmittelkonzerne wie Nestlé oder Danone, und auch US-Konzerne wie Coca-Cola und Pepsi drängen mehr und mehr in dieses extrem lukrative Geschäft. Hinter den Kulissen hat der Kampf ums blaue Gold also längst begonnen.

Liebe Leser*innen, ich hoffe, Sie fühlten sich gut unterhalten. Zum Schluss noch ein Hinweis, der mir persönlich wichtig ist: Dieser Roman wurde ohne jeglichen Einsatz oder Hilfe von computergenerierter künstlicher Intelligenz einzig von mir erdacht, entworfen und geschrieben. Ich liebe das Plotten und Schreiben meiner Geschichten und werde meine Kreativität und Fantasie niemals aufgeben beziehungsweise in die Hände einer Maschine legen.

Uwe Laub, August 2023

DANKSAGUNG

Wieder einmal haben mir viele wunderbare Menschen dabei geholfen, diesen Roman zu schreiben und zu veröffentlichen. Obwohl fast alle Daten und Fakten im Buch der Realität entsprechen, habe ich mir natürlich einige künstlerische Freiheiten genommen, um eine spannende Geschichte zu erzählen. Alle Fehler, die sich darüber hinaus trotz größter Sorgfalt in diesen Roman eingeschlichen haben, gehen einzig auf meine Kappe. Mein herzlicher Dank geht an:

* Dr. rer. nat. Marion Jegen-Kulcsar vom GEOMAR Helmholtz-Zentrum für Ozeanforschung Kiel, die sich viel Zeit genommen hat, um mir mit großer Geduld das komplexe Thema »Offshore-Süßwasser-Aquifere« näherzubringen. Frau Jegen-Kulcsars Arbeit, Erkenntnisse und Erlebnisse auf Malta haben mich zu der Figur »Leonie Vargas« inspiriert.

* Erich Gueng, Maschinenbauingenieur, der mir mit großem Enthusiasmus die Welt des Amateurfunks erklärt hat und für mich auch darüber hinaus zu einem sehr geschätzten Gesprächspartner in Fragen von Umwelttechnik geworden ist.

* Matthias Bürgel, Kriminalhauptkommissar beim Kriminaldauerdienst und selbst Autor von Krimis und Thrillern, der mir nach »Dürre« erneut bereitwillig Fragen zu Polizeiarbeit und Verbrechensbekämpfung beantwortet hat.

* Jessica Poka, eine liebe Freundin, die mir spannende Einblicke in eine faszinierende Welt gewährt hat. Welche, das bleibt unser Geheimnis.

* Dr. Oliver Vielhauer von der Zink Feuerwerk GmbH, für die Beantwortung einiger Fragen hinsichtlich Signalraketen, -pistolen und -munition.

* Thomas Brill, für das gewissenhafte Lektorat und das gnadenlose Ausmerzen von Logiklöchern und Leichtsinnsfehlern.

* Oskar Rauch von Heyne, für das aufmerksame Vorlektorat, die vielen hilfreichen Anmerkungen und generell für seinen großen Einsatz in den vergangenen Jahren innerhalb des Verlags für mich und meine Romane. Ich werde immer mit Freude an die Zusammenarbeit mit dir zurückdenken, Oskar.

* Anna Baubin von Heyne, die alles in ihrer Macht Stehende unternimmt, damit dieser Roman in der bestmöglichen Version veröffentlicht und (hoffentlich) erfolgreich wird.

* Das gesamte Heyne-Team inklusive der Heyne-Vertriebsmitarbeiter, die meine Bücher in die Buchhandlungen bringen, sowie das Social-Media-Team von Penguin Random House, das meine Bücher im Netz sichtbar macht.

* Markus Michalek, meinen Agenten von der AVA-International, für seinen unermüdlichen Einsatz für meine Romane und dafür, dass er auch in schwierigen Zeiten zu mir steht und mich unterstützt.

* Roman Hocke und das gesamte AVA-International-Team, für die erstklassige Betreuung und professionelle Arbeit.

* Meine Club-Kamerad*innen vom Club der fetten Dichter, von denen ich nach wie vor gerne und viel über das Schreiben und Veröffentlichen lerne.

* Alle Buchhändler*innen, die meine Bücher empfehlen, sowie alle Blogger*innen und Leser*innen, die meine Bücher lesen, bewerten und/oder rezensieren. Ich weiß das sehr zu schätzen.

Wie immer folgt mein größter Dank am Schluss, und er gilt meiner Familie, die mich von Anfang an bedingungslos beim Schreiben unterstützt hat. Marion, Amélie und Mama, ihr seid immer für mich da – selbst in Zeiten, als wir alle gemeinsam wahrlich andere Sorgen und Nöte hatten als ein weiteres Buch. Aber auf Regen folgt immer auch Sonnenschein – und voilà, hier sind wir wieder. Ich liebe euch!

Uwe Laub, August 2023

PS: Liebe Leser*innen, wenn Ihnen dieser Roman gefallen hat, würde ich mich über eine freundliche Bewertung auf den einschlägigen Buchhandels- bzw. Internetseiten sehr freuen. Das geht einfach und schnell und Sie machen mir damit eine riesengroße Freude.